Anki Edvinsson
Der tote Schnee-Engel

Das Buch

Eiskalt und fieberhaft spannend: Der erste Fall für das schwedische Ermittlerduo Charlotte von Klint und Per Berg. Von Bestsellerautorin Anki Edvinsson.

In klirrender Kälte springt ein Junge von einer Brücke in den Tod. Während die Polizei die Hintergründe untersucht, wird eine Apothekerin brutal ermordet in der Badewanne gefunden und ein junges Mädchen verschwindet spurlos. Das nordschwedische Umeå ist nicht so beschaulich, wie es sich die stellvertretende Ermittlungsleiterin Charlotte von Klint für ihre neue Dienststelle gewünscht hat. Es öffnen sich immer weitere Abgründe und schon bald ahnt sie, dass es zwischen den Fällen einen Zusammenhang gibt. Während die Stadt weiter im Schnee versinkt, macht sich Charlotte mit ihrem Chef Per auf die Suche nach dem Mädchen. Beiden ist klar, dass sie im Wettlauf gegen die Zeit bereits ins Hintertreffen geraten sind …

Die Autorin

Bevor sie mit dem Schreiben von Kriminalromanen begann, war Anki Edvinsson eine bekannte schwedische Fernsehjournalistin und Moderatorin. Ihr Autorendebut erfolgte 2018 mit dem Titel »Lust att döda«. Der vorliegende Titel »Der tote Schnee-Engel« ist der erste Band ihrer schwedischen Bestsellerkrimi-Reihe um die Ermittler Charlotte von Klint und Per Berg.

Anki Edvinsson lebt mit ihrem Mann in der Nähe von Stockholm.

ANKI EDVINSSON

DER TOTE SCHNEE ENGEL

Ein Fall für von Klint und Berg
KRIMINALROMAN

Aus dem Schwedischen
von Peter Zmyj

Die schwedische Ausgabe erschien 2021 unter dem Titel
»Snöängeln« bei Norstedts, Stockholm.

Deutsche Erstveröffentlichung bei
Edition M, Amazon Media EU S.à r.l.
38, avenue John F. Kennedy, L-1855 Luxembourg
März 2022
Copyright © der Originalausgabe 2021
By Anki Edvinsson by agreement with Grand Agency
All rights reserved.
Copyright © der deutschsprachigen Ausgabe 2022
By Peter Zmyj

Die Übersetzung dieses Buches wurde durch Amazon Crossing ermöglicht.

Umschlaggestaltung: bürosüd⁰ München, www.buerosued.de
Umschlagmotiv: © Vadim Zakharishchev / Shutterstock;
© olaser / Getty Images
Lektorat: Cathérine Fischer
Korrektorat: Manuela Tiller/DRSVS
Gedruckt durch:
Amazon Distribution GmbH, Amazonstraße 1, 04347 Leipzig /
Canon Deutschland Business Services GmbH, Ferdinand-Jühlke-Straße 7,
99095 Erfurt /
CPI books GmbH, Birkstraße 10, 25917 Leck

ISBN: 978-2-49671-033-5

www.edition-m-verlag.de

»Der Tod ist nicht der größte Verlust im Leben. Der größte Verlust ist das, was in uns stirbt, während wir leben.«

Norman Cousins

1

17. Januar, Sonntag

Anton starrte auf den Vorderreifen seines Fahrrads, der den Schnee auf dem Anstieg durchpflügte und für einen Augenblick in den groben Spurrillen hängen blieb, ehe er freikam und sich weiterdrehte. Die nassen Hände, die den Lenker umklammerten, spürte er kaum. Das Herz hämmerte in seiner Brust. Er sog die kalte Luft mit offenem Mund ein, und bei jedem Atemzug tat ihm die Lunge weh. Er spürte den Widerstand beim Treten, schaffte es jedoch nach oben und konnte ein wenig verschnaufen. Im gedämpften Schein der Straßenbeleuchtung sah er seinen Schatten. Weiter dort drüben und schräg den Hang hinunter befand sich die Brücke. Anton musste die Augen zusammenkneifen, um durch das Schneetreiben zu sehen. Der eiskalte Wind fühlte sich auf den Wangen wie Nadelstiche an. In seiner Fantasie hatte Anton sich immer ausgemalt, dass er es im Sommer tun würde, in den späten Abendstunden, wenn alle anderen im Gras saßen, sich volllaufen ließen oder badeten. Er wusste nicht, warum. Aber jetzt war es Sonntagabend im Januar. Es war Zeit, der richtige Augenblick. Das Leben war bald vorbei, und er war klar im Kopf. Nichts war selbstverständlicher als die Brücke, auf die er nun zurollte. Anton hatte sich schon vor längerer Zeit zu diesem Befreiungsschritt entschieden, aber immer wieder war etwas dazwischengekommen. Erst als er heute Morgen aufgewacht war, wusste er es. Die Entscheidung, von dieser Brücke zu springen, ergab sich aus einem bestimmten Grund von selbst. Die Brücke an der Westumgehung war erst kürzlich fertig geworden und die einzige in der Nähe, die hoch genug war. Es war unmöglich, einen Sprung davon zu überleben.

Jetzt würde es passieren.

Ganz bestimmt.

Die Krämpfe begannen gewöhnlich in der Brust und breiteten sich im ganzen Körper aus. Er konnte sich an keinen einzigen Tag ohne Angst und den von ihr ausgelösten Adrenalinschub erinnern. Meistens machte sie ihn rastlos, jeder Muskel seines Körpers brauchte Bewegung. Hände, Arme, Kiefer, Beine … Aber manchmal waren die Krämpfe so heftig, dass er sich auf den Boden legen und warten musste, bis sie vorüber waren. Oder Tramadol oder Benzos nehmen.

Seine wunde Haut brannte ständig, als hätte jemand ihn in Säure getaucht. Trotzdem duschte er mehrmals am Tag und weinte manchmal, weil es so wehtat.

Jetzt befanden sich nur er, sein Fahrrad und die umherwirbelnden weißen Schneeflocken hier draußen. Je weiter er auf die Brücke hinausfuhr, desto stärker zerrte der Wind an ihm.

Mama checkte nichts und Papa war ein jämmerlicher Feigling. Die beiden würden es nie verstehen. Er dachte an das, was er daheim hinterlassen hatte. An die Reaktion der Eltern und an den Schock, den sie bekommen würden.

Anton drückte die Bremse am Lenker und streifte mit einem Fuß den Boden. Er wackelte mit den Zehen, spürte sie jedoch nicht. Stieg vom Fahrrad und ließ es fallen. Bald würde er die ganze Scheiße hinter sich haben.

Er blickte über die Brücke. Umklammerte das Geländer. Dunkelheit. Der Wind pfiff ihm um die Ohren und brachte seine Haare durcheinander. Er griff in die Brusttasche seiner Jacke, holte die Blisterpackungen mit den Pillen hervor und warf sie mit einer hastigen Bewegung in die Dunkelheit. Sie halfen ihm ohnehin nicht mehr. Sie flatterten von der Brücke hinunter wie Schmetterlinge im Wind. Jetzt konnte ihm nichts mehr helfen.

Anton war oft über die Brücken von Umeå geradelt und hatte nach einer gesucht, die für sein Vorhaben geeignet war. Obwohl er noch nicht dazu bereit gewesen war, hatte ihm das Planen und das Gefühl, einem Ende näher zu kommen, Trost gespendet. Schon als Achtjähriger hatte er überlegt, welche Brücke hoch genug war. Ein Junge an seiner Schule war von der Kolbäcksbrücke gesprungen und bei seinem Selbstmordversuch gescheitert. Er lebte noch. Das würde Anton nicht passieren, denn er war vorbereitet. Würde Frida ihn vermissen? Würde sie weinen und für eine Weile der Schule fernbleiben?

Er umklammerte das Geländer fester, stemmte sich hoch und schwang erst das eine, dann das andere Bein darüber. Hinterließ eine Spur im Schnee, der sich wie leichte Flaumfedern auf den Stahl gelegt hatte. Seine nervliche Anspannung ließ nach. Je näher er seinem Ziel kam, desto ruhiger wurde er.

Der kalte Schnee schmolz unter seinem Gesäß und durchnässte ihn bis auf die Unterhose. Er hatte keine Angst, das Gleichgewicht zu verlieren. Er würde sowieso runterfallen. Als er stabil saß, ließ er die Beine frei herabhängen. Die Höhe sorgte dafür, dass sich sein Magen verkrampfte. Es war höher, als er sich vorgestellt hatte. Um ihn herum war es vollkommen still.

Anton holte das Handy hervor. Das Display leuchtete auf. Frida. Diesmal würde sie ihn nicht aufhalten. Er schleuderte das Handy in die Luft.

Er starrte in die Dunkelheit und lauschte. Das Wasser unter ihm machte kein Geräusch. Anton wusste nicht, ob es zugefroren war, ob Eis oder Wasser ihn töten würde.

Ein Auto näherte sich. Anton nahm es aus dem Augenwinkel wahr, sah aber nicht hin. Er wollte jetzt nichts mehr sehen.

Er überlegte, ob es unangenehm sein würde, zu fallen und den Tod Sekunde um Sekunde näher kommen zu sehen. Würde er die Augen schließen können? Der Gedanke ließ ihn einen Moment zögern. Er wollte nichts sehen, nur fallen. Nichts mitbekommen. Anton wartete, bis das Auto vorbeigefahren war, und drehte sich in die andere Richtung, den Rücken zur Dunkelheit und zur Tiefe. Dann lehnte er sich nach hinten.

2

Charlotte saß am Steuer.

»Hier ist es! Fahr nach links«, sagte Anja bestimmt und deutete mit dem ganzen Arm auf die Ausfahrt, damit ihre Mutter sie nicht verpasste.

Charlotte kam der Aufforderung ihrer Tochter nach und bog in die schmale Straße auf der Insel Ön. Anja war über das Wochenende nach Umeå gekommen, und jetzt waren sie auf dem Weg zu einer Hausbesichtigung. In ihrem Job als stellvertretende Ermittlungsleiterin im Dezernat für Schwerkriminalität war Charlotte es gewöhnt, Anweisungen zu erhalten, jedoch nicht von ihrer Tochter.

Anja hielt den Blick auf ihr Smartphone gerichtet und ließ sich von der Navi-App leiten. »Wir müssen zweihundert Meter geradeaus.«

Charlotte sah sie an und lächelte. Sie war froh, Anja hier bei sich in Umeå zu haben. Ihre Tochter hatte sogar angedeutet, herzuziehen, die Schule zu wechseln und ihren Vater in Stockholm zurückzulassen. Charlotte wollte sich jedoch keine allzu großen Hoffnungen machen. Anja war wie der Wechselkurs der albanischen Währung, sie schwankte oft. Aber sie war ja erst siebzehn, und da gehörte das dazu.

Zu ihrer Rechten lagen schneebedeckte Wiesen und rote Västerbottenhöfe mit weißen Eckpfosten und Fensterrahmen, zur Linken der Fluss Ume älv im Winterkleid, dessen Ufer weiße Holzhäuser mit Privatstegen säumten. Es war fünf Uhr nachmittags und bereits dunkel. Die Sonne ging um halb drei unter. Charlotte litt unter den kurzen Tagen. Aber der Schnee wirkte wie eine natürliche Lichtquelle und erhellte die gesamte Stadt. Während ihres ersten Winters hier oben hatte Charlotte ihre Freunde in Stockholm mit Schneefotos bombardiert. Inzwischen hatte sie damit aufgehört.

»Hier, Nummer sechs«, sagte Anja.

Charlotte fuhr langsamer. Jetzt, wo es im Auto endlich angenehm warm geworden war, musste sie den Motor schon wieder ausschalten. Das Thermometer auf dem Armaturenbrett zeigte eine Außentemperatur von minus einundzwanzig Grad an.

Charlotte erkannte das Haus sofort von den Fotos auf der Immobilienplattform Hemnet wieder. Es war ihre vierte Besichtigung, und sie erwartete sich viel von diesem Haus. Weil es auf Ön lag, einer Insel im Ume älv, mitten in der Stadt, mit eigenem Steg und toller Aussicht. Auf dem Polizeirevier hatten ihr alle erzählt, dass Ön Umeås exklusivste und teuerste Wohngegend sei. Ungefähr dreihundert Personen wohnten dort, und Charlotte wollte eine von ihnen sein. Das Beste an dem Haus war, dass man sofort einziehen konnte. Die Besitzer wohnten bereits nicht mehr dort und wollten die Kosten loswerden. Die Wohnung im Zentrum konnte Charlotte dann nach ihrem Umzug verkaufen.

»Sieht echt gut aus, Mama«, sagte Anja und wickelte sich ihren karierten Schal einmal extra um den Hals.

Charlotte ließ den Blick eine Weile auf ihrer Tochter ruhen. Diese Burberry-Farben standen ihr wirklich gut.

»Wir sind schon mal enttäuscht worden. Schauen wir mal, wie es drinnen aussieht«, erwiderte sie und streckte die Hand nach dem Türgriff aus.

Anja seufzte demonstrativ laut. »Deine Psychologin sollte dir vielleicht mal beibringen, ein bisschen positiver zu denken«, sagte sie und stieg aus.

Charlotte folgte ihr. »Du weißt, warum ich zu ihr gehe«, erwiderte sie und schloss mit ein paar schnellen Schritten zu ihrer Tochter auf. »Es geht nicht nur darum, positiver zu denken, sondern um Dinge, die ich bei meiner Arbeit und privat erlebt habe und die schwer zu verarbeiten sind.«

»Jaja, ich weiß, aber …«

»Nicht jetzt«, schnitt Charlotte ihrer Tochter das Wort ab und hielt dem Makler, der am Eingang auf sie wartete, die Hand entgegen. »Guten Tag, ich bin Charlotte von Klint, und das ist meine Tochter Anja.« Sie drückte dem Mann fest die Hand.

»Willkommen«, sagte der Makler. Sein Händedruck fühlte sich schlaff an. »Sie sind für heute die letzten Interessenten, also keine Eile.«

»Wie viele waren hier?«, fragte Charlotte.

Der Makler war adrett gekleidet. Das grüne Hemd war unter dem noch grüneren Pullover kaum sichtbar. »Wir haben drei, die sehr interessiert sind, und zwei, die noch überlegen. So ein Objekt kommt auf Ön schließlich nicht so oft auf den Markt.«

Anja ging als Erste ins Haus. Das lange, lockige Haar fiel ihr über den Rücken.

»Haben Sie schon ein Angebot bekommen?«, fragte Charlotte.

»Ja, eins für zehneinhalb Millionen Kronen. Sie wissen ja, dieses Haus ist einzigartig. Episch.«

Charlotte sah ihn an. War das nicht eine ziemlich seltsame Wortwahl?

13

Sie war es gewohnt, Hausbesitzerin zu sein, und hatte beim Immobilienkauf Angebote auf deutlich teurere Objekte als dieses abgegeben. Ihr teuerster Kauf war die Wohnung auf Östermalm gewesen, die jetzt leer stand. Wobei das Haus in Falsterbo auch nicht gerade preiswert gewesen war, als sie und Carl es gekauft hatten. Aber es war ihr nach der Scheidung im Rahmen der Güterteilung zugesprochen worden. Das Zuhause, das sie am meisten vermisste und das im Besitz von Carls Familie geblieben war, war das Schloss in Schonen. Die Ruhe, die dort herrschte, der herrliche Rosengarten, die Weite der Landschaft. Das Einzige aus ihrem gemeinsamen Leben, das ihr fehlte. Auf alles andere konnte sie gern verzichten. Zum Beispiel sein ständiges Genörgel, sie hätte sein Leben ruiniert, als sie Polizistin wurde. Noch lange nach dem Abbruch ihres Studiums und ihrem Wechsel zur Polizeiakademie hatte er anderen gegenüber behauptet, sie studiere Medizin.

Charlotte fragte sich, ob der Makler tatsächlich ein Angebot bekommen hatte oder ob das nur ein verkaufsfördernder Trick war.

»Was veranlasst Sie dazu, sich nach einem Haus umzusehen, wenn ich fragen darf?«, sagte der Makler und betrat nach Anja die offene Küche.

»Wir wohnen dreihundert Meter vom Gotthards entfernt, wo es vor gut eineinhalb Jahren diese Schießerei gab, und das ist nicht so toll«, sagte Anja, bevor Charlotte antworten konnte. Sie warf ihrer Tochter einen wütenden Blick zu.

»Ja, was da im Hotel passiert ist, war schrecklich«, sagte der Makler und lehnte sich an die Küchenspüle. Er schüttelte den Kopf und sah Charlotte an. Sie wollte gerade das Thema wechseln, als er weiterredete. »Sie sind doch Polizistin, oder? Ich erkenne Sie aus der Zeitung wieder.«

Charlotte drehte ihm den Rücken zu. Ihr Blick fiel auf die großen Panoramafenster im Wohnzimmer mit Aussicht auf den Fluss. Der schneebedeckte Bootssteg sah neu aus.

»Richtig«, erwiderte sie. »Ist der Steg neu?«

»Ja, der wurde letztes Jahr im September zusammengezimmert. Kaum benutzt. Es gibt zu allem Papiere.«

Er verließ seinen Platz bei der Kochinsel und ging durch das Wohnzimmer auf sie zu. Als er neben ihr stand, nahm sie einen Duft wahr – das gleiche Hugo-Boss-Parfüm, das ihr Kollege Per benutzte.

»Was ist Ihre Theorie zu all den Schießereien in diesem Land?«

»Wollen Sie ein Haus verkaufen oder sich über Kriminalität unterhalten?«, sagte Charlotte, ohne den Blick von der Aussicht abzuwenden. »Wir können auch wieder gehen.«

Der Makler lachte. »Oh, Entschuldigung. Die ganze Stadt redet darüber, da dachte ich ... Ja ... Entschuldigung. Jetzt konzentrieren wir uns auf das Haus. Kommen Sie, ich zeige Ihnen die restlichen Räumlichkeiten.«

Er wechselte zurück in den Verkaufsmodus. Charlotte ließ ihn ungestört die Immobilie beschreiben, ohne irgendwelche Gegenfragen zu stellen. Sie wusste bereits, dass sie an dem Objekt interessiert war, wollte jedoch zunächst Per und dessen Frau nach ihrer Meinung fragen. Anja befand sich in irgendeinem anderen Zimmer. Plötzlich ging eine Textnachricht auf ihrem Handy ein.

Mama, ich finde dieses Haus super. Wir kaufen es! Bitte!

Charlotte lächelte in sich hinein und war froh, dass Anja es nicht vor dem Makler gesagt hatte. Dann wäre ihre Verhandlungsbasis deutlich schwächer. Sie tippte eine Antwort in ihr Handy. *Komm jetzt. Lass uns fahren. Wir reden später darüber.*

Sie verabschiedeten sich von dem Makler und setzten sich ins Auto. Anja fummelte fieberhaft an ihrem Handy herum. Snapchat. Sie kommunizierte schon länger nicht mehr per gewöhnlicher Textnachricht mit ihren Freundinnen. Inzwischen machten sie nur noch Fotos von irgendwelchen beliebigen Dingen, fügten höchstens ein paar Worte hinzu und verschickten sie.

Charlotte fuhr rückwärts aus dem Grundstück und suchte mit dem Zeigefinger nach der Taste für die Lenkradheizung. Sie sah, wie Anja das Handy näher vor ihr Gesicht hielt und auf das Display starrte.

»Mist!«, sagte Anja und knipste ein Selfie.

»Was ist?«, fragte Charlotte, ohne eine Antwort zu erwarten.

»Moment«, erwiderte Anja. Ihre Finger bewegten sich flink auf dem Display.

Charlotte lenkte den Wagen in Richtung Innenstadt, wo sich ihre Wohnung befand. Im Laufe des Tages hatte es kräftig geschneit, und auf der Straße hatten sich Spurrinnen gebildet. Sie landete hinter einem Winterdienstfahrzeug, das die Schneemassen an den Straßenrand schob. Die Schneewehen waren bestimmt über einen Meter hoch.

Die haben den Winter im Griff, dachte Charlotte. In Stockholm hätte bei dieser Schneemenge ein Chaos geherrscht, aber hier in Umeå lief alles wie gewöhnlich.

Anja legte das Handy auf ihren Schoß, lehnte den Kopf an die Nackenstütze und seufzte.

»Ist was passiert?«, fragte Charlotte.

»Mm, du kennst doch meine Freundin Linn hier in Umeå.«

»Ja …«

»Sie kennt einen Jungen namens Anton. Ziemlich abgedrehter Typ, hat mal davon geredet, sich umzubringen. Und jetzt benimmt er sich seltsam. Er hat mit seinen bizarren Ritualen aufgehört.«

»Wer sagt das?«, fragte Charlotte.

»Linn. Sie erzählt es mir gerade auf Snapchat.«

»Was für bizarre Rituale?«

»Also, sie sagt, dass er mehrmals am Tag duscht und so. Er weigert sich, anderen Menschen die Hand zu geben. Und einmal ist er mit dem Fahrrad auf dem Gehsteig stehen geblieben und hat einen hysterischen Anfall bekommen, weil da ein toter Vogel lag. Er hat sich nicht getraut, daran vorbeizufahren, weil er Angst hatte, Bakterien abzubekommen. Wie verrückt ist das denn?«

Charlotte sah ihre Tochter an. Das Gespräch entwickelte sich in eine Richtung, die ihr nicht gefiel. »Das hört sich nach einer Zwangsstörung an. So etwas verursacht Zwangs- und Angstgedanken.«

Anja zuckte mit den Schultern. »Schon möglich. Linn sagt, er nimmt Drogen, so wie Frida.«

»Wer ist Frida?«

»Linns beste Freundin. Ich hab sie ein paar Mal getroffen. Sie geht auf die Dragonskolan, ist im ersten Jahr auf dem Gymnasium. Es gibt eine Menge Gerüchte über sie.«

»Was für Gerüchte?«

»Dass sie Drogen nimmt und so …«

Charlotte lag mit ihrem Bauchgefühl richtig. Als sie das Winterdienstfahrzeug überholte, spritzte es ihr eine Ladung Schnee auf die Motorhaube und die Windschutzscheibe. »Das klingt ernst«, sagte sie und schaltete die Scheibenwischer ein. »Mir ist nicht wohl dabei, dass du mit Linns bester Freundin Umgang hast.«

»Mensch, hör auf!«, sagte Anja. Der Lichtschein ihres Handydisplays beleuchtete ihr Gesicht.

Charlotte wusste sehr wohl, dass in mehreren Schulen in der Stadt Drogen im Umlauf waren. Die Fahndungsgruppe schickte sogar Personal in die Schulkorridore. »Wenn das stimmt, muss jemand ihre Eltern und die Schule benachrichtigen.«

»Mama, hast du eine Ahnung, wie viele von meinen Freundinnen Benzos, Tramadol, Dolcontin und so nehmen, wenn es ihnen schlecht geht? Das weiß man einfach«, erwiderte Anja, als wäre es das Selbstverständlichste der Welt. Sie schaute zum Fenster hinaus.

Charlotte hatte das Gefühl, als hätte ihr jemand einen Schlag in die Magengrube verpasst. Wie konnte Anja nur die Namen von als Narkotika klassifizierten Medikamenten herunterleiern, als handle es sich dabei um Chipsmarken?

Anja hielt ihr das Handy hin. Das Display leuchtete Charlotte entgegen. Sie versuchte, einen Blick darauf zu werfen. »Ich kann es mir nicht ansehen, während ich fahre.«

Sie hielten vor einer Ampel. Ein paar leichte Schneeflocken blieben auf der Windschutzscheibe liegen. *Mehr Schnee*, dachte Charlotte. Anja hielt ihr erneut das Display vors Gesicht. Es zeigte ein Foto eines leicht bekleideten jungen Mädchens.

»Mama, das ist Frida. Das Foto ist von ihrem Instagram-Profil. Man sieht ja schon an ihrem Blick, dass sie irgendwie zugedröhnt ist.«

Charlotte betrachtete das Mädchen mit den langen aschblonden Haaren. Schmollmund und ein BH, der nichts der Fantasie überließ. *Ein junges Mädchen, das Grenzen testet und viel Bestätigung braucht*, dachte sie.

»Jetzt bist du aber hart, Anja. Du weißt nicht, wie ihr Leben aussieht. Urteile nicht so über andere Menschen.«

Charlottes Handy steckte in der Gesäßtasche und störte dort. Sie holte es heraus und legte es auf die Ablage zwischen den Sitzen.

»Jedenfalls scheren ihre Eltern sich anscheinend nicht groß darum.«

»Wie kommst du darauf?«

»Du, die Mutter ist Alki und der Vater so eine Art Zocker«, sagte Anja und klang auf einmal mehrere Jahre jünger, als sie tatsächlich war, und ohne Mitgefühl. Außerdem drückte sie sich unmöglich aus.

Plötzlich leuchtete das Handy zwischen den Sitzen auf und bewahrte Anja vor einer Zurechtweisung. Charlotte legte das Gerät so, dass sie das Display sehen konnte. Eine Eilmeldung einer Abendzeitung. *Chef der kriminellen Vereinigung* Syndikat *Tony Israelsson aus dem Gefängnis entlassen. Gewalteskalation in der Stockholmer Unterwelt befürchtet.*

Sofort breitete sich ein ungutes Gefühl in ihrer Brust aus. *Tony ist draußen. Gott sei Dank bin ich nach Umeå gezogen,* dachte sie und blickte verstohlen zu ihrer Tochter, die konzentriert aus dem Fenster sah.

3

Antons Mutter schrie die Polizistin am Telefon an.

»Er ist auf der Brücke! Herrgott noch mal, unser Sohn ist auf der Brücke!«

Eine dunkle Gestalt saß auf dem Brückengeländer und schaute zum Himmel empor. Antons Fahrrad reflektierte das Licht der Scheinwerfer, als sie sich näherten. Der Junge hatte den Rücken wie ein C gekrümmt und die Hände auf dem Geländer.

Sie starrte ihren Mann an, der neben ihr im Auto saß. »Halt an, Tomas! Halt an!« Ihr Blick wanderte zurück zu Anton. Sie hielt sich eine Hand vor den Mund.

Tomas bremste.

»Sie dürfen auf gar keinen Fall anhalten«, sagte die Polizistin am anderen Ende. »Fahren Sie weiter! Wir haben Streifenwagen geschickt. Wenn Sie plötzlich in seiner Nähe auftauchen, springt Anton womöglich. Wir haben unseren Verhandler dabei, der wird mit ihm reden. Fahren Sie weiter, wir kommen.«

Tomas drückte erneut aufs Gaspedal. Vorsichtig.

»Was machst du da? Bleib stehen, Tomas, wir müssen ihn stoppen!« Ihre Stimme überschlug sich. Sie griff sich an den Kopf und fuhr sich mit der Hand langsam durchs Haar. Ein Versuch, sich zu beruhigen. Sie sog die Luft ein und hielt den

Atem an. Atmete erst aus, als die Lunge zu platzen drohte.

»Warum haben wir ihm nicht richtig zugehört? Bleib stehen!«

»Sie dürfen nicht anhalten. Fahren Sie weiter. Wir sind in drei Minuten da.«

»In drei Minuten ist er vielleicht schon tot«, erwiderte sie, während das Auto an ihrem Sohn vorbeiglitt. Der Junge saß völlig ungeschützt da und konnte bei der geringsten Bewegung in die Tiefe stürzen. Sie wischte die Tränen aus den Augen, um ihn besser sehen zu können. Anton ließ das Geländer los, und es sah aus, als würde er nachdenken oder beten.

»Wir können ihn nicht einfach alleinlassen …« Sie schniefte und sah ihren Mann an. »Wir können doch nicht einfach weiterfahren!«

»Die Polizei kümmert sich darum, die können das. Sie sind unterwegs. Ich wende da vorn und dann fahren wir zurück.« Er klang ruhig und gefasst, doch seine Hände umklammerten krampfhaft das Lenkrad und zeigten etwas anderes.

»Wir kommen mit drei Wagen, aber Sie müssen sich fernhalten«, sagte die Polizistin. »Lassen Sie uns das machen.«

Sie ließ Anton nicht aus den Augen und sah zu, wie ihr Sohn auf dem Geländer saß. Tomas fuhr langsam näher heran.

Der Wind wirbelte Schneeflocken um Anton. Der Junge schien nicht zu frieren.

Sie presste die Handflächen gegen die Windschutzscheibe, krümmte beide Zeigefinger und versuchte, durch das Glas nach ihm zu greifen. Da saß er. Warum durfte sie ihn nicht retten? Sie wusste, dass die Brücke fast vierzig Meter hoch war. Einen Sturz würde er niemals überleben. »Ich kann doch nicht einfach nur hier sitzen!«, schrie sie. Sie musste raus und ihn vom Geländer wegziehen.

»Sie können unseren Wagen dort drüben auf der Kuppe sehen! Steigen Sie bitte nicht aus!«

Die Polizistin wurde laut am anderen Ende der Leitung. Antons Mutter scherte sich einen feuchten Dreck um sie. Tomas hatte inzwischen den Motor ausgeschaltet. Er packte sie fest am Arm und versuchte, sie am Aussteigen zu hindern, doch seine Willenskraft war nicht so stark wie ihre. Sie riss die Wagentür auf und stürzte nach draußen. Der Wind wirbelte ihr die Haare ums Gesicht. Sie blinzelte, damit keine Schneeflocken in die Augen gelangten.

»Anton! Anton!«, schrie sie. Gleichzeitig bewegten sich ihre Beine in seine Richtung. Der Wind war lauter als ihre Stimme. Sie schrie erneut. »Anton!« Der Schnee auf dem Boden erschwerte ihr Vorankommen und ihr Sohn kam ihr viel zu weit weg vor.

Ein Auto näherte sich, aber sie schenkte ihm keine Beachtung. Ihr Blick war auf ihren Jungen fixiert. Auf ihre Rufe hin drehte er den Kopf zu ihr, wandte sich jedoch genauso schnell wieder in die andere Richtung und blickte zum Himmel empor.

Dann ließ er sich über das Geländer fallen und verschwand.

4

Abbe wischte sich mit der Armbeuge den Schweiß von der Stirn. Trotz der Kälte draußen klebte ihm das T-Shirt am Rücken. Er ging vor dem Typ auf dem Stuhl in die Hocke und hörte, wie seine Knie dabei knackten. Dann holte er zu einem Schlag ins Gesicht des Typen aus und traf den Wangenknochen. Deutlich weniger fest als bei den vorherigen Schlägen. Auf Abbes schwarzen, glatten Lederhandschuhen befanden sich feuchte Flecken.

»Bitte! Ich weiß nicht mehr, ich schwöre!«, flehte der Typ. Sobald Abbe weniger zimperlich geworden war, hatte er angefangen zu plaudern. Abbe schätzte den Burschen auf ungefähr zwanzig. Sein Leben würde nie mehr dasselbe sein. Aus dem Kinderzimmer auf Lidingö in diesen beschissenen Raum in einem Herrenhaus bei Mariefred. Der Junge tat Abbe beinahe leid. Blauäugig und naiv, wie er war, hatte er Drogen vertickt und damit die Aufmerksamkeit des Syndikats auf sich gezogen. Der Jungspund hatte eine beträchtliche Menge verschiedener Narkotikapräparate geliefert, die er allerdings nicht über das Syndikat bezogen hatte. Deshalb saß er nun an einem späten Sonntagnachmittag übel zugerichtet vor Abbe und sah sich gezwungen, Fragen zu beantworten.

Abbe hoffte bei jedem Schlag, dass der Bursche auspackte, aber es dauerte lange, bis er klein beigab und sang wie ein

Kanarienvogel. Er bezog seine Ware aus Umeå, über einen Typ namens William. Weitere Namen fielen, darunter einer, der Abbe zu einem extra Schlag motivierte. Jetzt wussten sie, wo sie mit ihrer Suche beginnen mussten.

»Der Kerl hat uns wohl alles erzählt, was er weiß«, sagte Abbe zu Tony, seinem Boss, der normalerweise einen besonderen Handlanger für diese Art von Aufträgen hatte. Abbe hasste es, wenn er einspringen musste, schließlich war er Barkeeper in Tonys Club und kein Schläger. Aber man widersprach Tony nicht.

Tony nahm seine Brille ab und massierte die Nasenwurzel. So wie er gerade auf dem thronartigen Stuhl saß, wirkte er wie ein freundlicher Großvater. Schmaler Brustkorb, nach innen gewölbter Bauch, Schultern und Taille wie ein Achtjähriger. Er sah viel harmloser aus, als er war.

»Ja, scheinbar«, erwiderte Tony, lehnte sich gegen die mit grünem Samt bezogene Stuhllehne und holte sein Handy hervor. »Wir müssen also einen Trip nach Umeå machen. Das hätte ich nie herausgefunden, ich dachte, er hätte das Zeug von jemandem in Südschweden gekauft.«

Abbe richtete sich auf. *Verdammt noch mal,* dachte er, behielt es jedoch für sich. Dass Tony ausgerechnet nach Umeå wollte, war das Worst-Case-Szenario. Er legte die Hände auf die Lendengegend und drückte den Rücken durch. Starrte zu der Stuckatur um den Kronleuchter an der Decke empor, dann wieder auf den blutverschmierten Typ auf dem Stuhl. Er hatte in die Hose gepisst, als sie ihn mit Kapuze über dem Kopf in den Raum brachten. Sie hatten ihn direkt von der Straße in den weißen Transporter gezerrt. Niemand, der zu dem Herrenhaus gebracht wurde, durfte sehen, wie man dorthin gelangte. Abbe hatte ihn nicht gefesselt. Das war nicht nötig gewesen.

Abbe streifte mit Daumen und Zeigefinger den einen Handschuh ab und erwiderte den Blick des Typen. Er hatte die

Hoffnung aufgegeben, lebend davonzukommen. Der anfängliche Schreck war purer Angst gewichen. Blutunterlaufene Augen, heftige Schwellungen und Platzwunden, Blut zwischen den Zähnen, ein gebrochener kleiner Finger, der die Hand vor Schmerz zucken ließ.

Tony gab ihm mit einem leichten Kopfnicken zu verstehen, dass er nach draußen wollte, und Abbe folgte ihm. Den heulenden Jungen ließen sie ungefesselt auf dem Stuhl zurück. Der Kerl war viel zu verängstigt, um etwas zu unternehmen. Die Holzdielen ächzten unter Abbes Gewicht. Tony stellte sich vor den kalten und schwarzen Kamin. Der Raum sah eher wie ein Saal aus – Goldstühle entlang der Wände, mehrere Kronleuchter, schwere Teppiche, unbequeme Sofas, gelbe Tapeten, die aus einem anderen Zeitalter zu stammen schienen. Alles verströmte eine Aura von Reichtum und altem Geld.

»Was machen wir mit dem dadrinnen?«, fragte Tony und deutete auf die kleine Kammer. »Sollen wir ihn umlegen?«

»Wir lassen ihn mit einer Warnung davonkommen«, sagte Abbe. »Er wird niemandem was sagen.«

»Er sieht ziemlich fertig aus und wird reden«, sagte Tony und verschränkte die Arme.

Abbe setzte sich auf einen Divan und massierte seine Fingerknöchel. »Der Kerl dadrinnen ist ein Schwede aus einer reichen Familie«, sagte er. »Einer, der Luxusdrogen an seine Kumpels auf Östermalm verticht. Er wird denen eine Lügengeschichte auftischen, dass er in der Stadt verprügelt wurde, wenn wir es von ihm verlangen. Danach ist er aus dem Spiel raus. Glaub mir. Er wird zurück in den Mutterleib kriechen wollen. Lass ihn laufen und sag ihm, wenn er nicht die Klappe hält, kommen wir wieder und bringen seine Familie um.«

»Was bist du nur für ein verdammtes Weichei. Aber scheiß drauf. Ich verlass mich auf dich«, sagte Tony und äffte Abbes

Akzent nach. Der Boss zog Abbe oft damit auf, dass er wie ein Migrant klang, obwohl er in Bredäng, einem Vorort von Stockholm, aufgewachsen war und schon sein ganzes Leben in Schweden wohnte.

Tony riss die Tür mit einem Quietschen auf. Gleichzeitig klingelte in einer Jacke auf dem Boden ein Handy. Das von dem Typ. Abbe hob es auf. Auf dem Display stand »Mama«. Er schaltete es aus.

»Wie zum Teufel bist du zu diesem Haus gekommen?«, fragte Abbe und nahm seinen Pullover an sich, den er über eine Stuhllehne gelegt hatte.

»Das hier!« Tony lachte laut. »Von einem Adligen, der in meinem Club viel Geld für Nutten gelassen hat. Er hat viel gespielt und schuldete mir Geld. Leider konnte er seine Schulden begleichen, was schade für mich war …«

»Warum schade?«

»Tja, es ist immer gut, wenn man von jemandem, der gute Kontakte hat, eine Schuld einfordern kann. Man weiß nie, wann man so einen Gefallen braucht.«

Abbe schaute hinaus, wann immer sie an einem der vielen Fenster vorbeigingen. Sie waren verhältnismäßig klein, und durch das Glas wirkte die Landschaft draußen verschwommen.

»Dieses Anwesen war seit dem achtzehnten Jahrhundert im Besitz seiner Familie. Hat sich verdammt gut angefühlt, es zu übernehmen.« Tony lachte schallend. »Viel Land drum herum, das man gut gebrauchen kann.«

Wofür, wollte Abbe gar nicht wissen.

»Wie hast du ihn dazu gebracht, seine Schulden zu bezahlen?«

Tony blieb stehen und wandte sich Abbe zu, der ihn um Haupteslänge überragte. »Es gingen Gerüchte um, dass er auf kleine Mädchen stand und sich hier mit ihnen ausgetobt hat. Es hieß, er habe sie in einen der Flügel reingeschmuggelt, während

26

seine Frau zu Hause war. Hatte die Mädchen mehrere Tage dort versteckt, ohne dass die Frau etwas mitbekam.«

Abbe biss die Zähne zusammen. Beim Gedanken an Pädophile brodelte es in seinem Inneren.

»Eines Tages beging er den Fehler, auf den ich gewartet hatte. Er bat mich, ihm ein jüngeres Mädchen zu beschaffen. Natürlich habe ich das getan und das Ganze dokumentiert. Anschließend habe ich dieses Herrenhaus für einen einstelligen Millionenbetrag gekauft.«

»Was ist es wert?«, fragte Abbe.

»Zweiundzwanzig Millionen, mit fünf Hektar Land.« Tony bleckte seine gelben Zähne. »Wenn wir dort oben in diesem verdammten Umeå fertig sind, feiern wir hier und lassen es ordentlich krachen. Die Idee kam mir gerade. Ich bin ein Genie. Zuerst muss ich nur noch zu Ende bringen, was unerledigt blieb, bevor ich für sechs Jahre eingefahren bin.«

Abbes Blick blieb an Tonys Waffe hängen, die er immer im Hosenbund stecken hatte – wie die Karikatur eines Gangsters.

»Pack den Koffer. Wir fahren heute Abend«, sagte Tony.

Abbe atmete tief aus. Er wusste, dass die Reise nach Umeå der Anfang vom Ende sein würde.

5

Viggo starrte auf das Display seines Handys.

Chef der kriminellen Vereinigung Syndikat *Tony Israelsson aus dem Gefängnis entlassen. Gewalteskalation in der Stockholmer Unterwelt befürchtet.*

Sämtliche Muskeln in seinem Körper spannten sich an. Tony war ein freier Mann. Viggos Blick huschte zwischen dem Text und der Tischkante hin und her. Er versuchte, die Situation zu analysieren. Viggo und seine Familie wohnten in Umeå, Tony in Stockholm. Nichts deutete daraufhin, dass Tony wusste, wo Viggo sich aufhielt. Es sei denn, Abbe hatte es ihm erzählt.

Er warf einen verstohlenen Blick auf Estelle, die ihm gegenüber am Esstisch saß. Seine Frau war an diesem Sonntagabend erstaunlich nüchtern, aber das würde sich ändern, wenn sie die Schlagzeile über Tony las. Er war der Grund, warum sie mit dem Trinken angefangen hatte. Nach mehreren Jahren ständigem Über-die-Schulter-Schauen war ihre Angst so schlimm geworden, dass sie Selbstmedikation mit der Flasche betrieb.

Viggo steckte das Handy weg.

Seine und Estelles Tochter Frida setzte sich an ihren Platz am Tisch. In letzter Zeit blieb dieser Stuhl immer häufiger unbesetzt. Sie warf einen Blick auf den Kochtopf voller

Spaghetti. Ließ die Nudeln links liegen und entschied sich für die Salatschüssel. Wie immer. Viggo meckerte nicht länger an ihr herum. Frida war gerade erst siebzehn geworden, und für einen Streit fehlte ihm die Energie. Irgendwann hatte er aufgegeben, da nichts, was er sagte, irgendetwas an ihrem Verhalten änderte. Es führte nur zu Streit. Estelle meinte, das gehöre zum Loslösungsprozess und sei normal, man müsse es einfach akzeptieren und den Dingen ihren Lauf lassen. Viggo war sich da nicht so sicher. Frida stritt bei jeder Gelegenheit. Suchte einen Anlass, um wutentbrannt aus dem Haus zu verschwinden. Manchmal schien es, als stecke ein System dahinter.

Er sah ihr dabei zu, wie sie die dünnen Salatblätter auf den Teller legte. »Kannst du nicht ein bisschen Pasta essen?«, fragte er, einfach weil es sich richtig anfühlte. Viggo kannte bereits die Antwort.

»Nein, das liegt im Magen wie roher Teig und bläht ihn auf wie einen Ballon.«

»Du kannst nicht nur von Salat leben.«

Frida warf demonstrativ das Salatbesteck in die Schüssel, ohne etwas zu erwidern. Estelle blickte vom Tisch auf, lächelte ihre Tochter an und strich ihr mit der Hand über den Arm.

»Entschuldigung«, sagte Frida, nahm ein Spinatblatt und schob es sich in den Mund. Viggo blickte auf ihre Hand. Über einen Fingerknöchel verlief eine kleine verschorfte Narbe, als hätte sie damit irgendwo dagegengeschlagen.

»Was hast du mit deiner Hand gemacht?«, fragte er.

»Nichts.«

»Aber du hast da eine Narbe«, sagte er und deutete darauf.

Frida lehnte sich in den Stuhl zurück und fuhr sich mit beiden Händen durchs Haar. »Papa, das ist nichts. Okay? Hör auf, dir wegen jeder Kleinigkeit Sorgen zu machen.«

Insgesamt geht es ihr anscheinend gut, dachte er.

Das Leben im Versteck hatte auch Frida hart zugesetzt. Alles wegen seiner dummen Entscheidung. Während ihrer gesamten Teenagerjahre war sie ständig von einem Wohnort zum anderen umgezogen. Viggos schlechtes Gewissen sorgte dafür, dass er Frida alles durchgehen ließ. Als Einzelkind musste sie mit niemand um Aufmerksamkeit konkurrieren. Trotzdem schien sie immer mehr davon zu brauchen.

Er betrachtete seine Tochter. Sie stocherte mit der Gabel in dem Salat auf ihrem Teller herum und war gleichzeitig mit ihrem Smartphone beschäftigt. »Frida, kannst du das Handy beim Essen nicht weglegen?«

Sie blickte auf und legte das Gerät neben den Teller. »Zufrieden?«

Er musste lachen. *Kleiner Trotzkopf,* dachte er. »Fühlst du dich in Umeå wohl?«, fragte er.

Sie zuckte mit den Schultern. »Was bleibt mir anderes übrig?«

Viggo wusste darauf keine Antwort.

An dem Tag, an dem Tony für eine Reihe von Verbrechen verurteilt wurde, beschlossen sie, nicht mehr ständig umzuziehen, und ließen sich in Umeå nieder. Jetzt lebten sie schon so viele Jahre in Ruhe und Frieden, dass Viggo seine Vergangenheit fast vergessen hatte. Er spielte immer noch Poker, aber nur im Internet, meistens auf geschlossenen Seiten, wo man nur auf Einladung teilnehmen durfte. Eine Vorsichtsmaßnahme. Aber manchmal vermisste er das Geräusch, wenn Spielkarten gemischt wurden, und das Gefühl, im Mittelpunkt zu stehen. Oder die Möglichkeit, die Mimik seiner Gegenspieler zu lesen. Viggo hatte mit seinem Talent viel Geld verdient und brauchte nicht mehr. Aber es war schwer, ganz auf die Spannung und das Siegesgefühl zu verzichten. Als Viggo sich auf der Gewinnerspur befand und Tony in dessen Club in Stockholm kennenlernte, hatte die Scheiße begonnen. Tony umgab sich mit Menschen, die Macht und Geld besaßen. Viggo hatte sich davon verführen lassen. Als er Tonys Angebot ausschlug, mit dem Pokerspielen Geld zu waschen, setzte der Gangsterboss ein Kopfgeld auf ihn aus. Die Polizei hatte ihn durch Zufall gerettet, als sie Tony im Zusammenhang mit einem anderen Fall abhörte und von einem geplanten Auftragsmord an Viggo erfuhr.

Von da an nahm das Leben einen neuen Lauf. Viggo und seine Familie mussten alles stehen und liegen lassen und sich vor dem Syndikat verstecken. Die Polizei fand, dass die Gefährdung nicht für neue Identitäten mit geänderten Personennummern ausreichte. Stattdessen erhielten sie vom Finanzamt geschützte Einträge im zentralen Melderegister. Diese Maßnahme erforderte den Umzug an einen anderen Wohnort und die Einhaltung bestimmter Regeln. Die Personenschutzabteilung der Polizei tat, was sie konnte, aber Viggo bekam nicht die Hilfe, die eine neue Identität mit sich gebracht hätte. Aus diesem Grund konnte die Familie in den ersten paar Jahren nicht zur Ruhe kommen. Erst als Tony hinter Gittern landete, fühlten sie sich etwas sicherer.

Das Schwierigste für Frida war, nicht in den sozialen Medien präsent sein zu können, während Viggo sich mit alltäglichen Dingen wie Autokauf oder Online-Shopping herumschlagen musste. Weil es nicht möglich war, Kreditauskünfte über ihn einzuholen, verwandelten Kleinigkeiten sich in große Probleme.

Was passiert jetzt, wo Tony draußen ist?, dachte er und warf einen Blick auf Frida, die inzwischen wieder ihr Handy an sich genommen hatte. Man hatte Viggo geraten, nach Norwegen zu ziehen, aber Estelle wollte, dass Frida in Schweden aufwuchs. Die Entscheidung der Familie, sich in Umeå niederzulassen, war Abbes Idee gewesen und hatte sich im Nachhinein als gute Wahl erwiesen. Viggo verließ sich auf Abbes Einschätzung, dass diese Stadt außerhalb der Interessensphäre des Syndikats lag. Sie lag weit genug im Norden des Landes, um sicher zu sein, und war gleichzeitig ein geeigneter Ort für Frida, um aufzuwachsen – auch dank der guten Schulen und der Universität in der Nähe. Sie hatte hier Freunde gefunden und konnte ein normales Teenagerleben führen, abgesehen von ein paar Einschränkungen, zu denen der Verzicht auf die Nutzung sozialer Medien gehörte.

Mit Tony im Knast hatte Viggo sich in einer trügerischen, aber unglaublich befreienden Sicherheit gewogen. Jetzt konnte er nur darauf hoffen, dass Tony nach seiner Entlassung nicht versuchen würde, ihn aufzuspüren. Dass er wichtigere Probleme hatte, als sich um Viggo zu kümmern.

»Viggo? Hallo!« Estelles Stimme riss ihn aus seinen Überlegungen.

»Entschuldigung, ich war gerade in Gedanken.«

»Was meinst du, darf Frida nächstes Wochenende auf die Party?«

Viggo warf einen Blick auf Frida, die soeben mit ihrem Teller und ihrem Glas in der Hand aufgestanden war und sich zum Gehen anschickte. Er hatte das Gespräch zwischen seiner Frau und seiner Tochter nicht mitbekommen und wusste nicht, was er antworten sollte. »Können wir später darüber reden?«

Frida seufzte. »Wie immer! Ich kann nie etwas planen, nur wegen diesem scheiß Tony. Ich hasse ihn!«

Viggo sah seiner Tochter nach, wie sie mit klappernden Absätzen die Küche verließ.

6

Per Berg drückte auf den Knopf im Aufzug des Polizeireviers. Er wollte in den ersten Stock, wo sich das Dezernat für Schwerkriminalität befand. Nachdem die Türen zugeglitten waren, zog er den Pullover hoch und stach sich die dünne Nadel in den Bauch. Sechs Einheiten Insulin. Da er ein leichtes Frühstück zu sich genommen hatte, brauchte er nicht mehr, um den Blutzuckerspiegel konstant zu halten. Sobald die Türen mit zischendem Geräusch aufgingen, sah er sich Kicki, der Archivarin des Dezernats, gegenüber.

»Verdammt kalt heute«, sagte sie und zog den Reißverschluss ihrer schwarzen Daunenjacke hoch, während sie den Aufzug im gleichen Augenblick betrat, in dem Per ihn verließ. Wie immer sah sie wie eine Bohemienne aus. Kicki trug stets ihre weinroten Doc-Martens-Stiefel, eine bunte Strumpfhose und einen selbst gestrickten Pullover, der auch selbst gestrickt aussah.

»Dir auch einen guten Montagmorgen«, gab Per zurück. »Wohin willst du? Wir haben doch gleich eine Besprechung.«

»Hab mein Handy daheim vergessen, bin gleich wieder da.« Während die Aufzugtüren zuglitten, sprach Kicki weiter. »Schau im Logbuch nach, wir haben einen mutmaßlichen Mord an

33

einer Frau, ist eben erst reingekommen. Den übernehmt ihr, du und Charlotte.«

Per blieb noch einen Moment stehen, legte den Kopf in den Nacken und blickte zur Decke empor. *Verdammt, können die Leute nicht aufhören, sich gegenseitig umzubringen?*, dachte er.

Er ging weiter ins Dezernat. Charlotte saß bereits an ihrem Schreibtisch. Sie war seine stellvertretende Ermittlungsleiterin und die beste Partnerin, die er jemals gehabt hatte. Und das, obwohl sie aus Stockholm kam.

»Hast du von der Frau gehört?«, fragte er, woraufhin sie den Blick vom Bildschirm ab- und sich ihm zuwandte. Heute trug sie ihr dunkles Haar offen und lockig, während sie es sonst meistens zu einem strengen Knoten hochsteckte. Der rote Lippenstift, den sie stets auftrug, hob eine strahlend weiße Reihe makelloser Zähne hervor, wenn sie lächelte. Wie in einer Zahnpastareklame. In letzter Zeit tat sie dies immer häufiger, worüber er sich freute.

»Ja. Der Mord muss wohl unmittelbar vor dem Wochenende passiert sein. Das meinten jedenfalls die Kollegen von der Streife, die als Erste am Tatort waren. Die Kriminaltechniker sind unterwegs.«

Bis auf wenige norrländische Worte sprach sie mit einem ausgeprägten Stockholmer Dialekt. Aber es war nicht allein die Wortwahl, die ihre adlige Herkunft verriet, sondern vielmehr der Umstand, dass sie sich stets korrekt und vornehm ausdrückte. Sie fluchte nie, weshalb Per sich jedes Mal schämte, wenn er es tat. Manchmal ertappte er sich dabei, dass er sein Verhalten dem seiner Kollegin anpasste. Zum Beispiel behielt er die Schuhe an, wenn er sie bei ihr zu Hause besuchte.

»Solltest du nicht heute zu deinem Diabetes-Spezialisten gehen und dir ein Attest ausstellen lassen?«, fragte sie und erhob sich von ihrem Stuhl.

Auch anhand ihrer Haltung konnte man ihre Herkunft erkennen. Aufrecht und mit erhobenem Haupt. Per hatte sich bemüht, genauso aufrecht zu gehen, schaffte es aber nur für kurze Zeit, die Schultern gerade zu halten.

»Das war am Freitag. Ich treffe mich im Laufe des Tages mit Kennet. Dürfte eigentlich kein Problem sein.« Er klopfte sich mit der Hand auf den Bauch. »Ich habe mich zusammengerissen und in einem Jahr zwölf Kilo abgenommen. Dank Padel-Tennis.«

Per war mit sich zufrieden. Kennet, sein Vorgesetzter und zugleich Polizeidistriktchef in Umeå, hatte ihm ein Ultimatum gestellt, nachdem Per bei einem Einsatz im vorigen Sommer beinahe ums Leben gekommen wäre: Kümmere dich um deinen Diabetes oder geh in den Innendienst.

»Wie läuft es mit der Psychologin?«, fragte Charlotte.

»Ganz okay, glaube ich.« Per zog den Mantel aus. »Wenn ich nicht zu ihr gegangen wäre, wäre es mit meiner Polizeikarriere wohl aus gewesen, und mit meiner Ehe genauso.«

»Anja und ich haben ein Haus gefunden, das wir kaufen wollen. Kannst du es dir zusammen mit Mia anschauen?«

Per zuckte mit den Schultern. »Na klar. Wo liegt es?«

»Auf Ön.«

»Natürlich«, sagte er und lächelte sie an.

Charlotte verdrehte die Augen und setzte sich neben Anna, eine aufgeweckte junge Kollegin im Ermittlerteam. Sie galt im Polizeirevier als der größte Gesundheits- und Fitnessfreak. Oder das schlechte Gewissen des gesamten Reviers, weil sie ständig alle anderen daran erinnerte, wie unfit sie im Vergleich zu ihr waren. Statt Kaffee trank sie stets Tee, joggte zur Arbeit und unternahm im Urlaub Bergtouren. Wegen ihrer vielen Freiluftaktivitäten hatte Anna immer rote Wangen. Ihre bedeutendsten Eigenschaften im Team waren Geduld und

Gewissenhaftigkeit. Per nannte sie manchmal Duracell-Anna, weil sie immer voller Energie steckte.

Per setzte sich so, dass er Kennet sehen konnte, der vor ihnen stand. Eigentlich war es unüblich, dass ein Polizeidistriktchef sich aktiv an Ermittlungen beteiligte, aber Kennet war bekannt dafür, dass er sich in die Arbeit einmischte. Andere Dezernatsleiter störte dies, aber Per gehörte nicht dazu. Er wusste es vielmehr zu schätzen, dass Kennet so engagiert war. Kennet wollte gerade etwas sagen, als die Tür langsam aufging. Kicki. Beim Hinsetzen fing sie sich einen irritierten Blick von Kennet ein.

»Ich weiß, dass ihr heute Morgen einen mutmaßlichen Mord zugeteilt bekommen habt, und ihr werdet euch bald darauf konzentrieren. Aber zunächst möchte ich eine andere Sache berichten. Gestern Abend hat sich ein sechzehnjähriger Junge mit einem Sprung von der Brücke an der Westumgehung das Leben genommen, und zwar direkt vor den Augen seiner Eltern. Äußerst tragisch.«

Keiner der im Raum anwesenden fünf Polizisten sagte etwas. Per musste an seine eigenen Söhne Simon und Hannes denken. Im Polizeidienst wurde irgendwann jeder mit Selbstmordfällen konfrontiert, aber keiner kam damit klar, wenn Kinder und Jugendliche keinen anderen Ausweg sahen.

»Ich habe Mats Söderström gebeten, an unserer Besprechung teilzunehmen. Wie ihr wisst, kümmert sich die neue Abteilung der Polizeiregion Nord ausschließlich um verschwundene und verstorbene Personen aus unseren vier Polizeidistrikten. Sie untersteht der Ermittlungssektion für Norrbotten, Västerbotten, Västernorrland und Jämtland. Mats ist der neue Sektionschef und damit für das Team verantwortlich.«

Kicki hob zaghaft die Hand. Kennet deutete auf sie.

»Was macht die neue Abteilung konkret?«

»Also, wenn jemand in unserer Region als vermisst gemeldet wird, kümmern sich zunächst unsere operativen Einsatzgruppen darum. Die Gruppe von Mats wird bei Bedarf hinzugezogen. Sie prüft dann, wie die Ermittlungen durchgeführt wurden, ob alles korrekt ablief oder ob weitere Maßnahmen erforderlich sind. Liegt ein Gewaltverbrechen vor, übernimmt unser Dezernat für Schwerkriminalität. Handelt es sich wie in diesem Fall um Selbstmord, werden entsprechende Maßnahmen ergriffen. Aber ihr wisst ja, dass wir es manchmal mit toten Flüchtlingen oder Obdachlosen zu tun haben, deren Identität wir nicht kennen … dann ist es die Aufgabe von Mats' Team, diese zu ermitteln. Und so weiter.«

Alle Anwesenden kannten Mats bereits, da er lange bei der Fahndungsgruppe gewesen war und eng mit dem Dezernat für Schwerkriminalität zusammengearbeitet hatte.

Kennet räusperte sich. »Also, in letzter Zeit verzeichnen wir einen hohen Anstieg bei Opioiden wie Tramadol und Dolcontin. Der dänische Zoll meldete die Beschlagnahme einer Rekordmenge Tramadol von über hunderttausend Tabletten. Die Lieferung war für eine Adresse in Stockholm bestimmt, aber der Anstieg hier bei uns ist aufsehenerregend, und der Zoll hat den Verdacht, dass es Drogentransporte hierher gibt. Der Junge, der Selbstmord beging, hatte diese Droge sowohl in seinem Körper als auch …« Er machte mitten im Satz eine Pause. »Mats wird den Eltern einen Besuch abstatten und mit ihnen reden. Vielleicht können wir nachverfolgen, woher er die Pillen hatte.«

»Das ist ja ein als Narkotikum klassifiziertes Medikament«, sagte Charlotte. Jeder Polizist wusste sehr gut, was es war. »Gibt es hier in der Region einen Arzt, der das verschreibt?«

»Das wissen wir noch nicht. Dieses Medikament ist mit Morphin und Heroin verwandt und wird in der Krankenpflege als Schmerzmittel verwendet. Deshalb ist es beunruhigend, dass es da draußen in so großen Mengen in Umlauf ist … Also – woher kann das kommen?«, fragte Kennet.

»Bei so großen Mengen glaube ich nicht an gefälschte Rezepte, sondern an Schmuggel«, sagte Charlotte. »Tramadol hat ein extrem hohes Suchtpotenzial. Laut Auskunft von Krankenhäusern kommen immer mehr Jugendliche mit dieser Substanz im Blut in die Notaufnahme.«

»Was hat das mit uns zu tun?«, fragte Kicki.

»Ich möchte, dass ihr die Augen offen haltet und daran denkt, wenn ihr Leute vernehmt und mit ihnen redet. Wir müssen die Einfuhr von Drogen in unsere Region stoppen und tun dies in Zusammenarbeit mit sämtlichen Einheiten, auch über Provinzgrenzen hinweg. Wie es aussieht, verkauft jemand Drogen, als wären sie Süßigkeiten. Tobbe Antonsson und sein Team in der Fahndungsgruppe sind informiert, da Drogen in ihre Zuständigkeit fallen. Und jetzt auch in eure.«

»Warum wurde an dem Jungen eine Obduktion vorgenommen, obwohl kein Verdacht auf ein Verbrechen vorliegt?«, fragte Kicki.

Eine berechtigte Frage, dachte Per.

»Weil auf dem Eis, wo sich seine Leiche befand, Blisterpackungen mit einer Menge dieser Pillen herumlagen«, sagte Kennet.

7

Linn betrachtete ihre Freundin, die neben ihr rücklings auf dem Bett lag. Aus Fridas Augen liefen Tränen zu den Ohren hinab. Seit sie wusste, dass Anton sich das Leben genommen hatte, weinte sie ununterbrochen.

»Warum hat er das getan? Wie kann man nur freiwillig von einer Brücke springen?«, sagte Frida und wandte sich Linn zu.

»Alle, die Anton kennen, wissen, dass er Probleme hatte. Er hat doch selbst gesagt, dass er ohne Drogen nicht existieren könnte.«

Frida nickte. »Aber es ging ihm doch wieder besser. Das hat er mir erzählt, als ich mit ihm gesprochen habe. Es ging ihm besser und er hat Hilfe bekommen.«

Linn griff nach einer Rolle Klopapier, riss ein Stück ab und wischte vorsichtig die Tränen aus Fridas Gesicht. Aber die drückte ihre Hand weg und wandte sich von ihr ab.

»Du verstehst einfach nicht, wie weh das tut«, sagte Frida.

Linn saß schweigend da. Sie suchte krampfhaft nach einer klugen Bemerkung, doch ihr fiel keine ein. Frida war enger mit Anton befreundet gewesen als sie, aber Linn konnte nicht umhin, dass das Drama sie nervte. So nah standen sich die beiden nun auch wieder nicht.

»Ich werde ihn ganz schrecklich vermissen«, sagte Frida leise.

Die Matratze bewegte sich, als Linn sich im Bett aufsetzte und auf den Spruch blickte, den sie eingerahmt und an die Wand gehängt hatte: *Don't let yesterday take up too much of today.* Als Nächstes wanderte ihr Blick zu ihrem Schreibtisch, auf dem die Schulbücher der Größe nach gestapelt lagen. Linn mochte ihr Zimmer. Es war ordentlich und in Hellrosa, Weiß und Grau gehalten. In der linken Ecke stand eine weiße Orchidee, die zu den Farbtönen passte. Fridas Zimmer dagegen war das absolute Chaos. In dieser Hinsicht waren Linn und sie verschieden.

»Wenn du raten müsstest, wie lange, glaubst du, lebst du noch?«, fragte Frida.

Linn reagierte auf die unangenehme Frage, indem sie die Augenbrauen hochzog. »Also, vielleicht bis ich siebzig bin.«

»Siebzig? Um Gottes willen! So lange leben, das packe ich nicht.«

»Was meinst du damit?«, fragte Linn.

»Wer will schon so lange leben? Ich glaube, ich werde vielleicht zwanzig.«

Drama-Queen, dachte Linn, musterte Fridas Gesicht und suchte darin nach einer Spur von Ironie. »Keine Chance«, sagte sie und stupste ihre Freundin an – ein Versuch, die Stimmung zu lockern. »Jetzt redet Depri-Frida.«

Frida nahm ihr iPhone, das in einer rosa Hülle steckte, und scrollte durch ihre Fotos. Schien nach etwas zu suchen. Schließlich hielt sie bei einem inne, das Anton zeigte. Frida bestand stets darauf, dass Anton in sie verknallt war, aber Linn war sich nicht so sicher. Anton schien sich hauptsächlich für Pillen zu interessieren und wie man sich vor Bakterien schützte. Er war genauso mit sich selbst und seinen kranken Problemen beschäftigt wie Frida. Was ihn vermutlich mit Frida zusammengeführt hatte, war seine Vorliebe für Drogen und endlose

Diskussionen darüber, wie man am besten mit seinen Ängsten klarkam.

Linn wusste, dass Frida sich mit einem Lockenstab Verbrennungen zufügte. Die Narben verbargen sich meistens unter dem Hosenbund, aber Frida versuchte nie, sie vor Linn zu verstecken. Sie weigerte sich jedoch, darüber zu reden, wenn Linn sie darauf ansprach. Das war ein Thema in Fridas Leben, zu dem nicht einmal Linn Zugang hatte. Jetzt, wo sie auf dem Bett lag und ihre Jogginghose weit unter die Hüfte gerutscht war, konnte man die Brandnarben deutlich sehen. Einige waren ganz frisch und rot, mit einer dünnen Wundkruste bedeckt. Andere waren lila oder hatten sich in weiße Narben verwandelt. Die Wunde an der Hand hatte sie sich zugezogen, als sie sich übergeben wollte und sich die Finger tief in den Rachen gesteckt hatte. Frida hatte ihr davon erzählt und dabei gelacht.

Als es an Linns Tür klopfte, zuckten beide zusammen. Ehe Linn »herein« rufen konnte, öffnete ihre Mutter die Tür. *Warum klopfst du an, wenn du sowieso einfach reinkommst?*, dachte sie, sagte aber nichts.

Ihre Mutter lehnte sich an den Türrahmen. Linn beneidete sie um ihre schlanke Figur. Bei ihr dagegen hatten sich eindeutig die Gene ihres Vaters durchgesetzt. Ein kräftiges Knochengerüst und ein schiefer Vorderzahn. Ein positives Gen waren die großen dunklen Augen. Die hatte ihre Mutter nicht.

Linns Vater lebte in Stockholm. Sie war ihm nur einmal begegnet, als sie ungefähr sieben Jahre alt war. Auf ihrem Computer hatte sie ein Foto von dieser Begegnung. Als sie noch kleiner war, hatte sie ihre Mutter oft gefragt, ob sie nach Stockholm fahren und ihn besuchen könne. Dieser Wunsch ging nie in Erfüllung. Sie wusste nicht einmal, wie ihr Vater hieß.

»Hallo, alles klar bei euch dadrinnen?«, fragte ihre Mutter. Linn wunderte sich über ihren milden Ton. Meistens klang sie schroff, als würde sie nur fragen, weil man es als Mutter eben so machte, nicht weil sie sich wirklich um ihre Tochter scherte.

Frida antwortete nicht. Sie sah auf ihr Handy.

»Geht so«, sagte Linn. »Wir versuchen zu verstehen, warum Anton von der Brücke gesprungen ist.«

Ihre Mutter blieb im Türrahmen stehen und betrachtete Frida. »Das tut mir leid, aber der Junge war nicht gesund. Ihr hättet nichts machen können.« Sie ließ eine Hand auf der Türklinke ruhen. »Linn, es ist in Ordnung, dass du heute zu Hause bleibst, aber morgen gehst du wieder in die Schule, okay?«

Linn nickte. Sie wollte einfach nur, dass ihre Mutter verschwand.

»Sagt mir Bescheid, wenn ihr was zu essen wollt. Wir können Zimtschnecken backen«, sagte sie und ging. Die Tür ließ sie angelehnt.

Deine scheiß Zimtschnecken kannst du dir sonst wo hinstecken, dachte Linn.

Frida und Linn hielten sich schweigend die Hände und verschränkten die Finger ineinander. Der Anflug eines Lächelns spielte um Fridas Lippen, während gleichzeitig neue Tränen aus ihren Augen quollen. Mit der freien Hand hielt sie ihr Handy hoch. »Hat Mama Camilla heute neue Fotos für Instagram gemacht?«, fragte sie und tippte auf die App auf ihrem Handy.

Linn legte sich neben sie auf den Rücken und ließ ihre Hand los. Seufzte laut, hob beide Arme und malte mit dem Zeigefinger Figuren in die Luft. »Heute Morgen«, erwiderte sie und sah Frida zu, wie sie das Profil *camillahappymom* anklickte.

»Warum hat sie ihr Profil so genannt?«, fragte Frida, eigentlich ohne eine Antwort zu erwarten. Sie scrollte zu dem Foto, das Linns Mutter hochgeladen hatte. Es zeigte Linn am Frühstückstisch, wie immer geschminkt. Die langen aschblonden Haare fielen über die Schulter herab und rahmten das

Gesicht ein. Sie lächelte breit und trug einen neuen Pullover von Moncler. Linn fand, dass er verdammt schick aussah. Ihre Mutter kaufte ihr teure Markenklamotten, um auf Instagram damit angeben zu können.

Auf dem Tisch vor Linn waren Eier, eine Schale mit Joghurt und verschiedenen Beeren sowie ein Glas knallgelber Saft aufgebaut. Ein professionell angerichtetes Frühstück, das aussah, als hätten sie es in einem Café bestellt, was auch der Fall gewesen war. Eine Vase mit bunten Blumen im Hintergrund rundete das Ganze ab. Unter dem Foto stand der Text: *Gemütliches Frühstück mit meinem Liebling. #happymom*

»Diese Fotosession hat eine Stunde gedauert«, sagte Linn und riss Fridas Handy an sich. »Ich kann diesen verdammten Mist nicht mehr sehen. Es reicht schon, was ich in der Schule alles aushalten muss.«

Linn hatte eine total durchgeknallte Mutter, aber wenigstens war sie keine Alkoholikerin wie Fridas.

Linn legte die Beine über Kreuz wie eine Brezel. Ihre Oberschenkel waren dünner geworden. Sie war selbst überrascht, wie leicht ihre Waden und Schenkel ineinander übergingen. Eine Belohnung inmitten der ganzen Scheiße. Wie Frida steckte auch sie sich den Finger in den Hals, das taten fast alle Mädchen. Aber sie sprachen nur selten darüber. Ihre Gespräche drehten sich meistens um Partys, Jungs und Kleider und darum, was sie nach ihrem Schulabschluss machen würden und dann das Leben endlich beginnen konnte.

»Du, ich muss dir was erzählen«, sagte Frida und wich dabei Linns Blick aus. »Anton wusste, was im Nydalahaus passiert ist.«

»Was meinst du mit ›was passiert ist‹?«, fragte Linn.

»Ja … also … ich hab ihm erzählt, dass ich mit William abhänge und so. Und ein bisschen darüber, dass er bestimmt, wer zu den Partys im Nydalahaus eingeladen wird.«

Linn fuhr vom Bett hoch. »Was?! Darüber darfst du niemandem was erzählen!«

»Ich weiß, aber Anton ist mir ständig wegen William in den Ohren gelegen, und da habe ich …«

»Wenn unsere Eltern davon Wind bekommen, ist der Teufel los, ist dir das klar?!«

Man sprach nicht über das Nydalahaus oder über Drogen. Wer gegen diese ungeschriebene Regel verstieß, wurde ausgeschlossen. Linn und Frida gingen in die erste Klasse im Gymnasium und wollten nicht draußen landen.

Es hatte damit begonnen, dass William Frida eingeladen hatte. Warum, war Linn schleierhaft, Frida passte nicht in sein Beuteschema. Er war zweiundzwanzig, besaß ein Auto, sah gut aus und ging auf die Uni. Wirkte ständig zugedröhnt. Die Mädchen auf der Dragonskolan nannten ihn den schönen Willi. William konnte jede ins Bett kriegen und tat das auch.

Alle wussten, dass William der Typ war, der einem beschaffen konnte, was man wollte, und er organisierte die Partys im Nydalahaus. Wurde man zu ihnen nicht eingeladen, war man ein *Nobody*, eine graue Maus. Wenn man neu aufs Gymnasium kam, war eine Einladung ins Nydalahaus das große Ziel. Dieser Gruppendruck machte vielen zu schaffen. Die Teilnahme an den Partys entschied, wer von den Schülern angesagt war und wer nicht. Manche taten nahezu alles, um eine Einladung zu bekommen.

»Anton hat mir vor ein paar Wochen etwas erzählt«, fuhr Frida fort und strich sich mit der Hand durch die langen Haare.

»Was denn?« Linn setzte sich wieder aufs Bett.

»Dass er in irgendetwas mit Drogen verwickelt war.«

»Aber das ist doch kein Geheimnis, oder?«

»Nein, aber er hat mir einen Haufen Blisterpackungen gegeben, damit ich sie verstecke. Er hat sich nicht getraut, sie daheim aufzubewahren, hat er gesagt.«

44

Linn sah ihre beste Freundin an und versuchte zu ergründen, ob sie das ernst meinte. »Hast du sie bei dir daheim?«

Frida nickte. »Ich hatte sie versteckt, das war fast ein bisschen spannend, Drogen verstecken wie in einem Film.« Sie kicherte.

»Hatte?«, fragte Linn.

»Er hat mich vor ein paar Wochen gefragt, ob ich sie für ihn aufbewahren könnte.« Obwohl Frida stets übertrieben dramatisch klang, fand Linn, dass diese Story wirklich spannend war.

»Aber als ich das letzte Mal nachgeschaut habe, waren sie weg. Er muss sie geholt haben, schließlich wusste er, wo sie lagen und so.«

»Konntest du ein paar für dich abzweigen?«, fragte Linn.

»Ja, klar. Was sollte er auch mit dem ganzen Zeug anfangen? Ich habe alles gefilmt.«

»Kann ich es sehen?«

Frida schüttelte den Kopf und lachte.

»Komm schon, wir wissen doch eh alles übereinander«, sagte Linn und beugte sich zu Frida vor. »Komm schon, zeig's mir!«

Frida nahm das Handy und hielt es Linn hin. Sie hatte die Drogen in ihrer Schreibtischschublade versteckt. Der Film zeigte mehr Blisterpackungen, als Linn zählen konnte.

»Woher hatte er das alles?«

»Weiß nicht«, sagte Frida. »Wen interessiert's?«

8

Auf dem Weg nach draußen setzte Charlotte ihre Mütze auf und zog sie so weit wie möglich über die Ohren. Der Himmel hatte aufgeklart und eine dünne Schneedecke lag über allem. Sie rümpfte die Nase und kniff die Augen zusammen, um nicht von der Sonne geblendet zu werden. Die Nachricht über Tony beanspruchte ihre Gedanken. Wusste er, wer sie war?

Charlotte drehte sich zu Per um, der dicht hinter ihr herging und seinen blauen Mantel zuknöpfte. »Hast du keine Mütze?«, fragte sie und schob die Gedanken an Tony beiseite. Sie ging rückwärts, damit sie Per ansehen konnte, wenn sie mit ihm sprach. Da niemand auf dem Parkplatz des Polizeireviers Schnee geräumt hatte, hinterließ sie tiefe Spuren.

»Brauche ich nicht, ich habe ja meinen Helm«, erwiderte er und fuhr sich mit den Händen durch die dichten dunklen Haare.

»Dieser Mantel ist sehr schick. Ich bin froh, dass du dich nicht wie alle anderen Männer in dieser Stadt kleidest«, sagte Charlotte und ging wieder vorwärts. Alle trugen die gleichen Jacken derselben Marke – Peak Performance. Etwas anderes, das ihr seit ihrem Umzug hierher aufgefallen war, war die Begeisterung der Frauen für Thermohosen im Winter. In Charlottes Welt waren diese eine passende Bekleidung zum

Skifahren, nicht, um damit zum Einkaufen oder auf After-Work-Partys zu gehen. Aber hier oben war der Schutz vor der Kälte wichtiger als die Mode. Charlotte hatte sich geschworen, niemals eine außerhalb der Skipiste zu tragen.

Bei jedem Ausatmen war ihre Atemluft sichtbar, und die Lippen spannten. Vorsichtig fuhr sie mit dem Zeigefinger darüber und blickte auf die Hand. Der Lippenstift war weg. »Ich frage mich, wie lange es dauert, bis ich mich an die Winter hier oben gewöhne«, sagte sie und gestand sich ein, dass eine Thermohose jetzt doch nicht schlecht wäre.

»Hör auf zu jammern, du Frostbeule. Wir müssen doch nur über die Straße«, erwiderte Per und streifte sich ein Paar schwarze Lederhandschuhe über. Als er in die Hände klatschte, hallte das Geräusch über den Hof des Polizeireviers.

»Wo genau ist der Tatort?«

Sie gingen durch das mit einem Nummernschloss gesicherte Drehgatter, ein Teil der äußeren Schutzvorrichtung, die heute in so gut wie allen schwedischen Polizeirevieren zur Standardausstattung gehörte. Ihr Arbeitsplatz war ein geschütztes Objekt.

»Dressyrgatan 5. In Fußnähe von uns.«

»Eine ruhige Gegend für einen Mord, mitten in der Stadt. Dort wohnen vorwiegend ältere Leute und Familien mit Kindern. Verbrechen kommen dort eigentlich selten vor.«

»Die Kriminaltechniker sind vor Ort. Vielleicht können wir uns gleich ein gutes Bild davon machen, was passiert ist«, sagte Charlotte.

Als sie den geräumten Gehsteig erreichten, trampelten sie sich den Schnee von den Füßen und bogen in die Dressyrgatan. Ein Schneepflug näherte sich ihnen von hinten und schob die Schneemassen an den Straßenrand, weshalb Charlotte und Per sich so weit wie möglich an der Häuserseite des Gehsteigs hielten. Charlotte fand es gut, dass man hier oben im Norden kein

Salz streute. Auf diese Weise blieben die Straßen weiß und frei von Schneematsch.

Als sie bei der Adresse ankamen, sah Charlotte den Van der Kriminaltechniker, noch bevor sie die Hausnummer erkannte. Sie legte den Kopf in den Nacken und betrachtete das dreistöckige Haus. Das grelle Sonnenlicht verstärkte die gelbe Nuance der Ziegelfassade. Einige der Wohnungen hatten verglaste Balkone. Eine Feuertreppe führte bis in den dritten Stock.

»Welches Stockwerk?«, fragte Per.

»Ganz oben.«

»Der Täter kann über den Balkon eingedrungen sein«, sagte Per und deutete zur Wohnung des Mordopfers hoch.

Die Eingangstür stand offen. Statt des Aufzugs nahmen sie die Treppe. Die grauen Steinplatten waren mit Schnee und Kieselsteinen verschmutzt, die unter den Schuhen knirschten.

Im zweiten Stock hatte sich eine Gruppe Menschen vor dem blau-weißen Plastikband versammelt, das den Zugang zum Tatort eine Etage höher abriegelte. Ihre Blicke folgten den beiden Polizisten in Zivil, als diese vorbeigingen.

Per blieb stehen, drehte sich um und hielt sich mit einer Hand an dem schwarzen Kunststoffgeländer fest. Charlotte wartete ein paar Stufen weiter oben.

»Wohnen Sie in diesem Haus?«, fragte Per.

Alle nickten.

»Hat schon jemand eine Zeugenvernehmung mit Ihnen durchgeführt?«

Sie schüttelten den Kopf.

Die Einzige, die anscheinend noch Sprechvermögen besaß, war eine junge Frau. »Was ist mit Unni passiert?« Sie hatte stark gerötete Augen mit geschwollenen Lidern.

»Darauf können wir jetzt nicht eingehen, aber ein Kollege wird Ihnen ein paar Fragen stellen. Wir würden uns freuen, wenn Sie uns helfen und versuchen, sich an so viel wie möglich zu erinnern.«

Niemand antwortete. Die junge Frau wischte sich die Tränen aus den Augen. Ein Mann aus der Gruppe nahm sie in den Arm.

Die Frau war eine wichtige Zeugin, da sie das Opfer anscheinend kannte. Charlotte machte sich im Hinterkopf eine Notiz, mit ihr persönlich zu reden.

Vor der Wohnungstür des Mordopfers stand ein Polizist und händigte Charlotte ein Paar Überzieher für die Schuhe, einen Mundschutz und Latexhandschuhe aus. Er wies sie darauf hin, dass sie sich nicht völlig frei in der Wohnung bewegen konnten, weil die Spurensicherung mit der Untersuchung des Tatorts in vollem Gang war. »Die sind noch lange nicht fertig«, sagte er und gab Per die gleiche Ausrüstung.

Charlotte streifte sich die Handschuhe über und strich mit den Fingern einer Hand über das Zylinderschloss der Wohnungstür.

»Keine Einbruchspuren«, sagte der Polizist. »Die Balkontür ist abgeschlossen. Also war entweder die Wohnungstür unverschlossen oder sie hat den Täter ganz einfach hereingelassen.«

»Jemand, den sie kannte, was bei Überfällen nicht ganz ungewöhnlich ist«, erwiderte Charlotte und dachte an die Frau mit den verweinten und geröteten Augen im Treppenhaus.

Als sie den Flur betrat, wehte ihr ein Windstoß entgegen. Trotz der Daunenjacke verschränkte sie die Arme vor der Brust. In der Küche, die geradeaus lag, stand ein Fenster sperrangelweit offen. Charlottes Blick blieb an den angewinkelten Scheiben hängen.

»Wir lüften ein bisschen«, sagte eine ganz in Weiß gekleidete Frau.

»Gibt es Anzeichen dafür, dass jemand auf diesem Weg in die Wohnung gelangt ist?«, fragte Charlotte. Sie konnte lediglich die braunen, ungeschminkten Augen erkennen. Die untere Gesichtspartie verbarg sich hinter einem Mundschutz.

»Kein Fenster wurde aufgebrochen«, erwiderte die Frau.

Per stellte sich neben sie. Der Mundschutz hing ihm ums Kinn.

»Sie müssen die Maske richtig tragen«, sagte die Frau mit den braunen Augen und deutete auf Pers Kinn. »Wir sind noch nicht fertig.« Sie nahm für einen kurzen Augenblick den eigenen Mundschutz ab und entblößte ein vorstehendes, markantes Kinn und weiße Zähne. Charlotte fand, dass die hohen Wangenknochen und die lebhaften Augen ihr eine gewisse Ähnlichkeit mit Kronprinzessin Victoria verliehen.

Die Frau stellte sich als Carola vor und erklärte, dass sie die verantwortliche Kriminaltechnikerin vor Ort sei. Dann setzte sie sich wieder den Mundschutz auf. »Wir haben es anscheinend mit einem äußerst seltsamen Mord zu tun«, sagte sie und führte Per und Charlotte weiter in die modern und funktional eingerichtete Wohnung hinein. »Das Mordopfer ist weiblich, zweiundfünfzig Jahre alt und heißt Unni Olofsson.« Carola deutete auf eine Stelle im Flur. »Wie es aussieht, fand der Überfall hier statt.«

Charlotte fiel nichts Ungewöhnliches auf. Alles schien an seinem gewohnten Platz zu stehen. Aber das Schild auf dem Fußboden mit der Aufschrift »Beweisstück Nummer 7« machte auf einen Blutfleck von der Größe einer Zehn-Kronen-Münze aufmerksam. Sie gingen weiter durch den Flur Richtung Küche und kamen am Schlafzimmer vorbei, ohne dass Carola etwas sagte. Charlotte warf einen Blick hinein. Das Bett war ungemacht, und auf einem Ende lag eine Jeansjacke, an deren einem Ärmel eine Sonne aufgenäht war.

»Wir gehen also von der Hypothese aus, dass das Opfer den Täter hereingelassen hat und bereits im Flur von ihm angegriffen wurde?«, fragte Per.

»Ja, das klingt wahrscheinlich«, sagte Carola. »Wir vermuten, dass der Täter ihr hier im Flur mit einem Messer in den Arm gestochen hat. Dann versuchte sie, vor dem Mann ins Bad zu fliehen.«

»Vor dem Mann?«, fragte Charlotte.

»Ja, Sie werden gleich sehen, warum wir ziemlich sicher sind, dass es sich um einen männlichen Täter handelt.«

Sie befanden sich in einem breiten Flur, an dessen hellgrauen Wänden eingerahmte Fotos hingen. Unni mit Studentenmütze, Unni mit ein paar anderen jungen Frauen und einem Glas Wein in der Hand. Unni mit Helm auf einer Skipiste … Charlotte schaffte es nicht, sich alle anzusehen. Sie blieben zwischen Bad und Küche stehen, wo ein Schild auf dem Boden auf Beweisstück Nummer 8 hinwies. Eine Blutspur auf dem Türrahmen des Badezimmers, die aussah, als wäre jemand mit blutigen Fingern über das weiße Holz gefahren.

»Wie klischeehaft so ein Tatort doch sein kann«, sagte Per und deutete auf das Blut.

Charlotte wusste nicht, was sie auf Pers Kommentar erwidern sollte. Auch Carola ignorierte ihn.

Geradeaus befand sich eine Toilette. Schwarze Bodenfliesen, weiße Wände. Große Spiegel. Das Bad hatte ein doppeltes Waschbecken, aber es befand sich nur eine Zahnbürste in einem Becher auf einem davon.

Carola wechselte ein paar Worte mit ihren Kollegen, bevor sie Per und Charlotte erklärte, wie sie sich bewegen durften. »Wir sind mit der Spurensuche auf dem Boden fertig. Deshalb können Sie jetzt ins Bad mitkommen.«

»Gut, danke«, sagte Charlotte, während Carola ins Bad verschwand.

Als sie näher kamen, nahmen sie einen intensiven Geruch wahr. Charlotte sah im Spiegel, wie Per sich den Mantel aufknöpfte. Er war bleich im Gesicht.

»Kommen Sie schon«, rief Carola ihnen zu. »Wir haben nicht den ganzen Tag Zeit.«

Sie traten über die Schwelle. Zu ihrer Linken befand sich eine gekachelte Dusche, daneben eine Badewanne. Eine große Stearinkerze mit vier Dochten ließ darauf schließen, dass Unni gern bei Kerzenlicht badete.

Unni lag in der Badewanne. Es sah aus, als hätte jemand sie hineingeworfen.

Charlotte wandte den Blick ab. Es kam ihr vor, als würde sie die Leiche schänden, indem sie sie ansah.

»Oh Gott«, sagte Per leise und hielt sich die Nase zu.

»Wir gehen also davon aus, dass sie versucht hat, ins Bad zu fliehen«, erklärte Carola. »Das ist ihr offenbar nicht gelungen. Die Innenseite der Türklinke wies Blutspuren auf, deshalb muss die Verletzung passiert sein, bevor sie hier hineingelangte. Die Blutspuren am Türrahmen stammen wohl auch von ihr, also waren die Hände zu diesem Zeitpunkt nicht auf dem Rücken gefesselt. Das ist vermutlich erst hier im Bad geschehen. Wir haben auch auf dem Boden Blut gefunden, das der Täter zu beseitigen versucht hat.«

»Ist sie in der Badewanne gestorben?«, fragte Per.

»Warten Sie«, sagte Carola.

Unnis roter Pullover und schwarzer BH waren hochgezogen und entblößten die Brüste. Sie hatte eine Jeans an. In der Badewanne befand sich kein Wasser, und das eine Bein hing über die Seitenwand. Die Arme waren mit silbernem Panzertape auf dem Rücken zusammengebunden, weshalb der Körper nach links neigte. Das Gesicht war ihnen zugewandt. Auf Unnis Bauch war ein Schild mit der Nummer 9 angebracht.

»Wir haben an ihrem Körper Spermaspuren gefunden. Außerdem weist der Kopf eine Verletzung auf, die vermutlich vom Wannenrand herrührt.« Carola deutete auf einen roten Fleck auf dem Porzellan. »Sie hat klassische Druckstellen und

52

blaue Flecken am Hals.« Carola stemmte die Hände in die Hüften und seufzte. »Aber das Ganze ist irgendwie seltsam.« Sie deutete auf Unnis Hals. »Der Tod ist vermutlich durch Erwürgen eingetreten. Jemand hat sie mit den Händen gewürgt, das sieht man an den Spuren am Hals. Wir werden sehen, ob die inneren Verletzungen dies bestätigen. Aber Würgen bis zum Tod erfordert eine enorme Kraft. Sie muss auf dem Boden gelegen und anschließend in die Wanne gehoben worden sein. Wir vermuten, dass der Tatort nachträglich inszeniert wurde.«

»Wieso glauben Sie das?«

»Als der Täter ihr die Arme auf dem Rücken gefesselt hat, war Unni bereits tot. Das Tape wurde schlampig angebracht. Hätte Unni noch gelebt, wäre es wirkungslos gewesen. Vielleicht wusste der Mörder nicht, dass sie tot war, und hat sie gefesselt, damit sie sich nicht wehren konnte.«

Charlotte versuchte, das Gesagte nachzuvollziehen. »Aber wieso hat er sie nicht einfach auf dem Boden liegen lassen? Wieso hat er sie in die Wanne gelegt?«

Carola nickte. »Das ist tatsächlich seltsam. Der Täter hat die Blutspuren auf dem Boden beseitigt und Unni vermutlich von dort weggetragen. Ich kann mir nicht erklären, warum.«

»Das Sperma an ihrem Körper, was können Sie dazu sagen?«, fragte Per.

»Wir wissen nicht, ob sie penetriert wurde, das wird die Obduktion zeigen. Aber die Tatsache, dass sie die Hose anhat, deutet darauf hin, dass keine Vergewaltigung stattfand. Wir hoffen auf einen DNS-Treffer.«

»Wann ist nach Ihrer Schätzung der Tod eingetreten?«, fragte Per.

»Über den Daumen gepeilt irgendwann letzte Woche zwischen Mittwoch und Freitag. Dem Geruch und dem Zustand der Leiche nach zu urteilen, würde ich auf Freitag tippen. Aber die Obduktion wird uns mehr verraten. Eine Nachbarin hörte ein seltsames Geräusch aus der Wohnung, und als sie die Frau das ganze Wochenende nicht erreichen konnte, alarmierte sie die Polizei.« Nach einer kurzen Pause fuhr Carola fort. »Da ist noch etwas.« Sie deutete auf Unni. »Jemand hat in die Wanne uriniert. Ob es sich dabei um dieselbe Person handelt, von der das Sperma stammt, wird auch die DNS-Analyse zeigen.«

»Hört sich wie eine Erniedrigung an«, meinte Per.

»Warum eine Golden Shower?«, sagte Charlotte zu sich selbst.

»Golden Shower? Was ist das denn?«, fragte Per.

»Das musst du googeln«, erwiderte Charlotte und verließ das Badezimmer.

9

Je weiter sie nach Norden fuhren, desto winterlicher wurden die Straßenverhältnisse, und Abbe fragte sich, ob der Mietwagen Winterreifen hatte. Tony saß mit offenem Mund und geschlossenen Augen auf dem Beifahrersitz, dessen Rückenlehne er nach hinten in die Liegeposition verstellt hatte. Jedes Mal, wenn er einatmete, konnte man es hören. Abbe fand, dass diese Atmung nicht zu dem schmächtigen Körper passte.

Nach einer Nacht hinter dem Steuer brannten Abbe die Augen. Sein Rücken fühlte sich steif an, und die Thermoskanne mit Kaffee neben ihm war leer. Am Zielort würden sie sich in einem Haus einquartieren, das früher den Hells Angels gehört hatte. Abbe hoffte, dass es dort Betten gab. Wie es die Ironie wollte, befand sich gleich daneben ein Hotel, aber wenn Tony dort eincheckte, könnte er genauso gut seine Ankunft in einer Zeitungsannonce bekannt geben.

Abbe war zuvor schon ein paar Mal in Umeå gewesen, aber das wusste Tony nicht. Um sich seine gute Ortskenntnis nicht anmerken zu lassen, ließ er sich vom Navi leiten. Er stupste Tony mit dem Ellenbogen an, woraufhin dieser mitten beim Einatmen aufwachte und aufblickte.

»Scheiße, das schneit ja echt heftig«, sagte Tony und stellte den Sitz aufrecht. »Wie kalt ist es?«

Abbe sah auf der Temperaturanzeige am Armaturenbrett nach. »Minus siebzehn Grad.«

»Wir müssen uns anständige Jacken kaufen«, sagte Tony und rückte seine Brille zurecht.

Abbe wollte ihn fragen, warum er das Brillengestell seit den Siebzigerjahren nicht gewechselt hatte, fürchtete jedoch, ihn damit zu beleidigen. »Und Sonnenbrillen«, sagte er stattdessen und klappte die Sonnenblende herunter. Als er im Kreisverkehr nach links abbog, tauchte eine Ikea-Filiale zu seiner Rechten auf. Das Einkaufszentrum daneben war geöffnet, aber der Parkplatz war relativ leer. Er deutete auf das Gebäude. »Sollen wir hier anhalten und Jacken kaufen?«

»Ja. Ich brauche aber erst mal Kaffee und ein Frühstück.«

Abbe sah ihn an und nahm den Fuß vom Gaspedal. »Ich glaube, dadrinnen gibt es Kaffee.«

»Nein, ich will zur Konditorei Mekka. Finde raus, wo das ist.«

Abbe beschleunigte wieder. »Warum ausgerechnet dorthin?« Er holte das Handy hervor und tat so, als würde er die Adresse googeln.

»Ich war mal dort, ist schon länger her. Hab mich in diese Braut verknallt, damals als ich noch die Hoffnung hatte, dass Frauen gute Menschen sind. Meine einzige positive Erinnerung an das weibliche Geschlecht stammt aus diesem Café. Mekka.«

Was labert er für einen Scheiß?, dachte Abbe, bog bei der Filiale der Burgerkette Max ab und stellte fest, dass er sich verfahren hatte. Er folgte keinem Wegweiser, sondern orientierte sich nach seinem inneren Kompass.

»Du fährst ja falsch, benutz doch das Navi«, sagte Tony, kramte in seiner Jackentasche herum und holte eine Tüte Geleehimbeeren hervor.

Als sie von der Computerstimme des Navis umgeleitet wurden, wusste Abbe, dass sie am Polizeirevier vorbeikommen würden.

Tony stopfte sich eine Handvoll rote Süßigkeiten in den Mund. »Möchtest du auch welche?« Er hielt Abbe die Tüte hin.

»Nein, danke.«

Tony schüttete sich eine neue Portion in die Hand, dann hielt er plötzlich inne. »Das ist doch tatsächlich das Polizeirevier. Sollen wir reingehen und schauen, ob wir eine Reaktion bekommen?« Er lachte.

»Was willst du damit bezwecken?«, erwiderte Abbe.

»Ist doch lustig, einfach mal schauen, wie gut die Jungs hier oben informiert sind.«

Abbe fuhr an der Feuerwache vorbei und warf einen Blick auf Tony, der sich gerade eine weitere Handvoll Geleehimbeeren in den Mund schob.

»Ich werde herausfinden, über welche Bullen wir mehr wissen müssen. Aber mal ehrlich, Tony, lass uns das tun, weswegen wir hierhergekommen sind, damit wir anschließend so schnell wie möglich wieder nach Hause fahren können.«

»Gut, mach das, informiere dich über die wichtigsten, für den Fall, dass wir Druck ausüben müssen.«

10

Viggos Bürostuhl ächzte, als er sich aufrecht hinsetzte. Zufrieden mit dem Tagesgewinn, schloss er die Pokerseite. Was ursprünglich als zwei- bis dreistündiges Spiel geplant war, hatte sich bis in den Nachmittag hingezogen. Das dunkle Rollo hatte das Tageslicht ferngehalten, und die einzige Unterbrechung war Fridas Besuch am Morgen gewesen, als seine Tochter sich beklagte, dass sie schlecht geschlafen hatte. Gedanken an Anton schwirrten immer noch in ihrem Kopf herum, und sie hatte sich viel bei Viggo aufgehalten, vor allem, wenn er spielte. Vielleicht wollte sie von ihm lernen, traute sich aber nicht zu fragen. Oder sie suchte im Augenblick einfach nur die Nähe ihres Vaters.

»Estelle!«, rief Viggo, um zu sehen, ob seine Frau aufgestanden war oder ihren Rausch ausschlief. Im selben Moment hörte er, wie die Haustür geöffnet und geschlossen wurde. *Vielleicht hat sie Frida von der Schule abgeholt*, dachte er und rief noch einmal, erhielt jedoch keine Antwort.

Estelle hatte die Nachricht von Tonys Freilassung besser als erwartet aufgenommen und gemeinsam mit Viggo beschlossen, sich davon nicht beunruhigen zu lassen. Sie mussten ihr Leben weiterleben. Mit den Händen fuhr er sich durch die blonden Haare, die angefangen hatten, sich am Scheitel zu lichten. Er erhob sich und spürte, dass er älter wurde, als die Lendengegend schmerzte. Dann hörte er, dass jemand in der Küche war.

»Papa, hast du Eier gekauft?«, rief Frida.

Sie war also nicht in der Schule.

Viggo stellte sich in die Türöffnung und verschränkte die Arme. Er wollte sich nur noch hinlegen und die Augen zumachen.

Frida stand vor dem geöffneten Kühlschrank. Anscheinend war sie draußen beim Joggen gewesen, denn sie hatte nasse Haare und rote Wangen.

»Wo sind meine Eier?«, sagte sie pampig.

»Warum bist du nicht in der Schule?«

Sie erwiderte seinen Blick. »Ich war heute bei Linn, sie hat mich getröstet. Außerdem fühle ich mich krank.«

Viggo sah sie mit hochgezogenen Augenbrauen an.

»Ach, hör doch auf! Ich konnte letzte Nacht nicht schlafen. Es bringt doch nichts, in die Schule zu gehen, wenn man nicht aufnahmefähig ist. Ich denke die ganze Zeit nur an Anton und muss heulen, Papa.«

Sie machte den Kühlschrank zu. Viggo war zwiegespalten. Frida redete ständig darüber, wie traurig sie wegen des Selbstmords ihres Freundes war, benahm sich jedoch gleichzeitig wie ihr gewöhnliches fröhliches Selbst. Das ergab keinen Sinn.

»Wir haben bereits darüber geredet, Frida. Ich mache mir Sorgen um dich.« Er setzte sich auf den Küchenstuhl.

Sie lächelte ihn an, beugte sich vor und gab ihm einen Kuss auf die Stirn. »Das brauchst du nicht. Über meine Noten kannst du nicht klagen.«

Ihr dünner Körper sah noch magerer aus als vor ein paar Wochen. Er seufzte. Über ihre Noten klagen konnte er gewiss nicht. Aber er machte sich Sorgen um *sie*. Sie befand sich auf einem gefährlichen Weg.

»Papa, ich hab im Internet gelesen, dass er draußen ist. Meinst du, er weiß, wo wir wohnen?«

Viggo betrachtete sie. Manchmal vergaß er, dass sie langsam, aber sicher erwachsen wurde. Sie hatte seine Unruhe gespürt und war davon ausgegangen, dass es um Tony ging. »Ich weiß nicht, Süße, aber ich glaube nicht. Nichts deutet darauf hin.«

Frida nahm ein Glas aus dem Küchenregal und füllte es mit Wasser. »Glaubst du, dass ich jemals ein normales Leben haben werde, so wie Linn?«, fragte sie.

Die Worte raubten Viggo für ein paar Sekunden den Atem. »Ehrlich gesagt, ich weiß es nicht.« Er sah seine Tochter an, die mit dem Glas in der Hand dastand.

»Manchmal wünsche ich mir, du hättest für Tony Geld gewaschen, damit wir leben können wie alle anderen. Aber gleichzeitig bin ich stolz auf dich, Papa. Weil du dich nicht dazu hast drängen lassen, kriminell zu werden. Das ist irgendwie toll.«

Bei diesen Worten wurde es Viggo ganz warm ums Herz.

Frida nahm den einen Fußknöchel in die Hand, dehnte die Oberschenkelmuskulatur und balancierte auf dem anderen Bein.

Der Küchenstuhl kratzte über den Fußboden, als Viggo aufstand. Er ging zu seiner Tochter, fasste sie an die Schulter und schubste sie leicht. Sie musste den anderen Fuß auf den Boden setzen, um nicht hinzufallen.

»Hey, was soll das?«, sagte sie und lachte. Er gab ihr einen Kuss auf die Stirn.

Plötzlich piepte sein Handy. Auf dem Weg nach draußen las er die Textnachricht. Die Nummer war nicht in seiner Kontaktliste, aber er wusste, von wem die Nachricht kam.

Wir sind in Umeå. Haltet euch versteckt, sonst wird es gefährlich.

11

Per hatte sich seinen Mantel über den rechten Arm gehängt. Schließlich war Unnis Wohnung ein Tatort, und er konnte das Kleidungsstück nicht einfach irgendwo ablegen. Die Kriminaltechniker würden bald mit ihrer Untersuchung fertig sein. Charlotte hatte ihre Jacke an, stand mit dem Rücken zu ihm und schien sich auf etwas anderes zu konzentrieren. Per stellte fest, dass sie nach dem Mittagessen ihre Dienstwaffe mitgenommen hatte. Er war so sehr an den Anblick des Holsters an ihrer Hüfte gewöhnt, dass es ihm komisch vorkam, wenn es fehlte. Charlotte trug ihre Waffe viel öfter als er selbst, fast schon zwanghaft. Sie erweckte mit dieser Angewohnheit den Eindruck ständiger Kampfbereitschaft. Per war dies gleich zu Beginn ihrer Zusammenarbeit aufgefallen. Als hätte sie vor irgendetwas Angst. Gleichzeitig war sie die mutigste Kollegin, mit der er je gearbeitet hatte.

Per fiel auch die neue Uhr an ihrem Handgelenk ins Auge. Sie hatte die Rolex gegen etwas aus Schwarzgold mit schwarzem Lederriemen eingetauscht. Er fragte sich, was das Ding gekostet hatte. Bestimmt nicht so viel wie das Vorgängermodell, da sie die Uhr am Tatort bei sich hatte, anstatt sie in der Schreibtischschublade einzuschließen. Aber nichts, was sie trug, war billig, außer vielleicht die schwarze Mütze, die sie vor ein paar Tagen aus Panik vor der Kälte gekauft hatte.

Charlotte hielt einen versiegelten Asservatenbeutel mit einer Blisterpackung und losen Tabletten in der Hand. Sie hatte sie in Unnis Schlafzimmer gefunden und wollte, dass sie gleichzeitig mit der Obduktion der Leiche analysiert würden. Sie hatten erfahren, dass Unni Apothekerin war und im Utopia-Einkaufszentrum arbeitete. Außerdem hielt sie an der Universität von Umeå Vorlesungen in Pharmazie. Sie lebte in keiner festen Beziehung und hatte keine Kinder. Bestimmt war sie mit ihrer Arbeit verheiratet gewesen.

Per sah auf seine Armbanduhr. Dann scannte er den Oberarm mit seinem Smartphone. Sein Blutzuckerwert lag stabil bei 7,2. Er mochte die neue Technik mit dem implantierten Blutzuckermessgerät.

Er sah Charlotte zu, wie sie Carola den Beutel mit den Pillen reichte. Die Kriminaltechnikerin nickte und nahm ihn entgegen. Per ging zu den beiden Frauen. »Wie schnell, glauben Sie, geht die Analyse? Da läuten ja die Alarmglocken.«

»Was für Alarmglocken?«, fragte Carola.

»Sie war Apothekerin, und diese Pillen sind als Narkotika klassifiziert.« Er deutete auf die Blisterpackung mit den Dolcontin-Tabletten. »Was hat sie mit Morphinpräparaten bei sich zu Hause gemacht? Die anderen Pillen sind nicht gekennzeichnet. Bei der Obduktion wird sich herausstellen, ob sie das Präparat im Körper hat, aber etwas ist hier merkwürdig.«

»Ich schaue, was ich tun kann«, sagte Carola. Sie wollte gerade gehen, hob aber die Hand. »Ach übrigens, wir haben im Schlafzimmer eine Jacke gefunden, die wohl nicht ihr gehört.« Sie ging ein paar Schritte zu einer Kunststoffkiste und fischte eine Jeansjacke heraus, die in einem Beutel versiegelt war. »Mit dieser kindlichen Sonne auf dem Ärmel sieht sie eher aus wie eine Jacke für Jugendliche. Und sie ist kleiner als die anderen

Kleidungsstücke in der Wohnung. Unni hatte wie gesagt keine Kinder.«

»Das ist seltsam«, erwiderte Charlotte und wandte sich Per zu. »Kann der Mörder sie hier vergessen haben?«

Per zuckte mit den Schultern. »Vielleicht gibt es andere Gründe, die nichts mit ihrem Tod zu tun haben.«

»Wir werden sie auf jeden Fall auf DNS-Spuren untersuchen und schauen, ob es eine Übereinstimmung mit der Leiche gibt«, sagte Carola.

Charlotte knöpfte ihre Jacke zu, holte die schwarze Mütze hervor und setzte sie auf. »Sollen wir die junge Frau im Treppenhaus als Zeugin vernehmen? Die Kollegen führen gerade eine Befragung der Nachbarschaft durch, aber ich würde gern mit ihr reden, weil sie auf Unnis Tod am heftigsten reagiert hat. Außerdem hat sie die Polizei gerufen.«

»In welcher Etage wohnt sie gleich wieder?«, fragte Per und ging zur Tür.

Charlotte ging voraus und Per sah ihr nach, wie sie die Treppe hinunterstieg. Sie zog ihre Mütze etwas aus der Stirn.

»Du siehst aus wie ein Weihnachtself«, sagte er und musste sein Lachen unterdrücken, als ihm mitten im Satz einfiel, dass sie gerade einen Tatort verlassen hatten.

Charlotte strich die Haare zurecht. »Ich kenne niemanden, der so viele Spitznamen erfindet wie du«, sagte sie und blieb im zweiten Stock stehen, wo sich zuvor die Gruppe versammelt hatte. Es gab zwei Wohnungstüren, beide angelehnt. »Hallo, Polizei!«, rief sie.

Die junge Frau, die vorhin verweinte Augen gehabt hatte, tauchte im Türrahmen zur Linken auf, während rechts eine ältere Dame herausschaute.

»Gleich kommt ein Kollege und redet mit Ihnen«, sagte Per und winkte der älteren Dame zu, bevor er Charlotte in die andere Wohnung folgte.

Die junge Frau streckte die Hand aus und stellte sich als Petra vor.

Per gab ihr sofort einen Spitznamen, den er jedoch für sich behielt: Pony. Petra hatte etwa zwei Zentimeter lange Stirnfransen. Eine typische Umeåfrisur.

»Kommen Sie, wir setzen uns ins Wohnzimmer«, sagte Pony und wies ihnen den Weg.

Nach fünf Schritten befanden sie sich in dem kombinierten Schlaf- und Wohnzimmer. Höchstens zwei Schritte links vom Bett stand ein graues Zweiersofa mit grauem Samtbezug. Es gab auch eine Küche mit einer Essnische, die Platz für vier Personen bot. Per fielen zwei Weingläser auf dem Tisch ins Auge, das eine nur halb ausgetrunken.

Petra nahm auf einem Hocker Platz und bot Per und Charlotte das Sofa an. Auf dem Beistelltisch davor lagen aufgeschlagene Bücher. Studienliteratur.

»Was studieren Sie?«, fragte Charlotte.

Per streckte sich, um den Text in einem der Bücher lesen zu können.

»Ich möchte Archäologin werden, das ist zumindest mein Plan«, antwortete sie und lächelte mit dem Mund, aber nicht mit den Augen. Dem Dialekt nach zu urteilen, stammte sie ursprünglich aus Göteborg.

»Interessant«, sagte Per, ohne durchblicken zu lassen, dass er nicht mehr über diesen Beruf wusste, als dass Archäologen im Freien auf dem Boden knieten und Erde von alten Gegenständen putzten.

»Dann erzählen Sie uns mal, woher Sie Unni kennen … ich meine, kannten«, sagte Charlotte.

Petra zog leicht an ihrem Zeigefinger. »Zuerst sind wir uns nur im Treppenhaus über den Weg gelaufen und haben uns gegrüßt. Irgendwann sind wir miteinander ins Gespräch gekommen und haben festgestellt, dass wir beide unsere Tage an der

Universität verbrachten. Ich studiere dort, sie ist Apothekerin und unterrichtet nebenher.«

»Wie alt sind Sie?«, fragte Per.

»Zweiundzwanzig.«

»Wie oft haben Sie sich getroffen?«

Petra zuckte mit den Schultern. »Ab und zu, meistens am Wochenende. Wir sind zusammengesessen, haben Wein getrunken und uns unterhalten. Sie wirkte auf mich ziemlich einsam, aber intelligent. Sie hatte einen scharfen Verstand, und unsere Gespräche waren oft tiefsinnig.« Petra wischte sich eine Träne von der Wange.

»Haben Sie sonst noch etwas zusammen gemacht, außer Wein zu trinken?«, fragte Per und fing sich einen fragenden Blick von Petra ein.

»Nee, wie meinen Sie das?«

»Hatten Sie eine Beziehung?«

Sie schüttelte den Kopf. »Ich glaube, sie stand auf Männer, genau wie ich. Wir haben uns auf rein freundschaftlicher Basis getroffen. Wir hatten beide viel um die Ohren. Unni war oft unterwegs. Letzte Woche kam sie zu mir und wirkte gestresst. Ich hatte das Gefühl, dass sie beruflich viel zu tun hatte.«

»Wann war sie hier?«

»Äh … das war am Dienstag.«

»Inwiefern wirkte sie gestresst?«, fragte Per.

»Sie hat ständig auf ihr Handy geschaut, als ob sie auf eine wichtige Nachricht gewartet hätte. Außerdem war sie irgendwie durch den Wind. Das war ungewöhnlich, Unni war sonst immer die Ruhe selbst.«

»Haben Sie sie gefragt, warum sie gestresst war?«

»Ja, aber sie meinte nur, sie hätte auf der Arbeit viel zu tun.«

Charlotte hielt alles, was Petra sagte, auf ihrem Notizblock fest. »Wissen Sie, ob sie sich mit einer speziellen Person getroffen hat?«

»Ich glaube, zum Schluss war da jemand.«

»Wieso glauben Sie das?«

»Weil ich gesehen habe, wie ein Mann mitten in der Nacht an einem Samstag bei ihr geklingelt hat, so gegen drei Uhr. Ich bin um die Zeit nach Hause gekommen.«

»Wann war das?«

»Ach, das ist bestimmt schon drei Wochen her.«

»Wissen Sie, wer das war?«

»Nein, leider nicht, keine Ahnung.«

»Können Sie ihn beschreiben?«

»Nein, so genau hab ich nicht hingeschaut.« Petra ließ den Blick umherschweifen. »Ich hatte eine Kneipentour mit ein paar Studienkollegen hinter mir und war ziemlich müde.«

»Erzählen Sie uns, was Sie gemacht haben, als Sie an diesem Abend nach Hause kamen.«

Petra seufzte und blickte zur Decke empor. »Ja, also, ich kam nach Hause und wollte gerade die Tür öffnen. Da hörte ich, wie sich eine Etage höher etwas bewegte. Jemand hat irgendwo geklingelt. Ich bin ein paar Schritte die Treppe hochgegangen und habe ihn gesehen. Hab mir nichts groß gedacht dabei. Er sagte nichts, stand nur da und hat gewartet. Aber ich hatte das Gefühl, dass er nicht gesehen werden wollte. Er hatte den Kragen hochgestellt, den Kopf gesenkt und die Schirmmütze tief ins Gesicht gezogen … na ja, wie man es im Fernsehen sieht oder so.« Petra lachte über ihren eigenen Kommentar.

»Haben Sie den Mann danach noch einmal gesehen?«

Sie schüttelte den Kopf. »Nein, hier ist es immer ruhig. Kein ständiges Kommen und Gehen. Nur die Leute, die im Haus wohnen, und der Briefträger.« Petra streckte sich. »Müssen wir jetzt Angst haben? Was ist mit Unni passiert? Geht ein verrückter Mörder in Umeå um?« Ihre Stimme überschlug sich und sie wischte sich mit einem Ärmel die Tränen aus den Augen.

Per warf einen Blick auf Charlotte. Da sie immer noch auf ihrem Block schrieb, antwortete er, während er sich erhob: »Anhand dessen, was wir bis jetzt wissen, sehen wir keine Gefahr für andere. So eine Sache wie diese hier ist meistens ein Einzelereignis. Rufen Sie uns an, falls Ihnen noch etwas einfällt oder falls Sie erfahren, wie der Mann heißt, der bei Unni geklingelt hat.« Er gab ihr seine Visitenkarte.

»Was ist mit ihr passiert?«, fragte Petra erneut.

»Darüber können wir leider aus ermittlungstechnischen Gründen nicht reden.« Die Standardantwort.

Charlotte steckte den Block in die Tasche, stellte sich neben Per und streckte die Hand aus. »Danke, dass Sie sich die Zeit genommen haben.«

Petra nickte und warf einen Blick auf Pers Visitenkarte.

An der Schwelle zur Küche blieb Per plötzlich stehen. »Nur noch eine Frage. Wissen Sie, ob Unni mit Drogen zu tun hatte?«

Petra antwortete mit einem langen Schweigen.

»Wir sind nicht hier, um Sie wegen irgendetwas dranzukriegen. Sie können also ruhig antworten.«

Sie erwiderte Pers Blick. »Ich glaube nicht, dass sie Drogen genommen hat. Jedenfalls nie in meiner Gegenwart. Aber einmal hat sie mich gefragt, wie häufig das am Campus ist, ob ich etwas gesehen oder gehört habe.« Sie schnäuzte in ein Taschentuch.

»Warum, glauben Sie, hat sie das gefragt?«, sagte Per.

»Keine Ahnung. Mir kam die Frage komisch vor, aber dann dachte ich, weil sie mit Medikamenten arbeitet und so.«

»Was haben Sie geantwortet?«, fragte Charlotte.

»Es gibt einen Studenten, der allgemein bekannt ist. Es gibt Gerüchte über ihn, dass er verkauft ...«

»Wie heißt er?«, fragte Per.

»Das hat Unni auch gefragt. William Gunnarsson. Er sieht gut aus, ist aber ein komischer Typ. Er ist mit allen auf dem

Campus gut befreundet und bei den Mädchen beliebt. Man sagt, dass er die Drogen nie persönlich liefert.«

Charlotte holte erneut den Block hervor und notierte den Namen.

»Da ist noch etwas, das mir durch den Kopf ging«, fuhr Petra fort. »Unni hatte ja keine Kinder, aber da war mal so ein ganz junger Kerl bei ihr. Ich habe die beiden im Treppenhaus gesehen.«

»Haben Sie Unni gefragt, wer er war?«

»Ja, sie hat gesagt, das war bloß jemand, dem sie geholfen hat. Dann hat sie das Thema gewechselt.«

»Sie wissen also nicht, wie er heißt?«

Petra schüttelte den Kopf.

Per sah Charlotte an. Gehörte die Jacke mit der Sonne auf dem Ärmel vielleicht diesem jungen Mann? War er der Mörder?

12

Was machst du?, schrieb Linn auf Snapchat. Aber Fridas Icon sprang nicht im Fenster auf. Auch heute keine Antwort. Linn warf das Handy aufs Bett und legte sich rücklings daneben, auf die gleiche Stelle, wo Frida gelegen und geweint hatte.

Inzwischen waren seit Antons Sprung von der Brücke drei Tage vergangen, und Frida war seit dem Tag danach weder in der Schule noch bei Linn zu Hause gewesen. Linn war sich nicht sicher, ob das daher kam, weil sie um Anton trauerte, oder ob es nur ihre übliche Drama-Queen-Masche war. Sie griff erneut zum Handy und schrieb noch eine Nachricht auf Snapchat. *Habe eine Einladung ins Nydalahaus am Wochenende. Wir gehen doch hin, oder?*

Eigentlich wollte sie nicht mit Frida dorthin gehen, weil ihre Freundin sich immer total zudröhnen oder volllaufen ließ. Wenn sie erst einmal in Partystimmung war, gab es für sie kein Halten mehr, und das Ganze endete oft damit, dass Linn sie nach Hause schleppen musste.

Sie starrte auf das Display. Vielleicht war es gut, dass Frida nicht antwortete. Linn überlegte, ob sie Anja fragen sollte. Falls

Anja am Wochenende überhaupt hier war. Vielleicht war sie in Stockholm.

Anja war das coolste Mädchen, das Linn kannte. Selbstbewusst, hübsch, reich. Wohnte in Stockholm und war irgendwie anders. Linn sah Anja oft in Kleidern, die sie selbst hatte, aber bei Anja saßen sie stets besser, als wäre sie den Seiten von Vogue entsprungen. Egal, was sie anhatte, sie sah aus wie eine supertrendige Influencerin.

Linn hatte Anja in einem Selbstverteidigungskurs kennengelernt, zu dem beide sich angemeldet hatten, nachdem ein Mädchen in Umeå vergewaltigt worden war. Mama hatte sie dort hingeschickt, und Linn hatte sich zunächst geweigert, weil es scheißlangweilig klang. Aber wie immer wurde sie dazu gezwungen. Mama brauchte Fotos für Instagram und knipste eine Menge, um das perfekte Foto von ihrer Tochter beim schweißtreibenden Training zu erhalten. Danach sagte Mama zu ihr, Linn müsse mindestens fünf Kilo abnehmen, denn so wie sie jetzt aussah, wäre sie gezwungen, das Übergewicht wegzuretuschieren. Aber der Kurs war nicht nur schlecht. Linn hatte bei dieser Gelegenheit gelernt, sich zu verteidigen, zwei Kilo abgenommen und anschließend dieses Ergebnis durch Erbrechen verbessert. Und sie hatte Anja kennengelernt.

Würde Anja permanent in Umeå wohnen, wäre sie das angesagteste Mädchen in der Schule. Alle Jungs wollten mit ihr ins Bett, aber keiner schaffte es. Anja war nicht interessiert. Dass kein Junge bei ihr zum Ziel gelangte, machte sie beinahe zu einer Heiligen.

Linn wollte wie Anja sein. Aber dafür war es zu spät. Sie hatte vor drei Jahren ihre Unschuld verloren, als sie vierzehn gewesen war. Von da an hieß es nur noch Partys und Jungs. Eigentlich würde sie am liebsten das Band zurückspulen und neu beginnen. Es wie Anja machen und sich mit Sex zurückhalten, bis der Richtige kam. Sich nicht so oft zudröhnen und nicht gleichzeitig mit zwei Jungs ins Bett gehen, nur weil sie in den einen verliebt war. Ein bisschen Selbstachtung zeigen.

Linn setzte sich im Bett auf und betrachtete sich im Spiegel. Fuhr sich mit der Hand über ihren rausgewachsenen Pony. Sie hatte lockige Spitzen wie Anja. Frida ebenfalls. Deren blondierte Haare wurden zunehmend aschblond.

Sie zog den Pullover ein Stück hoch, fasste sich an den Bauch und kniff das Fett mit Daumen und Zeigefinger. Ließ los und klatschte mit der Handfläche darauf, dass es durchs Zimmer hallte. Sie hasste ihren Bauch. Sie stellte sich aufrecht und betrachtete ihren Körper von der Seite. Zog den Bauch ein, kniff sich in den Po. Sie hatte abgenommen, aber nicht genug. Sie war nicht *skinny*, doch das war ihr Ziel.

Linn zog den Pulli wieder herunter und beschloss, das Mittagessen auszulassen und stattdessen eine Runde zu joggen. Mit einer gewohnten Bewegung fasste sie die Haare zu einem Zopf zusammen. Ließ die Hände die Wangen hinabgleiten. Sie sah okay aus, aber nicht gut genug, um zu den angesagten Mädchen in der Schule zu gehören. Ihre Lippen waren zu schmal, und sie wusste schon jetzt, dass sie sie aufspritzen lassen würde, sobald sie es sich leisten konnte. Sie hatte hohe Wangenknochen, aber zu kleine Augen und eine zu tiefe Stirn. Mit ihren Brüsten dagegen war sie zufrieden und bekam oft Komplimente dafür. Deshalb hob sie sie hervor und ließ die Jungs darauf starren.

Linn griff zum Handy. Sollte sie sich trauen, Anja zu der Party einzuladen? Wenn sie zusammen mit ihr dort aufkreuzte, wäre sie populär. William würde ausflippen. Der Umstand, dass Anjas Mutter Polizistin war, ließ sie jedoch zögern. Sie glaubte nicht, dass Anja Drogen nahm oder viel Alkohol trank, war sich jedoch nicht sicher.

»Linn!«

Mamas kreischende Stimme riss sie aus ihren Gedanken. Es war kurz vor fünf Uhr nachmittags, und das bedeutete meistens eine Fotosession für Instagram. Bevor Linn es aus ihrem Zimmer schaffte, stand Mama mit einer frisch gebügelten weißen Fendi-Bluse da, die an einem Kleiderbügel hing.

»Ich gehe jetzt joggen, kann das nicht bis nachher warten?«

Mama kam ins Zimmer und setzte sich auf das Bett. »Nein, Süße, wir müssen das jetzt machen. Mach den Zopf auf, schmink dich und zieh die Bluse an. Ich habe den Teig vorbereitet, du musst nur tun, was du am besten kannst.«

Linn wusste, dass Widerstand zwecklos war. Sie hatte es tausendmal versucht und jedes Mal den Kürzeren gezogen. Ihre Mutter hatte herausgefunden, dass Fotos von Linn die meisten Likes einbrachten. Ihr Instagram-Konto *camillahappymom* hatte fast fünfzehntausend Follower, und die fuhren voll auf die perfekte Tochter mit den perfekten Kleidern in dem perfekten Zuhause mit der perfekten Mutter ab. Als Linn zwölf Jahre alt gewesen war, hatte sie dafür gekämpft, nicht auf jedem Foto diese verdammte Schleife im Haar tragen zu müssen. Der Unfug hatte erst aufgehört, nachdem ihre Mutter zu einem Gespräch mit der Sozialarbeiterin einbestellt worden war, weil Linn in der Schule gemobbt wurde. Noch heute konnte Linn keine Schleife sehen, ohne einen Schmerz in der Brust zu verspüren.

Am meisten hasste Linn die Teigfotos. Sie hasste sogar Zimtschnecken, weil sie diese mit Mamas Fotos in Verbindung brachte. Trotzdem aß sie sie heimlich in ihrem Zimmer.

Als sie in die Küche kam, war alles schon vorbereitet. Der Teig lag perfekt ausgerollt auf der Arbeitsplatte, und es roch nach zerlassener Butter und Mehl. Die weißen Kerzen in den Kandelabern brannten und sorgten für ein heimeliges Licht. Die Schranktüren waren sauber, das Spülbecken glänzte. Mama schrubbte es jeden Tag mit Stahlwolle. Alles auf der Spüle diente dazu, die Wirkung der Fotos zu verstärken. Gewürze, die niemand anfassen durfte, ein Wasserkrug. Einmal ließ Linn einen ungespülten Teller stehen und fing sich eine Ohrfeige ein. Wenn man sieben Jahre alt ist, lernt man daraus. Ihre Mutter hatte geweint und sich tausendmal entschuldigt. Einer der äußerst seltenen Augenblicke, in denen sie sich reumütig gezeigt hatte. Meistens war sie schroff. Im Gegensatz zu anderen Mädchen, die von ihren Müttern umarmt wurden, wenn sie gute Zeugnisse nach Hause brachten, bekam Linn einen Klaps auf die Schulter.

»Komm, stell dich hierhin«, sagte sie kurz angebunden und platzierte Linn vor dem Teig auf der Arbeitsplatte.

Ihr Zuhause sah aus wie in einer Einrichtungszeitschrift. Was auch zu Mamas Beruf passte – sie verkaufte Einrichtungen über das Internet und war bisher gut damit gefahren. Das Geschäft brummte. Sie hatte einen Mitarbeiter namens Hugo, eine Art Mädchen für alles. Er kümmerte sich um den Versand von Bestellungen, holte und lieferte Pakete ab und tat, worum Mama ihn bat.

Mama gab ihr das Nudelholz, fuhr ihr mit dem mehlverschmierten Finger langsam über die Wange und hinterließ einen Strich. »So, schließlich soll es nicht zu perfekt sein.«

Linn atmete langsam ein und aus, packte das Nudelholz an den Griffen und rollte den Teig aus.

Mama stellte sich auf die andere Seite der Kochinsel und hielt ihr Smartphone hoch. »Linn, schau in die Kamera, Süße. Du siehst fantastisch aus.«

Sie tat, wie ihr geheißen. Das Smartphone klickte.

»Warte, zieh die Bluse auf der linken Seite heraus. Man kann die Marke nicht sehen.«

Linn fasste sich an die Brust und zog an dem Stoff.

»Gut, und jetzt lächle, das sieht toll aus«, sagte Mama und lachte. »Du machst das richtig gut.«

Linn setzte ein künstliches Lächeln auf. Es war, als würde sie ihren eigenen Körper verlassen. Sie musste es einfach tun und hoffen, dass es schnell vorüberging.

Mama trat einen Schritt nach vorn und verwuschelte ihr die Haare. Befestigte eine Wäscheklammer am Rücken von Linns Bluse und richtete das Mobiltelefon erneut auf sie. »Linn, um Himmels willen! Wie viele Zimtschnecken hast du schon wieder gegessen? Dein Bauch steht hervor, zieh ihn ein.« Sie strich Linn über die Wange. Eine zärtliche Geste als Ausgleich für die harschen Worte.

Linn hielt den Atem an und zog den Bauch ein, so gut es ging. Mama hatte die Bluse auf dem Rücken fest gespannt.

»Stell dich aufrecht hin, du siehst aus wie ein nasser Sack.«

Linn straffte die Schultern, rollte den Teig aus, lächelte und zog den Bauch ein, bis sie kaum noch atmen konnte. Sorgte dafür, dass man die Marke sehen konnte. Blinzelte die Tränen weg. Wollte am liebsten sterben.

»Fängst du jetzt etwa an zu weinen? Komm schon, Süße, wir sind bald fertig. Das hier wird spitze. Denk daran, dass du es für dich selbst tust. Betrachte dich als Influencerin für unser Geschäft.«

Linn schüttelte den Kopf. Sie machte ihren Job, bis Mama zufrieden war, und schluckte ihr Unbehagen hinunter. Sie wusste, dass Camilla in einem Kinderheim in Stockholm aufgewachsen, auf dem Sozialamt ein- und ausgegangen war und schließlich die Großstadt verlassen hatte, um in Umeå ein neues Leben zu beginnen. Da sie aus der Gosse kam, war es wichtig für sie, nach außen hin perfekt zu wirken. So lautete Linns Analyse ihrer Mutter.

»Kann ich jetzt gehen, sind wir fertig?«, fragte sie, als Mama auf ihr Mobiltelefon schaute.

Sie gab ihrer Tochter mit einer Handbewegung zu verstehen, dass sie die Küche verlassen konnte. Ohne aufzublicken, sagte sie: »Danke, Süße, du warst super. Zieh jetzt bitte die Bluse aus und häng sie in meinen Schrank.«

Linn stöhnte laut. »Kann ich sie nicht morgen in der Schule tragen? Die ist cool.« Sie kannte bereits die Antwort, da sie die Frage nicht zum ersten Mal stellte.

»Die Bluse gehört mir, Süße. Unser Geschäft läuft gut, aber wir können nicht damit protzen, indem wir in der Stadt ständig teure Sachen tragen. Manchmal musst du Kleider von H&M oder Zara anziehen.«

Linn beschloss, auf die Worte ihrer Mutter zu pfeifen und die Bluse in ihrer Tasche zu verstecken. Sie wollte sie auf der Party tragen. Behutsam schloss sie die Tür, um Mama nicht in Wut zu versetzen. Griff zu ihrem Handy und schauderte vor dem Foto, das bald für alle sichtbar sein würde. Faltete behutsam die Bluse zusammen und legte sie in ihre Schultasche. Plötzlich summte ihr Handy.

Frida hatte ihr auf Snapchat geantwortet. *Mir geht es gut! Habe auch eine Einladung ins Nydalahaus bekommen! Am Wochenende steigt die große Party!*

13

Charlotte reichte der Kassiererin in der Polizeikantine ihre Kreditkarte.

»Was hast du da für eine spezielle Karte?«, fragte Kicki, die hinter ihr in der Schlange stand.

Charlotte war in Gedanken versunken gewesen und hatte nicht daran gedacht, dass sie normalerweise die Platinkarte nicht in der Kantine benutzte. Vor allem nicht in Kickis Anwesenheit. Die Frau störte sich an allem, was Charlotte tat.

»Die hier? Das ist eine ganz normale Karte, die protzier aussieht, als sie ist«, log sie und spürte, wie ihre Wangen glühten. Kicki versuchte ständig, sie wie eine Diva hinzustellen, eine, die sich für etwas Besseres hielt. »Kicki, kennst du zufällig einen Immobilienmakler hier in der Stadt, dem du vertraust?«

Charlotte erhielt ihre Karte zurück und steckte sie in die Gesäßtasche. Nahm das Tablett mit ihrem Essen und wartete auf Kicki. Wenn sie auf deren boshafte Sticheleien mit Freundlichkeit reagierte, nahm sie den Mobbingversuchen den Wind aus den Segeln. Charlotte weigerte sich, Kicki auf Sandkastenniveau zu begegnen.

Kickis Gesicht hellte sich bei der Frage auf. »Na klar, aber hast du Per gefragt?«, sagte sie und schaute zu dem Tisch hinüber, wo dieser saß und sich mit Mats unterhielt. »Sein bester

Freund ist schließlich Makler. Ich glaube, sie sind Nachbarn in Degernäs.«

»Nachbarn in Degernäs … dann liegen ihre Häuser wohl zwanzig Kilometer auseinander«, sagte Charlotte und lachte.

Kicki reagierte nicht auf den Witz. »Ziehst du um?«, fragte sie und nahm ihr Tablett.

»Ja, ich habe ein Objekt gefunden, will mir aber vorher den Rat von jemandem einholen, der den Markt in Umeå kennt.«

»Wie willst du in einem Provinznest wie Umeå etwas Passendes finden, wo du doch an das feine Stockholm gewöhnt bist?« Kicki war wieder ganz die Alte. »Wo liegt das Haus?«, fragte sie als Nächstes.

Verdammt noch mal, dachte Charlotte. »Äh … auf Ön«, antwortete sie und stellte ihr Tablett neben Mats ab.

»War ja klar, dass du dich an der teuersten Adresse der Stadt niederlässt, mit eigenem Bootssteg, und nicht, wo wir einfachen Leute wohnen.«

Charlotte ignorierte den Kommentar und wandte sich Mats zu, der mit den anderen Kollegen zusammensaß. »Wie läuft es mit deiner neuen Gruppe? Seid ihr ein gutes Team?«

Mats kaute zu Ende, bevor er antwortete. »Ja, ich muss sagen, das läuft erstaunlich gut. Ich habe heute zwei neue Leute bekommen. Wir ziehen in die Räumlichkeiten neben eurem Dezernat für Schwerkriminalität.«

Charlotte durchschnitt das Fleischklößchen auf ihrem Teller und schob sich etwas Kartoffelpüree und Preiselbeeren auf die Gabel. »Toll«, sagte sie und führte die Gabel in den Mund.

»Ja … weiß der Teufel, ob das wirklich so toll ist. Seit wir vor ein paar Wochen in Gang gekommen sind, hatten wir zwei Selbstmorde und sechs Vermisstenfälle.«

»Um Gottes willen«, sagte Charlotte und lud sich noch etwas auf die Gabel.

»Ja, nicht wahr?«, sagte Per und lächelte sie an. Charlotte zog die Augenbrauen hoch, widmete jedoch ihre Aufmerksamkeit gleich wieder Mats. »Was ist mit dem Jungen, der am Wochenende Selbstmord beging? Habt ihr etwas Interessantes zu den Drogen herausgefunden, die um die Leiche verstreut lagen?«

»Nein, noch nicht. Aber danke für den Tipp zu dem jungen Burschen, auf den ihr bei eurer Mordermittlung im Fall Unni Olofsson gestoßen seid. Wie hieß er doch gleich wieder?«

»Du meinst William Gunnarsson? Der angeblich am Campus Drogen vertickt?«, fragte Charlotte und steckte sich die Gabel in den Mund.

»Ja, genau. Die Fahndungsgruppe observiert ihn. Und dann haben wir die Erlaubnis von Antons Eltern erhalten, seinen Computer und sein Handy zu durchsuchen. Wir wissen, dass er auf irgendeiner versteckten Seite im Internet unterwegs war, vielleicht im Darknet. Schauen wir mal, was die IT-Forensiker herausfinden.«

Per schob das Tablett nach vorn, um Platz für seine Ellenbogen zu machen. »Vielleicht hat er Drogen gekauft? Schließlich war er ein Sechzehnjähriger, bei dem eine Zwangsstörung diagnostiziert wurde. Es ist nicht ungewöhnlich, dass solche Jugendliche Selbstmedikation mit Cannabis oder Schmerztabletten betreiben«, meinte er.

»Ja, schon möglich. Tramadol und Dolcontin werden viel übers Internet verkauft, genau wie Benzos. Wir beschlagnahmen eine Menge von dem Zeug … leider«, sagte Charlotte.

»Ja, er hat wohl ziemlich oft Selbstmedikation betrieben und anscheinend zu Hause Luftpolsterumschläge mit der Post erhalten, ohne dass die Eltern darauf reagierten. Sie dachten, es hätte sich um normale Waren gehandelt, die er online bestellt hatte.«

»Im Darknet kann man alles kaufen, von Drogen über Kampfpanzer bis zu Frauen. Aber auch Waffen, Kinder und so ziemlich jeden Scheiß zwischen Himmel und Erde.«

Mats nickte.

»Andererseits hat der Junge vielleicht nur ein Forum gesucht, wo er sich seine Ängste von der Seele schreiben konnte«, fuhr Per fort. »Wer weiß, es ist ja alles verschlüsselt.«

»Ja, ziemlich beschissen, das Ganze. Und die armen Eltern tun mir leid. Es war furchtbar, ihnen berichten zu müssen, dass ihr Kind nicht überlebt hat«, sagte Mats.

Charlotte nickte. Im Laufe der Jahre hatte sie selbst immer wieder solche Nachrichten überbracht. Viele, die eine Todesnachricht erhalten sollten, wussten bereits, was Sache war, wenn sie die Tür öffneten und die Polizei sahen. Andere konnten es nicht fassen, selbst nachdem die Polizei es ihnen gesagt hatte. Sie verlangten mehr Beweise oder wurden sogar aggressiv und beschimpften die Polizisten als Lügner. Es war auch schon vorgekommen, dass die Angehörigen nicht glauben wollten, dass es sich um ihr Kind handelte, selbst wenn sie die Leiche gesehen hatten. Sie standen unter Schock.

»Laut seinen Eltern war Anton ein paar Mal in der psychiatrischen Notaufnahme gewesen«, sagte Mats. »Sie hatten überall wegen seiner Zwangsstörung Hilfe gesucht, landeten jedoch auf den Wartelisten des Gesundheitswesens oder ganz einfach zwischen den Stühlen. Der Junge war zwar in der Kinder- und Jugendpsychiatrie in der Umedalen-Klinik, aber dort hat man ihm lediglich Medikamente verschrieben, keine psychologische Hilfe gegen seine Ängste angeboten. Wirklich tragisch, dass unsere Gesellschaft Menschen mit psychischen Problemen nicht helfen kann.«

Um den Tisch herum wurde es still.

»Wir haben ein beschissenes System«, sagte Mats und legte das Besteck auf den Teller. »Es tut in der Seele weh, den Eltern zuzuhören, wenn sie von ihrem Sohn erzählen.«

Charlotte nickte, sagte jedoch nichts. Sie hatte den Vater des Jungen auf dem Revier gesehen, als er Mats Antons Computer übergeben hatte. Er hatte ausgesehen wie ein Toter, wie jemand, aus dem sämtliche Lebensgeister entwichen waren.

»Schauen wir mal, was wir finden«, fuhr Mats fort, »aber da wir völlig unterbesetzt sind, ermitteln wir lediglich, um herauszufinden, warum der Junge große Mengen von als Narkotika klassifizierten Medikamenten bei sich hatte. Wie laufen übrigens die Ermittlungen im Mordfall Unni Olofsson? Bei ihr in der Wohnung hat man doch auch Drogen gefunden, oder?«

»Ja, wie Kennet neulich bei der Besprechung gesagt hat, sind in unserer Region eine Menge Drogen im Umlauf.«

»Komisch, dass die Medien nichts über den Mord berichtet haben«, sagte Mats.

Charlotte nickte. »Sie haben ihn erwähnt, aber nur kurz. Sie kennen ja die näheren Umstände nicht.«

»Hat keiner von den Nachbarn etwas gesehen oder gehört?«, fragte Mats. Sein Stuhl scharrte über den Fußboden, als er ihn mit den Beinen nach hinten drückte. Charlotte folgte ihm mit ihrem Blick, während er sich erhob. Er hatte die Dienstmarke an einer silbernen Kette um den Hals hängen und trug ein sorgfältig gebügeltes graues Hemd ohne Krawatte. Der Chefposten passte zu ihm.

»Nein, nichts, das uns weiterbringt. Die Hinweise, die wir bekommen haben, erwiesen sich als Sackgasse. Wir haben ihren Computer und ihr Handy den IT-Forensikern übergeben und hoffen, dass sie ein paar interessante Spuren finden. Das Mordmotiv scheint sexueller Natur zu sein, aber wir sind uns nicht sicher.«

»Vermisst du die Fahndungsgruppe?«, fragte Kicki Mats, bevor er den Tisch verließ. Ihr Blick klebte förmlich an dem hochgewachsenen Polizisten. Sie lächelte ihn auf eine Weise an, wie sie es bei niemandem sonst auf der Arbeit machte. Gleichzeitig fuhr sie sich mit einer Hand durch die kurzen Haare.

Mats erwiderte kurz ihren Blick, wich ihm aber ebenso schnell wieder aus. »Ja und nein. Manchmal vermisse ich die Arbeit draußen im Feld und so.«

Nachdem Mats gegangen war, wandte Per sich an Charlotte. »Komm morgen bei mir und Mia vorbei. Wir haben ein befreundetes Ehepaar zum Abendessen eingeladen. Der Mann ist Immobilienmakler und hilft dir gern bei deinen Fragen zum Hauskauf.«

»Mensch, das ist ja toll! Ich komme mehr als gern. Kann ich Anja mitbringen? Sie kommt am Wochenende wieder.«

»Dass du das überhaupt fragst. Simon und Hannes sind ja auch zu Hause.«

Charlottes Handy vibrierte auf dem Tisch. Sie warf einen Blick aufs Display. Es war ein Kollege, mit dem sie in Stockholm eng zusammengearbeitet hatte. Was wollte er?

»Entschuldigung, Per, ich muss den Anruf annehmen.« Sie erhob sich vom Tisch und ließ Per allein mit Kicki zurück.

»Hallo, lange nichts mehr von dir gehört.« Charlotte verließ die Kantine und stellte sich neben den Eingang zum Empfangsbereich des Polizeireviers.

»Hey! Na, wie läuft's bei dir dort oben? Wir vermissen dich hier unten in der Hauptstadt.«

Die Eingangstür ging auf. Ein kalter Luftzug wehte herein und blies ihr eine Haarsträhne über das eine Auge. Sie drückte das Handy fester ans Ohr. »Ich mache jetzt ein bisschen mehr gewöhnliche Polizeiarbeit. Was gibt's? Bist du auf dem Weg hierher?«

Der Kollege hustete. »Nein, aber wir haben eine Information erhalten, von der ich mir dachte, dass du sie erfahren solltest.«

Charlotte ging zum Empfang. »Was für eine Information?«

»Äh … was ich dir jetzt sage, ist vertraulich. Aber weil du schon mal mit dieser Person zu tun hattest, willst du vielleicht vorgewarnt sein, falls du ihm in der Stadt über den Weg läufst. Verstehst du, was ich meine?«

Charlotte blickte zur Decke empor. Ihr schauderte bei dem Gedanken an das, was er ihr zu sagen hatte. »Tony Israelsson«, flüsterte sie und dachte an seine Lieblingssüßigkeit. Geleehimbeeren. Sie entfernte sich vom Empfang und suchte nach einem Platz, wo sie ungestört sprechen konnte.

»Ja, er ist immer noch der Chef des Syndikats und zieht seine gewöhnliche Scheiße durch. Na ja … du weißt ja selbst …«

»Ja, danke, ich weiß, wozu er fähig ist.«

»Wir haben erfahren, dass er und ein paar seiner engsten Mitarbeiter nach Umeå unterwegs sind. Was er dort für Geschäfte laufen hat, wissen wir noch nicht, aber es könnte gut für dich sein, wenn du darüber Bescheid weißt. Aber du hast das nicht von mir, okay?«

»Okay«, sagte sie knapp. Sie holte ihre Zugangskarte hervor, hielt sie an das Lesegerät und gab ihren Code ein. Bevor das Summen verstummte, zog sie die Tür auf, begab sich in das leere Zimmer und setzte sich an den Schreibtisch, der benutzt wurde, wenn jemand eine Anzeige schreiben wollte. Der Stuhl war ein bisschen zu niedrig.

»Das ist nicht gut. Ziemlich beunruhigend, dass er hierher unterwegs ist.« Die Vergangenheit holte sie ein. Ihre letzte Begegnung mit Tony lag schon so weit zurück, dass sie ihn fast vergessen hatte. Charlotte dachte an seine Kinder, die damals noch im Windelalter waren, und an die Wutausbrüche gegenüber seiner Frau, die immer blaue Flecken hatte.

»Ich dachte halt, du solltest es wissen«, sagte er.

Charlotte beugte sich erneut über den Schreibtisch.

»Hallo, bist du noch dran?«, fragte der Kollege am anderen Ende.

»Ja, ich denke bloß nach. Könnt ihr herausfinden, was er hier will?«

»Diese Information ist uns zufällig in den Schoß gefallen, im Zusammenhang mit einem anderen Fall. Aber wenn ich mehr erfahre, melde ich mich bei dir. Okay? Wer weiß, vielleicht geht er zu einer Hochzeit.« Er lachte über seinen eigenen Kommentar.

Charlotte erhob sich von ihrem Stuhl. »Bestimmt«, sagte sie und seufzte. »Du, danke für deinen Anruf. Ich weiß, dass das nicht üblich ist, also danke.«

»Ja … der Grund, warum ich in diesem Fall die Vorschriften dehne, ist deine Vergangenheit mit dem Typ. Behalte es also bitte für dich.«

»Selbstverständlich«, erwiderte sie und drückte das Gespräch weg.

Dass Tony Israelsson sich auf dem Weg nach Umeå befand, verhieß nichts Gutes. Das Syndikat war eine kriminelle Bande, deren Mitglieder Menschen genauso leichtfertig töteten, als würden sie eine Spinne zertreten. Charlotte überlegte, ob sie Per von ihrer Vergangenheit mit Tony berichten sollte. Am liebsten würde sie das Ganze verheimlichen, denn Gerede sorgte leicht für undichte Stellen, und die wiederum sorgten dafür, dass Tony von ihr Wind bekam. Sie schloss die Augen, und ehe sie sie wieder öffnete, stand ihre Entscheidung fest.

Sie würde abwarten und sehen, wie sich alles entwickelte.

Charlotte drückte auf den Knopf zu ihrer Linken und öffnete auf das Klicken hin die Tür. Ihr Herz hämmerte hart gegen ihren Brustkorb.

14

23. Januar, Samstag

Linns Blick wanderte zu der Chipsschale, die ihre Mutter auf den Couchtisch gestellt hatte. Der Duft von Grillgewürzen verleitete sie dazu, die Hand danach auszustrecken, aber Fridas Miene sorgte dafür, dass sie sie wieder zurückzog. Mama nörgelte ständig an ihr herum, sie solle abnehmen, und jetzt stellte sie ihr Chips hin. Das war doch gestört.

»Vielleicht will sie dich auf die Probe stellen«, sagte Frida und lachte. Linn hatte ihre Freundin gefragt, wo sie die letzten Tage gewesen war, aber keine Antwort erhalten.

Linn schob die Schale weg. Frida hatte bestimmt recht.

Zum ersten Mal seit einigen Monaten saßen die beiden nicht in Linns Zimmer. Frida war bereits für die Party im Nydalahaus geschminkt.

»Du weißt schon, dass es draußen saukalt ist, oder?«, sagte Linn und zupfte an Fridas kurzem Rock.

»Na und? Meine Beine sind das Schönste an meinem ganzen Körper. Warum soll ich sie nicht zeigen?«

»Ja, aber es ist kalt«, sagte Linn und kam sich vor wie Fridas Mutter.

»William hasst es, wenn ich Hosen trage. Er mag meine kurzen Röcke.« Frida lachte und warf die Haare nach hinten auf den Rücken.

William dies, William das, dachte Linn. Sie hatte den Kerl satt. Aber da Frida verliebt war, konnte man nicht mit ihr reden.

»Ich finde, du hast jemand Besseren als William verdient«, sagte sie.

»Hör auf. William ist der süßeste Typ der Welt, aber diese Seite von ihm hast du noch nicht gesehen und wirst es auch nie. Er ist nämlich *mein* Süßer, kapiert?«

Linns Blick blieb erneut an Fridas Beinen haften. Sie waren perfekt geformt und hatten eine große Oberschenkellücke. Wie schaffte Frida es nur, so schlank zu bleiben? Wie oft kotzte sie eigentlich? Linn spürte einen Kloß im Magen und ließ gleichzeitig die Schultern hängen. Sie legte sich ein Kissen auf den Bauch und verbarg die Wölbung an ihrer Taille.

»Hast du schon Camillas Mitarbeiter Hugo getroffen?«, fragte Linn.

Frida sah sie an. »Warum sagst du eigentlich Camilla statt Mama? Das klingt irgendwie komisch. Ich sage immer Mama.«

Linn zuckte mit den Schultern. »Ich weiß nicht, das hat sich einfach so ergeben. Das mache ich seit ein paar Jahren oder so.«

Frida schien sich mit der Antwort zu begnügen und kam auf Hugo zurück. »Was, hat Camilla Leute eingestellt?«

»Ja, Hugo arbeitet seit ein paar Monaten für sie. Er hängt ziemlich oft bei uns zu Hause ab.«

»Warum ein Mann und keine Frau? Sie verkauft doch Inneneinrichtung, oder?«

»Keine Ahnung. Ich glaube, sie fühlt sich mit einem Mann wohler, den sie herumkommandieren kann.« Linn lachte.

»Vielleicht vögelt er sie«, sagte Frida und zwinkerte ihr zu.

Der Gedanke war Linn auch schon gekommen, aber sie sagte nichts.

Frida langte in ihre kleine Handtasche, zog die Hand wieder heraus und hielt sie Linn mit ausgestreckten Fingern entgegen. Die Pillen waren unterschiedlich groß. Manche waren rund und weiß, andere länglich mit rosa Kapselhülle. Sie schüttete sie zwischen sich und Linn auf das Sofa. Weiberkram, wie William sie nannte. Frida bekam sie von ihm für Partyabende wie diesen.

Linn hatte einmal vor einer Prüfung eine genommen, um besser lernen zu können. Sonst nahm sie nur welche bei besonderen Partys. Eigentlich bevorzugte sie Alkohol, wenn sie abfeierte, da Drogen ihr eine Heidenangst einjagten. In dem Haufen befand sich eine neue Pille, die Linn noch nie zuvor gesehen hatte, eine türkise. »Was ist das für eine?«

»Dolcontin. Irgendwas mit Morphin oder so. William hat gesagt, man schläft saugut damit.«

Linn hörte, wie die Schritte ihrer Mutter sich näherten, und legte ein Kissen über die Pillen. Mit einer hastigen Bewegung steckte Frida sich eine in den Mund und lächelte Linn an, als ihre Mutter das Zimmer betrat. Im Fernsehen liefen gerade die Nachrichten. Ironischerweise ging es um den Anstieg des Drogenkonsums unter Jugendlichen.

»Frida, schön, dass du heute Abend hier bist«, sagte Camilla und setzte sich auf die Armlehne. Hugo kam ebenfalls herein und lächelte die Mädchen an. »Das ist Hugo, er ... erledigt kleinere Arbeiten für mich«, erklärte sie, als der Typ Frida zur Begrüßung die Hand reichte. »Und das ist Frida, die beste Freundin meiner Tochter.«

Hugo sah gut aus. Lange schwarze Wimpern, dichtes schwarzes Haar. Linn fand, dass er eine Kopie von Jon Schnee in *Game of Thrones* war. Frida sah das offenbar genauso, denn sie fuhr sich mit der Hand durchs Haar, schlug langsam die schlanken Beine übereinander, straffte die Schultern und hob ihre Brüste hervor.

Drama-Queen.

»Was habt ihr Mädels heute Abend vor?«, fragte Hugo und sah aus, als wolle er sich setzen. Doch er blieb stehen und steckte die Hände in die Hosentaschen.

»Mit Freunden abhängen«, sagte Linn.

Frida saß schweigend da und musterte Hugo, als wäre er eine Schaufensterpuppe.

»Sagt Bescheid, falls ich euch irgendwohin mitnehmen kann, ich fahre nämlich gleich nach Hause«, sagte Hugo, ohne den Blick von Linns Mutter zu nehmen. Die grünen Augen versuchten nicht einmal zu verbergen, was er dachte.

Linn wusste, dass Hugo ihrer Mutter bei Bestellungen und der Kontrolle von Lagerbeständen half, aber manchmal arbeitete er auch als Postbote und Zeitungsausträger. Mama war viel älter als Hugo, sah jedoch noch einigermaßen gut aus. Linn schätzte ihn auf Mitte bis Ende zwanzig, aber vielleicht stand er auf ältere Frauen.

Mama und Jon Schnee. Linn konnte es ihr nicht übel nehmen. Hugo war attraktiv, aber nicht gerade der Hellste. Er dachte langsam und redete nicht besonders viel. Linn konnte nicht genau sagen, warum, aber irgendwie wirkte er daneben. Gespräche über das Wetter und andere Belanglosigkeiten waren okay, aber wenn man ihm eine richtige Frage stellte, merkte man, dass mit ihm etwas nicht stimmte.

Mama strich mit den Fingern durch Linns lange Haare. »Du hast deinen Pony rauswachsen lassen.« Sie hielt ein paar Strähnen zwischen Daumen und Zeigefinger fest.

Linn schob ihre Hand weg.

»Das ist das Anja-Syndrom«, sagte Frida und lachte. Die Pille hatte zu wirken begonnen.

Linn legte eine Hand auf das Kissen, unter dem die Pillen versteckt waren, und gab sich Mühe, sich ihre Anspannung nicht anmerken zu lassen.

»Was meinst du damit?«, fragte Camilla.

»Ein Mädchen aus Stockholm. Linn vergöttert sie, weil sie eine Oberschicht-Tussi ist.«

Linn hätte ihr für diese Bemerkung am liebsten eine Ohrfeige verpasst. Mama zog eine Augenbraue hoch, ging jedoch nicht weiter auf das Thema ein. Stattdessen fragte sie Frida: »Wie geht's deinen Eltern?«

Fridas Blick wanderte zum Fernseher. Sie zuckte mit den Schultern. »Ganz okay.«

»Lassen sie dich immer noch nicht im Internet surfen?«, fragte Mama und lächelte.

»Nee, wenn sie mich nicht erreichen können, schalten sie mein WLAN ab, damit ich sie anrufe.«

»Also, sie darf nicht mal Instagram haben«, ergänzte Linn.

Camilla holte ihr Handy hervor und knipste ein Foto von ihrer Tochter, ehe sie mit Hugo zur Tür ging.

»Ich nehme euch mit, sagt Bescheid, wann ihr fahren wollt«, sagte Hugo.

»Danke, das machen wir«, sagte Linn.

Frida sah Hugo hinterher und formte mit den Lippen das Wort *wow*.

»Hör auf, du kannst nichts mit ihm anfangen«, sagte Linn.

»Warum nicht? Wer würde nicht mit Jon Schnee ins Bett wollen?« Frida lachte laut und streckte die Hand nach den Chips aus. »Ich muss was essen«, sagte sie, führte die Hand langsam an Linns Gesicht vorbei und schob sich die Chips demonstrativ in den Mund. »Ich bin total gut drauf.« Dann nahm sie das Kissen weg und steckte die Pillen wieder in ihre Tasche. »Das wird ein richtig geiler Abend«, fuhr sie fort und schlug Linn auf die Schulter.

»Ich weiß, das Leben ist toll«, erwiderte Linn, aber ohne echte Überzeugung. Sie hielt Frida die offene Hand hin, woraufhin diese ihr eine Pille gab. Sie legte sie auf die Zunge, wartete auf den Rausch und lehnte sich in das weiche Sofa zurück. Auf dem Tisch flackerte eine Kerze, die Camilla angezündet hatte. Das große Panoramafenster, das zur Straße hinausging, ließ das Zimmer größer wirken, als es tatsächlich war.

»Ich weiß, das mit William und mir war bisher ein einziges Hin und Her«, sagte Frida. »Aber in letzter Zeit habe ich eine größere Nähe zu ihm verspürt. Er ist mehr an mir interessiert, verstehst du? Er bittet mich darum, bestimmte Dinge zu tun. Das würde er nie machen, wenn ich ihm gleichgültig wäre.«

»Was für Dinge?«, fragte Linn und sah ihre Freundin an.

Frida senkte den Blick. »Dinge halt, harmlose Dinge, kein Sex oder so. Alle Mädchen sind scharf auf ihn, aber er bittet nur mich darum.«

Linn ließ ihren Blick zum Fenster hinausschweifen. Frida übertrieb Williams Popularität. Viele lachten hinter seinem Rücken über ihn. Nannten ihn einen drogenabhängigen Loser. Aber das sagte sie ihrer Freundin nicht. Sie wollte die gute Stimmung nicht ruinieren.

Stattdessen genoss sie die Ruhe, die von ihrem Körper Besitz ergriffen hatte. Dieses warme Gefühl, dieses Selbstvertrauen, das sie wie eine Decke einhüllte. Sie stand auf und trat ans Fenster. Draußen sah es aus, als würden die Schneeflocken im Schein der Straßenbeleuchtung tanzen und in alle Richtungen fliegen.

Ihr Blick fiel auf das Auto, das auf der Straße parkte und von derselben Laterne angeleuchtet wurde. Ein weißes Auto, wie das von William. »Schau mal, Frida, sieht so aus, als würde William uns abholen.«

»Was?«, sagte Frida und stellte sich neben sie. »Er hat mir nichts gesagt. Woher weiß er, wo du wohnst?«

Auf dem ansonsten dunklen Vordersitz bewegte sich ein oranger Punkt hin und her. Durch das offene Seitenfenster entwich Rauch. Frida holte ihr Handy hervor und schickte William eine Textnachricht, aber die Person hinter dem Steuer schien nicht auf ein Telefon zu schauen. Stattdessen fuhr das Auto davon.

Fridas Handy vibrierte. *Was meinst du mit abholen??? Ich bin im Nydalahaus.*

15

Abbe warf die Zigarette zum Seitenfenster hinaus und startete den Motor. Er hatte gesehen, was er wissen musste – die Mädchen schickten sich an, das Haus zu verlassen. Er fuhr los und lenkte den Wagen in Richtung des Hauses neben dem Scandic-Hotel, wo Tony auf ihn wartete. Als die Hells Angels noch das kleine Ziegelhaus genutzt hatten, war es von einem hohen Zaun umringt gewesen, der inzwischen jedoch abgerissen worden war, sodass das Haus ungeschützt lag. Abbe fragte sich, ob die Rocker wussten, dass das Syndikat das Gebäude in Beschlag genommen hatten – zumindest vorübergehend. Die beiden Banden hatten sich über einen langen Zeitraum hinweg Revierkämpfe geliefert, aber in den letzten Jahren hatten die Höllenengel sich zurückgezogen und andere Jagdgründe weiter nördlich gefunden.

Abbe hielt sich strikt an die Verkehrsregeln, um keine Aufmerksamkeit auf sich zu ziehen. Er fuhr vorsichtiger und gemächlicher als sonst, weil die Idioten in Umeå kein Streusalz verwendeten.

Tony hatte ihm in einer Textnachricht mitgeteilt, dass es Zeit war, also blieb ihm nichts anderes übrig, als zu gehorchen. Abbe neigte den Kopf zur Seite, um die Verspannung in seinem Nacken zu lösen. Die sechs Stunden lange Autofahrt von

Stockholm nach Umeå hatte seinem Körper nicht gutgetan, und da er keine passenden Kleider für die eisigen Temperaturen trug, kroch ihm die Kälte in die Knochen. Für Tony zu arbeiten, war gefährlich, denn sowohl die Bullen als auch andere kriminelle Organisationen hatten ihn ständig im Visier. In einer solchen Situation war das Tragen einer schusssicheren Weste eine Selbstverständlichkeit, auch wenn Tony sich meistens nicht darum scherte, darauf pfiff und davon ausging, dass seine rechte Hand sich die für ihn bestimmten Kugeln einfing.

Abbe dachte daran, wie alles angefangen hatte. Wie er in diese beschissene Lage geraten war. Damals, als er ein junger Barkeeper in Stockholms Kneipen gewesen war, hatte Tony ihm die begehrten Jobs in den angesagten, von Prominenten frequentierten Nachtclubs besorgt. Als kleine Gegenleistung sah Abbe in Tonys Spielclub nach dem Rechten, wenn der Boss nicht selbst anwesend sein konnte. Verprügelte Leute, die gegen die Regeln verstießen, und sorgte dafür, dass die Mädels nicht aus der Reihe tanzten. Am Anfang war dies nur eine Rolle, die er spielte, um dazuzugehören. Nach einer Weile gehörte es zum Alltag und fing an, ihm zu gefallen. Er konnte so viele Weiber vögeln, wie er wollte, aber irgendwann ödeten sie ihn an. Er wollte Tony und die ganze Scheiße hinter sich lassen. Aber da dies im Augenblick nicht möglich war, schob er den Gedanken beiseite und stellte die Musik lauter. Bruce Springsteen schallte aus den Boxen des Autoradios, während Abbe über die Tegsbron fuhr. Der Samstagabend hatte erst begonnen, und ein paar Fußgänger überquerten die Brücke in Richtung Stadt. Sie wirkten eingeschüchtert und stemmten sich in gebeugter Haltung gegen den Wind.

Abbe fragte sich, ob es in Umeå einen Spielclub von Rang gab. Einen Ort, wo die Menschen ihre Bedürfnisse befriedigen konnten. Hier machte alles einen furchtbar aufgeräumten und politisch korrekten Eindruck. Abbe wusste, dass die Stadt eine

Hochburg der Sozen und Linken war. Kultur ließ man sich etwas kosten, und die Schwedendemokraten waren geächtet. Abbe ging nicht wählen, denn Politiker waren in seinen Augen genauso kriminell wie er selbst – mit dem Unterschied, dass der Staat ihr Gehalt bezahlte.

Er betätigte den Blinker, bog vom Blauen Weg in Richtung Teg ab, fuhr an einer Tankstelle vorbei und hielt vor dem diskreten kleinen Haus. Tony kam mit seinem schießwütigen Freund heraus – seiner Waffe, die deutlich sichtbar im vorderen Hosenbund steckte. Wie ein echtes Gangsterklischee.

Abbe beugte sich über den Beifahrersitz und öffnete die Tür. Tony stieg ein. In der Hand hielt er eines seiner Mobiltelefone. Er war stets einfach gekleidet. In seinem Ensemble aus Jeans, Hemd, einem Pullover von Gant und einer markenlosen Jacke sah er aus wie ein x-beliebiger Angestellter. Er hatte schmale, leicht nach vorne hängende Schultern. Tony war in dieser Hinsicht ein komischer Kauz – richtig scharf auf Kohle und Markenartikel, während er gleichzeitig aussah wie ein braver, unscheinbarer Bürohengst. Es gab an ihm keine Eigenschaften, mit denen er sich beschreiben ließ. Keine krumme Nase, keine hervorstehenden Wangenknochen oder hohe Stirn. Keine Tattoos, keine Piercings, keine Narben. Nur ein stinknormaler Typ, der aussah wie eine Million andere. Abbe fragte sich, wie seine polizeiliche Personenbeschreibung lautete.

»Ich habe eine Person für dich ausfindig gemacht«, sagte Abbe. »Eine, von der ich weiß, dass du dich brennend für sie interessierst.«

»Wer? Von denen gibt es viele, mein lieber Freund. Meinst du hier in Umeå oder in Stockholm?«

»Umeå.« Abbe holte sein Handy hervor und zeigte Tony das Foto, das er zuvor an diesem Abend aufgenommen hatte.

Tony stieß einen Pfiff aus, schob sich eine Handvoll Geleehimbeeren in den Mund und lachte laut. »Hast du auch eine Adresse?«

»Selbstverständlich«, sagte Abbe und hakte eine weitere Täuschung auf seiner Liste ab.

»Du bist ein Genie, das wird eine aufregende Nacht«, sagte Tony.

Wenn du nur wüsstest, dachte Abbe.

16

Per stellte sich hinter Mia, umarmte sie und legte sein Kinn auf ihre Schulter. Sie hackte gerade Zwiebeln.

»Wie laufen eure Ermittlungen zu dem Mord an dieser Frau, die ihr in der Badewanne gefunden habt?«, fragte sie.

Per zog die Augenbrauen hoch. Er war es nicht gewohnt, dass seine Frau sich für seine Arbeit interessierte. »Bisher haben wir weder ein Motiv noch einen Verdächtigen gefunden, der ihr Böses wollte. Nichts, was wir bisher unternommen haben, hat uns einer Lösung näher gebracht. Wahnsinnig frustrierend, das Ganze.«

Mia nickte. »Was machen die Jungs?«

»Sie duschen. Stell dir vor, bald hängen wir als Hockeyeltern in saukalten Eishallen ab.« Er stellte sich neben sie und lehnte sich an die Spüle. Mia hatte Make-up aufgetragen und die Haare zu einem Zopf hochgebunden.

»Hockey ist ein viel zu teurer Sport«, sagte sie und gab die gehackten Zwiebeln in eine Schüssel. »Dieser Bauer-Schläger, den Simon haben will, kostet dreitausend Kronen.«

»Ja, ich weiß, aber den Jungs gefällt es halt, auf dem Eis herumzuflitzen. Er muss mit dem Schläger spielen, den er hat, bis er den Geist aufgibt.« Per lächelte, den Blick auf den weißen Boden gerichtet. »Björklöven scheint ja immerhin ein guter Verein zu sein, und es ist doch gut, wenn die Jungs sich einem Sport widmen anstatt anderen Dingen. Bald will Simon nur noch mit seinen Kumpels abhängen. Er ist jetzt zehn. Wie schnell doch die Zeit vergeht.«

Mia lachte. »Ja, bald rennen ihm wohl die Mädchen die Bude ein.«

»Ich weiß, wie schnell selbst junge Leute mit den besten Voraussetzungen im Leben auf Abwege geraten können. Wenn ich verhindern kann, dass er oder Hannes an die falschen Leute geraten, indem ich ihnen einen Eishockeyschläger in die Hand drücke, dann treibe ich irgendwie das Geld dafür auf.«

Mia legte das Messer weg. »Darf ich dich daran erinnern, wie sehr du gelitten hast, als wir ihnen die Ausrüstung gekauft haben?« Sie stupste Per mit dem Zeigefinger an die Nase. »Das Geld dafür haben wir aus der Urlaubskasse genommen. Denk daran ... elftausend Kronen weniger für den Sommerurlaub.«

Per wollte gerade etwas erwidern, als es an der Tür klingelte. Mia ging hin, um aufzumachen. Er folgte ihr mit seinem Blick und ging ihr nach, um Charlotte zu begrüßen, die in den Flur getreten war.

»Hallo! Kommst du allein?«, fragte Mia und schloss hinter Charlotte die Tür.

Charlotte reichte ihr eine Flasche Wein und begrüßte Mia und Per mit einer Umarmung. »Ja ... das hat sich so ergeben. Anja wollte auf eine Party.«

Pers Frau und seine Kollegin hatten sich miteinander angefreundet. Am Anfang war Mia überhaupt nicht daran interessiert gewesen, Charlotte kennenzulernen. Aber da Per beobachtet hatte, wie Kicki Charlotte auf dem Revier mobbte, hatte er beschlossen, die beiden einander vorzustellen. Seitdem hatte Charlotte Mias anfängliches Zögern mit ihrem Charme und ihrer Wärme überwunden. Inzwischen mochte Mia seine Kollegin und war deren engste Freundin in Umeå geworden.

Die Tür wurde erneut aufgerissen, und ein paar Schneeflocken wirbelten auf die Fußmatte im Flur. Zum Schutz gegen die Kälte verschränkte Per die Arme und spannte die Muskeln an. Nils' und Annelies Kleider waren von Schnee bedeckt, der auf den Boden fiel, als sie hereinkamen.

»Oh, kommt schnell rein, es ist so verdammt kalt draußen«, sagte Per und zog die Tür wieder zu. Sie gingen in die Küche, wo es warm war und nach Pers Risotto roch.

»Habt ihr eure Kinder auch nicht dabei?«, fragte Mia und sah Nils und Annelie an. Die Weingläser klirrten, als sie sie aus dem Regal nahm.

»Nein, die wollten zu Hause bleiben und sich einen Film anschauen.«

Nils und Annelie grüßten Charlotte höflich, während Per einen Schluck von dem italienischen Rotwein trank. Barolo. Ein schwerer Wein, den nicht jeder vertrug. Per wusste, dass Charlotte ihn mochte, war sich jedoch nicht sicher, ob die anderen vor Begeisterung jubeln würden. Nils trank erst seit Kurzem Wein, er bevorzugte eigentlich Bier.

»Seien Sie froh, dass Ihre Kinder zu Hause bleiben und Filme anschauen«, sagte Charlotte. Ihr weinrotes Kleid hatte unterhalb der Ellenbogen weite Ärmel, von denen einer beinahe ins Glas hing. Per fand, dass es farblich zum Wein passte. Der straffe Haarknoten in ihrem Nacken saß wie immer perfekt. Pers Blick wanderte zu ihrem Mund, dessen rot geschminkte Lippen Aufmerksamkeit suchten. Auch um die Augen trug sie Make-up. Ein Paar glitzernde Ohrringe sah so teuer aus, als könne man davon eine Familie ein ganzes Jahr lang ernähren. Charlotte hatte den einen Fuß auf den anderen gestellt. Vielleicht fühlte sie sich ohne ihre Hausschuhe unwohl.

Nils lachte über ihre Bemerkung über die Kinder. »Ja, mit dem einen haben wir die Teenagerphase bereits durchgemacht, jetzt geht's bei dem Nächsten los.« Er führte das Glas zum

Mund, hielt jedoch mitten in der Bewegung inne. »Wo ist Ihre Tochter?«

»Ich habe ihr erlaubt, mit ein paar Freundinnen auf eine Party zu gehen. Bei einem Jungen in einem Haus am Nydalasee.«

Annelie räusperte sich und sah Charlotte an. »Meinen Sie das verlassene Haus auf dem Grundstück der Stensons? Ich hoffe, sie ist nicht dort.«

Per sah an Charlottes Blick, dass Anja genau dort war.

»Ob es ein verlassenes Haus ist, weiß ich nicht, aber sie hat irgendwas von Stenson erwähnt«, sagte Charlotte und stellte das Glas auf den Tisch. »Was meinen Sie?« Sie holte ihr Mobiltelefon aus der Handtasche.

»Wir möchten Ihnen keine unnötige Angst einjagen«, sagte Annelie, »aber vor zwei Jahren haben wir unsere Tochter dort abgeholt. Sie hatte uns angerufen und war … ja, um es genau zu sagen … sturzbesoffen. Wir sind nicht ins Haus hineingegangen, da sie draußen auf uns wartete, aber sie hat uns einiges erzählt, als wir nach Hause kamen.«

Charlotte hielt das Mobiltelefon in der Hand. Sie wirkte auf Per gereizt. »Was hat sie erzählt?«

»Anscheinend gibt es dort Alkohol und Drogen im Überfluss. Es gibt einen VIP-Raum, zu dem nur bestimmte Jugendliche Zutritt haben. Dann hat das Haus noch ein Obergeschoss mit drei Zimmern, deren Einrichtung nur aus Matratzen auf dem Boden besteht. Dort landen die weniger populären Mädchen und stehen den Jungs zur Verfügung.«

Per hörte zu und sah, wie Charlotte das Handy ans Ohr hielt.

»Ja, das ist so furchtbar«, fuhr Annelie fort. »Unsere Tochter bekam eine Menge Alkohol angeboten und wurde anschließend in ein Zimmer gebracht. Dort versuchte ein Junge, ihr die Kleider vom Leib zu reißen, aber zum Glück konnte sie sich ihm entziehen und uns anrufen. Stellen Sie sich vor, was mit

Mädchen passiert, die nicht so geistesgegenwärtig reagieren.«
Annelie schüttelte den Kopf. »Das ist total verrückt, ich hätte
nicht gedacht, dass dort immer noch diese Partys stattfinden.«

»Aber Charlotte, Anja ist doch ein kluges Mädchen. Du
musst dir keine Sorgen machen«, sagte Per und wusste gleichzeitig, dass seine Worte Charlotte nicht beruhigen würden.

»Eigentlich hätten wir den Jungen wegen versuchter
Vergewaltigung anzeigen sollen«, fuhr Annelie fort, »aber so weit
haben wir damals nicht gedacht. Wir waren einfach froh, dass
sie wohlbehalten aus der Sache herauskam. Aber diese MeToo-
Debatte hat uns nachdenklich darüber gemacht, ob wir einen
Fehler begangen haben. Hinterher ist man immer schlauer.« Sie
sah Nils an, der ihr mit der Hand über den Rücken fuhr.

Per wollte seinen Freunden keinen Vorwurf machen. Aber
dass sie keine Anzeige erstattet oder zumindest etwas darüber
gesagt hatten, dass es in dem Haus nicht mit rechten Dingen
zuging, konnte er nicht verstehen.

»Wie zum Teufel kann es sein, dass wir darüber nichts wissen? Wir sind schließlich Polizisten, verdammt noch mal. Im
Laufe der Jahre müsste doch mal eine Streife wegen irgend-
eines Vorfalls dort hingefahren sein«, sagte Per und stellte sein
Glas ab. Die hastige Bewegung sorgte dafür, dass etwas Wein
überschwappte.

»In der Schule herrscht eine stillschweigende Übereinkunft.
Man redet nicht darüber und ruft schon gar nicht die Polizei,
wenn etwas passiert«, sagte Nils.

»Ach so, dann kann man vergewaltigt werden, und niemand sagt etwas«, sagte Mia.

Charlotte ging in der Küche auf und ab und versuchte,
Anja zu erreichen.

»Es springt nur die Mailbox an, ich muss sie holen. Kann
jemand von euch mitkommen und mir zeigen, wo das Haus
liegt?«

»Selbstverständlich«, sagte Nils und ging zur Tür. »Ich kann fahren, ich habe nur ein paar Schlucke getrunken.«

Charlotte ging mit zusammengebissenen Zähnen in den Flur. Ihre Absätze klapperten auf dem Fußboden. »Und in welchem Zimmer werde ich Anja finden? Im VIP-Raum oder auf einer Matratze? Das ist doch Wahnsinn! Der totale Wahnsinn!«

17

»Was machst du?«, sagte Linn, legte Frida die Hand auf die Stirn und drückte ihr den Kopf nach hinten. Frida kicherte, und jede ihrer Bewegungen war langsam. Linn hatte soeben beobachtet, wie William beinahe mit Frida Sex auf der Lautsprecherbox gehabt hatte, noch dazu vor einer Menge Zuschauer, von denen einige alles filmten. Sie hatte versucht, ihre Freundin wegzuziehen, aber die hatte sich geweigert. Das Ganze war die totale Erniedrigung, und Frida merkte es nicht einmal. Alle lachten über sie. Die beiden waren gerade mal eine Stunde im Nydalahaus gewesen, als die Situation bereits aus dem Ruder lief. Anja war auch hier, und Linn wollte mit ihr abhängen, wusste aber nicht, wo sie sich gerade aufhielt.

Linn sah, wie William Frida anglotzte und sich mit der Hand durch die dichten blonden Haare fuhr. Er hatte eisblaue Augen und sah aus wie ein Surfer.

Frida lächelte ihn an. Die Musik war ohrenbetäubend laut, ein alter Song von Katy Perry dröhnte aus den Boxen. Frida hatte ihren Rock nach dem Abenteuer auf dem Lautsprecher nicht ordentlich heruntergezogen, und jetzt hing ihr der Saum um den Hintern. Linn packte den Stoff mit beiden Händen und zerrte ihn mit einem kräftigen Ruck herunter. Ihre Freundin hielt ihr abwehrend beide Hände entgegen.

»Ups!« Frida riss einem anderen Mädchen den Plastikbecher aus der Hand und trank die rote Flüssigkeit aus. Das Mädchen schüttelte den Kopf, brach jedoch wegen ihres Drinks keinen Streit vom Zaun.

William stellte sich dicht neben Frida, legte eine Pille auf seine Zunge und steckte sie anschließend in Fridas Mund. Dann trat er zwei Schritte zurück, streichelte ihre Hand und legte den Kopf schief. Es sah aus, als würde er sich an Ort und Stelle über sie hermachen. Er hatte einen glasigen Blick und feuchte Lippen. Schließlich flüsterte er Frida etwas zu, drehte sich um und ging.

Linn sah ihm nach, als er zur Treppe ging. Auf dem Weg nach oben küsste er ein paar Mädchen, nahm aber keine mit.

»Reiß dich verdammt noch mal zusammen«, schrie Linn in Fridas Ohr. »Du gehst nicht mit ihm nach oben, hörst du?«

Frida ließ sie schreien. Die Musik übertönte das meiste, was Linn sagte.

»Ich gehe nicht da rauf, kapiert? Ich bin kein billiger Fick für ihn«, sagte sie in Linns Ohr. »Er will, dass ich zu ihm nach Hause komme. Sein Freund wird mich fahren.« Frida schüttelte ihre Haare zurecht, holte einen Lipgloss aus der Handtasche und führte ihn an die Lippen. Die Bewegung war langsam, und sie tat sich schwer, ihren Oberkörper still zu halten.

Linn sah sie an. »Welcher Freund?«

»Weiß nicht. Er hat nur gesagt, sein Freund würde mich holen.«

»Wäre es nicht besser, wenn Hugo dich fährt? Ich kann ihn anrufen«, sagte Linn und sah sich um.

»Nein, ich warte auf Williams Freund.«

»Du kannst doch nicht mit jemandem mitfahren, den du nicht kennst«, sagte Linn und versuchte, Blickkontakt mit Frida aufzunehmen. Doch die biss die Lippen zusammen, lächelte und fing an, die Beine im Takt der Musik zu bewegen. Die Gruppe, die ihr wüstes Geknutsche auf dem Lautsprecher gefilmt hatte, hatte sich zerstreut.

Frida beugte sich zu Linn vor. »Spielt das eine Rolle? Das ist ein Freund von William, was soll da groß passieren?« Sie hob die Arme und versuchte, mit der Musik mitzuhalten, aber ihre Bewegungen verfehlten den Takt. »Ich werde heute Abend mit ihm schlafen. Er ist so ein toller Kerl, und wenn ich zu ihm nach Hause darf, ist das eine ernste Sache. Ich will ihn haben. So einfach ist das.«

Linn schüttelte den Kopf. »Dann bist du eine von vielen Mädchen, die mit ihm ins Bett gehüpft sind. Willst du das?«

Frida lächelte. »Du kapierst es einfach nicht. Ich bin jetzt seine Freundin, nicht irgendeine gewöhnliche Tussi.«

18

Charlotte starrte durch die Windschutzscheibe auf den Schneesturm, der ihnen entgegenschlug. Obwohl es draußen stockfinster war, fuhr Nils mit Abblendlicht. Nach zahllosen Versuchen, Anja telefonisch zu erreichen, hatte Charlotte schließlich aufgegeben. Trotzdem rief ihre Tochter nicht zurück. Charlotte biss die Zähne so fest zusammen, dass oberhalb des einen Auges ein punktueller Schmerz aufflammte.

»Wir werden Sie übrigens nicht für zu schnelles Fahren belangen«, sagte sie zu Nils und erntete ein leises Lachen von Per, der hinten saß.

Nils hielt den Blick auf die Fahrbahn gerichtet. »Es ist verdammt glatt. Ich traue mich nicht, schneller zu fahren.«

»Ich verstehe«, sagte sie, obwohl sie ihn am liebsten anschreien würde, er solle den Fuß vom Bremspedal nehmen.

Per löste den Sicherheitsgurt und beugte den gesamten Oberkörper zwischen den Sitzen nach vorn. »Anja ist nicht so blauäugig wie andere Mädchen in ihrem Alter. Sie ist taff und weiß sich zu wehren.«

»Ob das auch zutrifft, wenn ihr jemand Alkohol oder Drogen anbietet?«, sagte Charlotte und sog scharf die Luft ein. Da Nils auf dem Blauen Weg fuhr, konnte sie geradeaus Ön sehen, wo sich ihr zukünftiges Haus befand. Vielleicht. Anja gefiel es. Der Flugplatz zur Rechten war still und leer. Aus Gewohnheit fuhr ihre Hand zu ihrer Hüfte. *Verdammt,* dachte sie. *Keine Waffe.*

»Beruhig dich. Glaubst du wirklich, du brauchst sie jetzt?«, fragte Per, der offenbar ihre Bewegung gesehen hatte.

»Ich mache mich auf alles gefasst«, erwiderte sie und sah ein, wie bescheuert das klang. Sie warf einen Blick auf Nils. Er hatte eine Glatze, freundliche Augen und trug eine Brille. Die dicke Jacke verbarg einen leichten Kugelbauch und Tattoos, von denen Per ihr erzählt hatte. Angeblich stammten sie aus seiner Zeit auf See. Er sah zwar nicht wie ein Seemann aus, aber Per nannte ihn Kapitän.

»Wir müssen zum Nydalasee«, sagte Nils und gab etwas Gas.

»Vielleicht ein verlassenes Ferienhaus?«, fragte Per. »Von denen gibt es hier eine ganze Menge.«

»Ja. Das Haus der Stensons liegt etwa einen Kilometer vom See entfernt. Drum herum gibt es sonst nur Wald und ein paar Hütten. Ich denke, in dieser Jahreszeit können sie ungestört feiern.«

Sie bogen in eine Nebenstraße, und Nils schaltete das Fernlicht ein. Ungefähr gleichzeitig vernahmen sie vage einen dröhnenden Bass, Gelächter und Gesang. Nils hielt vor einem ziemlich großen Haus, das einmal rot gewesen war. Kaum waren die Räder zum Stehen gekommen, war Charlotte mit einem Fuß draußen.

»Nichts überstürzen!« Per drückte die Tür auf, folgte Charlotte mit ein paar schnellen Schritten und versuchte vergebens, sie einzuholen. Seine Kollegin hatte die Autotür offen gelassen und schritt direkt auf das Haus zu. Per schloss zu ihr auf, packte sie am Ärmel ihres Mantels und zwang sie, stehen zu bleiben.

»Charlotte, tief durchatmen. Du musst Ruhe bewahren, wenn du ins Haus gehst. Anja zuliebe.«

Zwei Mädchen standen vor dem Eingang und rauchten. Sie trugen nichts weiter als dünne schwarze Tops und enge Jeans. Beide hatten hellblonde Locken, ähnlich wie Anja.

Sind in dieser Stadt alle geklont?, dachte Charlotte, riss sich aus Pers Griff los und ging zu den beiden. Die Stiefel fanden im Schnee nur schlechten Halt. »Habt ihr dieses Mädchen heute Abend gesehen?«, fragte sie und hielt ihnen das Display ihres Smartphones entgegen.

Die beiden zogen an ihren Zigaretten, warfen einen Blick auf das Foto und nickten gleichzeitig. »Anja. Die ist wohl irgendwo dadrinnen.«

»Wie alt seid ihr?«, fragte Charlotte wütend.

»Sind Sie Anjas Mutter, die Polizistin?«, fragte das eine Mädchen. Sie hatte künstliche Wimpern, schwarz umrandete Augen und viel zu viel Rouge auf den Wangen.

»Ja. Wie alt seid ihr?«

»Achtzehn«, antwortete die Größere der beiden.

»Unsinn«, sagte Charlotte und wählte die Nummer ihrer Kollegen auf dem Revier, während sie die Treppe zum Eingang hochging. Hinter sich hörte sie Pers Schritte. Obwohl die Haustür offen stand, schlug ihr beim Betreten des Hauses Wärme entgegen. Die Blicke mehrerer junger Leute richteten sich auf die zwei Erwachsenen, die ungeladen hereinplatzten. Sie beendeten ihre Gespräche und starrten die beiden an. Einige waren zu betrunken, um die Ankömmlinge zu bemerken.

»Es ist gerade mal neun Uhr abends, und die sind bereits total weggetreten«, sagte Charlotte zu Per, ohne ihn anzusehen. Sie ging ein paar Schritte ins Haus und landete in einem großen Zimmer ohne Möbel. Hier befand sich die Tanzfläche. Laute Musik dröhnte in ihren Ohren. Auf dem Fensterblech stand ein

Computer, von dessen Bildschirm ein schwacher Schein ausging. Die Musik wurde von dort aus gesteuert. Charlotte konnte kaum zuordnen, um welche Art von Musik es sich handelte. Es fühlte sich an, als würde eine von den Lautsprechern ausgelöste Druckwelle durch ihren Körper schießen. Ein paar Jugendliche hüpften im Kreis zum Takt der Musik. Zwei Mädchen standen herum und sprachen miteinander oder schrien sich vielmehr ins Ohr. Ein Junge befand sich dicht neben einem Mädchen, das den Kopf hängen ließ und kaum aufrecht stehen konnte. Der Typ beugte sich zu ihr vor, hob ihren Kopf und versuchte, ihr seine Zunge in den Mund zu stecken. Dabei stieß er den Plastikbecher in ihrer Hand zur Seite, woraufhin der Inhalt sich auf den Boden ergoss.

Charlotte trat vor und klopfte dem Jungen auf den Rücken. Sie wollte ihm einen festeren Schlag verpassen, doch Per hielt ihren Arm fest, als sie damit ausholte. Sie warf ihm einen wütenden Blick zu.

»Er war dabei, sich an ihr zu vergehen!«, schrie sie Per an. Der nickte nur, formte mit den Lippen die Worte *ich weiß* und bedeutete ihr mit einer Handbewegung, sich zu beruhigen. Der Junge wandte sich ab und verschwand in ein anderes Zimmer. Charlotte atmete tief durch und drehte sich im Raum herum, um jede Ecke und jede Person sehen zu können. Keine Anja.

Während Per mit dem betrunkenen Mädchen sprach, ging Charlotte in das Zimmer, in das der Junge verschwunden war. Die Beleuchtung war gedämpft und die Musik nicht so ohrenbetäubend laut. Charlotte stellte erleichtert fest, dass die Jugendlichen, die sich hier aufhielten, klarer im Kopf wirkten. Jungs und Mädchen saßen auf drei roten Cordsofas herum und unterhielten sich, doch Anja war nicht darunter. Einer der

Jungs bemerkte sie und hielt mitten im Satz inne. Die anderen folgten seinem Beispiel.

»Also, das sind echt geile Stiefel!«

Charlotte drehte sich zu einem Mädchen um, das ihre Gucci-Stiefel bemerkt hatte. »Danke«, sagte sie und sah sie an. Es war zu dunkel, um ihre Pupillen zu sehen, aber Charlotte hätte schwören können, dass sie unter Drogeneinfluss stand. Man merkte es an ihrer aufgedrehten Art. Klassisches Zeichen von Kokain. Außerdem war es wahrscheinlich unmöglich, sich in diesem Haus aufzuhalten, ohne sich mit irgendetwas zuzudröhnen. Charlotte hielt dem Mädchen das Handy vor die Augen. »Hast du Anja gesehen?«

»Machen Sie Witze? Alle hier wissen, wer Anja ist. Und wir wissen auch, wer Sie sind. Kommen Sie, sie ist in einem anderen Zimmer, ich zeige es Ihnen. Ich war gerade dort, bin dann aber raus, weil …« Das Mädchen sprach den Satz nicht zu Ende. Mit einem strahlenden Lächeln erwiderte es Charlottes Blick. »Weil ich eine rauchen wollte«, fuhr sie fort und zwinkerte.

Eine mutige junge Dame, dachte Charlotte. Die Kleine sah aus, als wäre sie den Seiten einer Modezeitschrift entsprungen. »Dann weißt du auch, dass ich Polizistin bin?«

Das Mädchen deutete mit dem angewinkelten Zeige- und Mittelfinger auf ihre Augen, dann auf die von Charlotte.

Kokain, dachte Charlotte und wurde an ihre eigene, vollkommen andere Jugend erinnert. Einmal hatte sie Cannabis geraucht, doch es hatte ihr nicht gefallen. Danach hatte sie nie wieder etwas probiert. Sie betete, dass Anja ebenfalls der Versuchung widerstanden und die Finger von dem Zeug gelassen hatte. Charlotte folgte dem Mädchen und sah auf einem Tisch Reste von weißem Pulver. Vermutlich hatte jemand es wegen ihrer und Pers plötzlicher Anwesenheit hastig entfernt.

Während sie sich der Treppe ins Obergeschoss näherte, spürte sie einen Kloß im Magen, und ihr Puls ging schneller. Als das Mädchen die erste Treppenstufe nahm, konnte sie sich nicht länger zurückhalten. »Sag bloß, sie ist da oben!«

Das Mädchen drehte sich zu ihr um, lächelte und ging weiter.

Charlotte nahm zwei Stufen auf einmal. Ein Junge kam ihr entgegen und rempelte sie so kräftig an, dass sie beinahe rücklings fiel. »Hey, mach mal langsam!«, sagte sie laut und sah ihm hinterher. Aber der Junge verschwand schnell nach unten und antwortete nicht.

Charlotte blickte sich im Obergeschoss um. Vier Türen. Alle verschlossen. »Wo ist sie?« In ihrer Stimme schwang mehr Panik mit, als ihr lieb war.

Das Mädchen ging auf die am weitesten entfernte Tür im Flur zu. Charlotte atmete tief durch und folgte ihr. *Egal, in was für einen Mist du hineingeraten bist, ich habe dich lieb*, dachte sie und sah dem Mädchen zu, wie es vorsichtig die Türklinke hinunterdrückte.

»Mama! Was machst du hier?« Anja saß auf einem Sessel etwas weiter hinten im Zimmer. Zum Glück vollständig bekleidet. Auf einer Eckcouch daneben saßen ein Mädchen und vier Jungs. Ebenfalls alle bekleidet.

»Herrgott, Anja!« Am liebsten wäre sie zu ihrer Tochter gerannt und hätte sie umarmt. Doch Anjas Blick hielt sie davon ab.

»Was soll das, Mama? Du bist voll peinlich.« Anja stand auf. Die anderen Jugendlichen blieben auf dem Sofa sitzen und sahen Charlotte an. Sie wirkten ruhig. Ein paar von ihnen hatten die Füße auf den Beistelltisch gelegt, auf dem ein Eiskübel mit Bier und einigen Plastikflaschen stand, die bestimmt selbst gemixte alkoholische Getränke enthielten.

Wenigstens keine Drogen.

»Sind das deine Freunde?« Charlotte sah die jungen Leute an und bemühte sich, dabei zu lächeln.

Anja stemmte die Hände in die Hüften. »Ja, das hier ist Linn, von der ich dir erzählt habe.«

Linn streckte Charlotte zur Begrüßung die Hand entgegen.

Gut erzogen, dachte Charlotte und musterte Linn. Das Mädchen hatte eindeutig etwas genommen, bemühte sich jedoch, es sich nicht anmerken zu lassen. Sie hatte freundliche braune Augen, wie ein Reh.

»Und das sind Jesper, Nille, Kalle und Oscar. Sie spielen Eishockey bei Björklöven«, fuhr Anja fort und lenkte den Fokus von Linn weg.

»Heute Abend geht es hier friedlich zu«, sagte das freche Mädchen, das Charlotte das Zimmer gezeigt hatte.

»Wie jeden Abend«, ergänzte Jesper, und alle nickten im Takt. Charlotte ignorierte sie.

»Was ist das hier für ein Ort, Anja? Und warum in Gottes Namen gehst du nicht ran, wenn ich dich anrufe?«

»Mama, das hier ist der VIP-Raum. Mit dem, was im Rest des Hauses passiert, habe ich nichts zu tun. Außerdem darf man sein Handy hier nicht mitnehmen. Alle legen ihre da drüben rein.« Sie deutete auf eine Schachtel neben der Tür, in der mehrere Mobiltelefone lagen.

»Kann ich mit dir reden? Komm mit«, sagte Charlotte und ging in Richtung Tür.

Anja verdrehte die Augen. »Entschuldigt bitte meine Mutter«, sagte sie zu den Jugendlichen auf dem Sofa, ehe sie Charlotte folgte und ihren Mantel vom Haken an der Wand nahm. Anja hatte ihn sich von ihr ausgeliehen. Kaschmir von Max Mara. »Du weißt schon, dass du mich blamierst, oder?«, sagte sie und zog hinter ihnen die Tür zu.

»Du, das ist mir völlig egal. Du sollst dich nicht an so einem Ort aufhalten. Dieses Haus wird bald Besuch von meinen Kollegen bekommen und hoffentlich für immer dichtgemacht.«

»Ach, Mama, hör auf! Das hier ist nichts Anrüchiges. Es ist genau dasselbe wie in Stockholm, auch wenn die Adressen dort feiner und die Zimmer schöner sind. Sonst ist alles dasselbe.«

Charlotte schnaubte verächtlich.

»Wann geht es in deinen Kopf rein, dass das hier für junge Leute heute normal ist«, fuhr Anja fort und schlüpfte in den Mantel. »Es ist nicht mehr wie damals bei dir im Mittelalter.«

Jedenfalls weiß sie, dass ich sie nicht an diesem Ort bleiben lasse, dachte Charlotte und musterte ihre Tochter, die den Gürtel um ihre Taille demonstrativ fest verknotete. »Anja ... hast du Drogen genommen?«

»Nein, verdammt noch mal. Glaubst du, ich würde mich so etwas trauen, nach all deinen Horrorstorys, wie leicht man ein Junkie werden kann? Ich werde das Zeug nie probieren, glaub mir.«

Charlotte atmete erleichtert auf. Sie vertraute ihrer Tochter, weil sie ihr vertrauen wollte, und würde vorerst die Augen vor der Wahrheit verschließen. Aber das Thema war noch nicht erledigt. Nur für den Augenblick.

»Kennst du einen Typ namens William?«, fragte sie und dachte an die Ermittlungen im Mordfall Unni Olofsson.

»Ja, woher hast du den Namen?«

»Was weißt du über ihn?«, fragte Charlotte. Im selben Augenblick fiel der Schein blinkender Blaulichter durch das Fenster.

Anja rief ein Foto auf ihrem Handy auf und zeigte es ihrer Mutter. »Er schmeißt den Laden hier. Ein charmanter Kerl, den ich niemals anfassen würde.«

Charlotte betrachtete das Foto. *Für leicht beeinflussbare Mädchen im Teenageralter ein gefährlicher Typ*, dachte sie. »Wir werden gegen ihn Anklage erheben, weil das, was er hier macht, illegal ist.«

»Was ist illegal?«, erwiderte Anja trotzig.

»Er verkauft oder verteilt Drogen und Alkohol an Minderjährige. Das ist in vielerlei Hinsicht illegal, und das weißt du. Ich will, dass du dich draußen ins Auto setzt, während ich mit ihm rede. Weißt du, wo er ist?«

»Keine Ahnung. Er ist wohl irgendwo mit einem Mädchen.«

19

Viggo stützte sich auf die Hände und setzte sich im Bett auf. Er lehnte sich mit dem Rücken an das Kopfende und betrachtete seine Frau Estelle. Sie und Frida waren sich ähnlich. Sie war die einzige Frau, die er kannte, die ein Nachthemd mit dazu passendem Bademantel aus Seide trug. *Wie in Dallas*, dachte er. Der lila Stoff glänzte, wenn sie sich im Schlafzimmer bewegte. Sie hatte Lust auf Sex gehabt, und er hatte nicht Nein gesagt. Jetzt waren sie beide hellwach, obwohl es mitten in der Nacht war.

Viggo betrachtete seine blonde Frau. Ihre langen Beine waren natürlich, aber die vollen Brüste hatte er ihr bezahlt. *Die sind jede Öre wert*, dachte er. Das erste Mal, als er Estelle gesehen hatte, war in einer Kneipe in Stockholm gewesen. Sie stach unter den anderen Frauen hervor, weil sie immer nüchtern war. Fast schon eine Ironie, wenn man an ihren jetzigen Zustand dachte. Er hoffte, dass Frida diese Liebe zum Alkohol nicht erben würde.

Estelle war ruhig, aber äußerst charismatisch. Sie zog Männer allein durch ihre Anwesenheit an, und das machte sie interessant. Sie brauchte einfach nur dazustehen, und schon kamen die Männer angeschwirrt wie Motten zum Licht. Sie entschied, wen sie an sich heranließ, und an jenem Abend hatte er den Hauptgewinn gezogen. Viggo war völlig von ihr angetan gewesen.

Sie hatten sich unterhalten und waren anschließend zu ihr nach Hause gegangen. Seitdem waren sie ein Paar. Das war vor achtzehn Jahren gewesen. Im Laufe der Zeit hatte Viggo sich mehrmals scheiden lassen wollen, war aber jedes Mal bei ihr geblieben. Teils, weil er Estelle immer noch liebte, teils wegen der ganzen Scheiße, in die er sie hineingezogen hatte. Die Flucht aus Stockholm, wo sie sich stets zu Hause gefühlt hatte. Estelles gesamtes Leben hatte sich auf Östermalm abgespielt. Dort war sie zur Schule gegangen, hatte sich einen Freundeskreis geschaffen, zum ersten Mal Alkohol getrunken, ihr Yogastudio aufgebaut … Und jetzt lebte sie ausgerechnet in Umeå. Sie war nicht freiwillig hierhergekommen. Ihre Rettung war das Geld gewesen, das Viggo mit Pokern verdiente. Dank ihrer finanziellen Lage konnten sie oft ins Ausland reisen. Estelle musste nicht arbeiten. Sie waren von niemandem abhängig und bestimmten ihr Leben selbst.

Plötzlich vibrierte Viggos Handy und riss ihn aus seinen Gedanken.

»Willst du nicht nachschauen, wer das ist?«, sagte Estelle.

Viggo griff nach dem Handy. Auf dem Display erschien eine Textnachricht. *Wollte nur wissen, ob Frida nach Hause gekommen ist. Linn.*

Viggo las Estelle die Nachricht vor. Sie erwiderte seinen Blick.

»Was zum Teufel«, sagte er und riss die Bettdecke weg. Schnappte sich den Bademantel und folgte Estelle in Richtung Fridas Zimmer.

»Wie spät ist es?«, fragte Estelle und hielt sich am Türrahmen fest.

»Kurz vor zwei«, sagte Viggo und lief beinahe in sie hinein, als sie plötzlich auf der Schwelle stehen blieb.

Das Bett war leer und unberührt, wie Frida es hinterlassen hatte.

Estelle hielt eine Hand vor den Mund. »Sie ist nicht zu Hause.«

Viggo wählte Fridas Nummer. Estelle stand so nahe bei ihm, dass er ihren Atem spürte. Es tutete ein paar Mal, dann sprang die Mailbox an.

»Frida, hier ist Papa. Ruf an, wenn du die Nachricht hörst. Wir machen uns Sorgen um dich. Wo bist du?«

Er legte auf und wählte Linns Nummer. Sie ging nicht ran.

»Verdammt!«

Er schrieb eine Textnachricht. *Frida ist nicht zu Hause. Wo kann sie sein? Viggo.*

Viggo schlug so fest mit der Faust gegen die Wand, dass ein Bild zitterte.

»Wohin könnte sie sein?«, fragte Estelle.

Viggo setzte sich auf Fridas Bett und dachte nach. Sie hatten beim Mittagessen miteinander geredet, aber er war so in seine eigenen Gedanken vertieft gewesen, dass er nicht richtig zugehört hatte.

Wie zum Teufel konnte ich nur so nachgiebig sein?, dachte er. Manchmal war es ein leichter Ausweg gewesen. Eine Möglichkeit, ihrem Genörgel zu entgehen, aber auch, sie bei guter Laune zu halten. Ihre Psyche war zerbrechlich, und Viggo hatte Angst, dass Antons Selbstmord sie auf dumme Gedanken bringen könnte.

»Ich glaube, sie wollte auf eine Party bei einem Freund.«

»Welcher Freund?«, fragte Estelle und begann, auf Fridas Computer herumzutippen. Sie gab verschiedene Passwörter ein und schlug den Deckel nach dem dritten missglückten Versuch zu.

»Ein Junge, vielleicht einer aus ihrer Klasse. So genau weiß ich es nicht mehr.« Viggo stützte die Ellenbogen auf die Oberschenkel und vergrub das Gesicht in den Händen.

»Wie konntest du sie nur auf eine Party gehen lassen, ohne zu wissen, wohin sie geht, verdammt noch mal? Du weißt doch, dass wir mit so etwas vorsichtig sein müssen«, sagte Estelle laut.

»Wir können nicht rund um die Uhr auf sie aufpassen, sie ist schließlich bald erwachsen.«

Estelle ließ sich nicht beruhigen. »Aber das müssen wir. Sie lebt unter einer ständigen Bedrohung. Wegen dir!«

»Wenn du länger als ein paar Stunden nüchtern bleiben könntest, hätte Frida eine Mutter, mit der sie reden kann. Hast du daran schon mal gedacht?« Eigentlich wollte Viggo sich beherrschen, doch seine Stimme schwoll an.

Estelles Blick verfinsterte sich. »Schieb es jetzt bloß nicht auf mich! Wer hat uns überhaupt erst in diese beschissene Situation gebracht?«

Viggo sprang vom Bett auf. »Aha! Kommst du mir wieder auf diese Tour? Es ist meine Schuld, dass du Alkoholikerin bist, es ist meine Schuld, dass du depressiv bist, es ist meine Schuld, dass du keinen Beruf hast. Alles, wirklich alles, was du an deinem Leben hasst, ist meine Schuld!« Er atmete tief durch, kniff die Augen zusammen und blickte in Estelles schwarze Iriden. »Ohne mein Pokertalent hättest du nicht dein glamouröses Hausfrauendasein, bei dem dir alles auf dem Silbertablett serviert wird. Du brauchst keinen Finger zu rühren und trinkst nur den ganzen Tag. Vielleicht hätten wir noch ein zweites Kind, wenn du dein Leben auf die Reihe gekriegt hättest.«

Kaum waren die Worte aus seinem Mund entwichen, sah er ein, dass er zu weit gegangen war. Estelle gab ihm eine so kräftige Ohrfeige, dass sein Kopf zur Seite schnellte. Obwohl es wehtat, ließ er sich nichts anmerken.

»Entschuldigung, ich ...« Estelle sprach den Satz nicht zu Ende. Tränen liefen ihr die Wangen hinunter. Sie schlang ihre Arme um Viggos Hals. Er ließ sie an sich heran.

»Ich entschuldige mich auch. So habe ich das nicht gemeint.«

»Wir müssen die Polizei anrufen«, sagte sie und vergrub ihr Gesicht an seiner Brust.

»Dafür ist es noch zu früh, Estelle, sie übernachtet vielleicht bei einer Freundin.« Er wollte Zeit gewinnen. Er dachte an Tony, doch vermutlich lag er damit falsch. Wenn Tony wirklich wüsste, dass Viggo sich in Umeå befand, wäre er bereits tot. Tony machte Nägel mit Köpfen.

Sein Handy klingelte.

»Das ist Frida.« Er drückte das Telefon ans Ohr. Die Anspannung in seiner Brust ließ nach. »Hallo Süße, wo steckst du?«

Statt einer Antwort hörte er ein Scharren und schwache Atemgeräusche. Als hätte sie versehentlich einen Hosentaschenanruf ausgelöst.

»Frida? Wo bist du?«

Das Stechen in der Brust war zurück. Viggo drückte das Handy fester ans Ohr und hob abwehrend die andere Hand, als Estelle es ihm wegnehmen wollte.

»Hallo? Frida?«

Er hielt den Atem an, um ja keinen Laut von seiner Tochter zu überhören.

Plötzlich tutete es. Die Verbindung war abgebrochen.

»Scheiße!« Viggo versuchte, Frida anzurufen.

Die Mailbox sprang an.

20

Per zog den Schal über den Mund, sodass die Atemluft das Kinn wärmte. Es war spät, und die Ereignisse im Partyhaus hatte dem Rest des Abends eine neue Wendung gegeben. Per und Charlotte hatten Anja nach Hause gefahren, und jetzt legten sie den kurzen Fußweg vom Parkplatz ins Polizeirevier zurück. Draußen am Nydalasee hatten währenddessen Kollegen das Haus dichtgemacht und zehn Jugendliche wegen Drogenbesitzes festgenommen.

»Ein trauriger Abend«, sagte Charlotte.

Das Türschloss am Eingang klickte. Per griff nach der kalten Klinke und trampelte sich den Schnee von den Schuhen.
»Ja, das kann man wohl sagen.«

Er hielt Charlotte die Tür auf. Seine Kollegin hatte sich die Mütze tief in die Stirn gezogen, sodass sie kaum etwas sah.

»Wirklich schade, dass wir uns keinen gemütlichen Abend mit Nils und Annelie machen konnten«, sagte sie und nahm die Mütze ab. Ihre Haare standen in alle Richtungen.

»Ja, aber sie haben dafür Verständnis. Ich habe mit Mia gesprochen, sie und Annelie haben eine Menge Wein getrunken. Wenigstens die beiden hatten also etwas von dem Abend.«

»Kannst du mir die Telefonnummer von Nils geben, damit ich ihm ein paar allgemeine Fragen zu dem Haus auf Ön stellen kann?«, fragte Charlotte und grüßte einen Polizisten, der auf dem Weg nach draußen war.

»Ja, klar, dann wird er wohl heimfahren und seine Hausaufgaben machen. Glaub mir, morgen früh hast du eine PowerPoint-Präsentation über sämtliche Vor- und Nachteile, den Marktwert und weiß Gott noch was.« Per kannte Nils. Sein Freund war ein gewissenhafter Makler, dem es nie einfallen würde, nachlässig und unehrlich zu sein. Dies war auch einer der Gründe, warum er ihn so sehr mochte.

Als Charlotte auf den Aufzugsknopf drückte, fiel Per auf, dass ihr Zeigefinger ganz weiß war. »Hast du dir etwa schon die Finger erfroren? Du warst doch bloß ein paar Sekunden draußen.«

Charlotte massierte ihre linke Hand und zeigte sie Per. »Das hier ist eine Erinnerung an einen saukalten Skiurlaub im Val d'Isère vor ein paar Jahren. Da habe ich mir die Finger erfroren, und seitdem werden sie weiß, sobald ich kalte Hände habe.«

Per hatte das gleiche Problem mit einer großen Zehe. Dies kam von einem Tag mit Simon und Hannes auf einem Skihügel hier in Umeå. Er verzichtete darauf, es ihr gegenüber zu erwähnen.

Im Dezernat für Schwerkriminalität brannte überall das Licht, obwohl niemand da war. Per knöpfte seinen blauen Mantel auf und zog ihn noch im Gehen aus. Dann scannte er seinen Blutzuckerwert und zeigte Charlotte aus alter Gewohnheit das Ergebnis.

»Ich hab das hier so verdammt satt«, sagte er leise. Das T-Shirt klebte ihm am Rücken.

»Oje, 2,6«, sagte sie und ging in die Küche.

Per setzte sich an Charlottes Schreibtisch, weil der am nächsten war. Sogar auf der Kopfhaut spürte er kalten Schweiß. »Mir ging es ganz gut, bis wir im Aufzug waren.« Er stützte sich auf die Schreibtischkante.

Charlotte drückte einen Strohhalm in eine Fruchtsafttüte und gab sie ihm.

»Danke.« Per trank die ganze Tüte aus und warf sie in Charlottes Papierkorb. Sie landete auf dem Foto eines Mannes, den er schon einmal gesehen hatte. Obwohl das Foto aus dem Polizeiregister stammte, sah er nicht wie ein Verbrecher aus, sondern eher wie ein unscheinbarer Bürohengst.

»Wer ist das?«, fragte Per und beugte sich über den Papierkorb, um den Ausdruck herauszufischen.

»Niemand, nur ein Krimineller aus Stockholm. Ich wollte sehen, wie er heute aussieht«, erwiderte Charlotte.

»Offensichtlich jemand, wo du dir die Mühe gemacht hast, ein Foto auszudrucken, um es anschließend wegzuwerfen.«

Charlotte stand still und mit regungsloser Miene da, aber ihr Blick war auf das Foto gerichtet. Es sah aus, als wolle sie etwas sagen, doch dann wurden sie und Per unterbrochen.

»Hallo, wie ich sehe, herrscht hier am Samstagabend volle Betriebsamkeit. Ich habe von eurem Einsatz im Haus der Stensons am Nydalasee gehört.« Ola Boman war hereingekommen, ohne dass sie etwas gehört hatten.

Charlotte drehte den Kopf zu ihm, und Per sah, wie ihre Wangen rot anliefen. Der Mann war auf dem Revier unter dem Spitznamen »der schöne Ola« bekannt.

»Schläfst du nie?«, fragte Charlotte und streckte den Rücken, ohne den Blick von ihm abzuwenden.

»Wir hatten heute einen Vorfall, der sich in die Länge gezogen hat«, erwiderte er.

Per fühlte sich unsichtbar. *Könnt ihr nicht einfach miteinander ins Bett gehen und das Ganze hinter euch bringen?*, dachte er, während Ola ihm das Foto aus der Hand riss.

»Wie gefällt's dir beim Personenschutz?« Pers Blick blieb an Olas Nase hängen. Perfekt und gerade. Nicht nur Charlotte war von seinem Aussehen angetan, sondern das gesamte verdammte

Revier. Per nannte ihn »Dressman«, weil er genauso aussah wie die Männer in den Werbespots der Polizei.

»Danke, ziemlich gut«, erwiderte Ola.

Pers Blick wanderte zu Olas Bauch, der sich unter einem weißen Hemd verbarg. *Irritierend flach*, dachte er und fasste sich an den eigenen Hosengürtel. Nach seiner Gewichtsabnahme hatte er ihn um drei Löcher enger schnallen müssen, aber bis zu Olas Waschbrettbauch war es noch ein weiter Weg.

Ola legte Charlotte eine Hand auf die Schulter. »Ich hab was für dich.« Er gab ihr eine Akte.

Charlotte nahm sie entgegen. Ihre Finger hatten ihre normale Farbe wiedererlangt.

»Ein Ausdruck von einer Abhöraktion in Stockholm«, fuhr Ola fort und sah Charlotte eindringlich an. »Er ist jetzt in Umeå, kann aber wieder auf dem Weg nach Stockholm sein. Du kannst es selbst lesen.«

Ob die beiden wohl schon Sex miteinander hatten?, fragte Per sich.

»Was ist das?« Per deutete auf die Akte.

»Ich war nicht hier«, sagte Ola, und Per folgte ihm mit seinem Blick, als er den Raum verließ. Charlotte las ein Blatt Papier aus der Akte.

»Charlotte?« Per ging zu ihr und hob das Foto auf, das Ola auf dem Tisch liegen gelassen hatte. »Wer ist das?«

Sie antwortete nicht und las weiter.

»Charlotte!« Per biss die Zähne zusammen. »Was weiß Ola, das ich nicht weiß?«

»Das erzähle ich dir später, Per.«

Charlotte schlug die Akte zu und warf sie in die abschließbare Schublade ihres Schreibtischs, wo sie ihren Schmuck aufbewahrte, wenn sie zu einem Einsatz ausrückte. Dort lag auch ihre Dienstwaffe, die sie jetzt hervorholte und in das Holster steckte.

»Ich weiß, es ist nicht erlaubt, sie dort aufzubewahren. Das wird nicht wieder vorkommen«, sagte sie. »Und jetzt will ich darüber reden, was heute Abend passiert ist.«

Charlotte machte sich auf den Weg ins Besprechungszimmer, und Per folgte ihr in den dunklen Flur.

Die Neonröhre summte, als Charlotte auf den Lichtschalter drückte. Auf einem der Tische stand eine Kaffeetasse, die jemand vergessen hatte. Es war kalt im Raum, und Per fröstelte.

Charlotte stellte sich vor das Whiteboard, auf dem die Ermittlungen im Mordfall Unni Olofsson den meisten Platz einnahmen. Beim Anblick der Fotos, die das Mordopfer in der Badewanne zeigten, presste Per die Lippen zusammen.

»Nach dem, was heute Abend im Nydalahaus passiert ist, muss ich ständig an Unni denken«, sagte Charlotte, ging einen Schritt zurück und stieß gegen Per. Sie entschuldigte sich und trat zur Seite.

»Was, wenn die Drogen, die wir dort beschlagnahmt haben, in Verbindung zu denen stehen, die wir bei Unni gefunden haben? Ihre Nachbarin Petra hat ihr erzählt, dass William Gunnarsson an der Uni Drogen verkauft, und offensichtlich ist er auch derjenige, der die Jugendlichen im Nydalahaus mit dem Zeug versorgt, wenn es stimmt, was Anja sagt.«

»Wir haben William überprüft?«, fragte Per.

»Ja. Er kommt aus einer ziemlich gut situierten Familie und wurde noch nie wegen eines Verbrechens angeklagt. Er hat noch nicht mal einen Strafzettel wegen Geschwindigkeitsüberschreitung erhalten.«

Per betrachtete erneut das Whiteboard und dachte darüber nach, was Charlotte gesagt hatte. »Dass der Mord an Unni oder die Tabletten, die wir in ihrer Wohnung gefunden haben, irgendwie mit den Drogen in Zusammenhang stehen, die wir heute Abend in dem Haus beschlagnahmt haben, ist ziemlich weit hergeholt. Schließlich gibt es zwischen ihnen keinerlei Verbindungen.«

»Ich stimme dir zu«, gestand Charlotte ein. Ihr Handydisplay blinkte lautlos, und sie hielt das Gerät ans Ohr.

»Hallo Anja, schläfst du nicht?« Charlotte rieb mit dem Finger an einem weißen Fleck auf ihrem Kleid. »Ja, ich weiß. Per und ich sind nur noch schnell ins Revier gefahren, um einen Bericht über den Einsatz heute Abend zu schreiben. Ich komme gleich nach Hause. Schlaf weiter, Süße.«

Per hörte seiner Kollegin zu. Sie hatte gerade ihre Tochter an einem Ort vorgefunden, der eine milde Variante eines Drogen- und Sexnests darstellte. Er sollte seine Jungs zu Hause einsperren, bis sie volljährig wurden. Gleichzeitig sollte er sie darüber aufklären, wie böse es ausgehen kann, wenn man Drogen ausprobiert, so wie Charlotte es mit Anja getan hatte. Ihnen eine Heidenangst einjagen, damit sie nie auf die Idee kämen, so etwas zu tun. Er überlegte, ob er ihnen Fotos von Crackhäusern zeigen sollte. Oder war das zu viel des Guten?

Charlotte beendete das Gespräch, ging zur Tafel und schrieb mit grünem Filzstift *Frida – William?*. Dann wandte sie sich Per zu. »Anja hat mir soeben erzählt, dass sie ein Mädchen, das heute Abend auf der Party war, nicht erreichen kann. Sie heißt Frida Malk. Anja sagte, auch die Freundinnen des Mädchens erreichen sie nicht. Laut ihren Eltern ist sie nicht zu Hause, und das Handy ist ausgeschaltet.«

»So etwas ist schon öfter passiert, ohne dass ein Verbrechen begangen wurde«, sagte Per.

Charlotte stieß einen tiefen Seufzer aus. »Frida hat eine beste Freundin namens Linn, die auch auf der Party war. Ihr zufolge war Frida ziemlich zugedröhnt. Frida und William wurden dabei gesehen, wie sie herumgeknutscht haben. Anscheinend geht das gerade im Internet viral.«

Sie hielt Per ihr Handydisplay hin. Der Videoclip, den Anja ihr geschickt hatte, zeigte William und ein junges Mädchen, wie sie auf einer Lautsprecherbox wild miteinander knutschten.

»Vielleicht ist sie bei ihm?«, sagte Per.

»In ihrem Zustand sollte sie lieber nicht mit William allein sein. Er nutzt junge Mädchen aus, wie es scheint.«

»Okay, wir machen es so«, sagte Per. »Wir fragen bei der Leitstelle nach, ob ihre Eltern angerufen und sie als vermisst gemeldet haben. Und wir schicken einen Streifenwagen zu Williams Adresse, um herauszufinden, ob Frida bei ihm ist. Bestimmt ist nichts passiert.«

Charlotte atmete langsam ein und aus. »Du hast recht, so machen wir das.«

Im gleichen Augenblick klingelte Pers Handy. Er nahm das Gespräch an. »Per Berg, Polizei Umeå.«

»Ja, hallo. Hier ist Petra Lanz, Unnis Nachbarin in der Dressyrgatan. Entschuldigen Sie, dass ich Sie mitten in der Nacht anrufe, aber ich wusste nicht, an wen ich mich wenden sollte. Ich bin gerade von einer Party nach Hause gekommen, und es sieht so aus, als wäre jemand in Unnis Wohnung.«

»Haben Sie gesehen, wer es ist?«, fragte Per und bewegte sich in Richtung Tür.

»Nein, aber jemand ist eingebrochen.«

»Okay, bleiben Sie in Ihrer Wohnung. Wir kommen mit einer Streife dorthin. Danke für Ihren Anruf.«

Per sagte der regionalen Leitstelle Bescheid und rannte zusammen mit Charlotte zum Aufzug.

21

Eigentlich wollte Linn reingehen, weil sie so schrecklich fror, blieb jedoch draußen auf der Bordsteinkante sitzen. Die Djurgårdsgatan war ihr Zuhause. Hier stand ein kleines Haus nach dem anderen, und die von Birken gesäumte Einfahrt befand sich direkt vor ihr. Der Schnee drückte die Äste der Bäume nach unten, sodass sie müde aussahen. All das Weiß erhellte die Nacht und nahm Linn ein wenig die Angst vor der Dunkelheit. Sie saß direkt vor ihrer alten Schaukel, die ihre Mutter vor bestimmt zehn Jahren an einer der Birken befestigt hatte. Die dicken Seile, die ursprünglich grün gewesen waren, hatten sich im Laufe der Jahre grau verfärbt, und die runde Holzplatte, auf der Linn Hunderte Male gesessen hatte, war unter einer dicken Schneeschicht verborgen. Ihre Beine zitterten, und sie wusste nicht, ob die verdammte Kälte oder die Drogen daran schuld waren. Sie konnte das Haus am anderen Ende der Birkenallee sehen, alle Fenster waren dunkel. Sie fragte sich, ob ihre Mutter schlief oder nicht daheim war. Vermutlich Letzteres.

Linn hatte das Angebot von Anjas Mutter, sie von der Party im Nydalahaus nach Hause zu fahren, ausgeschlagen. Sie hatte gelogen, dass ihre Mutter sie abholen würde. Da sie unter dem Einfluss von Alkohol und Drogen stand, wollte sie nicht mit einer Polizistin im Auto sitzen. Kaum hatte Anjas Mutter das

Partyhaus betreten, hatte es Stress gegeben. Ein Krankenwagen und mehrere Streifenwagen mit blinkenden Blaulichtern hatten schließlich den Abend beendet, und niemand wusste, wo Frida war. *Du kannst mich mal*, dachte sie.

Linn spannte sämtliche Muskeln an, um warm zu bleiben. Sie war den ganzen Weg nach Haga zu Fuß gelaufen, vorbei an der Universität und dem Autohändler Motorcentralen, wo einst der sogenannte Hagamann gearbeitet hatte. Ihre Mutter hatte, als Linn noch klein war, mehrere Jahre lang immer wieder diesen Serienvergewaltiger erwähnt und ihr verboten, draußen allein zu spielen. Linn wusste alles über diesen Kerl, obwohl sie noch ein Kind war, als er ins Gefängnis kam.

Linn versuchte zu verstehen, was heute Abend mit Frida passiert war. Hatte einer von Williams Kumpels sie mitgenommen? Warum konnte William das nicht selbst tun?

Linn hatte Anja auf Snapchat von Frida erzählt und jetzt Angst, dass diese ihrer Mutter, die Polizistin war, alles weitererzählt hatte. Das war wirklich bescheuert gewesen. Frida würde ihr das nie verzeihen.

Als ihr die Pobacken wehtaten, erhob sie sich von der Bordsteinkante. *Zeit, reinzugehen*, dachte sie und warf zum gefühlt hundertsten Mal einen Blick auf ihr Handy. Immer noch keine Nachricht von Frida, und laut ihren Eltern war sie nicht zu Hause. Die riefen Linn ständig an, aber sie traute sich nicht, mit ihnen zu reden, aus Angst, sie könnten ihr Vorwürfe machen, weil sie nicht auf Frida aufgepasst hatte.

Sie ging die Allee entlang zum Haus und sah im Pulverschnee die deutlichen Spuren eines Autos, das aus der Garageneinfahrt gefahren war. Bestimmt Hugo. Sie trampelte den Schnee von den Schuhen und stieg die Treppe zum Eingang hoch. Steckte den Schlüssel ins Schloss und drehte ihn um. Ihre Finger waren steif vor Kälte und bewegten sich nur langsam. Es knarrte, als sie die Tür öffnete und ins Haus ging. Camillas Jacke hing nicht an ihrem gewöhnlichen Platz.

Sie tastete nach dem Lichtschalter. Plötzlich ertönte ein dumpfes Geräusch, und zwischen Küche und Wohnzimmer bewegte sich ruckartig ein Lichtfleck. Eine dunkle Gestalt, eindeutig nicht ihre Mutter. Linn erstarrte. Plötzlich hörte sie, wie die Balkontür geöffnet wurde, und gleichzeitig verschwand das Licht. Dann wurde es still. Linn holte tief Atem.

»Camilla!«

Keine Antwort.

22

Charlotte legte die Hand auf den schwarzen Stahl an ihrer Hüfte und öffnete den Sicherheitsriemen des Holsters, um ihre SIG Sauer bei Bedarf problemlos ziehen zu können. Sie hatten keinen Streifenwagen zur Unterstützung dabei, weil heute Abend alle anderswo im Einsatz waren. Per ging vor ihr die Treppe hoch. Charlotte konnte in der Dunkelheit nur mit Mühe etwas sehen. Der Schein des roten Lichtschalters wies ihnen den Weg, aber sie wollten die Treppenhausbeleuchtung nicht einschalten. Sie blieben vor Petras Tür stehen. Die Augen der jungen Frau waren in der Türöffnung sichtbar. Per legte den Zeigefinger auf den Mund, woraufhin Petra nickte und die Tür wieder schloss.

Um nicht das ganze Haus mit dem Klappern ihrer Stiefelabsätze zu wecken, setzte Charlotte nur den vorderen Teil ihrer Füße auf den Treppenstufen auf. Sie musste nur aufpassen, dass sie dabei nicht das Gleichgewicht verlor.

Als sie sich dem obersten Geschoss näherten, sahen sie die aufgebrochene Tür.

Per gab ihr mit einer Handbewegung zu erkennen, dass er als Erster hineingehen würde, und zog gleichzeitig mit Charlotte die Dienstwaffe. Das blau-weiße Absperrband war abgerissen und hing am Türrahmen. Sie blieben stehen, lauschten und wechselten einen Blick. Charlotte hörte ein schwaches Geräusch und hielt den Atem an. Zum Glück hatten sie Unnis Computer beschlagnahmt, doch die Frage war, ob dadrinnen jemand etwas suchte, von dessen Existenz die Polizei nichts wusste.

Per spähte durch die offene Tür. Sein Mantel flatterte, als er mit nach unten gerichteter Waffe die Wohnung betrat.

Charlotte hielt ihre beidhändig, den Daumen am Griff, gesichert und mit der Mündung nach unten.

»Polizei!«

Charlotte folgte Per in die Wohnung und hielt nach dem Lichtschalter Ausschau.

Per rief erneut: »Polizei!«

Im gleichen Augenblick kam eine Person mit Sturmhaube auf sie zugerannt und stieß Per mit solcher Wucht zur Seite, dass dieser das Gleichgewicht verlor und auf dem Hintern landete. Charlotte versuchte, auf die Person zu zielen, doch bevor ihr das gelang, traf sie ein Schlag mit der flachen Hand ins Gesicht. Als sie das Gleichgewicht wiedererlangte, spürte sie Metall auf der Stirn.

»Waffe fallen lassen, oder sie stirbt!«

Der Einbrecher drückte Charlotte die Pistolenmündung so fest gegen die Stirn, dass der Kopf sich nach hinten neigte. Sie starrte auf die Pistole, sah die Unterseite des Laufs und die Hand des Mannes. Zwischen Jackenärmel und Handschuh trug er ein Armband, an dem rosa, lila und grüne Plastikfiguren baumelten, die sich bei näherem Hinsehen als Meerjungfrauen entpuppten. Charlotte wich vor dem Druck auf die Stirn in die Garderobe zurück, woraufhin die Kleiderbügel sich mit einem Klappern verhedderten. Der Adrenalinschub sorgte dafür, dass sie sich nur auf eine Sache konzentrierte – die Waffe an ihrem Kopf.

»Tun Sie nichts Überstürztes, wir lassen Sie gehen«, sagte Per.

Der Maskierte wich ein paar Schritte zurück, nahm die Pistole von Charlottes Kopf und richtete sie auf beide, ehe er hinter sich die Tür zuschlug.

Per lief mit schnellen Schritten auf die Tür zu. Es hallte im Treppenhaus. Er setzte dem Flüchtenden nach.

Charlotte rannte in die Küche, forderte telefonisch Verstärkung an, spähte durch das Fenster in den Hof hinunter und sah einen weißen VW-Transporter. Der musste dort geparkt und gewartet haben, als sie eintrafen. Die Nummernschilder waren abmontiert. Sie schoss mit der Handykamera so viele Fotos wie möglich, während sie mit der Leitstelle und sämtlichen aktiven Streifenwagen in der näheren Umgebung sprach. Viele waren es nicht.

»Bewaffneter Mann in weißem Transporter, Marke Volkswagen, mit abmontierten Nummernschildern, unterwegs in Richtung Dragonskolan. Stoppt das Fahrzeug!«

Die Absätze ihrer Gucci-Stiefel hallten durch den Flur, als sie über den Parkettboden zur Tür rannte und Per ins Treppenhaus folgte. Sie horchte auf das vertraute Geräusch der Kollegen, die zur Unterstützung eintrafen. Während sie die Treppenstufen hinuntereilte, verfluchte sie ihr Kleid, das ihre Bewegungsfreiheit einschränkte. Ihre Gedanken überschlugen sich, und sie spürte immer noch die Stelle an ihrer Stirn, an die der Maskierte die Mündung seiner Pistole gedrückt hatte. Die Kopfschmerzen, die bereits vor ein paar Stunden auf dem Weg zum Nydalasee eingesetzt hatten, konzentrierten sich nun zwischen den Augen.

Als sie den Hauseingang erreichte, traf die Verstärkung an der Adresse ein. Kalte Luft drang in ihre Lunge. Während sie versuchte, durch tiefes Atmen ihren Puls zu beruhigen, hörte sie, wie in der Ferne die Streifenwagen das flüchtige Fahrzeug verfolgten. Sie hielt eine Hand an den Bauch, beugte sich vor und konzentrierte den Blick auf den Schnee, ihre Stiefel und die Geräusche um sie herum. Sie hörte ihren eigenen Atem und den von Per. Sobald die Übelkeit nachgelassen hatte, richtete sie sich auf und steckte die Pistole in das Holster zurück.

23

Das graue Fenstersims aus Naturstein fühlte sich kalt am Gesäß an. Abbes Steißbein schmerzte vom Sitzen auf der harten Oberfläche. Sein Körper wollte sich einfach nicht entspannen, und während die anderen am frühen Morgen durchschliefen, ließ Abbe sich die jüngsten Ereignisse durch den Kopf gehen. Er strich mit dem Zeigefinger über die Fingerknöchel der rechten Hand. Die deutlichen Schwellungen taten von der Berührung weh.

Alles war aus dem Ruder gelaufen. Wie eine Kettenreaktion. Sie hatten ihren zentral gelegenen Aufenthaltsort in der Stadt verlassen müssen und hielten sich jetzt in einer Hütte irgendwo außerhalb der Kleinstadt Vännäs, etwa dreißig Kilometer nordwestlich von Umeå, auf. Ein Notfallplan, von dem sie eigentlich nicht gedacht hatten, dass sie darauf zurückgreifen müssten. Wie konnte die Polizei bereits wissen, dass sie in Umeå waren? Abbe richtete den Blick auf das Fenster und sog die Luft in die Lunge. Die Fichten waren mit einer dicken Schneeschicht behangen. *Perfekte Weihnachtsbäume,* dachte er. Der Schnee spendete Licht, ohne ihn wäre die Landschaft in eine ewige schwarze und lautlose Finsternis gehüllt. Aber die Dunkelheit, die draußen herrschte, war nichts im Vergleich zu der, die er in seinem Innern verspürte. Er musste dem Ganzen ein Ende bereiten. Aber wie?

Im Kamin prasselte das Feuer. Abbe wandte sich dem Geräusch zu und sah, wie die Funken zerstoben und eine Sekunde später erloschen. Da das Haus den Minusgraden nicht standhalten konnte, war das Feuer notwendig. Er saß in der Küche. Gab es im Kühlschrank etwas zu essen oder nur Bier und Spirituosen? Auf dem Tisch lag eine geblümte Wachstuchtischdecke, die noch nicht abgewischt worden war. Niemand traute sich, das weiße Pulver zu entfernen. Für eine Line reichte es nicht, aber es war mehr, als man mit einem feuchten Lappen aufsaugen wollte. Tony schlief im Zimmer nebenan und bewahrte seinen schießwütigen Kumpel im Zimmer gegenüber auf. Ein Flüchtling, der sich der Abschiebung entzogen hatte, lag auf einer Matratze im Flur. Er musste die Drecksarbeit machen und wurde als kostenlose Arbeitskraft ausgebeutet. Tony war ein verdammter Kontrollfreak, ein Tyrann, der keinen Widerspruch duldete. Er fasste so etwas als persönliche Kränkung auf. Abbes geschwollene Fingerknöchel zeugten von den Konsequenzen. Wer sich Tony widersetzte, bekam Prügel. Von Abbe oder einem anderen Handlanger, jedoch nie vom Boss selbst.

»Was hockst du hier herum und grübelst?«, fragte Tony.

Abbe zuckte zusammen. »Mensch, hast du mich erschreckt, ich dachte, du schläfst.« Er sprang vom Fenstersims und setzte sich auf den Hocker vor dem weißen Pulver. »Heute Abend ist es aus dem Ruder gelaufen«, sagte er und befeuchtete den Zeigefinger mit der Zunge, um das Kokain aufzusammeln. Er verrieb es auf dem Zahnfleisch und ließ es wirken. »Wie lange sollen wir den Jungen hier festhalten?«

Tony ließ sich auf dem Stuhl nieder, der am nächsten zum Kamin stand. Er war barfuß, hatte sich eine Decke um den Körper geschlungen und sah erbärmlich aus.

Ich könnte ihn hier und jetzt erschießen, dachte Abbe.

»Noch eine Weile. Das hier ist nichts, was wir nicht schon früher gemacht haben. Ich finde, es macht sogar ein bisschen Spaß. Die Bullen haben keine Ahnung, was ich hier mache. Sollen sie mich ruhig jagen.« Tony gähnte und riss dabei den Mund so weit auf, dass Abbe die gelben Zähne sehen konnte.

Das Kokain begann zu wirken.

»Erinnerst du dich noch daran, als du zum ersten Mal Kokain probiert hast?«, fragte er Tony.

Der Boss nahm die Brille ab und legte sie auf den Tisch. »Na klar. Ich war wohl schon ziemlich alt. Als ich mit den Partys anfing, rauchte man hauptsächlich Gras oder nahm Speed. Kokain kam erst in den Achtzigerjahren auf.«

Abbe hatte mit achtzehn zum ersten Mal Drogen probiert, nach einer Schicht in der Bar. Das war, bevor er Tony kennengelernt und sich in der Stockholmer Unterwelt hochgearbeitet hatte. Aber sein Konsum hielt sich in Grenzen. Die Erinnerung an die Alkoholsucht seines Vaters saß ihm tief in den Knochen. Er hatte Angst, ebenfalls der Sucht zu verfallen, und hielt sich meistens von Drogen fern.

»Ich bin mit einer Hure als Mutter und einem Vater aufgewachsen, der sich im Kuhstall erhängt hat. Mein Leben konnte also nur eine Richtung einschlagen«, sagte Tony und griff zu einer Tüte mit weißem Pulver, die auf dem Tischtuch lag.

»Wie alt warst du da?«

Tony teilte das Kokain in zwei gleich große Lines für jeden auf. »Zehn. Ich habe ihn gefunden. Danach haben die Kerle uns die Bude eingerannt. Meine Mutter kannte ja nichts anderes, um Geld zu verdienen. Ich bekam oft Prügel von ihren Freiern. Mit vierzehn bin ich abgehauen, und der Rest ist Geschichte.«

»Was ist mit deiner Mutter passiert?«, fragte Abbe.

»Die ist ein paar Jahre später an einer Überdosis gestorben. War auch gut so.«

Abbe dachte an seine eigene Familie und fand plötzlich, dass er noch Glück gehabt hatte. »Mein Vater hat unser ganzes Geld verzockt und war nie zu Hause. Um uns Kinder hat er sich einen feuchten Dreck geschert. Jedes Mal, wenn meine Mutter ihn falsch angeschaut hat, hat er sie geschlagen.«

Er beugte sich über eine Line auf dem Tisch, hielt sich mit dem Zeigefinger das eine Nasenloch zu und zog sich die Droge rein. Es war fast schon komisch, wie sie hier saßen und sich über das Leben unterhielten wie ganz gewöhnliche Durchschnittsschweden.

»Dann hast du also das Temperament deines Vaters geerbt«, sagte Tony und zog sich ebenfalls eine Line in die Nase.

Abbe lachte, ehe die nächste Line in seiner Nase verschwand. »Er war ein verdammter Säufer, der sich nicht unter Kontrolle hatte.«

Abbe glaubte, dass seine Bewunderung für Viggo eine Antwort auf die Spielsucht seines Vaters war. Als Viggo in Tonys Club auftauchte, musste er an seinen Vater denken. Viggo war so anders als er. Ein Profi. Abbe beobachtete ihn von Anfang an, wie er am Spieltisch saß. Der Mann war selbstsicher und beherrscht, trank nicht, während er spielte, und ließ sich nicht von den Stripperinnen ablenken. Abbe sah etwas Besonderes in diesem Mann, der mehr gewann, als er verlor. Jeden Tag strömten neue Spieler in Tonys Club, aber keiner zog Abbes Aufmerksamkeit auf sich wie Viggo. In ihm steckte ein Gentleman, der an die Helden in alten amerikanischen Filmen erinnerte. Er strahlte Selbstachtung und Würde aus.

Im Laufe der Zeit hatte sich zwischen ihnen eine echte Freundschaft außerhalb der Welt, in der sie sich bewegten, entwickelt. Sie verstanden sich gegenseitig, und jeder kannte die

Geheimnisse des anderen. Manchmal blieben sie noch nach der Sperrstunde in der Bar, und Abbe wusste, dass er sich auf Viggo verlassen konnte, falls sein Leben davon abhing.

Abbe war derjenige gewesen, der Tony auf Viggo aufmerksam gemacht hatte. Er hatte ihm von dem Pokerspieler erzählt, der das Spiel wie kein Zweiter beherrschte und möglicherweise das Geld aus Tonys kriminellen Geschäften in Weißgeld verwandeln konnte. Tony hatte angebissen, und auf einmal bewegte Viggo sich unter Prominenten und hing mit Tony in den angesagtesten Clubs der Stadt ab. Anfangs war Abbe froh gewesen, die beiden zusammengebracht zu haben. In dieser Zeit lernte Viggo sogar seine Frau kennen. Als er irgendwann nicht mehr Tonys Forderung ausweichen konnte, dessen Geld zu waschen, kam das Todesurteil. Bis heute hatte Viggo keine Ahnung, dass Abbe der Grund war, warum er mit seiner Familie abtauchen musste.

»Ich habe übrigens die Bullen hier in der Stadt überprüft«, sagte Abbe und hatte sofort Tonys Aufmerksamkeit.

Die Schwächen einzelner Polizeibeamter herauszufinden, gehörte zu den Routinevorgehen des Syndikats. Jeder hatte welche. Oft war es die Familie – eine Schwachstelle, die sich im Notfall immer ausnutzen ließ. Die meisten Schwedenbullen führten schließlich ein ziemlich ruhiges Familienleben.

»Was hast du herausgefunden? Etwas Anrüchiges, das wir nutzen können?«, fragte Tony und beugte sich vor.

»Eine Polizistin sticht heraus«, sagte Abbe und holte sein Handy hervor.

»Aha, inwiefern?«

Abbe hielt Tony das Display hin. »Diese Frau hier, Charlotte von Klint. Sie gehört zum Hochadel und hat Geld. Hat eine Tochter, die in Stockholm wohnt. Die Frau hat zuvor in Stockholm gearbeitet. Sie hat keine Fälle bearbeitet, die mit unserer Organisation zu tun hatten, sondern andere Sachen. Aber wir können sie wohl …«

Tony riss Abbe das Telefon aus der Hand. Er zoomte das Foto der Frau größer und sprang so schnell vom Stuhl auf, dass dieser nach hinten umfiel.

»Was zum Teufel, Abbe!« Tony fuhr sich mit der Hand über die Nase. »Mein altes Kindermädchen«, sagte er und lachte laut. »Ich glaube, sie nannte sich damals Maria Andersson. Wie lange ist sie schon Polizistin?« Er nahm die Brille ab und rieb die Gläser mit seiner Strickjacke.

Abbe zögerte. Die Sache hatte eine unerwartete Wendung genommen. »Dreiundzwanzig Jahre.«

»Jetzt verstehe ich, warum mein Waffenschmuggel ein jähes Ende genommen hat. Die süße kleine Maria, die ich wirklich mochte. Die Kleinen waren ganz vernarrt in sie. Sie war so … angenehm. Maria war wie eine laue Sommerbrise.« Tony setzte die Brille wieder auf und betrachtete erneut das Foto. »Ich habe nie kapiert, wie zum Teufel die Bullen es geschafft haben, so viele Beweise gegen mich zu sammeln. Als ich aufflog, steckte ich in der Bredouille. Ein Haufen Schulden an die Albaner. Sie versuchten, sich den Club unter den Nagel zu reißen, aber da hatte ich genug.«

»Was ist passiert?«, fragte Abbe.

»Ich habe deren Anführer und seine drei nächsten Leute getötet«, sagte er und lachte noch mehr. »Als ich mit ihnen fertig war, war von dieser Räuberbande nicht mehr viel übrig. Jetzt weiß ich, wie die Bullen alle Beweise zusammenbekommen haben. Ich habe sogar einen Typ aus meinem engeren Umfeld kaltgemacht, bei dem ich sicher war, dass er geplaudert hatte. Ups!«

Abbe starrte Tony an und sah ein, dass die Sache nicht gut enden würde. Er hatte die Büchse der Pandora geöffnet.

24

Charlotte schloss die Haustür hinter sich und lehnte sich dagegen. Die Handtasche fiel auf den Fußboden im Flur, danach die Mütze, die Handschuhe und die Jacke. Sie schloss die Augen und dachte an den Abend, der so schön bei Per und Mia begonnen hatte und anschließend ausgeartet war. Trotz hartnäckiger Suche war es den Kollegen von der Streife nicht gelungen, den Mann in Unnis Wohnung zu fassen. Das Fahrzeug war wie vom Erdboden verschwunden. Vermutlich würden sie den weißen Transporter irgendwo verlassen und ausgebrannt finden. Während draußen die Suche in vollem Gang war, hatten Per und Charlotte die Wohnung auf den Kopf gestellt, doch vom Tatort schien nichts abhandengekommen zu sein. Die große Frage war natürlich, warum der Mörder das Risiko auf sich genommen hatte, an den Tatort zurückzukehren. Per und Charlotte glaubten anhand ihrer Erfahrungen, dass es sich bei dem Maskierten tatsächlich um den Täter handelte.

Charlotte betastete die Stelle an ihrer Stirn, gegen die der Mann den Lauf seiner Waffe gedrückt hatte. Es tat weh, und sie hatte eine leichte Beule. Sie versuchte, die Tränen zu unterdrücken, indem sie tief durchatmete. Charlotte war schon mehrmals mit einer Pistole bedroht worden, aber nie auf diese Weise.

Aus irgendeinem Grund hatte der Mann mit dem Armband nicht geschossen. Was hatte ihn davon abgehalten? Heutzutage schossen Kriminelle auf Polizisten, ohne mit der Wimper zu zucken. Und Per? Saß sein Finger locker am Abzug? Kaum. Er hielt sich strikt an die Vorschriften, wenn ein Kollege bedroht wurde, und verhielt sich deeskalierend. Die Sicherheit kam an erster Stelle.

Auf dem Revier hatte Charlotte eine Skizze des Armbandes angefertigt, quasi als Personenbeschreibung. Viel mehr Anhaltspunkte gab es nicht, da der Mann eine Sturmhaube über den Kopf gezogen hatte. Er war mittelgroß und weder dick noch schlank. Charlotte dankte im Stillen einer höheren Macht, dass sie noch lebte.

Die Fußballen taten von den hohen Absätzen der Gucci-Stiefel weh. *Nie wieder*, dachte sie, als sie wegen der Schmerzen in den Füßen stehen bleiben musste. Sie stopfte die Dinger in den Mülleimer in der Küche, überlegte es sich jedoch anders und holte sie wieder heraus. Vielleicht wollte Anja sie haben.

Die Tür zu Anjas Zimmer stand angelehnt, und ein schwacher Lichtschein drang nach draußen. Charlotte stellte sich in den Türrahmen.

»Hallo Mama, kommst du erst jetzt nach Hause? Warst du nicht die ganze Nacht hier?« Anja setzte sich im Bett auf. Ihr hellblauer Schlafanzug war zerknittert.

»Nein, wir mussten noch ins Revier und einen Bericht über die Vorkommnisse des Abends schreiben«, sagte sie, erwähnte jedoch nicht, dass jemand sie mit der Pistole bedroht hatte.

Sie trat ans Bett und setzte sich neben ihre Tochter. Anja legte den Kopf auf Charlottes Schulter, wie sie es getan hatte, als sie noch klein war. Charlotte fuhr ihr durch die langen Haare.

»Was für eine Nacht«, sagte sie und küsste Anja auf den Kopf.

Sie hatte eine Menge Fragen an ihre Tochter, wollte jedoch nicht den Eindruck erwecken, als würde sie ihr nachschnüffeln oder misstrauen.

Stattdessen ließ sie die Stille wirken. Ihr Blick blieb an Anjas Sessel hängen, der voller Markenkleider war. Die schweren hellgrauen Samtgardinen waren für Anja ein Muss gewesen, als sie ihr Zimmer eingerichtet hatte. Aber ihre Tochter hatte einen guten Geschmack, dachte Charlotte, auch wenn er teuer war.

»Hast du von deiner Freundin Frida gehört?«

Anja schüttelte den Kopf. »Nichts Neues.«

»Wir haben einen Streifenwagen zu diesem William geschickt. Sie werden sich bei mir melden, sobald man sie gefunden hat. Es ist sicher nichts Schlimmes.«

Der Duft von Anjas Haaren verschwand, als sie den Kopf von der Schulter ihrer Mutter nahm.

»Mama, nur damit du's weißt. Ich nehme keine Drogen. Weißt du noch, wie du mir dieses Foto gezeigt hast, als ich ungefähr acht Jahre alt war?«

Charlotte lächelte. »Ja, ich erinnere mich.«

»Du hast gesagt, sie war siebenundzwanzig und hat eine genauso schöne Kindheit wie ich gehabt. Aber dann hat sie als Teenager mit Drogen angefangen, als sie auf Partys ging. Und dass sie vom Drogenmissbrauch nicht loskam und jetzt im Elend lebte. Völlig abgebrannt und ohne Kontakt zu ihrer Familie.«

Charlotte hatte damals gezögert, ihrer Tochter das Foto zu zeigen, es dann aber doch getan.

»Jedes Mal, wenn mir jemand das Zeug anbietet, muss ich daran denken. Dann fällt es mir nicht so schwer, Nein zu sagen.«

Charlotte sah Anja in die Augen. Sie waren grün wie ihre eigenen. Dann umarmte sie ihre Tochter.

»Du weinst ja, Mama. Das ist in Ordnung, raus damit«, sagte Anja und lachte.

Charlotte wischte die Tränen weg. »Was sagen deine Freunde, wenn du nichts nimmst? Sind sie sauer?«

Anja schüttelte zunächst den Kopf, doch dann schien sie es sich anders zu überlegen. »Du kennst doch meine Freundin aus Djurgården, mit der ich früher viel gemacht habe? Sie hat ständig versucht, mich zu überreden, mal was zu probieren. Ich soll nicht so verdammt spießig sein, hat sie gesagt. Als ich ein paar Mal abgelehnt habe, hat sie nichts mehr von sich hören lassen und sich andere Freundinnen gesucht.«

»Nimmt sie immer noch Drogen?« Charlotte konnte ihre Verwunderung nicht verbergen.

»Ja, jedes Wochenende. Meistens Kokain, aber auch Pillen. Manchmal läuft sie mir auf dem Stureplån über den Weg. Sie ist meistens zugedröhnt.«

»Wissen ihre Eltern Bescheid?«

Anja zuckte mit den Schultern. »Keine Ahnung.«

Charlotte wollte weitere Fragen stellen, ließ es aber bleiben. Sie war vollkommen erschöpft. Die Sonne ging gerade auf, und sie brauchte dringend ein paar Stunden Schlaf. Zum Glück war heute Sonntag. Kaum hatte sie beschlossen, sich hinzulegen, vibrierte ihr Handy, das sie auf Anjas Bett gelegt hatte.

»Wer ruft jetzt an?«, fragte Anja und schlüpfte wieder unter die Decke.

»Anonyme Rufnummer. Sicher jemand von der Arbeit«, sagte Charlotte. Sie hinkte aus Anjas Zimmer und nahm den Anruf entgegen. »Ja, hier ist Charlotte von Klint von der Polizei Umeå.«

Schweigen.

»Hallo?«

Sie hörte nur ein Rauschen. »Ja, hier ist Charlotte.«

Keine Antwort.

Sie presste das Handy fester ans Ohr. »Hallo?«

Der Anrufer legte auf.

25

Viggo starrte auf einen Sticker mit dem Logo der Polizei, der an der Rückseite eines Computermonitors klebte. Eine Frau am Empfang hatte ihn und Estelle in ein eigenes Zimmer auf dem Polizeirevier gebracht. Es war Sonntagnachmittag und Frida war immer noch verschwunden. Der Polizei war es bisher nicht gelungen, sie oder William ausfindig zu machen. Für den Fall, dass Frida in ihrem betrunkenen Zustand herumgeirrt und in einer Schneeverwehung gelandet war, hatte man die Gegend um das Haus am Nydalasee mit Hundestaffeln durchkämmt, aber ohne Ergebnis.

Jetzt saßen Viggo und Estelle vor einer uniformierten Polizistin, die nicht älter als fünfundzwanzig aussah. Sie hatte blonde, zu einem Zopf gebundene Haare, blaue Augen, schmale Lippen und einen ziemlichen Bauch. Der Raum hatte weiße, vollkommen leere Wände. Der Heizkörper war nur lauwarm, wie Viggo durch Berührung mit der Hand festgestellt hatte. Die Jalousien waren halb heruntergelassen, obwohl es kurz nach vier Uhr nachmittags und draußen dunkel war.

Bislang mussten sie einfache Fragen beantworten, zum Beispiel, mit welchen Leuten Frida Umgang hatte, in welche Klasse sie ging, wie ihr Klassenlehrer hieß, wie ihre

Handynummer lautete und lauter solchen Schwachsinn, den Viggo als vergeudete Zeit betrachtete.

»Hat Frida irgendwelche besonderen Merkmale am Körper, zum Beispiel Tattoos, Narben oder Ähnliches?«

Auf diese Frage hin wanderte Viggos Blick von dem Sticker zu der jungen Polizistin, deren Finger über die Tastatur glitten, und schließlich zu Estelle.

Seine Frau nickte. »An der Innenseite des linken Oberschenkels hat sie ein ziemlich großes Muttermal. Bestimmt fünf Zentimeter.«

»Gibt es für sie ein Zahnschema, also wurden ihre Zähne von einem Zahnarzt fotografiert?«

Viggo spürte, wie bei der Frage die Wut in ihm hochkochte. »Natürlich war sie beim Zahnarzt, sie ist schließlich siebzehn.«

Die Polizistin stellte weitere Fragen zu Fridas Kleidung, die Viggo beantworten musste, da Estelle zu betrunken gewesen war, als Frida das Haus verlassen hatte. Aber jetzt war sie nüchtern und gab bei jeder schwierigen Frage ein Piepsen von sich.

Die Frau ließ von der Tastatur ab und erwiderte Viggos Blick. »Ist Frida früher schon einmal verschwunden?«

»Äh, nein, nicht, soweit ich mich erinnern kann.« Er wandte sich erneut Estelle zu. »Du?«

Seine Frau schüttelte schweigend den Kopf.

»Verkehrt sie in sogenannten Risikomilieus, also an Orten, wo es Drogen gibt oder die Gefahr besteht, einem Verbrechen zum Opfer zu fallen?«

»Was zum Teufel meinen Sie damit?« Viggo hob die Stimme.

Die Polizistin schüttelte schnell beschwichtigend den Kopf. »Wissen Sie, ob sie Drogen nimmt?«

Viggo senkte den Blick auf seine Hände.

Estelles Reaktion fiel heftiger aus. »Natürlich nimmt sie keine Drogen, verdammt noch mal! Sie ist eine gewissenhafte junge Frau, die in der Schule gut klarkommt und Dinge tut, die normale siebzehnjährige Mädchen tun … sich schminken, über Jungs reden, Sport treiben. Frida macht sehr viel Sport, läuft mehrmals die Woche. Sie weiß nicht einmal, wie Drogen aussehen.«

Estelle holte tief Atem, bestimmt, um ihren Wutausbruch zu stoppen. Wie einfach sie es sich machten, indem sie die Schuld an Fridas Verschwinden auf ihren angeblichen Drogenkonsum schoben, dachte Viggo, sagte jedoch nichts. Estelle hatte ihren gemeinsamen Standpunkt bereits vorgebracht.

»Dass Eltern nicht wissen, ob ihre Kinder Drogen nehmen, zum Beispiel auf Partys oder so, ist völlig normal. Sie dürfen das nicht als Vorwurf auffassen. Man kann sie schließlich nicht einsperren«, sagte die Polizistin und lachte kurz auf.

Viggo stellte fest, dass sie etwas älter sein musste, als sie aussah.

»Aber wir müssen es wissen«, schloss sie ihre Ausführungen.

Viggo und Estelle schüttelten beide den Kopf.

Die Polizistin musterte sie, als wolle sie in ihr Inneres schauen. »Dann habe ich noch eine Frage, die wir bei solchen Anzeigen stellen müssen. Eine Standardfrage also. Hat Frida Selbstmordgedanken geäußert?«

Estelle vergrub ihr Gesicht in den Händen. »Um Gottes willen!«

Viggo begriff, dass die Frage schwierig für Estelle war. Soweit er wusste, hatte Frida niemals an so etwas gedacht, geschweige denn darüber gesprochen. Er teilte dies der Polizistin mit, und sie gab seine Antwort in ihren Computer ein.

»Sie war ein wenig aufgewühlt, als ein Freund von ihr sich vor gut einer Woche das Leben nahm, aber sie scheint gut damit umzugehen, oder, Estelle?«

Estelle nickte, und die Polizistin sah sie beide an.

»Wie heißt der Junge?«

»Anton Ek«, erwiderte Viggo.

Der Name schien in ihr eine Reaktion auszulösen, aber sie beließ es dabei und stellte die Frage, die Viggo befürchtet hatte. »Gab es Ihres Wissens irgendwelche Drohungen gegen Frida? Wurde sie in den sozialen Medien bedroht, gemobbt oder so?«

Ein schweres Gewicht lastete auf Viggos Brust.

Estelle wandte sich ihm zu und zischte ihn an. »Erzählst du es ihr oder soll ich es machen?«

Viggo schüttelte den Kopf. Der Raum fühlte sich plötzlich wärmer an. »Ja, wir sind alle bedroht«, begann er. »Und deswegen haben wir teilweise geschützte Einträge im zentralen Melderegister. Tony Israelsson ist ein gefährlicher Krimineller, der einen Preis auf meinen Kopf ausgesetzt hat. Deshalb sind wir offiziell an einem anderen Wohnort gemeldet, und unsere persönlichen Daten unterliegen einem behördlichen Geheimhaltungsvermerk.«

Die Frau hörte mit dem Tippen auf der Tastatur auf und sah Viggo an, als wolle sie ergründen, ob er die Wahrheit sagte oder nicht. »Okay«, sagte sie schließlich und erhob sich von ihrem Stuhl. »Warten Sie hier.«

Sie verließ den Raum. Viggo lehnte sich gegen das harte Metall der Rückenlehne zurück, blickte zur Decke empor und fuhr mit der Hand über die beginnenden Bartstoppeln.

»Danke«, sagte Estelle. Ihre Stimme klang wieder sanft.

Verdammt, wie war er auf der Suche nach Frida umhergerannt, nachdem sie die Polizei alarmiert hatten. Er und Estelle hatten Hinz und Kunz angerufen und waren mit dem Auto kreuz und quer durch die ganze Stadt gefahren. Sie hatten an Orten, von denen sie wussten, dass ihre Tochter sich oft dort aufhielt, laut ihren Namen gerufen. Viggo hatte die sozialen Medien nach Anhaltspunkten durchforstet und Missing People angerufen, wo man ihm geraten hatte, die Ermittlungen der Polizei abzuwarten. War im Krankenhaus und in der Dragonskolan gewesen, und jetzt saß er hier. Seine größte Angst war, dass Tony ihn und seine Familie gefunden und Frida entführt hatte, um sich zu rächen oder um Viggo zu erpressen.

Jede Sekunde fühlte sich wie eine verdammte Ewigkeit an.

Er bewegte die Beine unter dem Schreibtisch vor und zurück und hinterließ Dreck von dem groben Profil seiner Winterstiefel auf dem Fußboden. Estelle saß in ihrer dicken Daunenjacke da. Ihre Mütze und Handschuhe lagen auf dem Schoß.

Nach einer Weile wurde die Türklinke heruntergedrückt. Ein großer Mann betrat den Raum und stellte sich als Mats vor. Viggo verstand den Nachnamen nicht, erhob sich aber und streckte ihm die rechte Hand entgegen. Hinter ihm kam auch eine Frau ins Zimmer.

»Hallo, mein Name ist Charlotte von Klint. Ich bin stellvertretende Ermittlungsleiterin.« Sie begrüßte Viggo mit festem Händedruck. Ihren Nachnamen nahm er sofort zur Kenntnis.

»Ermittlung?«, sagte Estelle verwundert und hob Mütze und Handschuhe auf, die auf den Boden gefallen waren, als sie zur Begrüßung aufgestanden war.

Mats setzte sich auf die Schreibtischkante und forderte sie mit einer Handbewegung auf, sich wieder zu setzen. Er verschränkte die Arme über dem flachen Bauch. Unter dem schwarzen Strickpullover schaute ein kariertes Hemd hervor.

»Die Sache ist die: Meine Einheit ist für Personen verantwortlich, die als vermisst gemeldet werden. Wir wissen aus Erfahrung, dass Mädchen in Fridas Alter manchmal aus unterschiedlichen Gründen nicht nach Hause kommen und ziemlich bald wieder auftauchen. Aber Ihre spezielle Situation zwingt uns, Maßnahmen zu ergreifen, verstehen Sie?«

Viggo spürte, wie sein Gesicht heiß anlief. »Was meinen Sie mit Maßnahmen? Es ist doch wohl verdammt noch mal klar, was zu tun ist! Sie müssen anfangen zu suchen, das habe ich ganz allein getan, wo liegt das Problem? Unsere Tochter ist verschwunden! Sitzen Sie nicht nur rum und reden, sondern machen Sie Ihre Arbeit, jetzt, wo Sie wissen, was unsere Situation ist!«

Charlotte von Klint beugte sich über den Schreibtisch und sah Viggo mit ihren grünen Augen ruhig, aber eindringlich an. »Wir haben bereits gestern Nacht eine Personenbeschreibung Ihrer Tochter an sämtliche Streifenwagenbesatzungen herausgegeben. Andererseits hätten wir wissen müssen, dass Sie und Ihre gesamte Familie bedroht sind. Hätten Sie dies der Polizei gleich mitgeteilt, hätten wir von Anfang an größere Maßnahmen ergriffen. So haben wir jedoch Zeit verloren.«

Viggo sagte nichts.

»Kennen Sie diesen Mann?«, fragte sie und hielt ihm ein Foto hin. Ehe Viggo es entgegennehmen konnte, riss Estelle es der Polizistin aus der Hand.

»Wir wissen, dass Ihre Tochter und dieser Mann irgendeine Beziehung zueinander haben und sich gestern trafen«, ergänzte Charlotte.

Estelle hielt das Foto näher an ihr Gesicht. »Ja, das haben wir von ihren Freundinnen gehört, aber wir haben ihn noch nie gesehen.« Sie ließ das Foto los, sodass es auf den Boden segelte. Dann vergrub sie ihr Gesicht in den Händen und versuchte, die Tränen zu unterdrücken.

Mats erhob sich von der Schreibtischkante, hob das Foto auf und gab es Viggo.

Der kommt mir irgendwie bekannt vor, dachte Viggo. Der Mann saß auf einem Sessel und trug ein weißes T-Shirt mit V-Ausschnitt. Er war braun gebrannt, also musste das Foto im Sommer aufgenommen worden sein. Volle Lippen, Stupsnase, blonde Locken. Der Typ sah ganz nach Fridas Geschmack aus.

»Wer ist er?«, fragte Viggo, ohne den Blick von dem Foto abzuwenden.

»Er heißt William und ist Student an der Universität Umeå«, erwiderte Charlotte. »Und er hat eine Vorliebe für Drogen. Er betreibt die Party-Location am Nydalasee. Das ist auch der Ort, wo Frida zuletzt gesehen wurde.«

Viggo legte das Foto weg und fuhr sich mit den Händen durchs Haar. Das Ganze war so verrückt, dass ihm schwindlig wurde.

»Wir haben gehört, dass Frida sich mit William bei ihm zu Hause treffen wollte«, fuhr Charlotte fort, »aber weder sie noch er wurden nach der Party gesehen.«

»Kann dieser Mann Frida entführt haben?«, fragte Viggo. Eine winzige Hoffnung keimte in ihm auf. Besser, als wenn sie sich in Tonys Gewalt befände.

Die Polizistin am Computer antwortete: »Wir wissen nicht, ob jemand Frida entführt hat. Ich verstehe Ihre Beunruhigung, aber es kann auch sein, dass sie bei jemandem zu Hause ist. Normalerweise gibt es eine Erklärung und verschwundene Jugendliche tauchen wieder auf.«

Viggo setzte zu einer Erwiderung an, wurde jedoch von einem Klopfen an der Tür unterbrochen. Charlotte stand auf und drückte auf einen Knopf, woraufhin die Tür sich mit einem Summen öffnete. Sie sprach mit jemandem draußen im Flur und ließ die Tür angelehnt, ehe sie sich wieder Viggo und Estelle zuwandte.

Viggo beugte sich vor und stützte die Ellenbogen auf den Schreibtisch. Er bekam Bauchschmerzen und ein Stechen in der Brust. Als er Charlottes Hand auf seiner Schulter spürte, setzte er sich wieder gerade, wischte die Tränen weg und blinzelte ein paar Mal, um den Schleier vor den Augen zu vertreiben. Natürlich hätte er sofort von Tony berichten sollen. Idiotisch.

»Sie werden gleich Ola Boman treffen, unseren Mann vom Personenschutz. Weiß Tony Israelsson, dass Sie eine Tochter

148

haben? Wir haben nämlich Grund zu der Annahme, dass er sich in Umeå aufhält«, sagte Charlotte.

Viggo stockte der Atem. Was, wenn Tony im Nydalahaus gewesen war, um Drogen zu verticken, und Frida dort getroffen hatte? Sein Herz sank in ein abgrundtiefes Loch. Charlotte hätte genauso gut sagen können, dass Frida tot war.

26

25. Januar, Montag

Per saß am Schreibtisch, um einen Bericht zu verfassen. Er war lieber draußen im Einsatz mit den Kollegen, besonders jetzt nach dem Wochenende, als sie auf dem Revier eintrudelten. Denen, die an seinem Büro vorbeigingen, stand der Montagsblues im Gesicht geschrieben. Er schickte eine Textnachricht ab. *Ich komme heute Abend nicht zum Padel-Tennis. Tut mir leid, dass ich so spät absage.*

Seine Spielpartner würden es ihm übel nehmen, aber er musste Überstunden machen. Das Wochenende war unglaublich dramatisch verlaufen. Ein Mord, ein verschwundenes siebzehnjähriges Mädchen und ein vermisster junger Mann hatten dafür gesorgt, dass auf dem Revier die Hölle los war. Und dann war da noch der Selbstmord des Jungen nur ein paar Tage zuvor. Was Per am meisten beunruhigte, war der Umstand, dass Frida zur gleichen Zeit wie William verschwunden war. Vielleicht wollte ihm jemand ans Leder, und Frida war zur falschen Zeit am falschen Ort gewesen. Oder umgekehrt. Es gab viele Fragezeichen, die geklärt werden mussten. Mia nahm es ungewöhnlich gut auf, dass er Überstunden machen musste, was ihn ebenfalls beunruhigte. War das ein Zeichen, dass sie allmählich das Interesse an ihrem Mann verlor?

Das Handy piepste.

Im gemeinsamen Padel-Thread seiner Spielpartner schmetterten Antworten herein.

Ich bin dir wohl einfach ein zu harter Gegner.

Wenn es mit dem Fahrdienst nicht klappt, kann ich dich abholen.

Kann ich verstehen, vor allem nach der vernichtenden Niederlage beim letzten Mal …

Weil er in seiner Jugend mehrere Jahre lang Tennis gespielt hatte, war Per gut im Padel-Tennis. Gerade wollte er auf die hämischen Bemerkungen antworten, als er von Polizeidistriktchef Kennet Eriksson unterbrochen wurde.

Als Chef saß Kennet gewöhnlich auf der anderen Seite der Gehaltslücke – die interne Bezeichnung für die verglaste Brücke, die das neue Gebäude, in dem die Obermuftis ihre Büros hatten, von dem eigentlichen Revier trennte, wo das normale Fußvolk arbeitete. Die Entwicklungen der letzten Zeit hatten jedoch dazu geführt, dass er sich öfter im Dezernat für Schwerkriminalität blicken ließ.

»Wir müssen unsere Abteilungen zusammentrommeln und die neuen Ereignisse durchgehen«, sagte Kennet und nahm seinen Schal ab.

»In unserem Besprechungszimmer?«, fragte Per und schob seinen Stuhl zurück.

»Welche Maßnahmen habt ihr in der Sache mit der jungen Frau ergriffen?«, fragte Kennet.

Per sammelte seine Gedanken. In letzter Zeit war so viel geschehen, dass er Angst hatte, etwas übersehen zu haben.

»Ja, was Frida Malk angeht, hat uns Mats diesen Ball zugespielt. Wir haben mit den zusätzlichen Ressourcen, die

151

wir angefordert hatten, Ermittlungen wegen Verdachts auf Entführung eingeleitet.«

»Okay, schön. Hast du das hier gesehen?«, fragte Kennet und hielt eine Ausgabe der Regionalzeitung *Västerbottens-Kuriren* hoch.

Per trat näher heran und las die Schlagzeile. *Jagd auf mutmaßlichen Badewannenmörder. Polizei sucht weißen Transporter der Marke Volkswagen.*

»Das war eine verdammte Scheiße, dass er uns entwischt ist. Wer hat mit den Medien geredet?«, fragte Per und folgte Kennet zum Besprechungszimmer.

»Eine Quelle innerhalb der Polizei, steht da. Oder sie haben es von einem unserer Zeugen.«

»Ja, aber die Wortwahl, Badewannenmörder. Die Bezeichnung haben wir nur intern verwendet.«

»Ehrlich gesagt wundere ich mich, dass das nicht schon früher an die Presse gelangt ist«, sagte Kennet. »Übrigens, warum befand sich dieser maskierte Mann an dem abgesperrten Tatort?«

Per wusste darauf keine Antwort. Sie gingen ins Besprechungszimmer, wo nur wenige Kollegen anwesend waren.

»Wo sind alle?«, fragte Per und sah Kennet an.

»Wir haben einen Vorfall, der Diskretion erfordert. Charlotte und Mats werden euch gleich darüber informieren.«

Per zog die Augenbrauen hoch, aber er wusste, dass die Dinge bei dieser Art von Vorfällen von Stunde zu Stunde einen anderen Verlauf nehmen konnten.

Charlotte betrat erhobenen Hauptes den Raum. Zu der dunklen Anzughose, dem Hemd und dem Jackett trug sie passende schwarze, feste Winterstiefel. Ihre grünen Augen waren alles andere als munter. Sie sah erschöpft aus.

»Ich habe wie verrückt nach dir gesucht«, sagte sie und deutete auf Per.

»Ich weiß, Entschuldigung. Ich bin nach Hause gefahren und habe mich ein paar Stunden hingelegt. Mein Diabetes. Sonst fährt mein Blutzucker Achterbahn.«

Per setzte sich auf einen Stuhl ganz vorn, um aufmerksam zuhören zu können. Wieder einmal kam ihm in den Sinn, dass Charlotte bereit war, ihr eigenes Ermittlerteam zu leiten. Sie hatte die Führung übernommen, nachdem er ihr sein Vertrauen geschenkt hatte, dass sie der Aufgabe gewachsen war.

Mats war jedoch derjenige, der das Wort ergriff und von Frida berichtete. Das Mädchen bekam ihre eigene Tafel neben der von Unni zugewiesen. Charlotte übernahm als Nächstes. Sie befestigte Williams Foto am Whiteboard, zog einen roten Strich zwischen ihm und Frida und schrieb *vermisst/entführt?* darunter.

»Wir haben also zwei vermisste Jugendliche, William und Frida. Keine der üblichen Maßnahmen führte zu Ergebnissen. Wir sind dabei, die Telefonlisten der beiden zu beschaffen. Außerdem wissen wir, dass sie sich an dem Abend, an dem sie verschwanden, getroffen haben. Wie sich jedoch herausgestellt hat, ist William vielleicht auch für unsere andere Ermittlung interessant.« Charlotte ging zu Unnis Tafel. »Der Mord an Unni Olofsson könnte mit Drogen zu tun haben. In ihrer Wohnung haben wir nämlich Pillen gefunden, darunter auch welche, die nicht beschriftet waren. Allerdings deutet nichts darauf hin, dass sie selbst Drogen nahm. Also untersuchen wir eine mögliche Verbindung zwischen ihr und diesem William. Wir wissen, dass er an der Universität Drogen verkauft und das Partyhaus am Nydalasee betrieben hat, das wir am Wochenende dichtgemacht haben. Dort gab es die Sorte Drogen im Überfluss, die wir in Unnis Wohnung gefunden haben. Sie wiederum hat neben ihrer Arbeit in der Apotheke am Campus unterrichtet. Wir müssen in alle Richtungen ermitteln, und deshalb möchte ich herausfinden, ob Unni die Drogen von William gekauft haben kann.«

Charlotte arbeitete methodisch und befestigte schließlich ein Foto an der Tafel, das einen weißen Mann um die fünfzig zeigte. Darunter schrieb sie *Viggo Malk*. »Fridas Vater«, erklärte sie. Dann heftete sie ein weiteres Foto an.

Per fiel auf, dass darauf der Mann zu sehen war, dessen Porträt Charlotte in den Papierkorb geworfen hatte. Unter das Foto schrieb sie *Tony Israelsson* und erläuterte, welche Verbindung zwischen ihm und Viggo bestand. Wie lange hatte sie davon gewusst, ohne Per zu informieren? Das irritierte ihn.

»Frida ist einer Bedrohung ausgesetzt. Dieser Mann hier, Tony Israelsson, der Chef des Syndikats, hat auf Viggos Kopf einen Preis ausgesetzt.«

Niemand in dem engen Raum sagte etwas.

Per sah seine Kollegin an. »Wir müssen Frida landesweit zur Fahndung ausschreiben.«

»William nicht?«, fragte Kennet.

»Eventuell«, sagte Charlotte. »Noch wissen wir nicht, ob William Opfer oder Täter ist, aber wir stehen im Dialog mit der Nationalen Operativen Abteilung. Außerdem haben wir die Aufzeichnungen sämtlicher Überwachungskameras in der Stadt angefordert und die Zeugenbefragungen ausgeweitet.«

Per wollte gerade aufstehen und eine Frage stellen, blieb jedoch sitzen, als Ola vom Personenschutz den Raum betrat. Ihm fiel auf, dass Ola eine braune Cordhose trug, und er konnte es kaum erwarten, zusammen mit Charlotte darüber Witze zu reißen. *Wer zum Teufel trägt heute noch Cordhosen, und braune noch dazu?*, dachte er, musste jedoch einsehen, dass sie dem Burschen ziemlich gut standen.

Ola deutete auf Tonys Foto. »Mein Team hat soeben der Frage, ob und wenn ja, warum, Tony Israelsson sich in Umeå aufhält, höchste Priorität eingeräumt.«

Per warf einen Blick auf Charlotte. Sie starrte auf den Boden.

Ola berichtete in ein paar Worten von dem Kartell, das sich das Syndikat nannte. Bei der Polizei wusste jeder, wer diese Leute waren, aber nur wenige in Umeå *hatten* bisher mit ihnen zu tun gehabt.

»*Viggo lebt mit seiner Familie seit sieben Jahren in Umeå.* Tony hat auf seinen Kopf einen Preis ausgesetzt. Frida ist Viggos Tochter und verschwand zur gleichen Zeit, als Tony in Västerbotten auftauchte. Dass zwischen diesen Vorfällen kein Zusammenhang besteht, ist unwahrscheinlich. Aber bis wir mehr wissen, haben wir die Eltern an einem sicheren Ort untergebracht.«

»*Ja, das ist doch wohl klar, dass er wegen Viggo hier ist, oder? Was sollte er sonst hier oben machen?*«, sagte Anna und trank einen *Schluck Tee.* Mit ihren verschwitzten Haaren sah sie aus, als wäre sie zur Arbeit gejoggt, hätte es jedoch nicht geschafft zu duschen. Nach Charlotte war sie die beste Ermittlerin im Team.

Charlotte deutete auf Fridas Foto. »Wir wissen nicht sicher, ob Tony etwas mit ihrem Verschwinden zu tun hat, aber wir müssen davon ausgehen, um genügend Ressourcen zu kriegen … Die Medien dürfen allerdings keinen Wind davon bekommen, schließlich wollen wir nicht, dass ihr Foto in die Zeitungen gelangt. Dann wird es nämlich richtig gefährlich für sie, wenn es das nicht schon ist.«

»*Wieso, wäre es nicht gut, Hinweise aus der Bevölkerung zu* sammeln?«, fragte Anna.

»*Noch nicht.* Falls Tony Frida in seiner Gewalt hat und alle wissen, dass sie vermisst wird, kann sie zu einer Belastung für ihn werden. Gleichzeitig kann er sie nicht am Leben lassen, weil sie als Zeugin gegen ihn aussagen könnte. Verstehst du?«

»Aber *wäre es nicht besser, nach ihr zu fahnden und Missing People einzusetzen?*«, fragte Anna und zog sich eine Strickjacke über die Schultern.

»Stell dir vor, Tony ist *nicht* wegen Viggo hier. Vielleicht weiß er nicht, dass die Familie hier lebt. Es kann ein Zufall sein. Wenn er aber Fridas Namen und Foto in der Zeitung sieht, stellt er eine Verbindung zu Viggo her. Wenn das Mädchen noch lebt, müssen wir sie aus den Medien heraushalten, sonst riskieren wir ihr Leben.«

Anna schien diese Erklärung zu akzeptieren, und Charlotte ging zu den Ermittlungen im Mordfall Unni Olofsson über. *»Per und ich haben am Samstag einen maskierten Mann in Unnis Wohnung ertappt. Was hat er dort gemacht? Wonach hat er gesucht?* War das Unnis Mörder? Das gilt es jetzt herauszufinden.«

Kicki hob eine Hand, deren Finger voller Metallringe waren. »Ich habe im Fahrzeugregister nach dem weißen Transporter gesucht, der nach eurem Fauxpas zur Fahndung ausgeschrieben wurde. Wie sich herausstellte, gehört genau so ein Fahrzeug einem Automechaniker, von dem wir wissen, dass er Tony Israelssons Strohmann ist. Wir haben sogar Fotos von ihm in genau diesem Auto. Die sind zwar schon ein paar Jahre alt, aber trotzdem interessant. Der weiße Transporter der Marke Volkswagen hat das Kennzeichen ADS 667. Da der, den ihr am Samstag gesehen habt, keine Nummernschilder hatte, habe ich die Fotos, die ihr gemacht habt, mit den Fotos von Überwachungskameras in Stockholm verglichen. Und wie sich herausstellte, weist das Fahrzeug ein Merkmal auf, an das Israelsson & Co lächerlicherweise nicht gedacht haben.«

Kicki holte zwei Fotos aus einer Mappe, die vor ihr lag. »An den Hecktüren des Wagens befanden sich Aufkleber, von denen es immer noch Spuren gibt.«

Per nahm die Fotos entgegen, erhob sich und befestigte sie an der Tafel.

»Schaut euch den roten Streifen am unteren Rand der linken Tür an«, fuhr Kicki fort. »Es ist derselbe bei beiden Fahrzeugen,

an genau derselben Stelle. Es sieht fast so aus, als ob er dorthin gehört, aber sie fehlen bei den Originalmodellen.«

»*Gute Arbeit, Kicki*«, *sagte Charlotte und schrieb etwas auf die Tafel.*

Kicki reagierte auf das Kompliment mit einem Schulterzucken.

»*Das stärkt unsere Theorie, dass der Mann, den wir in Unnis Wohnung überrascht haben, jemand aus Tonys Bande war*«, *sagte Charlotte.*

»*Kann es nicht sogar Tony selbst gewesen sein?*«, *sagte Per.*

Charlotte schüttelte den Kopf. »Der Mann, der uns in der Wohnung über den Weg gelaufen ist, war nicht Tony, das weiß ich von meinen Begegnungen mit ihm in Stockholm. Die Stimme klang nicht wie seine, und Tony ist klein und schlank. Außerdem macht er die Drecksarbeit nie selbst.«

Charlotte trug wieder ihre Dienstwaffe im Hüftholster, und ihre Bewegungen sorgten dafür, dass sie unter dem Jackett sichtbar war. Ihre Wangen liefen rot an, als wäre sie draußen beim Skifahren gewesen. *Dieser Tony lässt ihr keine Ruhe*, dachte Per.

»*Was* DNS-Spuren angeht, haben wir noch keine Übereinstimmungen mit einem seiner mutmaßlichen Mitarbeiter«, fuhr sie fort. »Die Frage ist, was das Syndikat in Unnis abgesperrter Wohnung gemacht hat. Schließlich wurde sie ermordet, bevor Tony nach Umeå kam.«

Pers Handy vibrierte, und er holte es aus der Tasche. Während er Charlotte zuhörte, las er die Mail, die er von Carola von der Kriminaltechnischen Abteilung erhalten hatte. Als er damit fertig war, räusperte er sich und steckte das Telefon wieder ein.

»*Wir haben zwei Täter*«, *sagte er und blickte in die Runde.*

»*Wie bitte?*«, *sagte Charlotte.*

»*Laut Carola hat man an Unni zwei verschiedene* DNS-Spuren gefunden. Die erste stammt von einer Körperflüssigkeit, die zweite von einem Haar auf dem Klebeband, mit der ihre Hände gefesselt waren. Also zwei Täter. Aber keiner von ihnen ist in unserer Datenbank.«

Per wollte gerade fortfahren, als ihn ein Klopfen an der Tür unterbrach. Da Unbefugte keinen Zutritt zum Besprechungszimmer hatten, machte Charlotte auf und ging in den Flur hinaus. Er drehte sich um und betrachtete die Tafel, die inzwischen mit Tatverdächtigen und Opfern voll war.

Charlotte kam zurück und stemmte beide Hände in die Hüften. »*Wir haben einen* Toten an der Universität.«

»*Was?! Wer?*«

»*Das weiß ich nicht, aber die Person liegt für alle sichtbar in einer Schneewehe. Ein Streifenwagen ist unterwegs, um den Fundort zu sichern.* Fahren wir«, *sagte sie und sah Per an.*

27

Es war Montag, und Frida war seit zwei Tagen verschwunden. Linn stieg aus dem Bus und steuerte auf den zweihundert Schritte entfernten Haupteingang der Schule zu. Die Sonne stand hoch und zwang sie, auf den Boden zu blicken, um nicht geblendet zu werden. Sie überließ das Gehen ihren Füßen. Die roten Sportschuhe von Vans waren verdammt unbequem, aber sie mochte sie. Alles kam ihr zurzeit wie ein Seiltanz vor. Sie hatte Mühe, ihre Gedanken in Schach zu halten, nicht den Fokus zu verlieren und bei der Vorstellung, dass Frida etwas Furchtbares zugestoßen sein könnte, nicht in ein schwarzes Loch zu fallen. Während sie auf das Schulgebäude zuging, setzte sie jeden Muskel ihres Körpers ein, um sich auf dem Seil zu halten, und versuchte sich einzureden, dass Frida irgendwo ihren Rausch ausgeschlafen hatte und anschließend dort geblieben war.

Am Eingang angekommen, zog sie die Glastür auf. Die Scheibe reflektierte das Sonnenlicht, und Linn drehte sich um. Sie hatte das diffuse Gefühl, jemand würde sie beobachten. Sie ließ den Blick über die Schüler im Hof wandern, blinzelte gegen den Schnee, der in der Sonne glitzerte, und suchte jemanden, der von der Normalität abwich. Niemand schaute in ihre Richtung, alles war wie immer. Linn schüttelte den Kopf. Sie war drauf und dran, paranoid zu werden.

Der Eingang der Dragonskolan war ein Würfel ganz aus Glas und in Umeå bekannt. Hier traf Linn sich jeden Morgen mit Frida. Aus Gewohnheit oder Hoffnung stellte sie sich in den Glaswürfel und wartete. Ihr Blick fiel auf die Einfahrt zur Tiefgarage, und sie dachte daran, wie viel Spaß sie dort unten gehabt hatten. Die warme Garage, wo sie öfter abgefeiert hatten, ein perfekter Ort, um sich aufzuwärmen, wenn es draußen saukalt war und keiner daheim eine sturmfreie Bude hatte. Eigentlich war Linns Zuhause der beste Ort. Dort gab es nur ihre Mutter, und die arbeitete ständig. Doch sie erlaubte Linn nicht oft, Freunde mit nach Hause zu bringen. Frida fand, dass Camilla einen Mann brauchte, um etwas lockerer zu werden. Jemanden, der dafür sorgte, dass sie nicht immer so schlecht gelaunt und herrschsüchtig war.

Linn gab ihrer Freundin recht. Aber zurzeit schien Hugo der einzige Mann im Leben ihrer Mutter zu sein. Der Typ tat ihr irgendwie leid. Es war schlimm, mit so einem guten Aussehen geboren zu werden, aber nicht in der Lage zu sein, etwas daraus zu machen. Wie jemand, der einen ganzen Süßigkeitenladen geschenkt bekommt, aber allergisch gegen Zucker ist.

Linn trampelte auf der robusten Gummimatte den Schnee von den Schuhen und nahm die Mütze ab. Dann drehte sie sich ein letztes Mal um und schaute auf die Straße hinaus. Frida war nirgends zu sehen. Normalerweise verspürte Linn den wohlbekannten Kloß im Magen, wenn sie durch den Glaswürfel ging, und heute war es nicht anders. Sie drückte die Stirn gegen die Scheibe und hielt erneut nach Frida Ausschau. Dann warf sie einen Blick auf ihr Handy. Nichts.

Sie ließ den Glaswürfel hinter sich. Die Ungewissheit darüber, was sie in den Schulkorridoren erwartete, veranlasste sie, dicht an der Wand entlangzugehen. So wich sie denen aus, die sich selbstsicher in der Mitte bewegten, meist in Gruppen. Die

Schule hatte einen wohlbekannten Geruch, wie eine Mischung aus Gummi und nassen Kleidern.

Der Korridor lag vor ihr wie ein Haifischmaul. Der Steinboden musste dringend geschrubbt werden, und bei dem wenigen Tageslicht, das durch die großen Fenster hereindrang, spendeten die Neonröhren nicht genug Helligkeit. Mit seinen zweitausend Schülern gehörte dieses Gymnasium zu den größten in Schweden, was es ihr leichtmachte, in der Menge zu verschwinden. Längs des Korridors reihten sich die Spinde – schwarze, weiße und grüne. Linn bog nach links ab, ging an der Cafeteria vorbei und weiter zur Aula, einem naheliegenden Treffpunkt. Auch dort von Frida keine Spur. Ihr nächstes Ziel waren die Pingpongtische, wo sich immer Schüler aufhielten, meist Jungs. Montags herrschte in den Korridoren meistens eine gedämpfte Stimmung, doch an den darauffolgenden Tagen nahm der Geräuschpegel zu, je näher das Wochenende rückte. Wie ein Trommelwirbel.

»Hey Linn, was geht ab? Warst du am Samstag auf der Party oder daheim bei Mama?«

Linn drehte sich um. Den Jungen, von dem der Kommentar kam, kannte sie nicht, wusste aber sehr gut, wer er war – einer der Angesagten. Er ging zusammen mit seiner Clique in der Mitte des Korridors.

Linn öffnete den Mund und zog den Bauch ein, doch bevor sie eine Antwort hervorbrachte, war der Junge bereits verschwunden. Sie strich sich mit den Fingern die Haare zurecht und ärgerte sich, dass sie sich nicht aufgehübscht hatte. Die Jeans war in Ordnung, sie war ganz cool, aber die Jacke war alt. Sie hatte sie angezogen, weil ihr kalt gewesen war. Warum musste sie ausgerechnet *diesem* Jungen über den Weg laufen, wenn sie unscheinbarer als gewöhnlich aussah? Linn betrachtete ihr Spiegelbild im Fenster und schob die dicke Jacke beiseite, sodass ihr Bauch und ihre Konturen zu sehen waren. Sie wollte sehen, was der Junge gesehen hatte, ob sie sich blamiert hatte, weil sie unvorbereitet gewesen war.

Sie blickte verstohlen zur Cafeteria hinüber. Ihr Magen knurrte, weil sie nicht gefrühstückt hatte, aber das Risiko, sich einen Kommentar oder ein spöttisches Grinsen einzufangen, veranlasste sie, sich umzudrehen und zu Fridas Spind weiterzugehen. Als Linn nach rechts abbog, wurde der Korridor enger und die Wände bestanden aus kackbraunen Ziegeln. Das Licht der Deckenbeleuchtung fiel auf die bunten Spinde. Ihrer war limettengrün, und der von Frida hatte eine Delle, die von einem früheren Benutzer stammte. Sie verstaute ihre Sachen und setzte sich auf die Treppe daneben. Ihre Unterrichtsstunde fing erst in fünfundzwanzig Minuten an, sodass ihr noch reichlich Zeit blieb. Sie blickte zerstreut auf ihr Handy. Manchmal musste sie die Schulter zur Seite drehen, um Schüler vorbeizulassen, die die Treppe hinauf- oder hinuntergingen. Sie vermied Blickkontakt und schaute sich deren Schuhe an. Vans, Nike, Lacoste, überwiegend Sneakers. Linn fummelte an ihrer Nagelhaut herum und riss daran, woraufhin ein roter Tropfen aus dem Daumen quoll.

Sie wischte ihn am Pullover ab und dachte an etwas, das Frida einmal gesagt hatte. So tun, als würde man verschwinden. Aufmerksamkeit erhalten und schließlich gefunden werden. Dafür sorgen, dass alle mehr über einen wissen wollen.

Plötzlich blinkte ihr Handydisplay. Eine Snapchat-Nachricht von Anja.

Linn hatte sie in all dem Chaos fast vergessen. Sie betrachtete Anjas Foto und las den Text: *Bin wieder in Sthlm. Hast du was von Frida gehört?*

Linn hielt das Handy vors Gesicht, strich ihre Haare zurecht und schoss ein Foto von sich, wo sie saß. Dann schrieb sie: *Nein, ich warte gerade bei ihrem Spind.*

Anja antwortete sofort: *Okay, sag mir Bescheid.* Sie beendete die Nachricht mit einem roten Herz, was Linn zum ersten Mal seit Samstag ein Lächeln entlockte.

Inzwischen war es zwanzig nach acht, und immer noch keine Spur von Frida. Linn erhob sich von der Treppe und hörte, wie zwei Jungs miteinander sprachen, während sie in ihren Spinden wühlten.

»Hast du das von der scharfen Sabinje gehört?«, sagte der eine und lachte.

Linn richtete ihre Aufmerksamkeit auf die beiden.

»Ja, Mann, was für ein Flittchen! Anscheinend hat sie es am Wochenende mit zwei Kerlen gleichzeitig getrieben, im Nydalahaus.«

Mehr Gelächter.

Linn lauschte dem Gespräch. *Pfui Teufel, ihr Schweine,* dachte sie und hörte, wie Metall gegen Metall schlug, als der Spind geschlossen wurde. Sie wusste, wie unsensibel Jungs sein konnten, die kapierten einfach nichts. Nannten Mädchen Flittchen, als wäre das ein harmloser Kosename. Am liebsten wäre sie zu ihnen gerannt und hätte ihnen ins Gesicht gesagt, was für Schweine sie waren. Aber wenn sie die Kerle konfrontierte, würden sie auf sie losgehen, also blieb sie, wo sie war, und lauschte weiter.

»Die Tussi hat sich so viele Schwänze reingezogen, dass sie hinterher nicht mehr stehen konnte und in die Notaufnahme musste. Jetzt will sie nicht in die Schule kommen. Eklige Schlampe!«

Noch mehr Gelächter, ehe sie weggingen und ihre Stimmen verhallten.

Linn sah ihnen nach. Am liebsten würde sie ihnen etwas hinterherwerfen und auf sie einschlagen. Sie trugen Flanellhemden, Jeans und Baseballkappen mit den Schirmen nach vorn. *So verdammt Mainstream,* dachte sie. Sie schloss die Augen, spürte ein Ziehen im Zwerchfell und hatte das Gefühl, sich übergeben zu müssen. Sie lehnte sich an die Ziegelwand und holte tief Luft, um ihren Magen zu beruhigen. Dachte an die Drogen, die sie selbst manchmal in sich hineingestopft hatte. Eine Pille zu viel, und sie hätte in eine Situation geraten können, die ihr einen schlechten Ruf eingebracht hätte. Alle Mädchen konnten in so etwas hineingeraten. Die Jungs bestimmten allein, welche Mädchen gut oder schlecht waren. Man durfte nicht langweilig sein, indem man auf Alkohol, Drogen und Sex verzichtete. Andererseits durfte man nicht zu viel trinken und so viele Drogen nehmen, dass man die Kontrolle verlor. Und wenn man mit dem falschen Jungen ins Bett ging, war man am Arsch. Außerdem musste man schlank sein, gut aussehen und genau das richtige Maß an Arroganz an den Tag legen. Erfüllte man diese Kriterien nicht, war man eine Spaßbremse, eine fette Tussi, ein Flittchen. War ein Gerücht erst einmal in Umlauf, ließ es sich nur schwer stoppen, egal ob es stimmte oder nicht. Wie das Gerede der beiden Jungs über das Mädchen. Der Tratsch war ins Rollen gekommen. Was diese Schule betraf, hatte sie bereits ihren Ruf weg.

28

Per und Charlotte standen auf dem Universitätsgelände bei einer Leiche.

William Gunnarsson.

Es war, als wäre er wie ein toter Vogel vom Himmel gefallen.

Die geschwollenen Augen und eine Wunde an der Wange zeugten von einer ziemlich brutalen Behandlung, aber die entscheidende Todesursache war ein Schuss in die Stirn. Eine reine Hinrichtung. Er lag in einer Schneewehe, aber das Gesicht und der Kopf sowie ein Arm und beide Beine waren deutlich zu sehen.

»Wie kann man hier jemanden erschießen, ohne dass jemand etwas davon mitbekommt?«, fragte Charlotte und reckte den Kopf nach vorn, um den jungen Mann zu betrachten. Im Gesicht hatten sich blaurote Leichenflecken gebildet. Die Augen waren geschlossen, und ihm fehlte ein Schuh.

»Mit größter Wahrscheinlichkeit ist er nicht hier gestorben«, sagte Carola.

Carolas Mitarbeiter von der Kriminaltechnischen Abteilung hatten ein weißes Zelt aufgestellt, um eventuelle Spuren vor Zerstörung zu bewahren, aber auch, um William von neugierigen Blicken abzuschirmen. Sie traten ein paar Schritte aus dem Zelt, weg von dem Toten. Die Leiche lag direkt neben der Lindellhalle und der Bibliothek, in unmittelbarer Nähe des Teiches, der zurzeit ohne Wasser war. Die großen Fenster der Halle reflektierten das Sonnenlicht, sodass es in ihre Richtung fiel. Die fünf Säulen davor waren schneebedeckt und funkelten in der Sonne. Alles um sie herum glitzerte, bis auf den Leichnam vor ihnen.

»Im Schnee rundherum befindet sich kein einziger Blutstropfen«, fuhr Carola fort. »Und soweit ich beurteilen kann, war er bereits eine Weile tot, bevor er hier draußen in der Kälte gelandet ist.«

»Eine Leiche hier im Freien abzulegen, wo jeder sie sehen kann, ist doch verdammt riskant. Warum geht man so ein Risiko ein?«, sagte Per und ließ seinen Blick über das relativ offene Gelände wandern. Hier gab es eine Menge Fenster, von denen aus man entdeckt werden konnte.

»Wir haben einen Traktor beschlagnahmt, der unten beim Kreisverkehr Richtung Krankenhaus stand. Wir vermuten, dass die Leiche damit hierhergebracht wurde«, sagte Carola.

»Aber warum? Was für eine symbolische Bedeutung hat die Universität? Es sieht fast so aus, als wäre das hier eine Markierung«, sagte Charlotte.

Per blickte auf die Atemwölkchen, die ihrem Mund entwichen, während sie sprach. Wie gewöhnlich sah man kaum ihre Augen unter der Mütze.

»Der Typ hat hier Drogen vertickt. Vielleicht ein schiefgegangener Deal?«, sagte Per. »Das hier ist ein brutaler Mord, und er ist seit Samstagabend verschwunden.«

Carola zog den Mundschutz herunter. »Der Anrufer, der den Fund gemeldet hat, war heute Morgen um fünf Uhr fünfzehn hier. Da lag der Tote hier. Aber wie lange er zu dem Zeitpunkt bereits tot war, wird sich noch herausstellen. Meiner Schätzung nach höchstens zehn Stunden. Also starb er irgendwann vor Mitternacht.«

»Wo war er dann, bevor er hier abgelegt wurde?«, fragte Charlotte. »Er wurde zuletzt am Samstagabend im Nydalahaus gesehen. Das ist weit von hier.«

»Er kann überall gewesen sein. Eine Leiche hierherzuschleppen weckt mehr Aufmerksamkeit, als sie unter einer Schneeschicht auf einer Traktorschaufel zu verstecken«, sagte Carola.

»Und wo ist Frida, wenn William hier liegt?«, sagte Per und wandte sich einem Polizisten zu, der soeben Zeugen befragt hatte. Das blau-weiße Absperrband flatterte im Wind.

»Habt ihr sein Handy gefunden?«

»Ja. Mit einer umfangreichen Kundenliste.«

»Fußspuren im Schnee?«

»Das wird schwierig werden, eine Menge Menschen sind hier herumgelaufen, bevor wir eingetroffen sind.«

Charlotte trat so nahe an Per heran, dass er ihr Parfüm riechen konnte. »Unni hat am Campus gearbeitet, William hat hier studiert. Was haben wir übersehen?«, sagte sie und wischte mit der Hand über ihre laufende Nase.

»Ja, und wo ist Frida?« Per wandte sich der Leiche im Schnee zu. »Vielleicht hatte der hier eine Antwort darauf.«

Carola drehte sich um und blätterte durch die Beweismaterialien in einem Asservatenbeutel. »Dieser Zettel wurde in seiner Hand gefunden.«

Per nahm das kleine Stück Papier entgegen, hielt es sich vors Gesicht und sah eine Menge Ziffern, mehr, als man sich merken konnte. »Was ist das hier?«, fragte er Carola.

»Weiß ich nicht. Ich leite es an die IT-Forensiker weiter, dann werden wir sehen. Aber nach einem gewöhnlichen Passwort für einen Computer sieht es nicht aus.«

Pers Handy vibrierte. Er verließ das Zelt, um den Anruf entgegenzunehmen. Draußen standen junge Leute herum und tuschelten miteinander.

»Per Berg, Polizei Umeå.«

»Ja, hallo, mein Name ist Tomas Ek. Mein Sohn Anton ist vor einer Woche gestorben. Er … er hat sich das Leben genommen.«

Der Mann, der sich als Tomas vorgestellt hatte, räusperte sich am anderen Ende der Leitung. Seine Stimme klang, als hätte er jeden Tag während der letzten zwei Wochen Whisky getrunken.

»Das tut mir leid«, sagte Per. »Was kann ich für Sie tun?«

»Meine Frau und ich versuchen zu verstehen, warum er es getan hat. Wir haben überall nach einem Abschiedsbrief gesucht oder etwas, das uns eine Antwort geben kann. Aber wir haben nichts gefunden.« Ein Seufzer drang in Pers Ohr. »Aber, ja … der Polizeibeamte, mit dem ich gesprochen habe, meinte, ich solle Sie anrufen. Ich habe nämlich etwas gefunden, mit dem weder ich noch meine Frau etwas anfangen können. Aber vielleicht können Sie das.«

Per presste das Handy fester ans Ohr, damit ihm nichts entging. »Was denn?«, fragte er und entfernte sich ein paar Schritte von den neugierigen Studenten.

»Wissen Sie, wer Unni Olofsson ist?«, fragte Tomas, und Per spitzte die Ohren.

»Warum fragen Sie?«

»Anton hat ihren Namen zusammen mit einer Uhrzeit auf einem Zettel notiert, den wir in seiner Schreibtischschublade gefunden haben. Laut dem Online-Adressenverzeichnis hitta. se wohnt sie in der Dressyrgatan. Wir haben versucht, sie anzurufen, aber es springt nur die Mailbox an. Da wir wissen wollten, wer sie ist und woher Anton sie kannte, bin ich hingefahren, aber die Polizei hatte die Wohnung abgesperrt. Ich habe dann vor Ort mit einem Beamten geredet, und der hat gesagt, ich solle Sie anrufen.«

29

Viggo setzte sich im Hotelbett auf. Er hasste diese geschützte Unterkunft. Estelle lag mit dem Rücken zu ihm und schlief. Nur ihr Kopf lugte unter der dicken weißen Decke hervor. Vor etwa einer Stunde war sie torkelnd von der Hotelbar hochgekommen und hatte sich an die Wand gestützt, als sie die Schuhe ausgezogen hatte. Sie hatte etwas über Frida gelallt und gesagt, sie würde alle umbringen. *Du kannst mit dir selbst anfangen*, hatte er gedacht und sofort ein schlechtes Gewissen bekommen. Er hatte es nicht so gemeint. Ihre Alkoholsucht war allein seine Schuld. Ein Leben auf der Flucht war natürlich nicht das, was sie sich vorgestellt hatte. Als sie sich kennengelernt hatten, war sie ihm unerschütterlich erschienen. Jetzt sah das Machtgleichgewicht in ihrer Ehe anders aus – sie war die Schwache, er der Starke.

Ola Boman hatte sie aufgefordert, das Wichtigste aus ihrem Haus zu packen. Ihr Zuhause war nicht mehr sicher. Das Hotelzimmer, in dem man sie vorübergehend untergebracht hatte, war klein. Zwei Einzelbetten mit Nachttisch dazwischen, Parkettboden, Garderobe, ein Schreibtisch mit Informationsmappe, auf der Quality Hotel Skellefteå stand. Eine Minibar gab es hier nicht, was in Estelle einen Wutanfall ausgelöst hatte.

Viggo konnte weder schlafen noch auf den Beinen sein. Es war Montagnachmittag, und Frida war nun schon zwei furchtbare Tage verschwunden. Seinen Vorrat an Tränen hatte er längst aufgebraucht, er fühlte sich hohl. Die Gedanken kreisten unaufhörlich um all die grauenvollen Dinge, denen Frida ausgesetzt sein konnte. Jemand wie Tony hatte seine unschuldige Tochter schlimmstenfalls verkauft und zur Prostitution gezwungen. Wenn die Finsternis von seinen Gedanken vollständig Besitz ergriff, dachte er an Selbstmord. Nichts anderes vermochte seine Schmerzen zu lindern. Es war, als würde er bei lebendigem Leib gehäutet. Der Drang, nichts mehr denken und fühlen zu müssen, war genauso stark wie sein Überlebenswille zuvor. Er hatte daran gedacht, aus dem Fenster zu springen. Es war hoch genug. Was ihn davon abhielt, war, dass er Frida nicht im Stich lassen konnte. Nicht bevor er wusste, was los war. Selbstmord wäre genauso feige, als würde er sich jeden Tag bis zur Besinnungslosigkeit betrinken. Stattdessen hatte er begonnen, seine Wut gegen die Polizei zu richten, die ihn in diesem beschissenen Hotel einsperrte und nicht bei der Suche helfen ließ. Viggo schlug mit den Fäusten auf das Bett.

Wie waren sie aufgeflogen? Sie hatten sich an sämtliche Sicherheitsanweisungen gehalten. Frida hatte sogar akzeptiert, auf die Nutzung der üblichen sozialen Medien zu verzichten. Viggo und Estelle hatten darüber geredet, dass ihre Tochter vielleicht ein heimliches Konto unter einem falschen Namen hatte. Aber selbst wenn dem so war, spielte dies keine Rolle, solange sie nichts über ihre Familie preisgab. Viggo war sämtliche Szenarien durchgegangen und hatte jeden Aspekt ihres Lebens analysiert, verstand jedoch nicht, wie es Tony gelungen war, sie aufzuspüren.

So muss es sich anfühlen, wenn man den Verstand verliert, dachte er und schielte zu seiner Frau hinüber. Dann streckte er die Hand nach seinem Computer aus. Sein Mobiltelefon hatte die Polizei beschlagnahmt. Er besaß nur noch ein Prepaid-Handy.

Er rief den Tor-Browser auf, der ungefähr wie jeder andere Webbrowser funktionierte, abgesehen davon, dass man damit Zugriff auf Seiten hatte, die nicht in normalen Suchmaschinen indiziert waren. Aus Sicherheitsgründen baute sich die Verbindung nur langsam auf. Viggo starrte auf den Bildschirm, wohl wissend, dass die Suche zwischen mindestens drei verschiedenen Servern hin- und hersprang, bevor er auf die gewünschte Seite gelangte. Dies war jedoch auch der Grund, weshalb es so schwierig war, IP-Adressen im Darknet zu ermitteln. Als die grüne Seite endlich auf dem Bildschirm erschien, warf er einen Blick auf Estelle. Sie lag da wie ein toter Fisch. Da er die Onion-Adresse schon öfter eingegeben hatte, öffnete die Seite sich von selbst. PHD-CASINO.COM.

Viggo hatte hier das große Geld verdient. Auf seinem Spielkonto waren einige Bitcoins übrig, sodass er spielen konnte, zum Beispiel jetzt. Als Estelles Decke sich bewegte, drehte er den Bildschirm von ihr weg. Sie legte sich auf den Rücken, ihre blonden Haare hingen über dem Kissen und dem Kopfteil des Bettes. Ihr Gesicht war ungeschminkt, und von einigen Fingernägeln war der rote Nagellack abgeblättert, den sie so sorgfältig aufgetragen hatte, bevor die Hölle losging. Eine Schürfwunde auf dem Handrücken war gerade dabei zu verheilen. Er hasste sie. Jetzt, wo sie sich am meisten brauchten, war die Mauer zwischen ihnen höher als die, die Trump an der Grenze zu Mexiko errichten lassen wollte.

Viggo loggte sich in sein Konto ein, bereit, in seiner schieren Agonie ein paar Tausender zu verbrennen. Schaute auf die Summe, die keine mehr war. Der Kontostand war auf null.

Er beugte sich näher an den Bildschirm heran und loggte sich aus und wieder ein. Das musste ein Irrtum sein.

Nein. Kein Irrtum. Er hatte kein Geld mehr auf dem Konto.

»Scheiße!« Er schielte zu dem anderen Bett hinüber. Die Schnapsdrossel schlief immer noch.

Wo zum Teufel waren seine Bitcoins?

Viggo erhob sich aus dem Bett. Der Computerbildschirm war die einzige Lichtquelle im Zimmer. Er hatte das Gerät wie eine heiße Kartoffel fallen lassen, und jetzt lag es quer über dem Bett. Auf dem Konto fehlten Bitcoins im Wert von mindestens fünfhunderttausend Kronen. Das verschwundene Geld machte ihm keine Angst, da er die Kryptowährung ausschließlich zum Spielen im Darknet verwendete. Seine echten Millionen hatte er auf anderen Konten rund um die Welt gebunkert. Einen Teil hatte er über Strohfirmen in Immobilien investiert. Außerdem hatte er für Frida einen Fonds eingerichtet, den sie zu ihrem zwanzigsten Geburtstag ausbezahlt bekommen würde. Nein, was ihm Angst machte, war, dass jemand sich Zugang zu seinem Konto verschafft und damit seine Privatsphäre verletzt hatte. Wie zum Teufel hatte jemand es geschafft, sein E-Wallet zu hacken?

Viggo ging sorgfältig mit seinen Passwörtern um. Das Konto war absolut sicher.

Verdammt, jemand ist mir viel zu nahe gekommen, dachte er und setzte sich auf die Bettkante. Dann griff er nach dem Computer, ließ die Finger über die Tasten gleiten und überprüfte den Zahlungsverlauf. Die gesamte Summe war auf einen Streich in ein anderes E-Wallet transferiert worden – ein Vorgang, der sich unmöglich nachverfolgen ließ.

Viggo loggte sich aus und schloss die Seite. Klickte sich weiter zu einer Boulevardzeitung. Während er sich den Kopf darüber zerbrach, wer dies getan haben könnte, erschien auf dem Bildschirm die Homepage der Zeitung.

Die Schlagzeile traf ihn mit derselben Wucht wie das leer geräumte Konto.

Polizei schweigt zu den Ermittlungen im Mordfall der fünf-
zigjährigen Frau.

Aber was ihn die Zähne zusammenbeißen ließ, damit er nicht anfing zu schreien, war das Foto.

Es war in Unnis Treppenhaus aufgenommen worden.

Jetzt wusste er, warum ihr Handy ausgeschaltet war.

30

Charlotte schloss die Tür des Zivilfahrzeugs der Polizei, schnallte sich an und lehnte sich zurück, während Per den Motor startete. Sie öffnete den obersten Knopf ihrer Jacke. Die Reifen quietschten auf dem Betonboden der Polizeigarage, als der Wagen in die Ausfahrt bog. Williams Leiche war zur Obduktion in die Rechtsmedizin überführt worden, und Per und Charlotte hatten den Kollegen in der Gruppe Bericht erstattet.

»Wo fangen wir an?«, fragte Per. Draußen wich das Tageslicht allmählich der Abenddämmerung.

»Ich finde, wir sollten zuerst in die Lehranstalt fahren. Wir müssen noch einmal mit Unnis Kollegen und Studenten reden«, sagte Charlotte und holte ihr Privathandy hervor.

»Lehranstalt?«, sagte Per. »Du meinst die Universität, oder?«

»Wie auch immer.« Charlotte lachte in sich hinein. Ihr Vater hatte stets dieses Wort benutzt. Sie fuhr fort: »In Unnis Blut wurden keine Spuren von Drogen nachgewiesen. Zum Zeitpunkt ihres gewaltsamen Todes war sie sauber. Sie hatte aber Drogen bei sich zu Hause. Kann sie trotzdem abhängig gewesen sein? Schließlich sehen wir immer wieder viele, die in die Sucht abgleiten, aber trotzdem über längere Zeit ein normales Leben führen, bevor eins zum andern kommt. Dolcontin ist nicht so leicht zu bekommen.«

»Nein, aber sie war ja Apothekerin. Hat sie das Zeug vielleicht von der Arbeit mit nach Hause genommen?«, sagte Per. »Wir werden sehen. Sie kann es genauso gut von einem Straßendealer oder im Darknet gekauft haben.«

»Warum hat Anton Ek ihren Namen auf einem Zettel notiert?«, fragte Charlotte.

»Das müssen wir herausfinden«, erwiderte Per. »Wie wir vermutet hatten, hat die Obduktion bestätigt, dass Unni zwei Tage vor Antons Selbstmord starb. Und bevor Tony in die Stadt kam. Es ist frustrierend, zwei derart gute Beweise vom Tatort zu haben, sie aber nicht mit einem Tatverdächtigen in Verbindung bringen zu können. Oder in diesem Fall mit zwei Tätern.«

Es gab viel, was nicht zusammenpasste. Charlotte ließ während der Fahrt durch ihre neue Heimatstadt den Blick über die Schaufenster wandern. Als sie an einem Fachgeschäft für orthopädische Laufschuhe vorbeifuhren, machte sie sich im Hinterkopf eine Notiz, dort hinzugehen und neue Sohlen für ihre Trainingsschuhe zu besorgen. Wegen ihrer Skoliose konnte sie ohne diese nicht trainieren.

Per hatte den Blick auf den Bahnhof gegenüber gerichtet. »Wusstest du, dass wir 2013 hier einen Mord hatten?«

Charlotte hörte zu und beugte sich vor, um das ziegelrote Bahnhofsgebäude mit dem grünen Blechdach besser sehen zu können.

»Der Täter war ein einundzwanzigjähriger Mann, der völlig ohne Grund einer jungen Frau in den Rücken schoss. Die beiden kannten sich überhaupt nicht. Der totale Irrsinn.«

Charlotte hatte von dem Fall gehört. Die Zeitungen hatten ihn den *Bahnsteigmord* genannt.

»Und jetzt haben die Medien sich in den Mord an Unni verbissen.« Per seufzte und fuhr die Järnvägsallén entlang, wo sich aus irgendeinem Grund ein Stau gebildet hatte.

»Ja«, sagte Charlotte und beugte sich vor, um den Sitz zu verstellen. »Man fragt sich, wie die Pressefuzzis ticken, wenn sie ihre Schlagzeilen verfassen.«

»Jetzt dreht sich alles um den *Badewannenmörder*«, sagte Per.

»Hier passieren eine Menge scheußliche Dinge. Anstatt des Abendjournals Go'kväll solltet ihr hier Tatort Umeå ausstrahlen«, sagte sie und blickte auf ihr Handy.

Per lachte. »Ja, wie in allen größeren Städten ist hier einiges los«, sagte er und hielt an einer roten Ampel.

Charlotte öffnete den Mund, um etwas auf seine Bemerkung zu erwidern, zögerte jedoch. Sie fand es niedlich, dass Umeå für ihn eine größere Stadt war. In ihrer Welt war New York City eine größere Stadt.

»Los, sag es schon. Ich weiß, dass es dir auf der Zunge brennt«, sagte Per und gab Gas, als die Ampel auf Grün schaltete.

Charlotte lachte. »Umeå ist eine größere Ortschaft, verglichen mit vielen anderen Ortschaften in Schweden, und …«

Per fiel ihr mitten im Satz ins Wort. »Ortschaft! Wie kannst du Umeå als Ortschaft bezeichnen? Es ist eine Stadt, verdammt noch mal!« Er schüttelte den Kopf. »Manchmal bist du echt so ein Snob. Aber entschuldige, ich habe dich unterbrochen. Was ist für dich eine *große* Stadt?«

»Das ist meine rein persönliche Meinung. Ich behaupte nicht, dass ich recht habe.« Sie machte eine Pause. »Stockholm ist eine Großstadt und Schwedens Hauptstadt, aber es ist keine *große* Stadt. Verstehst du, was ich meine?«

»Red weiter«, sagte Per grinsend.

»Warst du schon mal in Los Angeles? Das ist eine große Stadt.«

Als Per in das Univiertel abbog, klingelte ihr Handy. Der Makler.

176

»Ja, hier ist Charlotte von Klint.«

Per fuhr auf den großen Parkplatz der Universität. Er war voll. Sie hörte ihn fluchen, konzentrierte sich jedoch auf die Worte des Maklers.

»Das ist ja hervorragend, danke! Dann sehen wir uns heute Abend und unterschreiben den Vertrag. Super! Nochmals vielen Dank.«

Charlotte schenkte Per ein breites Lächeln. »Anja und ich sind jetzt stolze Hausbesitzer hier in der Ortschaft.«

»Was?! Hast du schon ein Angebot für das Haus auf Ön gemacht?« Per hielt an und ließ den Wagen im Leerlauf laufen, während er darauf wartete, dass jemand seine Parklücke verließ.

»Ja, mein Gebot wurde heute angenommen, das freut mich. Ich muss Anja anrufen und es ihr erzählen!« Per und Mia hatten es sich in den letzten turbulenten Tagen nicht einrichten können, einen Blick auf das Objekt zu werfen. Aber Nils hatte nachgeforscht und ihr grünes Licht gegeben.

Die gute Nachricht weckte Charlottes Lebensgeister. Sie wollte unbedingt aus der Wohnung im Zentrum weg. Jetzt stand einem richtigen Zuhause für sie und Anja nichts mehr im Weg.

»Glückwunsch! Für wie viel hast du es bekommen?« Per hob die Hand zu einem High five, und sie klatschte ihn ab.

»Zwölf Millionen Kronen.« Charlotte lehnte sich zurück, wohl wissend, dass es provozierend klang, wenn eine alleinerziehende Mutter mit dem Gehalt einer Polizistin sich ein so teures Haus leisten konnte.

Per stieß einen Pfiff aus. »Wow! Ich weiß ja, dass du nicht so lebst wie wir anderen Polizisten, also sage ich nichts. Aber lag der Angebotspreis nicht bei zehn Millionen oder so?«

»Schon, aber ich hatte es total satt, mit den anderen um die Wette zu bieten. Wir waren drei Interessenten und haben gleichzeitig um zehntausend erhöht. Nach zwei Tagen habe ich dann fünfhunderttausend draufgelegt. Das hat meinen Mitbewerbern sozusagen den Wind aus den Segeln genommen.« Kaum waren die Worte aus ihrem Mund, hatte sie ein schlechtes Gewissen und vermied es, Per anzusehen.

Per drückte ihren Arm. »Ich freue mich, dass du dich hier so zu Hause fühlst, dass du ein Haus kaufen willst. Aber du solltest an zwei Dinge denken. Was du als Letztes gesagt hast, solltest du vielleicht auf dem Revier nicht an die große Glocke hängen. Das wäre Wasser auf Kickis Mühle. Außerdem musst du damit rechnen, dass Simon und Hannes im Sommer ständig zum Schwimmen vorbeikommen wollen. Ich will dich nur im Voraus warnen.«

»Das können sie gern«, sagte Charlotte und deutete auf eine frei gewordene Parklücke. »Aber willst du damit sagen, dass du nicht zum Schwimmen vorbeikommst?«

»Ich schäme mich immer, mich in der Badehose zu zeigen, das weißt du doch.«

»Sagt einer, der zwölf Kilo abgenommen hat und richtig fit aussieht. Mia ist bestimmt erfreut darüber.«

Per seufzte, als er ausstieg. Charlotte folgte ihm und setzte die Mütze auf. Es war kurz nach halb vier, und das bisschen Tageslicht, das vorhin noch übrig gewesen war, war nun definitiv verschwunden.

»Ich weiß nicht so recht. In letzter Zeit redet sie kaum noch mit mir. Sie meckert nicht an mir wegen meiner Überstunden herum, wie sie es sonst immer gemacht hat. Irgendwas ist los. Ihr Benehmen beunruhigt mich.«

»Wie meinst du das?«

»Als ich heute Morgen in die Küche kam, hatte sie das Frühstück gemacht und ohne mich zu essen angefangen. Das kommt nie vor. Ihr Ton war sanft, aber was sie sagte, hat mich nervös gemacht.«

»Was hat sie denn gesagt?«, fragte Charlotte neugierig.

»Sie hat gesagt, wir sollten uns heute Abend ohne die Kinder zusammensetzen und reden, und als ich gefragt habe, worum es geht, hat sie sich umgedreht und ist gegangen.«

Charlotte suchte nach den passenden Worten, um seine Unruhe zu mildern.

»Vielleicht bin ich bald ein geschiedener Mann«, sagte er, während sie zum Universitätsgebäude gingen.

»Was? Nein, das glaube ich nicht. Das hätte sie mir erzählt. Mia und ich reden mehrmals die Woche miteinander, und sie hat nie etwas derartiges geäußert.«

»Tja, das ist vielleicht nicht so merkwürdig, schließlich bin ich rein technisch gesehen dein Chef. Sie will wohl nicht, dass du das weißt, auch wenn ihr Freundinnen seid.«

Draußen war es kalt, aber die frische Luft tat gut. Auf dem Weg zum Universitätsgebäude sprachen sie weiter.

»Mia will sich nicht von dir scheiden lassen. Übrigens, weißt du noch, wie sie und ich uns das erste Mal bei euch zu Hause getroffen haben?« Charlotte lachte bei der Erinnerung.

»Ja, sie fand dich etwas abgehoben in deinen teuren Designerklamotten. Ich war jedoch überzeugt, dass ihr zueinanderfinden würdet, und ich hatte recht. Der Weinabend hat es möglich gemacht. Ich bin sehr froh darüber.«

»Ich auch«, sagte Charlotte und berührte ihn leicht am Arm.

»Schauen wir mal, was sie heute Abend sagt«, sagte Per. »Aber jetzt sollten wir uns auf Unnis Arbeitsplatz konzentrieren. Vielleicht ist er ein Drogennest.«

Charlotte ließ sich durch den Kopf gehen, was Per ihr erzählt hatte. Bei näherem Nachdenken sah sie ein, dass Mia sich in letzter Zeit von ihr ferngehalten hatte. Vielleicht war es nicht optimal, wenn man die beste Freundin der Ehefrau des Chefs war. Aber Mia war die einzige ihr nahestehende Person in Umeå, abgesehen von Per.

Viele Studenten hatten Feierabend und verließen gerade das Universitätsgelände. Einige standen bei ihren Fahrrädern und bürsteten den Schnee weg, der tagsüber gefallen war. Die Routiniertesten unter ihnen hatten Sattelbezüge aus Schaffell, wie Charlotte sie von ihrer Mutter kannte, als sie noch klein war. Viele Fahrräder hatten auch Reifen mit grobem Stollenprofil, was Charlotte beeindruckte. *Unheimlich praktisch*, dachte sie, als Per einen Anruf bekam.

Er verlangsamte seine Schritte, und während er telefonierte, steuerte Charlotte auf das Gebäude zu, in dem sich die Bibliothek befand. Sie liebte die Universitätsbibliothek. Vor einiger Zeit war sie mit Anja hier gewesen, in der Hoffnung, dass sie nach dem Abitur hier studieren würde. Aber Anja hatte sich über all die langweiligen Menschen beklagt. Ihre Tochter konnte manchmal ein richtiger Snob sein. Die Freunde, mit denen sie in Stockholm verkehrte, waren alles andere als bescheiden. Richtig verwöhnte Rotzlöffel. In ihrem Freundeskreis nahm Anja dank des Adelstitels und Geldes ihrer Eltern eine höhere Stellung ein. Charlottes Ex-Mann stammte aus einer Adelsfamilie und war ein hohes Tier in der Wirtschaft. Seine Geschäfte waren gut gelaufen. Charlotte hatte sich auf Anhieb in ihn verliebt, als sie sein Foto in einem Schaukasten im Lundsberg-Internat gesehen hatte, wo sie beide zur Schule gingen. Carls Golftalent hatte der Schule einen soliden Titel beschert, und als Charlotte das Foto sah, war es Liebe auf den ersten Blick. Dabei war sie ihm noch nicht einmal persönlich begegnet. Zehn Jahre später kam Anja – ein Name, dessentwegen ihre Tochter oft gehänselt wurde. Anja klang nicht direkt adlig. »Dienstmädchen« war ein Spitzname, den Anja sich immer wieder anhören musste. Meistens geschah dies zum Scherz, doch Charlotte wusste, dass Anja ihn hasste.

Carl hatte ihr diese Namenswahl nie verziehen, obwohl er ihr letztendlich zugestimmt hatte. Seine bevorzugte Wahl war

Victoria gewesen oder Caroline mit e am Ende. Wichtig. Aber Charlotte wollte sich nicht nach ihm richten, und mit ein wenig Manipulation gelang es ihr, ihn umzustimmen. Mit dieser Fähigkeit war sie sehr zufrieden. Sie konnte einen Kriminellen dazu überreden, Maiblumen zu verkaufen, da war ein verliebter Carl kein Problem. Der Name Anja hatte ihr seit Kindesbeinen gefallen, weil ihr Lieblingskindermädchen so geheißen hatte.

Per holte Charlotte ein, und sie betraten zusammen das Gebäude. Dort erfuhren sie, dass Unnis Studenten gerade in einer Vorlesung waren, und mussten eine Weile warten.

»Wenn wir nur DNS-Spuren von Unnis Tatort hätten, zu denen es Treffer in unserer Datenbank gibt«, sagte Per und setzte sich auf eine Bank gleich neben dem Eingang zur Bibliothek. Er knöpfte den Mantel auf und scannte seinen Blutzuckerwert. Das Ergebnis lag im grünen Bereich. Charlotte setzte sich neben ihn. Ein Schwall Kaltluft schlug ihnen jedes Mal entgegen, wenn jemand die Eingangstür öffnete. Die Leute schleppten mit ihren Schuhen Schneematsch und Kieselsteine herein, und es knirschte, als ein paar Studenten vorbeigingen.

»Ich mache mir Sorgen um Frida«, sagte Per. »Es gab keine Spuren von ihr in der Umgebung des Hauses am Nydalasee, und jetzt, wo William tot ist, sieht es nicht gut aus. Wir sind dadurch eingeschränkt, dass wir Missing People nicht mitein-beziehen können.«

Charlotte nickte. »Ja, momentan können wir sie nicht um Hilfe bitten, weil wir damit den ganzen Medienzirkus ins Rollen bringen und Fridas Identität bekannt wird. Das müssen wir weiterhin verhindern.«

Sie trampelte etwas Schnee von den Schuhen und fuhr fort. »Jetzt, wo William ermordet wurde, müssen wir unsere Ermittlungsarbeit auf Tony konzentrieren. William wurde zusammen mit Frida in dem Haus gesehen. Sie verschwindet, und er wird tot aufgefunden. Kann es sein, dass William Tony einen Tipp gegeben und Frida ans Messer geliefert hat? Aber wie um alles in der Welt ist Tony, der in Stockholm lebt, mit William in Umeå in Kontakt gekommen? Ich kann mir darauf keinen Reim machen.«

»Das könnte damit zusammenhängen, dass beide Drogen verkaufen«, sagte Per. »Vielleicht hat Tony William mit Drogen beliefert. Kann das die Verbindung sein? Tony hat Wind davon bekommen, dass Viggo sich in Umeå aufhält, und hat William benutzt. Viele in Fridas Umfeld, die wir befragt haben, meinten, es sei seltsam, dass William so großes Interesse an Frida gezeigt hat. Lag das vielleicht daran, dass er im Auftrag von Tony gehandelt hat, um an Fridas Vater heranzukommen?«

»Aber dann müsste Viggo inzwischen tot sein«, sagte Charlotte.

»Stimmt, das ergibt keinen Sinn«, sagte Per. »Wir haben Tony landesweit zur Fahndung ausgeschrieben. Wo auch immer er ist, wir werden ihn finden. Aber sag mal … wann erzählst du uns eigentlich, was für einen Bezug du zu diesem Mann hast?«

Charlotte blickte auf ihre Hände und spielte an ihrem Adelsring, den sie an ihrem kleinen Finger trug. Er hatte einen blauen Stein mit ihrem Familienwappen. Sie biss die Zähne zusammen. Sollte sie ihm jetzt reinen Wein einschenken? Sie war unsicher, brauchte Zeit, um die Situation ordentlich zu erklären.

»Darüber können wir bei anderer Gelegenheit reden.« Charlotte nahm die Mütze ab, verzichtete diesmal jedoch, sich die Haare zu richten. Sie erwiderte seinen Blick. Wenn Per es erfuhr, würde er sie sofort von dem Fall abziehen. Schließlich wäre sie in Gefahr, jetzt, wo ihre Ermittlungen sie einer Konfrontation näher brachten.

Charlotte musterte die Studenten, von denen viele verbissen dreinschauten. Der große Prüfungssaal befand sich in diesem Gebäude, was vielleicht die düsteren Mienen erklärte.

»Unnis Mörder war sexuell abartig, daher kann es nicht Tony sein«, sagte sie und versuchte, das Thema zu wechseln. Natürlich war sie sich völlig bewusst, dass Per sich bestimmt fragte, woher sie das wissen konnte. »Er kann hart durchgreifen und Menschen misshandeln, ja sogar foltern, aber was Unni widerfahren ist, passt nicht in sein Strickmuster. Er kann allerdings jemanden dazu beauftragt haben, vielleicht irgendwelche lokalen Handlanger, die bei uns noch nicht aktenkundig geworden sind.«

Ihr Handy klingelte. Es war ihr Ex-Mann Carl. Sie steckte das Handy wieder weg, ohne den Anruf anzunehmen.

»Sein Ding ist eher Menschenhandel«, fuhr sie fort. »Er hat Mädchen in Clubs, auf der Straße und im Internet und tauscht sie ständig gegen neue und jüngere aus.« Sie stand auf. »Wir müssen überprüfen, ob in der lokalen Unterwelt Gerüchte im Umlauf sind. Falls Unni auf Tonys Anweisung umgebracht wurde, wird darüber geredet. Diese kriminellen Trottel sind wie ein Haufen Klatschweiber, wenn es darum geht, anderen zu imponieren.«

Per konnte sich nicht verkneifen, über den Vergleich zu lachen.

»Aber erst einmal reden wir mit Unnis Studenten und schauen, ob ihnen etwas Neues eingefallen ist«, schlug Charlotte vor und sah auf die Uhr, bevor sie sich auf den Weg zu dem Hörsaal machte, in dem Unnis Studenten sich befanden.

Per betrachtete seine stellvertretende Ermittlungsleiterin. *Warum bin ich ihr Chef? Eigentlich müsste sie meine Chefin sein*, dachte er und folgte ihr.

In dem engen Korridor roch es penetrant nach Chemikalien. Die Geräusche von verschiedenen Geräten waren das Einzige, was die Stille durchbrach. Vor einem Hörsaal saßen ein paar Studenten über ihre Bücher gebeugt. Sie waren vollkommen in ihre Lektüre vertieft und sprachen kein Wort miteinander. Charlotte hatte großen Respekt vor ihrem Lerneifer. *Genies*, dachte sie. Sie zückte ihren Polizeiausweis, stellte sich vor und erklärte ihnen, dass die Polizei anlässlich des Mordes an Unni mit jedem von ihnen eine Einzelbefragung durchführen musste.

»Ihr hattet sie in Pharmazie, stimmt's?«

Die Studenten machten den Eindruck, als freuten sie sich über die willkommene Pause vom Lernen, und nickten. Einige von ihnen stellten Fragen zu Unni.

»Leider kann ich aus ermittlungstechnischen Gründen nicht auf Details eingehen«, erwiderte Charlotte und warf einen Blick auf Per. Ihr Kollege sprach mit einer Person, die wie ein Hausmeister aussah.

»Für den Fall, dass wir ausführlicher mit jemandem von Ihnen sprechen müssen, werden wir Ihre Personalien aufnehmen. Fangen wir mit Ihnen an«, sagte Charlotte und nahm eine Studentin beiseite. Per folgte ihrem Beispiel und stellte sich mit einer anderen jungen Frau aus der Gruppe in eine Ecke.

Die Studentin erwiderte Charlottes Blick, sah zu ihrer Gruppe hinüber und dann wieder zurück zu Charlotte. »Also, ich weiß nicht, aber zum Schluss war Unni irgendwie komisch. Jedenfalls kam es mir so vor«, sagte die Frau.

»Erzählen Sie«, sagte Charlotte und zückte einen Notizblock.

»Sie fragte unsere Gruppe wegen Drogen, ob wir wüssten, ob jemand Tramadol oder Dolcontin verkauft. Mir kam die Art, wie sie es sagte, fast schon bedrohlich vor. Außerdem ist das die Sorte Medikamente, die wir im Studium durchnehmen.«

»Bedrohlich auf welche Weise? Hat sie euch bedroht?«, fragte Charlotte.

Die Frau verschränkte die Arme vor der Brust. »Also nein, aber sie wirkte irgendwie wütend. Ihre Fragen kamen mir aggressiv vor.«

»Welche Fragen hat sie gestellt? Wissen Sie das noch?«

»Na ja, ungefähr so ... Kauft ihr Drogen? Wenn ja, wo und von wem? Solche Fragen. Als ob sie es für selbstverständlich hielt, dass wir das Zeug nehmen.«

»Wie bitte?« Charlotte konnte ihre Verwunderung nicht verbergen. Studenten solche Fragen zu stellen, wenn sie nicht zu ihrer Ausbildung gehörten, fühlte sich wie eine Verletzung der Privatsphäre an.

»Ja, ich fand es schon ein bisschen seltsam, und jetzt, wo sie ermordet wurde, fühlt es sich schrecklich an.«

»Was haben Sie ihr geantwortet?«

Die Frau blickte zu ihrer Gruppe hinüber und sah aus, als überlegte sie, was sie sagen sollte. »Ja, also, was alle auf dem Campus wissen. Dass man so etwas bei William bekommt. Oder vielmehr *bekam*, er ist ja jetzt ebenfalls tot. Glauben Sie, dass William Unni ermordet hat?«

Charlotte warf einen Blick auf Per und dachte an die DNS-Ergebnisse, zu denen es keine Treffer gab. William kam nicht in ihrer Datenbank vor, aber die Obduktion würde zeigen, ob seine DNS mit der von Unnis Tatort übereinstimmte.

»Also, ich weiß, dass Unni hier auf dem Campus mit William gesprochen hat. Jedenfalls gab es Gerüchte darüber«, fuhr die junge Frau fort.

»Was für Gerüchte?«, fragte Charlotte und hielt Stift und Notizblock bereit.

»Ja, also, es hieß, Unni habe William in der Bibliothek konfrontiert. Anscheinend ist er völlig ausgetickt. Eine Freundin von mir hat alles gesehen und gesagt, er hätte ihr gedroht, sie umzubringen, wenn sie ständig Scheiße erzählt. Dann hat er sie so heftig geschubst, dass sie beinahe rückwärts umgefallen wäre. Er hat sie angeschrien, sie solle aufhören, herumzuschnüffeln. Aber alle hier wissen, dass er Drogen vertickt.«

Charlotte machte sich eifrig Notizen. Sie musste mit der Zeugin sprechen, die den Vorfall beobachtet hatte, aber auch mit Carola. Immerhin gab es eine Chance, dass die Spuren, die sie an Unni gefunden hatten, also die Körperflüssigkeit oder das Haar, von William stammten.

31

Linn hielt ihr Mobiltelefon in der Hand. Der eingeglaste Marktplatz, wo sie gerade stand, war ein zentraler Ort in Umeå, und sie hielt sich hier oft zusammen mit Frida auf. Sie gaben stets vor, in der Stadtbücherei nach Fachliteratur für die Schule zu suchen, saßen jedoch meistens im Café Kulturbageriet, wo sie Mineralwasser tranken und einen Heißhunger auf Gebäck bekamen, das sie jedoch nie aßen. Linn blickte auf einen der Tische, an dem sie fast immer saßen, und verspürte einen Kloß im Magen.

Es war Dienstag, und ihre Mutter war gerade im Feinkostgeschäft Duå, wo sie mit einem Einkaufskorb zwischen den Regalen umherlief. Wie Linn sehen konnte, war der Korb immer noch leer, was bedeutete, dass ihr eine lange Wartezeit bevorstand.

Ein Arm streifte ihren Oberschenkel, und sie sah einem kleinen Jungen hinterher, der bereits weitergelaufen war. Aus dem Restaurant Gotthard gleich nebenan drangen das Klappern von Besteck, das Gerede und Lachen der Gäste und das Schaben von Stuhlbeinen auf dem Steinboden. Niemand schien sich darum zu scheren, dass Frida vermisst wurde, dass sie seit fast drei Tagen verschwunden war. Linn verspürte den Drang, die Leute anzuschreien, sie sollten nach Hause gehen und sich Sorgen machen, anstatt hier zu sitzen und sich zu amüsieren.

Sie beließ es jedoch bei dem Gedanken. Das Gefühl, beobachtet zu werden, wurde immer eindringlicher. Manchmal war sie überzeugt, dass sie sich das nur einbildete, nur um einen Augenblick später todsicher zu sein, dass jemand hinter ihr stand. Sie hatte sich angewöhnt, den Schlüsselbund in ihrer Jackentasche festzuhalten, bereit, den spitzesten Schlüssel als Schlagwaffe zu benutzen.

Linn fiel der Typ ins Auge, der bei Duå an der Kasse saß und eine Bezahlung entgegennahm. Einer der Brüder, denen der Laden gehörte. Sie regte sich über seine große Brille auf, mit der er hip aussehen wollte, aber er war stets freundlich und gut drauf. Mit dem Zeigefinger rückte er immer wieder das Brillengestell auf der Nase zurecht.

Der Ruf ihrer Mutter riss sie aus ihren Gedanken.

»Linn, stell dich gerade hin, du siehst aus wie ein nasser Sack!« Sie bedeutete Linn mit einer Handbewegung, in den Laden zu kommen. »Hast du was Neues von Frida gehört?«, fragte sie und legte eine Dose mit grünen Oliven in den Korb.

Linn starrte zum hundertsten Mal auf das Handydisplay. »Sie ist heute wieder nicht in die Schule gekommen.«

Ihre Mutter strich Linns rausgewachsenen Pony zurecht. Sie blickte ehrlich besorgt drein, als nähme sie an der Sache Anteil. »Die Polizei hat angerufen, sie wollen noch mal mit dir über Frida reden und weitere Fragen stellen, die sich im Laufe der Ermittlung ergeben haben. Was weißt du eigentlich?«

Linn zuckte mit den Schultern und versuchte zu ergründen, ob Camilla sich wirklich dafür interessierte oder nur die besorgte Mutter spielte. »Eigentlich nichts, aber … sie ist seltsam.«

Ihre Mutter setzte sich wieder in Bewegung und suchte etwas in den Regalen. Linn folgte ihr.

»Sie lebt«, sagte Linn bestimmt, brach einen Strauß Tomaten ab, die wie Trauben an einem Zweig hingen, und legte ihn in Camillas Korb.

Ihre Mutter hielt abrupt inne und warf Linn einen ernsten Blick zu, ehe sie weiterging. »Das tut sie sicher.«

»Sie muss«, sagte Linn.

Ihre Mutter blieb erneut stehen. »Linn, glaubst du, dass Frida sich etwas angetan hat? Ich meine, schließlich ging es ihr die ganze Zeit nicht so gut.«

»Camilla, hör auf!«, sagte Linn und spürte, wie ihr Herz raste. Der Gedanke war ihr auch schon gekommen, aber wie sie es auch drehte und wendete, wusste sie, dass Frida sich nicht das Leben genommen hatte.

Ihre Mutter nickte, lächelte und neigte den Kopf zur Seite, wie sie es immer tat, wenn ihr klar wurde, dass sie Linn zu hart angefasst hatte. »Okay, wenn du es sagst, wird es so sein. Sie wird sich wohl bald melden, du wirst sehen.«

Linn kämpfte mit dem Gedanken, dass das Ganze so typisch Frida war.

»Willst du etwas Spezielles, Linn?«, fragte ihre Mutter und verlangte Salami von dem Typ mit der großen Brille, der inzwischen hinter der Fleisch- und Wursttheke stand. Oder war es sein Zwillingsbruder? Man konnte sie nicht auseinanderhalten.

»Nein, danke.«

Linn betrachtete ihre Mutter. Sie war so daran gewöhnt, sich gegen deren Launen und Kontrollsucht zu wehren, dass sie es aus purem Reflex tat. Camilla musste stets ihren Kopf durchsetzen, weil sie immer recht hatte. Ihre Wahrheit war die einzige Realität.

Als Linn das wohlbekannte Vibrieren in der Hand spürte, schlug ihr Herz einen Takt schneller. Sie starrte auf ihr Handy.

»Yes, da bist du ja!«, sagte sie laut zu sich selbst und wandte sich von ihrer Mutter ab. Ihr Herz raste erneut, als Fridas gelbes Icon auf dem Display erschien. Linn öffnete Snapchat schneller als je zuvor und schaute auf das Foto, das Frida geschickt hatte.

Wald. Kein Foto von Frida. Nur Natur. Aber sie hatte es geschickt.

Linn versuchte, Details auszumachen, aber es gab keine. Nur Bäume und Schnee. Doch als sie im Hintergrund die Sportanlage erkannte, wusste Linn genau, wo Frida sich befand – im 120-Wald.

Linn schickte ein Fragezeichen zurück und dann den Text: *Was machst du? Du musst nach Hause!*

Sie starrte auf das Display und wartete darauf, dass Fridas Icon im Chat erschien. Überlegte es sich anders und rief an.

Mailbox.

»Hol dich der Teufel!«

Zurück zur Snapchat-App. Keine Frida.

Du bist verdammt anstrengend!, schrieb sie und schoss ein Foto von sich neben der Fleisch- und Wursttheke.

Aber wenigstens bedeutete dies, dass Frida lebte.

32

Per schob die Schaufel vor sich her und erhöhte das Tempo, als er sich der Schneewehe näherte. Mit einem Ruck lud er den Schnee ab und ging zurück zum Haus, um von Neuem zu beginnen. Die Schneefräse war kaputtgegangen, sodass sein heutiges Fitnesstraining aus Schneeräumen bestand. Die Kälte sorgte dafür, dass leichter, trockener Pulverschnee fiel, der Pers Puls nicht nennenswert in die Höhe trieb. Trotzdem wurden die Lederhandschuhe von der Körperwärme feucht. Der Mantel war ihm beim Schippen im Weg, aber er hatte keine Lust, ins Haus zu gehen und sich umzuziehen. Kennet hatte darauf bestanden, dass er und Charlotte für ein paar Stunden nach Hause gingen, um sich auszuruhen. Das gesamte Polizeirevier leistete Schichtarbeit, um Frida zu finden und die Ermittlungen in den Mordfällen Unni und William voranzutreiben.

Per hatte Mia noch nicht Hallo gesagt, sondern versuchte, seine Gedanken zu sammeln. Das Schneeräumen half ihm dabei, sich von der Arbeit auf seine Ehe umzustellen. Die kurze Autofahrt nach Degernäs hatte dafür nicht gereicht.

Per war überzeugt, dass Mia sich scheiden lassen wollte. In letzter Zeit hatte sie sich seltsam benommen. Geistesabwesend. Distanziert. Nichts, was zuvor wichtig war, spielte noch eine Rolle. Er fragte sich, ob es Untreue war, ob Mia ganz einfach einen anderen Mann kennengelernt hatte. Oder ob sie es satt-hatte, dass er das Hockeytraining der Jungs verpasste, zu spät zu den Elternabenden an der Schule kam und es in seiner freien Zeit nicht schaffte, mit seiner Frau einen gemütlichen Abend zu verbringen. Das Einzige, was er richtig gemacht hatte, war, auf seinen Diabetes zu achten.

Was sage ich, wenn sie mich verlassen will?, dachte er und fuhr sich mit der Hand über die Stirn.

Nach den Ereignissen vom letzten Sommer hatte Per versucht, sein Arbeitspensum zu reduzieren. Aber das Revier war wie ein verdammter Magnet, und er war Polizist bis in die Fingerspitzen. Wie erlangte man die ideale Work-Life-Balance? Er hatte nicht die leiseste Ahnung.

Per blickte zum Küchenfenster und sah Mia am Esstisch sitzen. Es war nach acht Uhr, die Jungs schliefen also schon oder lagen zumindest in ihren Betten. Per legte noch ein paar Extrarunden ein und vergewisserte sich, dass die Schneekanten gerade und gleichmäßig waren. Sie reichten ihm bis zum mittleren Oberschenkel und wurden jede Woche ein bisschen höher.

Er lehnte die Schneeschaufel an die Hauswand und trampelte auf der Treppe den Schnee von den Schuhen. Dann fasste er an die Türklinke, zögerte einen Augenblick und atmete tief durch. *Das wird kein leichter Abend werden*, dachte er und ging hinein.

Mia saß schweigend am Küchentisch. Sie hatte ein Glas Rotwein vor sich, was ihn verwunderte, da sie unter der Woche selten Alkohol trank. Die Flasche stand daneben – ein Zeichen, dass es nicht bei einem Glas bleiben würde.

Sie erwiderte seinen Blick mit geröteten Augen. Per rutschte das Herz in die Hose. Sie wollte sich scheiden lassen, jetzt war er sich sicher. Er setzte sich auf den Stuhl gegenüber und griff nach ihrer Hand. Sie zog sie nicht weg. Per blinzelte ein paar Mal, um die Tränen zu vertreiben, und versuchte, die aufkommende Panik zu unterdrücken.

»Entschuldige, dass ich so oft nicht zu Hause war und zugelassen habe, dass die Arbeit mich auffrisst.« Per sah seine Frau an, und sie erwiderte seinen Blick. Sie hatte die Haare zu einem Zopf hochgebunden, was sie stets jünger aussehen ließ. Das eine Bein hatte sie hochgezogen, und ihr Kinn ruhte auf dem Knie. Eine Träne lief ihr die Wange hinunter. Er streckte die Hand aus und wischte sie weg.

»Ich weiß nicht, warum ich die Arbeit nicht ruhen lassen und beiseitelegen kann«, fuhr er fort. »Meine Therapeutin sagt, es sei Fluchtverhalten. Aber ich weiß nicht, wovor ich Angst habe.« Er blickte in Mias gerötete, verquollene Augen und auf ihre aufgesprungenen Lippen. »Rede mit mir und sag mir, was ich tun kann, um die Dinge wieder in Ordnung zu bringen.«

Mia lächelte zaghaft und drückte Pers Hand fester. Mit der freien Hand hob sie das Weinglas. »Ich muss dir etwas sagen.«

Per stockte der Atem, und seine Gedanken überschlugen sich. *Sie hat jemand anders kennengelernt. Verdammt, sie hat jemand anders kennengelernt!*

»Okay«, sagte er und klang härter als beabsichtigt.

»Ich habe Brustkrebs«, sagte sie und trank einen Schluck Wein.

33

Viggo schwenkte den Whisky im Glas. Die Eiswürfel klirrten gegen den Rand. Estelle hatte Schlaftabletten genommen und den ganzen Tag geschlafen. Erst am Nachmittag war sie aufgewacht. Als sie in die Dusche gestiegen war, hatte er die Gelegenheit genutzt und war zur Bar hinuntergeschlichen. Inzwischen war er bei seinem zweiten Glas angelangt. Der Alkohol hüllte seine Seele in Watte ein und linderte langsam seinen Schmerz. Das Foto von Unnis Treppenhaus hatte ihm stärker zugesetzt, als er vertragen konnte. Er dachte krampfhaft darüber nach, wer sie tot haben wollte, aber wie er es auch drehte und wendete, seine Gedanken kehrten zu Frida zurück.

»Hallo.«

Viggo unterbrach seine Überlegungen und sah die Frau an der Bar an, die ihn mit ausländischem Akzent angesprochen hatte. Er kannte sie nicht. Ihr hellblondes Haar erinnerte ihn an Frida, als sie noch klein war. Dieses Weiß, von dem man glaubte, dass es sich nie verändern würde. Ehe er antwortete, kippte er den Whisky in einem Zug hinunter.

»Hallo. Kennen wir uns?«

Die Frau schielte auf seinen Ehering und zeigte ihm ihre Hand. Sie trug keinen. Sie setzte ein einschmeichelndes Lächeln auf, und Viggo wusste, was sie war. In Stockholm und überall, wo er Poker gespielt hatte, war er vielen solcher Frauen begegnet. Sie schwärmten stets dorthin, wo es Geld gab, und Tony mochte sie. Viggo wandte sich dem Barkeeper zu und bestellte noch ein Glas. Der Mann nickte, ohne zu zögern.

»Nein, wir kennen uns nicht«, sagte die Frau. »Aber wir haben einen gemeinsamen Freund.«

Viggo gab sich Mühe, unbeteiligt zu wirken. »Soso. Wen denn?«

»Er hat mich geschickt, damit ich Sie zu ihm bringe.«

Viggo musterte die Frau. Sie war vielleicht ein paar Jahre älter als Frida. Blond war nicht ihre natürliche Haarfarbe, und die Haare sahen aus wie sprödes Gras. Ihr kurzer Rock rutschte noch höher, als sie sich auf den Barhocker setzte, und Viggo verspürte den Impuls, ihn herunterzuziehen und die Oberschenkel zu bedecken. Ihre Füße steckten in roten Turnschuhen. *So was habe ich bei einer Prostituierten noch nie gesehen*, dachte er und wandte den Blick von ihr ab.

»Nicht, solange ich nicht weiß, wer er ist«, erwiderte er nach längerem Schweigen.

Der Barkeeper warf ihr einen irritierten Blick zu und stellte das neue Glas vor Viggo hin.

»Jemand, der weiß, wo Ihre Tochter ist. Was haben Sie schon zu verlieren?«, sagte sie.

Der Nebel in Viggos Gehirn lichtete sich. »Wer?«, fragte er erneut.

Die Frau erhob sich wieder und kam näher. Die grünen ungeschminkten Augen starrten in seine. »Kommen Sie mit.«

»Okay«, sagte Viggo und leerte das Glas in einem Zug. Dann stand er auf. Würde er jetzt Tony treffen? War dies die Abrechnung? Konnte er vielleicht sein Leben gegen das von Frida eintauschen?

Lieber Gott, mach, dass ich Frida treffe, dachte er, während er dicht hinter der jungen Frau mit den Turnschuhen herging. Sie drehte sich um, um sich zu vergewissern, dass er ihr folgte. Viggo fuhr sich mit den Händen durch die Haare. Das Gedankenkarussell in seinem Gehirn drohte seinen Schädel zu sprengen. Er war sich bewusst, dass er womöglich geradewegs in sein Verderben rannte. Würde er einen schmerzhaften Tod erleiden, oder würde Tony ihn an Ort und Stelle erschießen? Würde Frida dabei zusehen müssen?

Die Frau ging zum Fahrstuhl und drückte auf den Knopf. Wahrscheinlich würden sie hinunter zur Tiefgarage fahren.

Sie sprachen kein Wort miteinander. Die Frau wirkte teilnahmslos. Sie hatte einen Auftrag bekommen und war dabei, ihn zu Ende zu bringen. Es machte *pling*, als die Türen auseinanderglitten. Sie betraten die Kabine, und die Frau drückte auf G für Garage. Viggo ermahnte sich zu atmen. Er war kristallklar im Kopf. Der einzige Beweis, dass er getrunken hatte, war sein Atem. Er betrachtete sich im Spiegel der Fahrstuhlkabine. Verquollene und gerötete Augen, tiefe Falten um den Mund, aschfahle Haut. Der Fahrstuhl blieb mit einem Ruck stehen. Während Viggo die Kabine verließ, vibrierte sein Handy. Eine Push-Nachricht der Zeitung *Expressen*.

Frida Malk seit drei Tagen vermisst. Polizei im Wettlauf mit der Zeit.

Er klickte die Nachricht an und sah, dass sie ein Foto von Fridas Gesicht enthielt. Viggo keuchte. Er konnte den Blick nicht vom Display abwenden und starrte auf das Foto. Es war während ihrer letzten Schulabschlussfeier aufgenommen worden, als Frida sich gefreut hatte, aufs Gymnasium wechseln zu dürfen. Woher wussten die Pressefritzen, dass sie verschwunden war? Wie waren sie zu dem Foto gekommen? Viggos Augen füllten sich mit Tränen. Er drehte sich um und sah, wie die Fahrstuhltüren erneut aufgingen. Er dachte an Estelle. Wenn er jetzt ebenfalls verschwand und Frida nicht zurückkam, stünde sie plötzlich allein da, ohne die geringste Ahnung, was mit ihm passiert war. Aber ihm blieb keine andere Wahl, nicht, solange die Hoffnung bestand, dass er seine Tochter wiedersehen würde.

Viggo fand sich mitten in einer Garage wieder. Die Frau drehte den Kopf und suchte etwas mit ihrem Blick. Ein Auto hupte, und sie ging darauf zu.

Viggo folgte ihr.

34

»Du klingst komisch, Per«, sagte Charlotte und presste das Telefon fester ans Ohr. »Ist etwas passiert? Ist es Mia?«

Sie hörte, wie Per am anderen Ende mit etwas beschäftigt war.

»Es ist nichts. Reden wir später darüber.«

Charlotte schnaubte. »Es ist nichts, aber trotzdem sollen wir später darüber reden?«

Per stieß einen tiefen Seufzer aus. Es knisterte in der Hörmuschel, als er ausatmete. »Wie über die Geschichte mit dir und Tony«, erwiderte er. Jetzt war sie diejenige, die seufzte.

Sie war zu Hause, hatte in der ganzen Wohnung das Licht eingeschaltet und plante den Umzug in das neue Haus auf Ön. Sie konnte es kaum erwarten. Das Wichtigste hatte sie gepackt, aber um das meiste würde sich die Umzugsfirma kümmern. Dafür hatte sie keine Zeit. Im Augenblick genoss sie es, nicht auf dem Revier zu sein, doch gleichzeitig konnte sie nicht von der Arbeit abschalten. Sie setzte sich aufs Sofa, lehnte sich in die luxuriösen Designerpolster von Missoni zurück und legte die Füße auf die Fußbank. Charlotte verstand, dass Per verärgert war. Schließlich hatte sie ihm wichtige Informationen vorenthalten. Der Wein, den sie sich eingeschenkt hatte, hatte inzwischen Zimmertemperatur, und sie nahm das Glas in die Hand, ehe sie antwortete.

»Okay, ich erzähle es dir.« Sie trank einen Schluck Wein. »Vor gut zwanzig Jahren, als ich frisch von der Polizeiakademie kam, habe ich bei Tony undercover als Kindermädchen gearbeitet und sein Netzwerk infiltriert. Das war vor seinem Aufstieg innerhalb des Syndikats. Aber ich konnte der Polizei wichtige Informationen über seine Routinen, seine Ehe, seine engsten Freunde und so weiter liefern. Tony flog dank der Beweise auf, die ich den Ermittlern zugespielt hatte.«

Per sagte nichts.

»Hallo? Bist du noch dran?«, fragte sie.

»Das klingt wie ein Himmelfahrtskommando«, erwiderte er. »Hat er herausgefunden, dass du Polizistin warst?«

»Nein, wir konnten meine Identität geheim halten. Ein Jahr später ist er umgezogen, und das haben wir genutzt, um mich unter dem Vorwand abzuziehen, ich wolle ein Studium beginnen. Er weiß nicht, dass ich dafür gesorgt habe, dass sein florierender Waffenschmuggel ein Ende nahm.«

»Verdammt noch mal, du warst ja völlig neu! Wie konnte dein Chef so etwas zulassen?«

»Aus genau diesem Grund. Ich war noch nie draußen als Polizistin in Erscheinung getreten. Kein Krimineller konnte mich enttarnen, weil keiner mit mir zu tun gehabt hatte. Ich ließ nicht locker, bis ich den Auftrag bekam. Mir war von Anfang an klar, dass ich meine Sache hervorragend machen würde, und so war es dann auch.« Charlotte trank noch einen Schluck Wein. »Das wenige, was über mich im Internet existierte, wurde gelöscht. Zu der Zeit gab es das Internet ja erst seit Kurzem. Ich weiß nicht mal, ob er mich wiedererkennen würde, wenn er mich heute sähe.«

Sie hörte, wie Per ebenfalls einen Schluck von irgendetwas trank. Vielleicht brauchten sie beide an diesem Abend etwas Starkes.

»Du hast also eines der schlimmsten kriminellen Netzwerke in ganz Schweden infiltriert? Warum hast du mir nichts davon erzählt?«

»Zu meinem eigenen Schutz. Tony ist niemand, den man hinter sich her haben will. Je weniger Leute von der Sache wussten, umso besser. Mein damaliger Chef ist inzwischen in Pension gegangen, und auf die anderen, die von dem Einsatz wussten, kann ich mich verlassen. Eine Handvoll Personen in Stockholm.«

»Bist du deshalb nach Umeå gezogen? Um dem Syndikat zu entgehen?«

Charlotte zögerte. »Nein, das hat mit meinem Privatleben zu tun. Aber das ist wieder ein anderes Thema.«

»Was, wenn du Tony in Umeå über den Weg läufst? Kennet muss Bescheid wissen«, sagte Per.

»Ich weiß. Ich werde ihn informieren.«

Sie hatte keine Lust, Per von dem anonymen Anruf zu erzählen, den sie neulich abends erhalten hatte. Bei dem die Person am anderen Ende nichts gesagt hatte. Vielleicht hatte sich jemand nur verwählt. Charlotte wollte sich nicht von einem Hirngespinst verrückt machen lassen.

Eine Weile herrschte Schweigen. Charlottes Finger spielten mit dem Kabel des Telefonhörers. Sie lehnte den Kopf gegen die Rückenlehne des Sofas und dachte an Tonys Anwesenheit in Umeå. Zum Glück bewahrte sie im Waffenschrank in der Garderobe eine lizenzierte Pistole auf.

»Willst du mir nicht erzählen, warum du so bedrückt bist, Per?«

Er setzte zu einer Erwiderung an, hielt jedoch mitten im Satz inne. Gleichzeitig empfing Charlotte eine Nachricht auf ihrem Handy. Frida Malks Foto war an die Presse gelangt.

»Ach du Scheiße!«, sagte sie laut.

»Ich ruf dich zurück, Charlotte. Kennet ruft auf der anderen Leitung an.«

Per legte auf, und Charlotte hörte nur noch ein Tuten. Vermutlich hatte Kennet die gleiche Nachricht gesehen.

Sie las den Artikel. Die Polizei hatte Fridas Identität nicht preisgegeben, aber da war sie nun. Jeder konnte sehen, wer sie war. Die Information musste von anderswo gekommen sein, nicht von der Polizei. Charlotte trank noch einen Schluck Wein und stand auf. Ein paar Sekunden später rief Per zurück.

Er klang außer Atem. »Wir haben eine Aktivität auf Frida Malks Handy! Ihre Freundin Linn hat von ihr eine Nachricht auf Snapchat empfangen. Laut Kennet wurde das Handy im I20-Wald geortet. Es ist inzwischen ausgeschaltet, aber jetzt haben wir einen neuen Ort, wo wir suchen können.«

»Vielleicht ist sie noch am Leben«, sagte Charlotte und stellte das Glas so fest auf den Tisch, dass sie Wein verschüttete.

35

Viggos Hände zitterten, und er musste sie zu Fäusten ballen, um seine Angst nicht zu verraten. Jeder Schritt, den er auf dem Betonboden machte, fühlte sich wie ein Schritt näher zu seiner Hinrichtung an. Sämtliche Sinne waren bis zum Äußersten angespannt. Wenn jemand eine Nadel auf den Boden fallen ließe, würde er es hören. Er hatte versucht, mit einer Hand in der Hosentasche die Nummer von Ola Bomans Handy zu wählen, in der Hoffnung, dass dieser seinen Anruf orten könne.

Irgendein Aggregat in der Garage summte, und es roch nach Benzin. Die Frau ging mit vor der Brust verschränkten Armen, und ihr sichtbarer Atem gab Aufschluss über die Kälte in der Luft. Viggo dagegen spürte nichts. *Wenn man tot ist, friert man nicht*, dachte er.

Die Frau blieb hinter einem weißen Transporter stehen und signalisierte mit einer Handbewegung, dass er einsteigen solle.

Viggo rührte sich nicht vom Fleck. »Solange ich nicht weiß, was mich erwartet, steige ich nicht ein.«

Seine Stimme brach, aber er ließ die Frau nicht aus den Augen. Sie zuckte mit den Schultern und ging davon. Ließ ihn vor den Hecktüren des Fahrzeugs allein. Die eine war angelehnt. Viggo zögerte, das T-Shirt klebte ihm am Rücken.

Gerade wollte er an den Türgriff fassen, als die Tür aufgedrückt wurde und jemand ihn mit einem kräftigen Ruck in das Auto zerrte. Viggo schrie auf und versuchte, sich loszureißen, aber ohne Erfolg. Die Knie schlugen irgendwo dagegen. Es blitzte vor seinen Augen, und ihm kam der Gedanke, dass ihm vielleicht jemand ins Bein geschossen hatte, ohne dass er den Schuss gehört hatte.

»Kannst du dich mal beruhigen, du Idiot, ich bin's nur!«

Viggo hörte auf, sich zu wehren. Er hörte seinen eigenen Atem und versuchte, die Situation zu erfassen. »Frida?«, sagte er, während die Konturen eines Mannes immer deutlicher wurden.

»Nein, nur ich«, erwiderte die Stimme. Kurz darauf erkannte er Abbe, der auf einem der Sitze des Fahrzeugs saß. Viggo setzte sich neben ihn. Das Knie tat weh.

»Wo ist sie?«, fragte er und spürte, wie das Adrenalin durch seine Adern pumpte.

»Ich weiß nicht«, sagte Abbe. »Verdammt, du stinkst nach Alkohol. Trink etwas Wasser.« Er hielt Viggo eine Flasche hin.

Viggo schlug Abbes Hand so heftig weg, dass Wasser verschüttet wurde. Dann schlug er mehrmals gegen die Tür, gegen das Dach, die Seitenwand, den Sitz – überall, wo er hinkam. Dabei schrie er seinen Frust und seine Angst heraus. Abbe saß schweigend da und ließ zu, dass Viggo sich an dem Auto abreagierte. Als er erschöpft war, beugte Viggo sich vor und übergab sich.

»Verdammt noch mal!« Abbe stieß die Tür auf und drückte Viggos Kopf nach draußen. Viggo hinterließ eine stinkende Pfütze und lehnte sich gegen die Rückenlehne. Atmete mit offenem Mund und nahm seinen übel riechenden Atem wahr.

»Ich muss mit dir reden«, sagte Abbe und zog die Tür wieder zu.

»Hat Tony Frida entführt?«

»Nein, er ist nicht deinetwegen hier. Er weiß nicht, dass ihr hier wohnt. Oder vielleicht weiß er es jetzt.« Abbe wedelte mit dem Handy, das den Artikel mit Fridas Foto zeigte.

Viggos Brustkorb krampfte sich zusammen, es brodelte in ihm. Er wusste nicht, ob aus Erleichterung oder aus Angst. »Wo zum Teufel ist sie dann?«

»Ich weiß nicht, aber glaubst du ernsthaft, ich würde es zulassen, dass Tony sich deine Tochter schnappt? Für wen hältst du mich eigentlich, verdammt noch mal?« Abbe nahm einen Schluck aus der Flasche, die Viggo nicht haben wollte.

»Für einen von Tonys Handlangern«, sagte Viggo. Ehe Abbe etwas darauf erwidern konnte, fuhr er fort: »Was macht ihr in Umeå?«

»Das wirst du bald erfahren. Vorerst muss es genügen, wenn ich dir sage, dass Tony nichts mit Fridas Verschwinden zu tun hat. Ich werde herausfinden, was ich kann, okay? Werde mich ein bisschen unter unseren Kontakten umhören. Unsere Welt ist klein, und ein verschwundenes Mädchen sorgt auch bei uns dafür, dass die Leute reden.«

Viggo wandte sich Abbe zu, sagte aber nichts. Ein Ohnmachtsgefühl ergriff von jeder Faser seines Körpers Besitz. Er wollte nichts weiter, als Frida zu finden. Er nahm Abbe die Flasche aus der Hand und trank daraus. »Warum seid ihr hier?«, fragte er erneut.

»Wir suchen eine Person, die sich in dieser Region ein äußerst lukratives Geschäft unter den Nagel gerissen hat. Etwas, das Tony sich nicht gefallen lassen kann. Über einen reichen Rotzlöffel in Stockholm ist es uns gelungen, einen Dealer hier in Umeå ausfindig zu machen, der anscheinend Drogen von einer anderen Organisation bezieht. Er hieß William Irgendwas.«

»Hieß?«

»Ja.«

»Habt ihr diesen William getötet? Hat er Frida etwas angetan?«

»Ruhig«, sagte Abbe. »Wir haben William draußen vor seiner Wohnung abgefangen. Er kam mit einem Taxi nach Hause, ohne Frida.«

»Ihr habt also keine Ahnung, ob er Frida entführt hat oder was er sonst mit ihr gemacht haben könnte?«

»Als wir uns William geschnappt haben, wussten wir nichts von der Sache mit Frida. Ich schwöre, dass wir nichts mit ihrem Verschwinden zu tun haben.«

Viggo nickte. Er glaubte seinem alten Kumpel.

»Wie dem auch sei«, sagte Abbe, »wir haben uns mit William unterhalten, und er gab uns ein paar Namen. Der erste erwies sich als Sackgasse, weil der Bursche von einer Brücke gesprungen ist. Und wir vermuten, dass er bloß ein Kunde war. Es sei denn, er hat das Zeug über irgend so eine verdammte Webseite weiterverkauft.«

Viggo schüttelte den Kopf und kniff die Augen zusammen. »Stopp, stopp«, sagte er und hob die Hand. »Meint ihr Anton, den Jungen, der von der neuen Brücke gesprungen ist? Mein Gott, er war ein Freund von Frida. Warum erzählst du mir das?«

»Weil William uns noch einen zweiten Namen genannt hat, als ich ihn weiter ausgequetscht habe. Frida Malk.«

Viggo starrte Abbe an.

»William hat versucht, sich aus einer ziemlich schmerzhaften Situation freizukaufen, indem er uns Bitcoins anbot. Er sagte, er habe eine ganze Menge davon, und als ich Druck auf ihn ausübte, fiel der Name deiner Tochter.«

Viggo kniff die Augen zusammen. Natürlich! Frida hatte seine Bitcoins an sich genommen. Warum hatte er daran nicht gedacht? Sie war die Einzige, die ihm Gesellschaft leistete, wenn er Online-Poker spielte. Und die wusste, wo er seine Passwörter versteckte.

»Hat William erzählt, wie er an meine Bitcoins herankam?«

Abbe nickte. »Ja, er sagte, er kenne ein Mädchen namens Frida. Er könne über sie noch mehr Bitcoins bekommen, weil ihr Vater oft im Internet spielt. Da wurde mir klar, dass diese Frida deine Tochter war. Tony dagegen kam nicht auf die Verbindung, weil er nicht weiß, dass du in Umeå wohnst.«

»Scheiße!«, sagte Viggo laut. Als er begriff, dass Frida von diesem verdammten Idioten William erpresst worden war, hörte sein Herz beinahe auf zu schlagen.

»William hat deine Tochter ausgenützt, um an deine Bitcoins heranzukommen.«

»Kann er Frida getötet haben?«, fragte Viggo atemlos.

»Das konnte ich ihn nicht direkt fragen, weil Tony dabei war. Aber so, wie er über deine Tochter redete, hörte es sich an, als wäre sie am Leben. Er behauptete, er könne über sie mehr besorgen.«

Viggo atmete angestrengt, als hätte er gerade einen Hundertmeterlauf hinter sich.

»Wir haben auch einen dritten Namen erfahren«, sagte Abbe. »Hugo. Wir vermuten, dass er derjenige ist, der hier oben große Mengen Drogen vertreibt. Laut William ist Hugo ziemlich clever. Stellt sich dumm, ist aber alles andere, wenn es darum geht, Drogengeschäfte zu organisieren und abzuwickeln.«

Viggo sagte nichts. *Hugo.* Warum kam ihm der Name bekannt vor?

»Wenn er derjenige ist, den wir suchen, verkauft er Drogen im Wert von mehreren Millionen. Tony ist natürlich außer sich vor Wut. Die Geschäfte des Syndikats laufen hier oben im Norden schlecht, und er musste die Preise senken. Die Dealer sind verzweifelt.«

»Dieser Hugo, heißt er zufällig mit Nachnamen Larsson?«, fragte Viggo.

»Kennst du ihn?«

Viggo stockte der Atem. »Der Typ, der Frida und Linn zum Haus am Nydalasee gefahren hat, hieß so. Vielleicht hat er sie.«

»Wir behalten Hugo im Auge. Schließlich will Tony seiner Dealerei ein Ende setzen, und sobald er alles weiß, was er wissen muss, schnappen wir uns Hugo.« Abbe warf einen Blick auf sein Handy, auf dem ständig neue Nachrichten eingingen.

»Das muss ich der Polizei melden«, sagte Viggo.

»Du kannst die Polizei noch nicht ins Spiel bringen«, sagte Abbe und starrte ihn an.

»Aber vielleicht hat er Frida!«, schrie Viggo und Speicheltröpfchen flogen aus seinem Mund.

»Warum sollte er das? Warum?«

Viggo schüttelte den Kopf. »Vielleicht ist er ein Vergewaltiger? Vielleicht steht er auf junge Mädchen? Vielleicht hat sie gesehen, wie Hugo einen Deal in dem Haus abgewickelt hat, und dann hat er sie getötet ... Frida wird sich gewehrt und um ihre Freiheit gekämpft haben, verstehst du? Da hat er sie vielleicht ...« Viggo brachte den Satz nicht zu Ende.

»Vertraust du mir?«, sagte Abbe und legte eine Hand auf Viggos Arm. »Vertraust du mir?«

Viggo nickte, brachte es jedoch nicht fertig, Abbe in die Augen zu sehen.

»Kannst du mir eine Chance geben, Hugo zu schnappen, bevor du zur Polizei gehst? Wir schnappen ihn uns, und ich verspreche dir, dass er mir erzählen wird, ob er etwas mit deiner Tochter gemacht hat. Vertrau mir. Wir kriegen es schneller aus ihm heraus als die Polizei. Okay?«

Viggo nickte.

»Ich muss jetzt los, Tony sucht mich wie ein Verrückter. Aber jetzt weißt du, dass wir Frida nicht entführt haben und dass Tony keine Ahnung hat, dass du hier wohnst. Mach mit der Information, was du willst, aber erwähne nie meinen Namen.«

»Ich möchte dabei sein, wenn ihr euch Hugo schnappt.«

Abbe schüttelte den Kopf. »Keine Chance. Du würdest ihn umbringen, bevor wir etwas Brauchbares aus ihm herausbekommen. Aber ich verspreche dir, dass ich herausfinden werde, ob er deine Tochter hat.«

36

Linn war gezwungen gewesen, das Haus zu verlassen und eine Runde zu joggen. Nur so konnte sie ihren Körper beruhigen. Kilometer um Kilometer versuchte sie, vor sich selbst davonzulaufen. Der Druck in der Brust hatte nachgelassen, aber die Schritte fielen ihr immer noch schwer, als würde sie mit Gewichten an den Füßen laufen.

Als sie in die Garageneinfahrt joggte, parkte ein Zivilfahrzeug der Polizei vor dem Haus. Die Polizisten saßen in der Küche, und ihre Mutter bot ihnen Kaffee und Zimtschnecken an.

Linn schlich ins Bad, ohne zu grüßen, aber sie würde nicht umhinkommen, sich den neuen Fragen zu stellen.

Sie spuckte lautlos in die Toilettenschüssel, wie sie es sich beigebracht hatte. Nachdem sie ihren Magen entleert hatte, war die Scham groß, doch die Erleichterung war größer. Als hätte sie sich aus einem Würgegriff befreit. Die Tage, an denen Frida verschwunden war, wurden immer mehr. Seit der Nachricht, die Linn von ihrer Freundin erhalten hatte, war es still. Frida war nicht zu erreichen.

Linn wischte den Speichel aus dem Mundwinkel und betätigte die Spülung. Streckte den Rücken. Schweiß drang ihr aus der Kopfhaut, es war anstrengend, das Essen aus dem Magen zu zwingen. Niemand, der sich nicht mit Absicht übergab, konnte das verstehen. Sie stellte sich vor den Spiegel und löste den Zopf, den sie sich gebunden hatte, um die Haare nicht vollzukotzen. Dann drehte sie den Wasserhahn auf, formte mit den Händen eine Schale, ließ Wasser hineinlaufen und spülte den Mund aus, um den schlechten Geschmack loszuwerden. Als sie noch jünger und Anfängerin war, hatte sie sich hinterher die Zähne geputzt, aber jetzt hatte sie nicht mehr die Energie dazu. Wenn sie sich auf der Schultoilette übergab, nahm sie danach ein Pfefferminzbonbon. Die kleine Blechdose verriet, welche anderen Mädchen in der Schule ebenfalls ihr Essen auskotzten.

Linn hatte der Polizei von Fridas Nachricht erzählt. Anschließend war Chaos ausgebrochen. Fridas Gesicht auf der Titelseite der Zeitung. Für Linn fühlte es sich an, als hätte die Realität ihr einen Faustschlag ins Gesicht verpasst. Sie musste ihr Handy ausschalten, weil alle mehr wissen wollten. Plötzlich war sie das gefragteste Mädchen in Umeå.

Früher hatte sie davon geträumt. Jetzt wollte sie nur noch ihre Ruhe.

Sie zog das nass geschwitzte Sport-T-Shirt zurecht, steckte sich eine Pastille in den Mund und verließ das Bad. Die Polizisten hatte sie bereits zweimal zuvor getroffen, einmal im Nydalahaus, als Frida verschwand, und das zweite Mal, nachdem Frida vierundzwanzig Stunden verschwunden war. Zu der Zeit hatte Linn sich eingeredet, dass Frida nur bei irgendeinem Jungen war. Jetzt sah es anders aus. Inzwischen hatte sie aufgehört, sich Fridas Abwesenheit schönzureden.

Als Linn die Küche betrat, schlug ihr Kaffeeduft entgegen. Ihre Mutter war gerade dabei, das schwarze Gift zu servieren. Beide Polizisten wollten ihren Kaffee mit Milch und nahmen sich je eine Zimtschnecke. Linn streckte die Hand nach dem Gebäck aus. Es war noch warm und gab unter dem leichten

Druck ihrer Finger nach. In einer Weile würde sie erneut ins Bad gehen. Jetzt, wo Frida fort war, tat sie dies öfter. Sie würde *skinny* werden.

»Du weißt, warum wir hier sind?«, sagte Per und ließ seine Zimtschnecke unangerührt auf dem Teller liegen.

Linn nickte.

»Danke, dass du uns so schnell über Fridas Nachricht informiert hast. Im Augenblick wird ein Sucheinsatz organisiert, aber wir müssen dir noch ein paar Fragen stellen.«

Linn nickte erneut.

»Es sind einige neue Informationen zu Frida aufgetaucht«, fuhr Per fort.

Linn brach ein Stück von der Zimtschnecke ab und sah den missbilligenden Blick ihrer Mutter. Sie überlegte, ob die Polizei Fridas Drogenversteck gefunden hatte, die Pillen, die sie für Anton vor dessen Tod versteckt hatte. Wollten sie ihr darüber Fragen stellen? Der Gedanke beunruhigte sie. Sie rutschte nervös auf dem Stuhl hin und her und legte das Gebäckstück zurück auf den Teller. Sie musterte die Polizeibeamten. Charlotte saß mit geradem Rücken da, Per breitbeinig. Es sah nicht so aus, als wollten sie Linn wegen irgendetwas bezichtigen.

»Hat Frida Alkohol getrunken?«, fragte Per.

Linn zögerte. »Ja, manchmal«, sagte sie vorsichtig.

»Nahm sie Drogen?«

»Nein, nie«, erwiderte Linn, ohne mit der Wimper zu zucken.

Per streckte den Rücken. Sein Blick fiel auf Camilla, dann auf Linn. »Wir sind nicht hier, um dich festzunehmen, aber wir benötigen mehr Informationen über Frida, um uns ein so vollständiges Bild wie möglich zu machen. Verstehst du das?«

»Okay«, sagte Linn. Sie fand, dass Per traurige Augen hatte.

Er trank einen Schluck Kaffee, ließ die Zimtschnecke jedoch weiterhin unangerührt. Ihre Mutter würde sauer werden, wenn keiner der Polizisten ihre heiligen Zimtschnecken probierte.

»Wir sind also gerade dabei, einen großen Sucheinsatz im 120-Wald in die Wege zu leiten«, sagte Charlotte. »Hat dieser Ort für Frida irgendeine Bedeutung?«

Linn blickte in Charlottes grüne Augen. »Wir sind manchmal dort hingegangen, als die Hundetagesstätte noch dort war. Aber die ist inzwischen umgezogen.«

»Was habt ihr dort gemacht? Bei der Hundetagesstätte, meine ich.«

»Wir haben uns die Hunde angeschaut, die am Nachmittag abgeholt wurden.«

Charlotte machte sich auf einem Block Notizen. »Habt ihr auch mit Hundebesitzern gesprochen?«

Linn versuchte, sich zu erinnern. »Nein, ich glaube nicht. Nur mit der Frau, der die Tagesstätte gehört. Sie ist nett.«

Charlotte schrieb weiter. »Frida und du, redet ihr manchmal über das Leben, wie es euch geht, eure innersten Gedanken?«

Linns Gedanken überschlugen sich. »Ja, natürlich. Sie konnte manchmal ein bisschen depri sein, aber wer ist das nicht?« Sie spielte ihre Bemerkung mit einem Lachen herunter.

»Was meinst du mit depri? Kannst du das näher erklären?«

»Ja, also, sie war manchmal niedergeschlagen und so. Aber in letzter Zeit war sie gut drauf, obwohl Antons Tod sie ziemlich mitgenommen hat. Sie glaubte, sie selbst würde nicht älter als zwanzig werden.«

Charlotte hörte auf zu schreiben und sah Linn an. »Weißt du, warum sie so etwas gesagt hat?«

»Nee. Vielleicht, weil ihr Vater von irgendwelchen Leuten verfolgt wird, oder so.«

Als niemand etwas sagte, wurde Linn konkreter. »Frida hat mir mal erzählt, ihr Vater hätte irgendwas gemacht, das die Familie gezwungen hat, oft umzuziehen, aber sie hat nicht gesagt, was.« Sie bekam Bauchschmerzen, weil sie das Gefühl hatte, Fridas Vertrauen zu verletzen, und senkte den Blick. »Alles war irgendwie verboten, sie kam sich vor wie in einem Gefängnis … Aber natürlich hat sie auf die Regeln gepfiffen, man kommt ja nicht um Instagram herum.«

Charlotte deutete auf Linns Handy, das Per zurück auf den Tisch gelegt hatte. »Ruf bitte ihr Instagram-Profil auf.«

Linn tat, wie ihr geheißen, und ging auf Fridas Konto mit dem Namen *Niemandsland*. Frida würde sie umbringen, wenn sie das wüsste, aber Linn fühlte sich erleichtert.

Der Polizist mit den traurigen Augen nahm das Handy wieder an sich und verschwand im Flur, um einen Anruf zu tätigen.

Linn griff nach dem Gebäckstück und steckte es sich in den Mund. Sie kaute langsam und bemühte sich, ihren Puls zu beruhigen. Ihr Herz schlug so heftig, dass man es unter dem T-Shirt sehen musste.

Charlotte nahm sich ebenfalls ihre Zimtschnecke, und sie kauten schweigend. Ihre Haare glänzten wie die von Anja. Linn hatte Lust, Polizistin zu werden, das war bestimmt ein cooler Job. Vielleicht sollte sie ihre Haare dunkel färben?

»Gibt es sonst noch etwas, was du uns gern erzählen würdest?«, fragte Charlotte. Linn schielte zu ihrer Mutter hinüber. Charlotte folgte ihrem Blick und sagte laut, sodass man es im Flur hören konnte: »Per, wolltest du nicht Camilla ein paar Fragen stellen? Wenn ihr euch im Wohnzimmer unterhaltet, können wir zwei Dinge auf einmal erledigen und müssen nicht länger als notwendig stören.«

Per kam zurück in die Küche. »Ja, klar. Camilla, würden Sie bitte mit mir kommen?«

Camilla blieb zunächst sitzen und warf Charlotte einen irritierten Blick zu, erhob sich aber letztendlich. Nachdem sie den Raum verlassen hatte, wandte die Polizistin sich wieder Linn zu. »Wolltest du noch etwas sagen?«

Linn presste die Lippen zusammen und überlegte, wie sie es am besten erklären konnte, ohne Frida zu schaden. Das war wichtig. Sie holte tief Atem und blickte in Richtung Wohnzimmer. »Frida hat Drogen genommen«, sagte sie leise. »Ziemlich oft. In letzter Zeit war sie ständig zugedröhnt, jedenfalls kam es mir so vor. Sie hat sie von einem Typen namens William bekommen.«

»Wir wissen, dass er gedealt hat«, sagte Charlotte. »Hat Frida die Drogen von ihm gekauft?«

Linn bekam heiße Wangen. Sie schüttelte den Kopf. »Er hat sie ihr einfach so gegeben. Woher wissen Sie, wer William ist?«

»Wir sind gut in unserem Job«, erwiderte die Polizistin.

»Wissen Sie auch, dass Frida eine Menge Drogen zu Hause in ihrem Schreibtisch versteckt hat?«

Charlotte sah aufrichtig erstaunt aus. »Wo in ihrem Schreibtisch?«

Linn seufzte und fummelte an ihrer Nagelhaut herum. »In der linken Schublade, ganz hinten. Aber jetzt sind sie weg.«

»Warum sind sie weg?«

»Er hat sie an sich genommen.«

»Wer?«, fragte Charlotte.

»Anton Ek. Der Junge, der sich das Leben genommen hat.«

Charlotte schrieb auf ihrem Block und wirkte nachdenklich. »Du bist Fridas beste Freundin. Hast du sie jemals dabei beobachtet, wie sie sich selbst verletzt hat? Also mit Absicht?«

Linn zuckte mit den Schultern und starrte auf die Tischkante. »Ich habe nie gesehen, wie sie es gemacht hat, aber sie hat Brandnarben am Bauch und an einem Oberschenkel.«

Charlotte nickte. »Weißt du, ob Frida bedroht oder erpresst wurde, angesichts der Tatsache, dass sie Drogen versteckt hat?«

Linn schüttelte den Kopf. »Nein, davon hat sie mir nichts gesagt. Die einzige Bedrohung, die sie erwähnt hat, war die Sache mit ihrem Vater, von der ich Ihnen erzählt habe.«

Charlotte nickte im selben Moment, als Camillas Stimme näher kam. »Danke, dass du mir das erzählt hast.« Sie gab Linn eine Visitenkarte, bevor ihre Mutter in der Küche erschien. »Ruf mich an, wenn dir noch etwas einfällt, okay?«

Linn antwortete nicht, nahm aber die Karte entgegen und steckte sie in die Hosentasche.

»So, das war dann wohl alles, wir sind hier fertig, oder?«, sagte Charlotte und sah Per an.

»Letztes Wochenende wurde bei uns eingebrochen«, sagte Linn laut. Sie wollte den Gedanken daran verdrängen, was für ein Klatschmaul sie war.

»Das haben wir der Polizei gemeldet«, warf ihre Mutter schnell ein. »Nichts wurde gestohlen. Ich glaube, Linn kam nach Hause und hat den Einbrecher verscheucht.«

Charlotte zog die Augenbrauen hoch. »Jemand war im Haus, als du nach Hause gekommen bist?«

»Ja, jemand ist durch die Balkontür rausgeschlichen.«

»Wann war das?«

»In derselben Nacht, als Frida verschwand.«

»Um wie viel Uhr?«

Linn atmete hörbar aus. »So gegen drei Uhr morgens vielleicht.«

»Hast du gesehen, wie die Person aussah?«

Linn schüttelte den Kopf. »Dunkle Jacke, Kapuzenpullover. Ich habe nur eine dunkle Gestalt gesehen, kein Gesicht oder so. Schwer zu beschreiben.«

»Hattest du den Eindruck, dass irgendetwas im Haus verändert war? Sah es so aus, als ob diese Person nach etwas gesucht hat?«

Linn kramte in ihrem Gedächtnis. »Nicht, dass ich wüsste. Ich bin in mein Zimmer und habe die Tür zugesperrt. Ich glaube nicht, dass etwas gefehlt hat.«

Per hatte sich in die Türöffnung gestellt und zog etwas unter dem Arm entlang. Als Linn sah, was es war, begriff sie. Ein Mädchen in ihrer Klasse hatte Diabetes. Vielleicht war das der Grund, warum der Mann diesen traurigen Hundeblick hatte.

»Wenn Sie uns bitte entschuldigen … meine Tochter muss jetzt ihre Hausaufgaben machen und wird keine weiteren Fragen mehr beantworten. Ich möchte, dass Sie gehen.« Camilla nahm die Tassen an sich – ein deutlicher Hinweis an die Polizisten, dass die Kaffeepause vorüber war.

Charlotte fasste Camilla ans Handgelenk und wollte etwas sagen, doch Camilla reagierte irritiert. »Was machen Sie da?«, sagte sie und zog die Hand weg.

»Entschuldigung«, sagte Charlotte. »Aber Sie haben ein sehr schönes Armband. Diese wunderschönen Pastellfarben! Woher haben Sie es?«

»Von mir«, sagte Linn. »Ich mache manchmal solche Armbänder.«

»Bist du nicht zu alt, um Armbänder mit Plastikfiguren zu basteln?«, sagte Charlotte und ließ ihren Blick auf Camillas Handgelenk ruhen.

Linn bekam heiße Wangen. Eigentlich war sie tatsächlich zu alt für so etwas, aber herumtüfteln und herumwerkeln war etwas, das sie tat, wenn in ihrem Hirn die Sicherung durchzubrennen drohte. »Ich habe eine ganze Menge davon hier zu Hause, falls Sie eins haben möchten.«

»Hast du nach dem Einbruch ein Armband vermisst?«, fragte Charlotte.

Linn verstand nicht, wieso das relevant war. Kein Einbrecher würde sich wohl für ihre billigen Armbänder interessieren. »Nein, ich hatte noch sieben übrig, und die liegen alle auf meinem Schreibtisch.«

Charlotte sagte nichts, aber ihr blasses Gesicht sah jetzt noch bleicher aus. Fast grau.

37

Abbe beobachtete, wie Hugo in sein Auto stieg, einen Volvo V70 älteren Baujahrs. Er hatte am Avion-Einkaufszentrum angehalten und etwa eine Viertelstunde dort verbracht. Die Tüte mit dem Logo der Einzelhandelskette Clas Ohlson verriet, wo er eingekauft hatte. Jetzt lenkte er seinen Wagen in Richtung Zentrum und die Tegsbron. Abbe hatte von Tony die Anweisung erhalten, Hugo Larsson irgendwie zur Hütte zu bringen. Das Versteck fühlte sich für Abbe jedes Mal, wenn er es betrat, wie ein finsteres Loch an. Er sehnte sich nach seinem eigenen Bett in Stockholm oder einem Hotelzimmer mit Heizung, Dusche und Minibar. Aber Tony und er konnten es sich nicht erlauben, sich an Orten sehen zu lassen, die möglicherweise bewacht waren oder Überwachungskameras hatten.

In der Hütte würden sie dafür sorgen, dass Hugo den Ernst der Lage begriff. Wollte er leben und Tony sämtliche Informationen preisgeben oder gierig sein und sterben? Das Problem für Abbe war, wie er Hugo über Frida ausfragen konnte, ohne dass Tony etwas merkte. Er musste es irgendwie hinbiegen, dass er mit Hugo allein sein konnte.

Um mehr über Frida zu erfahren, hatte Abbe seine Kontakte in der lokalen Unterwelt angerufen, denen er vertraute, aber niemand wusste etwas. Ihm war der Gedanke gekommen, dass

Viggos Tochter aus eigenem Willen verschwunden war und Selbstmord begangen hatte, aber er konnte sich nicht dazu bringen, dies seinem Kumpel zu sagen. Ein Mädchen, das seit drei Tagen vermisst wurde, würde man wohl nicht lebend wiederfinden. Falls jemand Frida entführt hatte, um sie zu verkaufen, würde sie erst wieder auftauchen, wenn sie total verbraucht war oder von irgendeinem kranken Arschloch irgendwo in Europa umgebracht wurde. Oder jemand hatte sie aus Eifersucht ermordet und die Leiche versteckt. In Umeå und Umgebung nach ihr zu suchen, würde lange dauern. Alle diese Alternativen waren schrecklich für Viggo, aber es gab noch eine weitere, und Abbe fuhr ihr jetzt auf der E4 hinterher. Zuvor war er Hugo ein paar Mal gefolgt, als dieser Zeitungen, aber auch braune gepolsterte Umschläge zugestellt hatte. Anscheinend nahm Hugo Drogenlieferungen in Umeå per Hand vor, während er die Ware, die im Rest des Landes verkauft wurde, verschickte, wenn er im Postverteilzentrum arbeitete. Abbe notierte sich jede lokale Adresse, auch dieses Mal. Hugo bog im Kreisverkehr rechts ab, in Richtung I20-Wald. Abbe sah die beleuchtete Stelle, bevor er all die Polizisten bemerkte.

Verdammt, suchen die hier nach Frida?, dachte er und blieb in einem kurzen Stau ein paar Fahrzeuge hinter Hugo stecken. Viele waren neugierig. Abbe setzte sich die Mütze auf und zog sie sich so tief wie möglich ins Gesicht, ohne seine Sicht zu behindern. *Scheiße!* Er konnte jetzt nicht wenden, damit würde er die Aufmerksamkeit der Polizei auf sich ziehen. Das Auto rollte langsam an den Absperrungen vorbei und durch ein Gittertor. Er wusste, dass sich in dieser Gegend eine alte Kaserne und eine Schule befanden. Warum suchten sie an diesem Ort nach Frida, und was wollte Hugo hier? Vielleicht war das Mädchen hier.

Hugo fuhr langsam weiter bis zu dem Parkplatz vor der Schule. Er hielt an, blieb jedoch im Wagen sitzen und ließ den Motor laufen. Abbe parkte ein Stück weiter. Eine Gruppe

Jugendlicher ging in zusammengekauerter Haltung, um sich vor der Kälte zu schützen, in Richtung Polizeiabsperrung. Abbe vermutete, dass sie dasselbe dachten wie er, nämlich dass man das Mädchen nicht hier draußen in diesem saukalten dunklen Wald finden würde. Im Schutz der abendlichen Dunkelheit beobachtete er den Mann, der vielleicht wusste, wo Frida sich befand. Hugo, der mit seiner Drogendealerei völlig unter dem Radar flog. Niemand verdächtigte ihn.

Der Bursche war ein unbeschriebenes Blatt.

Oder ein Genie.

38

Dass Per heute Morgen zur Arbeit gekommen war, grenzte an ein Wunder. Er hatte einen Großteil der Nacht wach gelegen, seine schlafende Frau beobachtet und an ihren blonden Haaren herumgespielt, die bald ausfallen würden. Mia standen weitere Untersuchungen und eine Operation bevor. Die Ärzte glaubten nicht, dass der Krebs sich bis zu den Lymphknoten ausgebreitet hatte, aber Genaueres würden erst die weiteren Untersuchungen zeigen.

Seltsamerweise hatte die Krebsdiagnose Mia ruhiger gemacht. Per war derjenige, der nachts wach lag, die Angst auf sich nahm und zuließ, dass sie von seinem Gemüt Besitz ergriff.

Er gähnte und lehnte sich an die Spüle im Pausenraum. Auf dem Polizeirevier herrschte ständige Betriebsamkeit. Man konnte keinen Unterschied zwischen Tag und Nacht erkennen.

Es fühlte sich an, als habe er Watte im Kopf und könne nicht klar denken. Er nannte es Hirnnebel. Seine Augen waren offen, aber er konnte nicht verarbeiten, was er sah. Geschweige denn einen konstruktiven Gedanken zustande bringen. Wie ein Besoffener.

Die Kaffeemaschine blubberte. Per sah den Tropfen zu, wie sie in die Kanne liefen. Schließlich riss Kennet ihn aus seinen Gedanken an den Krebs.

»Wie sind die Medien an diese Information gekommen?«, fragte der Chef und warf die Zeitung auf den Tisch.

Per blickte auf die Titelseite und das Foto von Frida, das sie alle am gestrigen Abend schockiert hatte. Das Foto sorgte dafür, dass Pers Blick wieder klar wurde und sein Verstand langsam hochfuhr, wie ein alter Computer aus den Neunzigerjahren. Mit dem Zeigefinger zog er die Zeitung zu sich heran. Frida lächelte in die Kamera, es war ein privates Foto, das an einem Sommertag aufgenommen worden war. In einer Hand hielt sie ein Eis, in der anderen ein rosa Mobiltelefon. Die Augen waren geschminkt und die Zähne weiß.

Per blätterte zu dem Artikel.

Kennet seufzte. »Die Presseabteilung behauptet, dass weder der Name noch das Foto von ihnen kommt. Was ich ihnen auch glaube, denn sie haben ja keinen größeren Einblick in diesen Fall bekommen. Schließlich gilt für Voruntersuchungen die Geheimhaltungspflicht.«

»Wie sind sie dann da rangekommen?«, fragte Per. »Wer gibt heimlich Fotos an die Presse weiter?« Er griff nach einer Kaffeetasse im Schrank. Das Polizeilogo auf dem Porzellan war verblasst.

»Ich weiß nicht, aber glaub mir, ich werde es herausfinden.«

Per wusste, dass sein Chef sich vollständig darüber im Klaren war, dass man die Presse nicht zwingen konnte, Quellen preiszugeben. Es war also nur ein leeres Versprechen. Als Per sich Kaffee einschenkte, verbreitete sich das Aroma im ganzen Raum. Er dachte an Ola Boman. Der war bestimmt stinksauer darüber, dass Fridas Name und Foto nach draußen gelangt waren. Für die Personenschutzabteilung war das ein Albtraum. Für Frida selbst war es vielleicht gar nicht so schlecht. Wahrscheinlich würden schon bald Hinweise aus der Öffentlichkeit eintrudeln, und das war viel wert.

Per machte sich auf den Weg zum Besprechungszimmer. Es war kurz vor halb sieben Uhr morgens und die Dunkelheit draußen hüllte den Korridor in nachtschwarze Finsternis. Er begegnete Tobbe Antonsson, der gerade sein Büro betrat. Tobbe war der Chef der Fahndungsgruppe, aber auf dem Polizeirevier nannte ihn jeder kurz und bündig den Fahndungsleiter. Er war derjenige, der für mehr Offenheit zwischen den Abteilungen eintrat. Das Problem war, dass alle ihre eigenen Interessen verfolgten und miteinander um ihren Platz in der Behördenhierarchie konkurrierten. Tobbe hatte eine Besprechung einberufen, um speziell dieses Problem anzusprechen, und Per war mit ihm vollkommen einer Meinung.

Als Tobbe das Licht in seinem Büro einschaltete, fiel ein Lichtschein hinaus in den Flur. Per steckte den Kopf durch die Tür, prostete dem Kollegen mit der Kaffeetasse zu und wollte gerade »Guten Morgen« sagen, hielt jedoch abrupt inne.

Hatte er richtig gesehen?

Per trat ein Stück weiter in das Büro und betrachtete das Foto auf dem Schreibtisch. Es befand sich kein Vermerk darauf, wo es aufgenommen worden war, aber jeder in Umeå kannte die Norrlandsoper. Das Foto zeigte zwei Gestalten. Eine davon war Abbe Ali, Tonys rechte Hand. Weiter weg im Hintergrund befand sich noch ein zweiter Mann, den Per ebenfalls erkannte und den Abbe zu beobachten schien. Hugo.

»Hallo«, sagte Tobbe und hängte seine Jacke weg. »Was verschafft mir die Ehre so früh an diesem Mittwochmorgen?«

Per hielt das Foto hoch und räusperte sich. »Wieso observiert ihr Hugo Larsson und Abbe Ali?«

Tobbe setzte sich, und sein Stuhl knarzte. Er beugte sich über den Schreibtisch. Seine Augen waren eisblau wie die eines

Wolfs oder des Eishockeyspielers Peter Forsberg und veranlassten Per, seinem Blick auszuweichen.

»Wir arbeiten mit der SOK-Gruppe zusammen. Wir wurden auf Abbe aufmerksam, als wir diesen Mann observierten.«

»Und wieso interessiert ihr euch für Hugo Larsson?«, fragte Per.

»Er ist Briefträger, aber wir verdächtigen ihn, dass er Drogen liefert, wenn er Zeitungen austrägt.« Nach einer Pause fuhr Tobbe fort: »Wir wissen nicht, warum Abbe und das Syndikat hinter Hugo her sind, aber man kann nur vermuten, dass es um Drogen geht. Heute Nacht haben mir meine Jungs berichtet, dass Abbe sich in einer verlassenen Hütte in Vännäs aufhält. Sieh dir das an.« Tobbe gab Per ein neues Foto.

Per drehte es um und sah auf der Rückseite eine mit Bleistift geschriebene Adresse. Sein Herz schlug einen Takt schneller. Wenn Tony sich dort befand, mussten sie umgehend hinfahren.

»Verdammt, du und ich, wir müssen besser zusammenarbeiten, das hier ist echt eine Schlamperei!« Per konnte seine Irritation nicht zurückhalten.

»Glaub mir, nichts wäre mir lieber als das. Ich hatte vor, euch bei eurer Besprechung heute Morgen darüber Bescheid zu sagen. Ich weiß, dass ihr Tony sucht, aber ihr müsst euch mit der SOK-Gruppe absprechen, wenn ihr das im Rahmen eurer Ermittlungen weiterverfolgen wollt. Nur, damit ihr euch nicht gegenseitig in die Quere kommt.«

Per hatte für diese neuen Buchstabenkürzel nicht viel übrig, auch wenn besagte SOK-Gruppe bereits vor der Umorganisation der schwedischen Polizei entstanden war. Als die Drogendezernate landesweit abgeschafft wurden, landete die Verantwortung für Drogen zum Teil in der Abteilung für Schwere und Organisierte Kriminalität. Eine beschissene Idee, wie Per fand. Er war schon immer der Ansicht gewesen, dass die Bekämpfung des Drogenhandels eine eigene Abteilung erforderte, um wirksam zu sein. In Umeå arbeitete die SOK-Gruppe mit der Fahndungsgruppe zusammen.

»Wie seid ihr überhaupt auf Hugo aufmerksam geworden?«, fragte Per. »Er ist Briefträger und arbeitet nebenher für ein Inneneinrichtungsgeschäft. Okay, er hat Frida und ihre Freundin in der Nacht, als sie verschwand, zu dem Haus gefahren, aber sonst gibt es nichts. Er hat keinerlei Vorstrafen.«

»Wir wissen, dass landesweit große Mengen an Drogen verkauft werden, die aus Umeå und Umgebung stammen. Die SOK-Gruppe hatte bei ihren Ermittlungen einen Durchbruch.«

Per war mit der Antwort nicht zufrieden. »Ja, aber was hat euch dazu bewogen, Hugo ins Visier zu nehmen?«

»In letzter Zeit hat sich dieses Zeug hier in Umeå verbreitet. Mehrere Jugendliche sind mit derselben Substanz im Blut in der Notaufnahme gelandet.« Tobbe deutete auf ein Foto mit Pillen. »Das hier sind zwei als Narkotika klassifizierte Medikamente, die extrem gefährlich sind. Dolcontin und Tramadol. Wir haben den Verdacht, dass Hugo damit Handel treibt.«

Per seufzte laut. »Diese Pillen sind auch bei unseren Ermittlungen aufgetaucht. Dolcontin ist ja verdammt noch mal ein Morphinpräparat, das unter unseren Jugendlichen in Umlauf ist. Wir haben das Zeug in Unni Olofssons Wohnung gefunden. Aber was weißt du noch?«

»Wir haben über die Internetwache einen Hinweis erhalten, dass Hugo Larsson diese Drogen an Jugendliche verkauft. Die Meldung wurde aufgezeichnet, aber wie immer hat es eine Weile gedauert, bis jemand sich darum gekümmert hat. Die Information wurde dann als hinreichend interessant eingestuft und landete auf unserem Schreibtisch. Wir haben sie an die SOK-Gruppe weitergeleitet. Aber wie gesagt, wir haben mit der Observierung erst begonnen.«

»Wer hat den Hinweis hinterlassen?«, fragte Per.

Tobbe fuhr seinen Computer hoch, gab einen Befehl ein und bewegte die Maus über die Tischplatte. »Schauen wir mal … Der Beamte, der den Hinweis entgegennahm, schrieb einen Vermerk, dass der Hinweisgeber anonym war. Aber da es sich um ein schweres Verbrechen handelte, wurde die IP-Adresse nachverfolgt. Mal sehen … Augenblick … Hier steht, dass die IP-Adresse zu einer Apotheke in der Kungsgatan 65A gehört. Das muss die Utopia-Apotheke sein.«

»Verdammt! Dort hat doch Unni Olofsson gearbeitet!«, rief Per und eilte zum Besprechungszimmer.

39

Linn saß mit ihrem Mobiltelefon in der Hand da. Die Polizei war mit der Überprüfung des Geräts fertig und hatte den Sendemast lokalisiert, in dessen Nähe Frida sich aufgehalten hatte, als sie das Foto geschickt hatte. Der Ort befand sich weit von dem, wo man Frida zuletzt gesehen hatte. Jetzt würde Missing People bald mit der Suche im Gebiet des I20-Waldes beginnen. Es war Mittwoch, und inzwischen waren seit Fridas Verschwinden vier Tage vergangen. Die wildesten Gedanken schwirrten in Linns Kopf herum, aber sie hatte keinen, mit dem sie reden konnte. Ihr wurde bewusst, wie einsam sie war, jetzt, wo Frida verschwunden war. Außer ihr hatte sie niemanden. Manchmal führte sie Gespräche mit Frida, als wäre ihre Freundin anwesend. Da sie wusste, was Frida erwidern würde, gab sie sich deren Antworten selbst. Manchmal kam es ihr vor, als würde sie unter einer Flutwelle der Verzweiflung über den Verlust der Freundin ertrinken. Jedes Mal, wenn sie ihre Joggingrunde drehte, musste sie gegen das Gefühl ankämpfen, vor ihrem eigenen Ende davonzulaufen.

Eigentlich sollte sie zur Schule gehen, aber sie packte es nicht mehr. Anstatt ihrer Schulpflicht nachzukommen, hatte sie beobachtet, wie die Polizei das I20-Gebiet absperrte. Überall wimmelte es von Polizisten und Personen in gelben Westen. So viel hektische Betriebsamkeit, aber dennoch eine seltsame Stille.

Linn stand an dem Ort, wo sie und Frida immer abhingen, wenn sie nichts zu tun hatten. Dort, wo sich früher das Veranstaltungszentrum des Elektrizitätswerks befunden hatte. Jetzt stand dort ein großes, neu errichtetes Bürogebäude. Sie hielt sich am Eingang auf, der ordentlich beleuchtet, aber geschlossen war.

Ihr Blick wanderte hinüber zur Sporthalle und weiter zur Leichtathletikarena mit dem schneebedeckten Fußballplatz. Sie dachte an die unzähligen Male, wo sie und Frida dort Schnee-Engel gemacht hatten. Der Rekord lag bei fünfundvierzig, der ganze Fußballplatz war voll davon gewesen. Sie lächelte bei der Erinnerung. Dann blickte sie sich um und sah den großen Kiesplatz, auf dem im Sommer der Zirkus gastierte. Jetzt diente er als Sammelplatz für die Teilnehmer der Suchaktion von Missing People.

Das I20-Gebiet war ein Ort, wo viele Menschen Sport trieben. Außerdem gab es hier Schulen und einige Geschäfte, aber auch viel Wald. Was hatte Frida dort gemacht?

Linn blickte zu der Stelle, wo sich die Hundetagesstätte befunden hatte. Inzwischen hatte man dort ebenfalls neu gebaut. Nur noch Teile des wackeligen weißen Lattenzauns waren übrig. Sowohl Frida als auch Linn hatten davon geträumt, irgendwann einen Hund zu besitzen. Sie dachte an die Tage, an denen sie nach der Schule hierhergekommen waren, um die süßen Fellnasen anzuschauen. Vor allem, wenn es draußen warm war. Sie hatten sich auf den Parkplatz vor dem weißen Zaun gesetzt und es genossen, wenn die Besitzer am Nachmittag ihre Tiere abgeholt hatten. Einmal war Frida in das Haus gegangen und hatte so getan, als wäre sie Hundebesitzerin, nur um zu sehen, wie es dadrinnen aussah. Nachdem eine junge Frau sie herumgeführt hatte, war sie mit einem breiten Lächeln wieder herausgekommen.

Ich vermisse dich hier, schrieb sie und schickte die Nachricht an Frida, zusammen mit einem Foto von dem Ort, wo einst die Hundetagesstätte gewesen war. Tief im Inneren wusste sie, dass keine Antwort kommen würde, aber sie sah es als notwendig an, von sich hören zu lassen. Für den Fall, dass … Linn weigerte sich, die Hoffnung aufzugeben.

Ihr Körper knisterte, als stünde er unter Strom. Linn wachte jeden Morgen ohne dieses Knistern auf, nur um eine Sekunde später der Realität ins Auge zu sehen. Just dieser Augenblick, bevor sie vollständig wach wurde und die Wirklichkeit zuschlug, war der beste Moment des Tages. Danach setzte das Herzrasen ein.

Die ganze Stadt befand sich im Großeinsatz. Alle suchten nach Frida und hatten ihre eigenen Theorien, was mit Linns Freundin geschehen war. Die Zeitungen zeigten Fotos von Frida, auf denen sie in die Kamera lächelte. Die Polizei gab bekannt, dass Frida spurlos verschwunden war. Nicht eine einzige Überwachungskamera hatte sie gefilmt, und niemand hatte gesehen, wie sie in jener Nacht das Haus am Nydalasee verlassen hatte. Was zum Teufel machte sie in einem Wald? Linn konnte sich keinen Reim darauf machen. Die Polizei hatte bereits rund um den Nydalasee gesucht, und jetzt würde Missing People bei der Suche helfen. Linn erteilte sich selbst den Befehl, zu einem der Sammelplätze zu gehen, doch ihr Körper scherte sich nicht darum, was ihr Verstand ihr sagte. Sie hörte eine innere Stimme schreien, aber es war nicht ihre. Sie konnte es sich nicht erklären. Stattdessen entfernte sie sich von dem Ort, an dem sich bald ein Suchtrupp versammeln würde, und ging in Richtung Radweg.

Das einzig Positive an dieser Scheiße war, dass ihre Mutter aufgehört hatte, auf Instagram zu posten. Keine gefakten Fotos mehr, keine Perfektionsansprüche, keine Schelte wegen ihres Gewichts. Nur Ruhe.

Linn zog sich die Strickmütze tiefer über die Ohren. Zum ersten Mal in diesem Winter trug sie eine Thermohose. Obwohl es draußen saukalt war, fror sie nicht. Sie wischte mit der Hand über ihre laufende Nase und blieb hinter einem parkenden Auto stehen, das von Neuschnee bedeckt war. Mit dem Zeigefinger schrieb sie *Frida* in den Schnee auf der Heckscheibe.

Linn hatte sich der Polizei gegenüber kooperativ verhalten, sämtliche Fragen beantwortet und nichts verheimlicht. Was, wenn Anton jemand anderem erzählt hatte, dass Frida bei sich zu Hause Drogen versteckte? Jemandem, der sie sich unter den Nagel reißen wollte?

Linn drehte sich um. Das Gefühl, beobachtet zu werden, war wieder da. Ihr Herz schlug schneller, sie horchte, ob Schritte sich näherten, blickte sich nach allen Seiten um und stellte fest, dass sie ganz allein auf einem dunklen Platz stand.

Sie rannte los, dorthin, wo sich andere Menschen befanden.

40

Charlotte sah, wie Per mit verbissener Miene das Besprechungszimmer betrat. *Was ist passiert?*, dachte sie, als Kicki dieselbe Frage laut stellte. Per erwiderte, dass sie es gleich erfahren würden. Es war Zeit, dass sie die neuesten Ereignisse durchgingen und alle, die mit den verschiedenen Ermittlungen beschäftigt waren, auf den neuesten Stand brachten.

Charlotte hatte sich eine Tasse Tee geholt und hielt die Hände um das warme Porzellan. Sie hatte eine schlimme Nacht hinter sich. Tonys Anwesenheit in der Stadt sorgte dafür, dass sie gegen sämtliche Dienstvorschriften verstieß und ihre Dienstwaffe in der Nachttischschublade aufbewahrte, während sie schlief. Außerdem hatte sie Anja gebeten, in Stockholm zu bleiben, solange Tony sich in Umeå aufhielt.

Per fuhr sich mit der Hand durch die dichten Haare und schob sie sich aus der Stirn, doch eine Locke fiel wieder herab und landete über einem Auge. »So, es gibt einiges zu besprechen, liebe Kollegen«, sagte er und stellte sich neben Unnis Foto auf dem Whiteboard. »Wir müssen Hugo Larsson festnehmen. Soeben habe ich von Tobbe von der Fahndungsgruppe erfahren, dass er große Mengen Drogen verkauft. Tobbe hat mir gesagt, sie seien auf Hugo durch einen Hinweis an die Internetwache aufmerksam geworden.«

»Was für ein Hinweis?«, fragte Charlotte. Diese Information war ihr neu.

»Dass Hugo für hohe Summen als Narkotika klassifizierte Medikamente verkauft. Die SOK und die Fahndungsgruppe halten ihn für den Hauptdrahtzieher. Sie wissen, dass er Drogenlieferungen durchführt, wenn er die Post austrägt. Im Moment stehen sie mit ihren Ermittlungen erst am Anfang, aber …«

Per legte eine Pause ein. Alle im Raum waren vollkommen still.

»… der Hinweis kam von einer Person, die wir kennen, nämlich Unni Olofsson. Sie hat ihn vor ein paar Wochen vom Computer in der Apotheke abgeschickt, zu einem Zeitpunkt, als sie allein Dienst hatte. Wir gehen daher davon aus, dass die Nachricht von ihr kam, aber das müssen wir noch bestätigen.«

Charlotte stellte die Teetasse weg und stützte beide Ellenbogen auf die Tischplatte. Sie hörte Per konzentriert zu, als dieser fortfuhr.

»Was den Mord an Unni angeht, verlagert sich unser Fokus darauf, herauszufinden, was sie über Hugo Larsson wusste, das sie dazu bewog, der Polizei einen Hinweis zu geben. Das gibt Hugo ein Motiv, sie umzubringen. Vielleicht hat sie ihm gedroht, ihn auffliegen zu lassen? Auch William, der Dealer, hat gedroht, Unni zu töten, weil sie ihm unbequeme Fragen gestellt hat. Eine Zeugin an der Universität hat uns berichtet, dass William einmal gegenüber Unni aggressiv wurde. Angeblich habe er sie angeschrien, sie solle aufhören, ihre Nase in Dinge zu stecken, die sie nichts angehen, sonst würde er sie umbringen. William und Hugo dealen beide mit Drogen und könnten daher Unni zusammen ermordet haben. Wir haben zwei DNS-Treffer vom Tatort.«

Charlotte zog die Augenbrauen hoch. Sie schienen auf der richtigen Spur zu sein.

»Außerdem gibt es neben der Polizei noch jemanden, der Hugo im Visier hat. Der Fahndungsgruppe ist aufgefallen, dass Abbe Ali, Tony Israelssons Handlanger, Hugo offenbar beschattet. Warum sollte sich das Syndikat für ihn interessieren, wenn es nichts mit Drogen zu tun hat?«

»Klar geht es darum«, sagte Charlotte und versuchte, ihre Gedanken zu ordnen. »Wir haben ja mit Hugo im Zusammenhang mit Fridas Verschwinden gesprochen, weil er die Mädchen zum Nydalahaus gefahren hat.« Sie dachte an das kurze Gespräch mit Hugo und daran, wie kooperativ er sich gegenüber der Polizei verhalten hatte. Er hatte ein Alibi, da er zum Zeitpunkt von Fridas Verschwinden bei Camilla gewesen war. Sie hatte es bestätigt.

»William hat nach allen Seiten Drogen verkauft«, sagte Kicki und stand auf. Ihr bohemeartiger Pullover hing ihr lose am Körper, und die massiven Stiefel sahen aus wie die einer Punkerin. »Nehmen wir mal an, er hat sie von Hugo bezogen. Das muss Tony geärgert haben, woraufhin er William getötet hat. Die Misshandlungen, die dem Mord vorausgingen, deuten darauf hin. Vielleicht hat Tony aus William herausgeprügelt, woher er seine Drogen hatte, also von Hugo, und deshalb ist das Syndikat jetzt hinter ihm her.« Kicki setzte sich wieder.

Charlotte war mit Kicki auf einer Linie. »Und Fridas Verschwinden muss irgendwie mit alledem zusammenhängen. Schließlich war sie Williams Freundin. Außerdem haben wir eine neue Information von Linn erhalten. Sie hat uns erzählt, Frida habe in ihrem Schreibtisch eine ziemlich große Menge Drogen für Anton Ek versteckt. Das ist der Junge, der Selbstmord begangen hat.«

»Wir haben in Fridas Zimmer keine Drogen gefunden«, rief Kicki dazwischen.

Charlotte lächelte sie an. »Wenn du mich bitte ausreden lässt … ich wollte gerade sagen, dass wir zwar keine Drogen bei ihr gefunden haben, was jedoch nur bedeutet, dass uns jemand zuvorkam und sie an sich genommen hat. Jemand, der wusste, dass sie sich dort befanden. Fridas Verschwinden kann ebenfalls mit Drogen zu tun haben.«

»Hat Hugo Larsson auch zum Haus der Malks Zugang?«, fragte Kicki. Es klapperte auf dem Tisch, als sie ihren von oben bis unten mit Metallarmbändern behängten Arm bewegte.

»Wir müssen Hugo Larsson zu dem Mord an Unni vernehmen«, stellte Per fest. »Und wir müssen an ihm einen DNS-Test durchführen. Kontaktiert die Staatsanwaltschaft und findet heraus, wo Hugo sich aufhält, aber stimmt euch mit der SOK-Gruppe ab, damit sie wissen, was los ist und warum. Fragt auch bei Carola nach, ob die DNS von William mit einer der zwei Spuren übereinstimmt, die wir bei Unni gefunden haben. Ich wette, sie haben es gemeinsam getan.«

Charlotte stand auf und legte die Hände auf die Taille, aber Per war noch nicht fertig.

»Was Fridas Verschwinden angeht, gibt es für uns noch mehr zu tun. Viggo, Fridas Vater, glaubt nicht mehr, dass Tony seine Tochter entführt hat. Er will nicht sagen, warum, aber er hat es Ola Boman vom Personenschutz am Telefon erzählt und war sich ›hundertprozentig sicher‹.«

»Aber wir können Tony nicht einfach aus der Liste der Verdächtigen streichen«, wandte Kicki ein. »Was, wenn Viggo das nur sagt, weil er bedroht wird?«

»In diesem Punkt stimme ich mit Kicki überein«, sagte Charlotte.

»Das tue ich natürlich auch«, sagte Per und klang irritiert. »Ola hat Viggo vernommen, schließlich wohnt der im Augenblick in einer geschützten Unterkunft. Seiner Einschätzung zufolge wird Viggo nicht von Tony bedroht. Trotzdem ermitteln wir weiterhin in alle Richtungen und schließen nichts aus. Wir werden Tony und Abbe sowieso wegen Mordes an William festnehmen. Aber wir müssen bei unserer Ermittlung breiter denken.« Per klang bestimmt und stieß im Raum auf Zustimmung. »Wir vermuten, dass Tony anlässlich des zunehmenden Drogenverkaufs hier in Umeå ist«, fuhr er fort. »Zum jetzigen Zeitpunkt deutet nichts darauf hin, dass er weiß, dass Viggo mit seiner Familie hier wohnt.«

»Hugo ist also unser Hauptverdächtiger in diesem Durcheinander?«, sagte Charlotte und sog die Luft ein.

»Er hat Frida zu dem Haus gefahren und er handelt mit Drogen, die sie häufig genommen hat. Wir haben allerdings sein Alibi überprüft, und seine Angaben stimmen.«

»Was hat er genau angegeben?«, fragte Anna. Sie sah ungewöhnlich müde aus. Keine rosigen Wangen, keine Sportklamotten.

»Dass er unmittelbar nachdem er die Mädchen zu dem Haus gebracht hat, zurück zu Camilla gefahren ist. Also gegen neunzehn Uhr dreißig. Das haben uns Camilla und ein weiterer Zeuge bestätigt, der Hugos Postauto an der Adresse gesehen hat.«

Per schrieb die Ziffer vier über Fridas Foto auf das Whiteboard, was für vier Tage vermisst stand, und wandte sich an das Team. »In diesem Augenblick läuft eine große Suchaktion im I20-Wald. Was wissen wir über Fridas Vorhaben, bevor sie verschwunden ist?«

Anna ergriff das Wort. »Wir sind sämtliche Überwachungskameras in ganz Umeå durchgegangen, ohne Ergebnis. Sie ist auf keiner zu sehen. Ihr Handy war seit dem Tag ihres Verschwindens nicht aktiv, abgesehen von der Nachricht, die sie an Linn geschickt hat. Da gab es vorübergehend eine Verbindung, die genauso schnell wieder beendet wurde. Aber dass ihr Mobiltelefon zwischendurch wieder angeschaltet war, macht uns Hoffnung.«

»Natürlich nur, wenn nicht jemand anders ihr Telefon hat«, warf Charlotte ein.

Anna nickte zustimmend und fuhr fort. »Wie wir aus Vernehmungen von Personen aus Fridas Umfeld wissen, war sie an besagtem Abend bei ihrer Freundin Linn Mattson, bevor Hugo Larsson die beiden Mädchen in seinem Postauto zum Haus am Nydalasee fuhr. Er setzte sie dort gegen neunzehn Uhr fünfzehn ab und kehrte anschließend zu Camilla zurück, um zu arbeiten. Dies wurde von ihr bestätigt, aber auch von einem Zeugen, der gesehen hat, wie Hugo zu dem angegebenen Zeitpunkt ins Haus ging. Sein Auto parkte dort etwa zwei Stunden, dann fuhr Hugo nach Hause. Eine Frau, die mit ihrem Hund draußen war, als Hugo nach Hause kam und sein Auto abstellte, hat dies bestätigt.«

»Aber wenn er unser Hauptverdächtiger im Mordfall Unni Olofsson ist, können wir ihn nicht einfach im Hinblick auf Frida abtun«, wandte Kicki ein.

»Das tun wir auch nicht«, sagte Per. »Aber im Augenblick haben wir nichts, was darauf hindeutet, dass er Frida etwas angetan hat.«

Charlotte griff nach der Teetasse auf dem Tisch, trank einen Schluck und stellte sie wieder weg. Der Tee war inzwischen lauwarm geworden.

»Wie wir wissen, hatte Frida eine Art Beziehung mit William«, sagte Anna. »Handyvideos, die an jenem Abend aufgenommen wurden, zeigen, dass die beiden auf der Party ziemlich wild miteinander herumgeknutscht haben. Ihre Freundin Linn hat Frida zuletzt gegen halb neun in dem Haus gesehen. Das ist unser letztes Lebenszeichen von dem Mädchen. Zu dem Zeitpunkt war sie ziemlich alkoholisiert und stand unter Einfluss irgendwelcher Drogen. Sie sagte zu Linn, sie würde zu

William nach Hause fahren, mit einem von dessen Freunden. Wer das war, wusste Linn nicht. Da haben wir also eine Lücke und ein Fragezeichen.«

»Wann wurde William zuletzt gesehen?«, fragte Kicki.

»Ein Taxifahrer brachte ihn zu seiner Adresse und setzte ihn dort um ein Uhr sechsundfünfzig ab«, sagte Per. »Frida war zu dem Zeitpunkt nicht bei ihm. Danach hat ihn niemand gesehen, bis wir ihn auf dem Universitätsgelände gefunden haben. Wir vermuten, dass der Täter zu Hause auf ihn gewartet hat. Das heißt, Tony Israelsson oder einer seiner Leute.«

»Wir wissen also, dass Frida nicht mit ihm zusammen war, als er verschwand?«, sagte Anna und notierte etwas auf einem Blatt Papier.

»Das ist richtig«, sagte Per. »Wenn sie sich nicht bereits bei ihm zu Hause befand.«

»Aber wo ist sie? Wer hat sie?« Charlotte deutete mit beiden Armen auf Fridas Foto auf dem Whiteboard. Das lächelnde Mädchen erinnerte sie an Anja. Sie konnte sich nicht auch nur annähernd vorstellen, was Fridas Eltern gerade durchmachten. Das Erste, was sie standardmäßig überprüft hatten, waren deren Aktivitäten an jenem Abend, aber auch das hatte nichts Verdächtiges ergeben.

Per seufzte laut. Die Besprechung hatte zu lange gedauert. Die Kollegen wirkten rastlos und wollten endlich anfangen zu arbeiten.

»Okay, hört alle mal zu. Hier ist unser nächster Schritt. Wir müssen herausfinden, ob Unni mehr wusste als das, was in ihrem Hinweis an die Polizei enthalten war. Tut euch mit den Kollegen in der IT-Forensik zusammen, die müssten inzwischen mit Unnis Computer fertig sein. Wir planen einen Einsatz, um Hugo festzunehmen. Außerdem werden wir das ganze verdammte Syndikat hochnehmen, das sich hier oben versteckt. Die Fahndungsgruppe weiß, wo die Burschen sich aufhalten, sie sind in einer Hütte irgendwo in Vännäs. Und dann werden wir sehen, was die Suche im I20-Gebiet ergibt.«

Das Team machte sich bereit, das Besprechungszimmer zu verlassen, doch Kicki hob die Hand.

»Ja?«, sagte Per.

»Erinnert ihr euch, dass bei William eine Zahlenkombination gefunden wurde? Die ist für ein sogenanntes Bitcoinwallet, oder besser gesagt so eine Art privater Schlüssel, der einem die Möglichkeit gibt, mit Kryptowährung zu bezahlen. Besagtes Wallet liegt auf einer Seite, die sich Blockchain nennt, und die Zahlenkombination, die wir bei William gefunden haben, war das Passwort. Es ist ziemlich lang, nichts, was sich ein normaler Mensch merken kann. Wenn man sein Passwort verliert oder vergisst, sind die Bitcoins in dem Wallet für immer weg. Es funktioniert also nicht wie ein normales Bankkonto, wo man das Geld nachverfolgen kann. In diesem Fall lag der Wert bei ungefähr fünfhunderttausend Kronen. Jemand wird jetzt wohl mächtig schwitzen.«

»Ich habe ungefähr die Hälfte von dem verstanden, was du uns gerade erzählt hast«, sagte Charlotte. Mehrere andere nickten zustimmend, Per eingeschlossen.

»Wem gehört dieses Wallet?«, fragte Per.

»Da tappen wir nach wie vor im Dunkeln«, erwiderte Kicki. »Wir werden es wohl nie herausfinden.«

»Werden Bitcoins nicht dazu verwendet, um Dinge im Darknet zu kaufen?«, fragte Charlotte.

»Ja, unter anderem.«

»Aber mit alternativen Zahlungsmitteln einzukaufen ist ja nicht illegal«, sagte Charlotte.

»Nein, aber es ist nun mal so, dass diese Zahlungsmethode zu Geldwäsche und anderen kriminellen Geschäften einlädt, da sämtliche Transaktionen vollkommen anonym ablaufen.

Anders als bei Banken kann man sie nicht zu einer bestimmten Person zurückverfolgen.«

Kicki klopfte mit ihrem Kugelschreiber auf die Tischplatte, während sie sprach. »Ich stelle jetzt nur eine Theorie auf, aber unser Zocker Viggo hier«, sagte sie und deutete mit dem Kugelschreiber auf Viggos Foto. »Jemand, der Online-Poker spielt, müsste eine Menge Bitcoins zum Zocken haben. Ein Freund von mir spielt Poker im Darknet, und da werden nur Bitcoins verwendet.«

Stille im Raum.

»Prüft nach, ob Viggo solche … Bitcoins vermisst«, sagte Per schließlich. »Und falls William an Viggos Bitcoins gelangt ist, was bedeutet das für unsere Ermittlung?«

»Das gibt Viggo ein Motiv, William zu töten«, sagte Kicki.

Alle im Raum hielten mitten in ihren Bewegungen inne.

»Geld ist immer ein Motiv«, sagte Per. »Aber als William ermordet wurde, befand Viggo sich an einem geheimen Ort in unserem Gewahrsam.«

Kicki blickte spürbar irritiert drein, als ihre Theorie zunichtegemacht wurde.

»Aber das kann bedeuten, dass William Frida unter Druck gesetzt hat, an das Wallet ihres Vaters heranzukommen«, gab Charlotte zu bedenken. »Vielleicht hat Frida ihm daraufhin gedroht, zur Polizei zu gehen. Möglicherweise hat William sie getötet, bevor er selbst einem Mord zum Opfer fiel.«

Per sah Charlotte an und schnippte mit den Fingern. »Gut, dem müssen wir nachgehen«, sagte er und deutete auf Anna.

Die Kollegin nickte. »Wir haben jedoch keine Leiche, die diese Hypothese stützt.«

»Genau«, sagte Per. »Wir haben das Haus am Nydalasee und die Umgebung am Tag nach Fridas Verschwinden durchsucht, aber unsere Suche galt Frida, nicht einem Tatort, an dem ein Mord verübt wurde. Schick die Kriminaltechniker dorthin und schau, ob die etwas finden können.«

»Aber wenn William Frida am Samstagabend im Haus getötet hat, wie hat er es dann geschafft, die Leiche wegzuschaffen, ohne dass jemand es gesehen hat?«, fragte Anna.

41

Die schwere Weste, die sie vor eventuellen Schüssen bei einer Konfrontation schützen sollte, drückte auf Charlottes Schultern. Ihre Skoliose fühlte sich schlimmer an, als das Gewicht die Wirbelsäule zusammenpresste. Es war stets ein und dieselbe Stelle, wo es am meisten wehtat. Ihr Arzt meinte, dass dort die Wirbelsäule am meisten gekrümmt war, wie ein lang gezogenes S.

Als der Fahrstuhl *pling* machte und die Türen aufglitten, schlug ihr ein Geruch nach Beton und Gummi entgegen. Die Tiefgarage des Polizeireviers. Zwei Teams waren unterwegs. Team eins würde Tony und Abbe in Vännäs festnehmen, während Team zwei, bestehend aus ihr und Per, sich um Hugo kümmern würde. Sie hatten ihn bei einer Tankstelle nördlich der Stadt lokalisiert. Zu ihrer Unterstützung hatten sie die Nationalen Einsatzkräfte und die Fahndungsgruppe.

Die SOK-Gruppe war über die Aktion gegen Tony nicht erfreut, da sie mehr Beweise zu seinem Drogenschmuggel sammeln wollten. Aber er war Pers und Charlottes einzige Möglichkeit, mit der Ermittlung zu den Morden an Unni und William voranzukommen.

»Hoffentlich bekommen wir bald ein Ergebnis zu Hugos DNS«, sagte Charlotte. »Wenn sie mit der in der Wohnung übereinstimmt, haben wir ihn.«

Per nickte und sah auf seine Uhr. »Team eins ist gleich bei der Hütte in Vännäs.«

»Mich beunruhigt, dass wir nicht herausgefunden haben, wo William ermordet wurde«, sagte Charlotte. »Ohne einen Tatort können wir weder Abbe noch Tony mit dem Verbrechen in Verbindung bringen. Kein Staatsanwalt wird ohne konkrete Beweise Anklage erheben.«

»Aber wir müssen sie schnappen, bevor das Pack wieder nach Stockholm verschwindet«, sagte Per.

»Vielleicht wurde William in der Hütte getötet«, sagte Charlotte. Sie zog die Waffe aus dem Holster, fuhr mit der Hand über die glatte Oberfläche und empfand dabei ein Gefühl von Sicherheit. Der anonyme Anruf, den sie neulich erhalten hatte, als Anja zu Besuch war, ließ vermuten, dass Tony vielleicht wusste, dass sein ehemaliges Kindermädchen bei der Polizei arbeitete. Und dass er sie bereits beschattete. Andererseits hinterließ er keine Krümel, sondern machte reinen Tisch. Sie müsste in diesem Fall also bereits tot sein. Eigentlich wollte sie Per von dem Anruf erzählen, hatte jedoch die Befürchtung, er würde sie von dem Fall abziehen.

Per hielt den Autoschlüssel hoch. »Ich fahre.«

Beim Verlassen der Garage stellte Charlotte fest, dass es draußen dunkel wurde. Die Planung des Einsatzes hatte länger gedauert als erwartet. Sie steckte den Ohrhörer ein und rückte ihn mit dem Zeigefinger zurecht, sodass er bequem saß. »Machen die Einsatzkräfte sich gleichzeitig mit uns auf den Weg?«, fragte sie.

Per schüttelte den Kopf. »Deren Fahrzeuge rücken jetzt aus, aber sie warten ab, bis wir am vereinbarten Treffpunkt sind.«

Charlotte nickte. Beim Gedanken, dass sie Tony bald in einem Vernehmungsraum gegenübersitzen würde, bekam sie eine Gänsehaut. Als sie Tony zuletzt vor gut zwanzig Jahren gesehen hatte, hatte sie in seiner Küche gestanden und eines seiner Kinder in den Armen gehalten. Sie hatte bei ihm zu Hause gewohnt und alle seine Seiten zu Gesicht bekommen. Die sanfte, die er gegenüber den Kindern und dem Kindermädchen zeigte, aber auch die harte, die seine Frau und seine Kumpane zu spüren bekamen. Charlotte wusste, dass er an mangelnder Impulskontrolle, einer starken Empathiestörung und einem Unvermögen litt, seine Wut im Zaum zu halten. Wie viele Kriminelle trug er bestimmt auch eine unbehandelte Aufmerksamkeitsdefizit- und Hyperaktivitätsstörung im Gepäck.

»Warum lässt die Fahndungsgruppe nichts von sich hören? Die müssten eigentlich beiden Teams ihren Status melden«, fragte Charlotte und beugte sich vor, um das Handy aus der Gesäßtasche zu ziehen.

»Sie geben uns Bescheid, wenn sie vor Ort sind«, sagte Per.

Charlotte lehnte sich im Sitz zurück und knöpfte die Jacke auf. Per fuhr auf der E12. Das Fernlicht gab ihnen gute Sicht und der geringe Verkehr ermöglichte es ihnen, das Gaspedal durchzudrücken. Per wirkte in Gedanken versunken. In letzter Zeit hatte er sich seltsam benommen, und sie hatten ihr Gespräch darüber, was ihn beunruhigte, nicht zu Ende führen können. Jedes Mal, wenn Charlotte ihn darauf ansprechen wollte, waren Dinge dazwischengekommen, die mit ihrer Arbeit zu tun hatten.

Je weiter sie aus der Stadt herausfuhren, desto mehr Bäume säumten den Straßenrand wie eine dicht bewachsene Allee. Im Wald entlang dieser Strecke gab es viel Wild. Ein Verkehrspolizist hatte ihr erzählt, dass die größte Gefahr bei einem Elchunfall darin bestand, dass das Tier gegen die

Vordersitze gedrückt wurde, mit den Hinterbeinen dort hängen blieb und die Insassen zu Tode trat.

Charlottes Handy klingelte. Sie sah auf das Display. Kennet. »Ja, hier ist Charlotte.«

»Hallo. Entschuldige, wenn ich gerade störe«, sagte er. »Fridas Name und Foto in der Zeitung hat uns extrem viele Hinweise von Leuten eingebracht, die behaupten, sie hätten sie an verschiedenen Orten gesehen. Von Paris bis Umeå ist alles vertreten. Wir gehen sämtlichen Hinweisen nach.«

Charlotte lachte. »Ja, mit einem Namen und Foto an die Öffentlichkeit zu gehen, hat Vor- und Nachteile. Habt ihr etwas Interessantes im I20-Wald gefunden?«

»Nein, aber es gibt etwas anderes, worüber ihr Bescheid wissen müsst.«

»Okay«, sagte Charlotte und blickte geradeaus auf die Straße. Ein Auto überholte sie mit schnellem Tempo.

»Idioten!«, sagte Per und fuhr langsamer.

»Wir haben einen Hinweis zu einem Fahrzeug bekommen, das laut Anruferin am Morgen nach Fridas Verschwinden am I20-Wald gestanden haben soll«, sagte Kennet. »Genau dort, wo Missing People jetzt mit seiner Suche beginnt. Der Frau kam der Zeitpunkt seltsam vor, fünf Uhr morgens, und dass das Auto ziemlich lange dort stand. Als sie schließlich den Artikel über Frida in der Zeitung las, zählte sie eins und eins zusammen.«

Kennet machte eine Pause, und Charlotte sah an dem Van vor ihnen das Bremslicht aufleuchten. Sie bat Per, noch langsamer zu fahren. »Er wirkt beinahe betrunken«, sagte sie zu ihrem Kollegen, während der Chef weiterhin in den Hörer sprach.

»Das Fahrzeug, ein Volvo, wird von Hugo Larsson genutzt, ist aber auf seine Mutter angemeldet. Deshalb haben wir übersehen, dass er Zugang zu ihm hat.«

»Wie bitte?«, sagte Charlotte so laut, dass Per seinen Blick auf sie statt auf die Fahrbahn richtete.

»Ja, wir vermuten, dass Hugo in derselben Nacht, in der Frida verschwand, am I20-Wald war. Wir haben das Fahrzeug überprüft und die Mutter kontaktiert. Sie lebt in einem Pflegeheim und ist halb blind. Das Personal hat mich ausgelacht, als ich fragte, ob sie oft mit dem Auto unterwegs ist.«

Im selben Augenblick schrie Per auf. »Was macht dieser Wahnsinnige!«

Charlotte sah das Heck des Wagens, bevor er in hohem Tempo in das vordere Ende ihres Autos hineinbretterte. Das Mobiltelefon wurde ihr durch die Wucht des Aufpralls aus der Hand geschleudert. Sie erblickte draußen Bäume, die Straße und wieder Bäume, während das Auto sich überschlug. Dann stand es still.

42

Linn nahm eine Taschenlampe entgegen, blickte zum Himmel und dachte an ihre Freundin. Dass Frida womöglich irgendwo hier draußen war, vollkommen allein, fühlte sich total krank an. Linn hatte die ganze Nacht daran gedacht. Sie schluckte, um den Kloß in ihrem Hals loszuwerden. Sie hatte gelogen, damit sie bei der Suche nach Frida dabei sein konnte. Missing People hatte eine Altersgrenze von achtzehn Jahren. *Total bescheuerte Regel*, dachte sie. Der Mann, der ihr die Taschenlampe gegeben hatte, reichte ihr eine gelbe Weste, die sie sich über den Kopf zog. Er gab ihnen die strikte Anweisung, nicht das Handy zu benutzen und nichts in den sozialen Medien zu posten. Mama hatte gesagt, sie wolle ebenfalls an der Suchaktion teilnehmen, hatte jedoch nichts mehr von sich hören lassen.

»Du gehst mit Gruppe fünf«, sagte der Mann von Missing People und platzierte sie zusammen mit zwei Mädchen in ihrem Alter.

Die beiden stellten sich als Leonora und Saga vor. *Schöne Namen*, dachte Linn. Sie nickte ihnen zu und lächelte. Es kam ihr vor, als beteilige sich ganz Umeå an der Suche nach ihrer Freundin. Fridas Verschwinden hatte landesweit für

Schlagzeilen gesorgt, und in der Stadt herrschte eine Art stille Panik. Eltern bestanden darauf, dass ihre Töchter bis zur Klärung des Sachverhalts zu Hause blieben, und die Medien rieten, man solle mindestens zu zweit unterwegs sein, nie allein.

»An welchen anderen Orten wird noch gesucht?«, fragte Saga. Sie trug eine Stirnlampe am Kopf. Es würde erst in ein paar Stunden hell werden.

»Am Nydalasee, in Teg und hier«, antwortete Leonora und schaltete ihre Taschenlampe an.

Der Parkplatz war voller leuchtender Punkte, die sich ruckartig hin und her bewegten. Zu der Suchmannschaft gehörten auch zwei Hunde, denen man Westen angelegt hatte. Direkt gegenüber auf der anderen Straßenseite, wo im Sommer der Zirkus gastierte, hatte Gruppe drei mit der Suche begonnen.

»Was meint ihr, wie viele wir sind?«, fragte Linn.

»Bestimmt dreißig Personen allein in unserer Gruppe«, sagte Saga und drehte den Kopf, sodass der Schein ihrer Stirnlampe direkt auf Linn gerichtet war.

Es knirschte unter ihren Füßen, als sie in Richtung Wald und weiter in Richtung Sportanlage gingen. Überall sah man Polizeiautos.

Linns Scooterstiefel waren hässlich, aber gut dafür geeignet, durch den Schnee zu stapfen. Sie zog die Thermohose hoch, die lose um ihre Taille saß. Heute Morgen hatte sie sich dreimal gewogen und festgestellt, dass sie fast dreieinhalb Kilo abgenommen hatte. Das wollte sie unbedingt Frida erzählen. Und Mama.

»Kennt jemand von euch Frida?«, fragte Saga.

Linn konzentrierte sich auf die Lichtkegel der Taschenlampen und ließ den Blick suchend umherschweifen.

»Ich bin ihr nie persönlich begegnet, aber sie geht mit der Schwester von einer Freundin von mir in dieselbe Klasse«, sagte Leonora.

»Ich habe gehört, sie hat oft Drogen genommen«, fuhr Saga fort.

Linn zog sich den Schal über das Kinn.

»Das habe ich auch gehört«, sagte Leonora.

»Der Cousin von der besten Freundin meiner Mutter hat gesagt, ihr Vater ist spielsüchtig und die Mutter ist Alki«, sagte Saga.

Linn bekam heiße Wangen und senkte den Blick auf ihre Scooterstiefel, als die Straße endete und der Wald begann.

»Bestimmt hat ihr Vater sie getötet«, sagte Leonora.

Linn spürte Wut in ihrem Inneren aufblitzen. »Was labert ihr da für einen Scheiß, verdammt noch mal! Kennt ihr sie, oder was? Ihr habt keine Ahnung, wovon ihr redet, und sie ist nicht tot!« Die Worte sprudelten aus ihr heraus, ohne dass sie nachdachte. Die Mädchen starrten sie verdutzt an.

»Kanntest du sie?«, fragte Saga.

»Kenne sie, ich KENNE sie«, sagte Linn. Sie dachte an das, was der Mann von Missing People gesagt hatte: Achtzig Prozent aller Vermissten, nach denen gesucht wird, werden lebend gefunden. Immerhin eine gute Chance.

Das Licht der Stirnlampe blendete Linn, als Saga sie ansah. Sie beschleunigte ihre Schritte und landete ein paar Meter vor den beiden Mädchen. Tränen quollen ihr aus den Augenwinkeln und sie biss die Zähne zusammen. Das Atmen fiel ihr schwer, da jedes Mal, wenn sie Luft einsog, die Nasenlöcher zusammenklebten. Im Wald war es still, und im schwachen Mondlicht konnte man die Konturen der Baumstämme sehen. Schnee, der von den Ästen gefallen war, brach den ansonsten unberührten Neuschnee auf. Als sie tiefer in den Wald vordrangen, hinterließen sie Spuren in der glatten Oberfläche. Der Schneefall der letzten Wochen hatte die Schneedecke höher werden lassen, doch es war leichter Pulverschnee, durch den Linn mühelos vorwärtskam. Einige im Suchtrupp hatten Stöcke dabei, mit denen sie an den Stellen herumstocherten, wo der Schnee am tiefsten war.

Die Gruppe im Wald rief Fridas Namen, doch Linn tat dies nicht. Falls Frida hier war, dann sicher nicht, um zu campen. Was für einen Sinn hatte es also, nach ihr zu rufen? Die Lichtkegel der Taschenlampen huschten zwischen den Bäumen umher und vermischten sich mit dem Schnee. Irgendwo weiter weg ertönte der Ruf einer Eule, und die Hunde bellten aufgeregt. Linn versuchte, sich auf ihr Atmen zu konzentrieren. Immerhin bekam sie ein bisschen Training und schwitzte vor Anstrengung.

Plötzlich knackte es.

Linn hielt mitten im Schritt inne, ein Bein vor dem anderen. Es klang, als würde ein Baum umfallen, doch nichts geschah. Da keiner der anderen zu reagieren schien, ging sie weiter. Der Lichtkegel ihrer Taschenlampe hüpfte im Takt mit ihren Bewegungen hin und her. Je tiefer sie in die Dunkelheit vordrangen, umso schwerer fiel es Linn zu glauben, dass sie Frida hier finden würden. An manchen Stellen war die Schneedecke höher als ihre Stiefel, und sie war froh um ihren dicken Winteroverall. Sie überlegte, die Mütze abzunehmen, weil die Haare an ihrer Kopfhaut klebten, behielt sie jedoch an. Stattdessen zog sie die Handschuhe aus und spürte die kalte Luft an ihren feuchten Händen.

»Halt! Ich hab was gefunden!«

Eine Person, die sich von der Gruppe entfernt hatte, schrie in den Wald hinaus, und alle blieben plötzlich stehen. Linns Puls schnellte in die Höhe.

43

Charlotte rang nach Atem, legte sich hin und setzte sich so schnell wieder auf, dass ihr schwindlig wurde. Die Spucke blieb ihr im Hals stecken, und sie hustete mehrmals, um die Atemwege freizubekommen. Beugte den Körper nach vorn.

Als sie wieder klar sehen konnte, nahm sie grünen Kunststoff wahr, der ein Geräusch von sich gab, als sie sich bewegte. Sie hob den Kopf und blickte direkt in Tonys schmale Augen.

»So, jetzt sind Sie wach«, sagte er und lächelte. Charlottes Blick fiel auf seine gelben Zähne. Neben der Pritsche stand ein leerer Eimer. Auf Tonys Schoß lag eine Schusswaffe, dem Aussehen nach ein Colt.

Charlotte betastete ihre Rippen und verzog vor Schmerz das Gesicht. Sie sog die Luft durch die Zähne ein, um nicht zu schreien.

»Ja, das wird wohl noch eine Weile wehtun«, sagte er.

Charlottes andere Hand tastete nach der Hüfte und der Pistole, sah jedoch mitten in der Bewegung ein, wie bescheuert es war zu glauben, dass er ihr die Waffe gelassen hatte.

Graue Betonwände. Eine Pritsche mit grüner Kunststoffmatratze. Keine Fenster. Neben der Tür summte ein Wärmeaggregat.

»Wo bin ich?«, brachte sie zwischen Hustenanfällen hervor.

»In meinem vorübergehenden Zimmer«, antwortete er und setzte sich neben sie auf die Pritsche. Seine Hand streifte Charlottes Schläfe. Sie zog den Kopf weg, aber er hielt sie an den Haaren fest und zwang sie, ihn anzusehen. »Sie bluten, aber es ist nicht gefährlich«, sagte er und ließ sie wieder los.

Einer von Tonys Handlangern stand mit verschränkten Armen in der Türöffnung und schaute auf seine Armbanduhr, eine goldene Rolex. Charlottes Erinnerung kehrte zurück und drängte sich in ihr Bewusstsein. Der Autounfall.

»Wo ist mein Kollege?«, fragte sie.

»Keine Ahnung. Ich wollte Sie. Der andere Kasper ist im Auto geblieben.«

Charlotte stützte sich mit den Armen auf die Pritsche und streckte unter Schmerzen den Rücken. »Lebt er?«

»Woher soll ich das wissen? Aber er sah nicht besonders munter aus«, sagte er und lachte laut.

»Ihnen ist doch wohl klar, dass die gesamte schwedische Polizei nach mir suchen wird, oder? Sie machen es sich nicht leicht.« Sie hielt inne, während sie versuchte, eine Sitzstellung einzunehmen, die nicht schmerzte.

»Haben Sie überhaupt eine Vorstellung davon, wie viel Geld Ihre Betrugsmasche mich gekostet hat, mein süßes kleines Kindermädchen? Die Bullen werden Sie irgendwo tot auffinden, ich habe mich nur noch nicht entschieden, wo. Vielleicht eine Überdosis? ... Oder soll ich Sie aufhängen?«

Er deutete an die Decke, wo ein Seil an einem Haken hing. Seine Stimme klang sanft und er legte den Kopf schief. »Die werden mich bestimmt vernehmen, aber diesmal fliege ich nicht auf.«

»Ich weiß nicht, wovon Sie reden«, sagte Charlotte und erwiderte seinen Blick. Sie wappnete sich gegen die Schmerzen. Sah, wie ihr Gesicht sich in seinen Brillengläsern spiegelte. Panik ergriff von ihr Besitz.

Tony legte den Zeigefinger unter Charlottes Kinn und drückte ihren Kopf nach hinten, sodass sie zur Decke emporblickte und das Seil mit der Schlinge sehen konnte.

Sie starrte darauf und ihr Herz schlug so heftig, dass sie das Gefühl hatte, es würde ihr aus der Brust springen. Sie versuchte, den Blick von dem Seil abzuwenden, aber Tony hielt ihren Kopf fest.

»Ich kann die Schlagzeile sehen. ›Polizistin erhängt aufgefunden‹.«

Dann packte er ihr Kinn fester, zwang sie, ihm ins Gesicht zu sehen, und hielt eine Spritze hoch. »Oder vielleicht ›Polizistin starb an Überdosis‹. Was halten Sie davon?« Schließlich ließ er ihr Kinn los. »Ja, wir haben ein bisschen was für Sie geplant. Sie glauben doch wohl nicht, dass ich total bescheuert bin?« Er lachte.

»Haben Sie William getötet?«, fragte Charlotte.

Tony antwortete nicht. Er stand auf und schob die Waffe in den vorderen Hosenbund. »Jetzt hören Sie mal gut zu. Sie werden nicht heil hier herauskommen. Das ist der Preis dafür, dass Sie mich hintergangen haben. Ich habe von Ihnen die Schnauze voll, Sie reiches Miststück.«

»Warum haben Sie William getötet?«, fragte sie und sah Tony scharf an. Es schien, als habe er sich von einem verrückten Kriminellen in einen Vollblutpsychopathen verwandelt.

»Soll das ein verdammtes Verhör sein, oder was? Anscheinend haben Sie nicht kapiert, dass ich hier das Sagen habe.« Tony fuhr mit der Zunge über die gelben Zähne. »Ich habe ein paar wertvolle Informationen aus dem Burschen herausbekommen, konnte ihn aber nicht laufen lassen, sonst wäre er direkt zu euch gerannt. Er hatte mächtig Schiss und war keine Schmerzen gewöhnt. Sobald ich meine Faust gehoben habe, hat er geplappert wie ein Papagei.« Tony lachte über seinen eigenen Kommentar. »Der Wichser hat versucht, sich mit Bitcoins

252

freizukaufen.« Sein Lachen hallte erneut durch den Raum. »Aber es hat Spaß gemacht, ein bisschen mit ihm zu spielen und ihn glauben zu lassen, dass es einen Ausweg gab. Das machte ihn kooperativer. Ihr solltet mir übrigens dankbar sein, dass ich ihn getötet habe. Er hat Drogen an kleine Mädchen vertickt, jetzt kann er das nicht mehr, oder?« Tony lachte.

»Sie kämen also nie auf den Gedanken, Drogen an Teenager zu verkaufen?«, sagte Charlotte.

Tony antwortete nicht. Er zog einen Kamm aus der Jackentasche und kämmte die dünnen Haarsträhnen, ehe er fortfuhr. »Wenn wir mit Ihnen fertig sind, werden Sie freiwillig mehr von diesem Zeug haben wollen.« Er hielt erneut die Spritze hoch. Sie enthielt eine gelbliche Flüssigkeit. »Das wird langsam gehen, verstehen Sie? Das ist lustig.«

Er packte sie am Arm. Charlotte bäumte sich auf und versuchte, den Arm wegzuziehen, aber Tonys Finger hielten ihn so fest umklammert, dass es sich anfühlte, als würden die Knochen brechen.

»Warten Sie!«, schrie sie.

Tony grinste und winkte seinen Handlanger herbei, der sie mit eisernem Griff festhielt. Charlotte spürte das Gummiband, das Tony so fest um ihren Oberarm zog, dass die Haut anschwoll. Sie hyperventilierte. Der Handlanger hielt sie weiterhin fest, aber er blinzelte schnell und blickte besorgt drein. Er war nicht besonders alt.

Tony strich mit dem Zeigefinger über ihre Armbeuge und hielt die Nadelspitze auf die Haut. Charlotte öffnete den Mund, schrie aber nicht. Die Haut gab nach, und Tony drückte die Flüssigkeit hinein. Charlotte hatte keine Ahnung, was er ihr verabreichte. Aber es gelangte direkt ins Blut.

44

Per drückte mit dem Zeigefinger auf den Gips. Der Arzt, der auf einem Stuhl neben seinem Bett saß, hatte einen Riss im linken Arm, starke Kopfschmerzen und eine Platzwunde an der Stirn behandelt. Ein penetranter Geruch nach Chemikalien drang ihm in die Nase. Es war Donnerstagmorgen und nach wie vor dunkel draußen. Per hatte im Krankenhaus jegliches Zeitgefühl verloren. Im Flur ertönten immer mehr Schritte.

Der Arzt leuchtete mit einer Taschenlampe in Pers Augen. »Sie haben verletzte Blutgefäße, aber die werden in ein paar Tagen verheilen. Tragen Sie solange keine Kontaktlinsen.« Er steckte die Taschenlampe in die Brusttasche. Auf seinem Namensschild stand Karim.

Karim konnte ihm jedoch nicht helfen, was die Wunden in seinem Inneren betraf. Beim Gedanken an Charlotte bekam Per beinahe eine Panikattacke. Kennet hatte ihm berichtet, dass Tony sie in seiner Gewalt hatte. Was würde er jetzt mit ihr anstellen?

Als Karim den Stuhl zurückschob, erhob Per sich von dem Bett.

»Sie haben eine leichte Gehirnerschütterung und müssen sich ausruhen«, sagte der Arzt und blickte zu Per auf. »Ich werde Ihnen ein Schmerzmittel für den Arm verschreiben. Haben Sie noch Fragen?« Karim stand ebenfalls auf und stand nun Per gegenüber.

Der schüttelte den Kopf und dankte dem Arzt für die Hilfe. Gerade als Per die Tür öffnete und in den Flur hinaustreten wollte, kam ihm Mia entgegen.

»Um Gottes willen, wie siehst du denn aus!?«, rief sie und schlang die Arme um seinen Hals.

»Mach dir keine Sorgen, mir geht's gut«, sagte er und legte den unverletzten Arm auf ihren Rücken. »Aber Charlotte wird vermisst.«

Mia nickte und wischte sich eine Träne von der Wange. »Ihr müsst sie lebend finden. Anja ist am Boden zerstört und steht in Stockholm unter Polizeischutz. Sie möchte hochkommen.«

Per blickte zu Kennet hinüber, der gerade mit drei Uniformierten sprach, und ging auf die Gruppe zu. »Was wissen wir sonst noch?«, unterbrach er seinen Chef, der sich mitten im Gespräch befand. Er reckte den Hals, damit der Schulterverband nicht auf die Haut drückte.

»Woran erinnerst du dich, was den Unfall betrifft?«, fragte Kennet und deutete auf eine Holzbank im Flur. Per nahm auf der harten Oberfläche Platz.

»Alles ging so verdammt schnell. Wir waren auf dem Weg zum Treffpunkt, um Hugo festzunehmen. Ich konnte nicht mehr rechtzeitig reagieren, als das Auto rückwärts in uns hineinbretterte. Ich dachte, es hätte lediglich das Tempo gedrosselt. Charlotte hat mit dir telefoniert, und auf einmal hat es geknallt. Ich war mal bei Bewusstsein, mal nicht. Ich habe gesehen, wie jemand sie aus dem Auto gezogen hat, war aber völlig verwirrt. Gibt es inzwischen etwas Neues?«

»Wir wissen, dass sie außerhalb von Hössjö in ein gestohlenes Fahrzeug umgestiegen sind«, sagte Kennet. »Da Tony euch überholt hat, vermuten wir, dass der Überfall geplant war. Wir nehmen an, dass sie von dem Moment an, als ihr vom Revier losgefahren seid, hinter euch herfuhren. Bestimmt wollten sie sich Charlotte schnappen, als ihr allein und ohne Verstärkung wart. Seltsame Aktion, mit vollem Tempo rückwärts ein anderes Auto zu rammen. Jemanden von der Straße abzudrängen, passiert schon häufiger. Trotz des kräftigen Aufpralls blieb die Autokamera unversehrt, und man kann auf den Fotos Tony deutlich erkennen. Er steht auf dem Bild ganz weit links und hat anscheinend nicht kapiert, dass er sich innerhalb des Kamerawinkels befand, denn er war nicht vermummt. Dumm von ihm, aber gut für uns. Er sprach mit diesem Mann hier.« Kennet zeigte Per ein Foto auf seinem Handy.

»Abbe Ali«, sagte Per. »Der Mann, der großes Interesse an Hugo Larsson gezeigt hat. Aber hatten wir die beiden nicht observiert? Sie sollten schließlich von dem anderen Team festgenommen werden. Was ist passiert?«

»Unsere ursprüngliche Information lautete, dass Tony und Abbe auf dem Weg zu der Hütte in Vännäs waren, und wir haben dort mit vollem Aufgebot gewartet. Doch dann haben sie plötzlich ihre Pläne geändert, und jetzt sind sie wieder verschwunden.« Kennet sah Per an. »Wir werden sie finden.«

Per stand auf und versuchte den Rücken zu strecken, indem er die Schultern nach hinten drückte. Die linke Seite gehorchte nicht richtig, von dem verletzten Arm strahlte der Schmerz aus. Er würde eine Schmerztablette nehmen müssen. Er verabschiedete sich von Mia mit einer Umarmung. Seine Frau ließ die beiden allein, damit sie sich auf die Suche nach Charlotte konzentrieren konnten.

»Haben wir Verstärkung bekommen?«, fragte Per und nahm seinen Mantel von der Holzbank. Er unterdrückte die Tränen und weigerte sich, der Angst nachzugeben. Mithilfe des rechten Armes versuchte er, in den Mantel zu schlüpfen, schaffte es jedoch nicht ohne Kennets Hilfe.

»Ja, natürlich. Die Nationale Operative Abteilung ist informiert und in die Suche nach Charlotte eingebunden. Außerdem wurde ein Team der Nationalen Einsatzkräfte eingeflogen. Ich habe sämtliche Hebel innerhalb des Polizeiapparats in Bewegung gesetzt. Ola Boman arbeitet mit den Unterstützungskräften zusammmen. Man hat mich übrigens auch zu Charlottes Vergangenheit mit Tony unterrichtet.« Kennet wurde lauter. »Warum zum Teufel habt ihr mir nichts gesagt?«

Per spreizte die Finger, die unter dem Verband hervorstanden. Er spürte einen stechenden Schmerz in der Hand und seufzte. Dass er seinem Chef nichts von Charlottes und Tonys gemeinsamer Vergangenheit erzählt hatte, würde er für den Rest seines Lebens bereuen. *Herrgott, womöglich hat diese Entscheidung zu ihrem Tod geführt*, dachte er. Bei dieser Erkenntnis wurde ihm schwarz vor Augen.

Per und Kennet gingen zusammen in Richtung Ausgang. Frisch gestrichene Wände gingen in abgenutzte über, die Renovierung der Uniklinik zog sich in die Länge. Bauarbeiter waren ein ebenso gewöhnlicher Anblick wie Krankenpflegerinnen und Ärzte. Per schritt durch den Korridor und zum Haupteingang hinaus, so schnell er konnte. Als sein Puls schneller ging, spürte er ein Pochen im Arm.

»*Dann war da noch was*«, sagte Kennet. »*Während du hier drinnen warst, haben wir einen Fund im I20-Wald gemacht.*«

Per sah seinen Chef fragend an. »Lebt Frida?«

45

Im Wald wimmelte es von Polizisten. Ein paar von ihnen befestigten blau-weißes Absperrband an Bäumen und riegelten einen Bereich ein Stück weiter weg ab. Linn blieb dort, wo sie hingefallen war, im Schnee sitzen. Sie hatte keine Kraft mehr in den Beinen, um aufzustehen. In der Hand, die auf dem Schnee ruhte, lag die Taschenlampe und machte ein leuchtendes Loch in das Weiß. Um sie herum standen andere Teilnehmer der Suchaktion. Sämtliche Blicke waren auf einige große Lampen und ein weißes Zelt gerichtet, das gerade aufgebaut wurde, vermutlich, um den Fundort zu schützen. Draußen war es inzwischen heller geworden, aber das natürliche Licht reichte nicht aus. Das Brummen des Stromaggregats übertönte den ansonsten niedrigen Geräuschpegel.

Saga klopfte ihr auf die Schulter, und Linn zuckte zusammen. Sie wischte sich eine Träne von der Wange.

»Es ist keine Leiche, sondern etwas anderes«, sagte das Mädchen in einem Versuch, Linn zu trösten.

»Was ist es dann?«, fragte Linn.

»Das sagen sie nicht. Nur, dass es nicht Frida ist.«

Linn streckte die Hand nach Saga aus und ließ sich von ihr aufhelfen. Sie hatte so lange im Schnee gesessen, dass die Feuchtigkeit durch ihre Thermohose gedrungen war, und bekam eine Gänsehaut. Im Geiste hörte sie ihre Mutter sagen, sie solle nicht in nassen Klamotten bleiben. Als ob es im Augenblick nicht Schlimmeres gab.

Der nächste Polizist stand vier Bäume weiter und sprach mit dem Verantwortlichen von Missing People.

»Wo willst du hin?«, fragte Saga, als Linn den ersten Schritt in Richtung Polizist machte.

»Mit ihnen reden.«

Linn überlegte, wie sie ihre Frage formulieren sollte. Sie musste herausfinden, was sie gefunden hatten. Die Finger ihrer linken Hand, mit denen sie die Taschenlampe umklammerte, waren steif gefroren. Sie schaltete die Lampe aus und zog die Handschuhe aus der Jackentasche. Das von der Polizei abgesperrte Gelände war heller beleuchtet als ein Weihnachtsbaum.

»Per!«, rief jemand in den Wald.

Linn drehte den Kopf und sah den Polizisten mit den traurigen Augen durch den Schnee stapfen. Er trug eine Mütze und hielt einen Arm unter der Jacke. Sie ging ihm entgegen.

Tränen quollen aus ihren Augen. Die Vorstellung, dass Frida womöglich allein hier draußen war, ließ sie hyperventilieren. Sie schlug sich fest auf die Stirn und betrachtete sich als die schlechteste Freundin, die man haben konnte, so verdammt wertlos. Und erst jetzt, wo sie durch den Wald stapfte und nach Frida suchte, sickerte die Erkenntnis in ihr Bewusstsein, dass ihre Freundin womöglich nie mehr wiederkommen würde. Was, wenn jemand sie vergewaltigt hatte? Bei dem Gedanken verkrampfte sich Linns Magen. Sie schloss die Augen, schluchzte und musste sich übergeben. Ein brauner Brei ergoss sich über den weißen Schnee. *Mamas verdammte Zimtschnecken*, dachte sie. Sie schluchzte erneut und spuckte den Rest aus.

Ein Polizist kam zu ihr. »Geht's dir gut?«, fragte er und beugte sich vor, um ihr Gesicht sehen zu können. Das Licht einer Taschenlampe blendete sie.

Linn richtete sich auf und wischte sich mit dem Handschuh über den Mund. »Ich muss mit der Polizei reden.«

»Wer bist du?«

»Linn Mattsson. Frida ist meine beste Freundin, und ich weiß vielleicht, wo sie ist«, log sie.

»Okay, komm mit«, sagte der Polizist und signalisierte ihr, sie solle vorausgehen.

»Was haben Sie gefunden?«

»Darüber dürfen wir leider keine Auskunft geben«, sagte er.

Als sie sich der Absperrung näherten, bat er sie, stehen zu bleiben und zu warten. Außerhalb des Zelts türmten sich Schneehaufen, die entstanden waren, als man den Platz freigeschaufelt hatte. Zwischen den Baumwipfeln ertönte Hubschrauberlärm. Linn schaute nach oben, wurde jedoch von dem Suchscheinwerfer geblendet und senkte den Blick. Es war wie im Film – Männer in weißen Overalls, das Zelt, die Polizisten.

Warum sind wir nur auf diese verdammte Party gegangen?, dachte Linn. *Warum?* Wären sie zu Hause geblieben, wäre das nicht passiert. Frida hätte sich nach William gesehnt, um Anton getrauert und wäre von Linn weiter getröstet worden. Linn hatte sie immer aufgebaut.

Als sie den Polizisten mit den traurigen Augen auf sich zukommen sah, versuchte sie zu lächeln, aber daraus wurde nichts. Der Mann sah ziemlich fertig aus, hatte ein blaues Auge und getrocknetes Blut auf der Lippe.

»Hallo Linn, ich heiße Per und war vor ein paar Tagen bei euch zu Hause. Erinnerst du dich noch?« Er hob das Absperrband und ging darunter hindurch.

Sie nickte als Antwort.

»Was willst du mir erzählen?«

Linn holte tief Atem und suchte nach den passenden Worten. In diesem Moment knisterte es laut in Pers Walkie-Talkie. Er drehte an einem Knopf und das Geräusch wurde leiser. Er hielt das Gerät ans Ohr, aber Linn hörte die Stimme am anderen Ende.

»Neuer Fund! Wir haben einen neuen Fund tiefer im Wald, etwa vierzig Meter von Fundort eins.«

46

Jemand streckte Charlottes Arm. Sie wusste nicht mehr, wie oft man ihr schon eine Nadel in die Haut gestochen hatte. In ihrem Kopf war alles ein einziger Brei. Die Haut war feucht, das Haar nass, die Kleider klebten am Körper. Jedes Mal, wenn sie die Kontrolle über ihre Gedanken wiedererlangte, kam Tony mit mehr von diesem Scheißzeug zurück. Charlotte glaubte nicht mehr daran, diesen Ort lebend zu verlassen. Es ging zu schnell, die Kollegen würden sie niemals finden.

»So, mein kleines Kindermädchen«, sagte Tony und zog das Gummiband oberhalb ihrer Armbeuge stramm, während er sprach.

Charlotte hörte, was er sagte, aber ihr Gehirn war nicht aufnahmefähig genug, um die Worte zu verarbeiten. Sie wich seinem Blick aus und drehte den Kopf zur Wand. Der süße Geruch der Geleehimbeeren, auf denen Tony herumkaute, löste Übelkeit in ihr aus.

»Dieses Mädchen, über das alle schreiben«, hörte sie Tony durch den Gehirnnebel. »Zuerst habe ich es nicht kapiert. Aber mit ein bisschen Nachforschen stellte sich heraus, dass sie die Tochter von meinem alten Freund Viggo Malk ist.«

Tony lachte laut, während sein Handlanger – diesmal ein anderer – ihm eine gefüllte Spritze reichte. Charlotte versuchte vergebens, ihren Blick auf den Mann zu fokussieren.

»Ich habe Viggo gesucht, er hat mich enttäuscht. Nicht so schlimm wie Sie, aber schlimm genug. Jetzt werde ich mir das Arschloch dank der Presse schnappen. Ich bin nach Umeå gekommen, um ein paar Geschäfte, die aus dem Ruder gelaufen sind, wieder ins rechte Lot zu bringen, und jetzt schlage ich drei Fliegen mit einer Klappe. Jemand dort oben scheint mich zu mögen.«

Er strich mit dem Zeigefinger über Charlottes Armbeuge. »Ich habe versucht, von Ihnen zu erfahren, wo Viggo sich befindet, aber in Ihrem gegenwärtigen Zustand wissen Sie nicht, wo oben und unten ist.« Erneutes Lachen. »So kann das gehen, aber ich habe Leute, die ihn finden werden. Jetzt muss ich Sie eine Weile allein lassen, meine Hübsche. Wenn ich zurückkomme, sind Sie entweder tot oder werden alles tun, um mehr von dem Zeug zu bekommen.« Er fasste sich an den Schritt. »In der Zwischenzeit dürfen Sie meinen unterstimulierten kleinen Flüchtling unterhalten.«

Charlotte spürte, wie ihr die Augenlider zufielen, und brachte kein Wort hervor. Tony wollte ihr gerade die Spritze verabreichen, als sein Telefon klingelte. Die Unterbrechung verschaffte ihr ein bisschen Zeit.

Tony klemmte das Handy zwischen Wange und Schulter. Etwas, das die Person am anderen Ende sagte, schien ihn zu verärgern. Nachdem er das Gespräch beendet hatte, wandte er sich wieder Charlotte zu und ging vor ihr in die Hocke. Sein Atem kam näher, eine Mischung aus Geleehimbeeren und etwas Beißendem. Er zeigte ihr seine offene Handfläche, in der kleine blaue Pillen lagen.

Charlottes Puls raste. Dolcontin. Wenn er ihr das Zeug verabreichte, würde es sie zusammen mit all dem anderen Gift in ihrem System umbringen. Die Erkenntnis, dass sie sterben würde, war ihr erster klarer Gedanke seit Langem.

»Wenn ich Ihnen die hier gebe«, sagte Tony und lachte höhnisch, »können Sie ein Gebet sprechen und Gott für dieses letzte Mal danken.« Er schloss die Hand zur Faust und stand auf. Klopfte dem anderen Mann im Zimmer auf die Schulter und verschwand.

47

Kennet war mit Per zum 120-Wald gefahren. Dass ein Polizeidistriktchef seine Leute bei solchen Einsätzen begleitete, war eigentlich nicht üblich, aber Kennet war kein gewöhnlicher Chef. Er konnte sich nicht aus Fällen heraushalten, die ihm nahegingen.

Per setzte sich hinter Kennet auf einen Motorschlitten und hielt den bandagierten Arm dicht am Körper. Bei der geringsten Bewegung spürte er einen stechenden Schmerz. Er fand, dass es lächerlich war, für das kurze Stück zur Fundstelle den Motorschlitten zu nehmen, doch die Kriminaltechniker hatten darauf bestanden, weil man mit dem Schlitten weniger kaputtmachte, als wenn man über einen Tatort spazierte und überall herumtrampelte.

Die Morgensonne drang durch die Baumwipfel und es war vollkommen windstill. Per lief die Nase, und er zog sie hoch. Sobald die Wolken nicht mehr den Himmel bedeckten, sanken die Minusgrade noch tiefer. Bei der Kälte, die laut Thermometer minus siebzehn Grad betrug, machten sich die Erfrierungen an seinem Fuß bemerkbar. Per nahm die Brille ab, die er tragen musste, solange er keine Kontaktlinsen benutzen durfte. Jedes Mal, wenn er ausatmete, beschlugen die Gläser.

»Dann mal los«, sagte Kennet und gab Gas. Per hielt sich mit der freien Hand am Griff an der Seite fest und hatte Mühe, nicht herunterzufallen, als Kennet den Bäumen auswich. Die Presse hatte einen eigenen abgesperrten Bereich ein Stück weiter weg zugewiesen bekommen, und Per konnte dort ein paar bekannte Journalistengesichter erkennen.

Das I20-Gebiet war gut besucht, sowohl von Schülern der Polizeiakademie als auch von Freizeitsportlern. Aber je tiefer Per in den Wald vordrang, umso mehr verstand er, warum sie bisher auf keinen Menschen gestoßen waren. Im Winter kamen nicht einmal Hundebesitzer hierher. Der Neuschnee lag wie eine Daunendecke auf dem Waldboden.

Als Kennet den Motorschlitten anhielt, waren Pers Füße total gefühllos. Die festen Stiefel schützten sie nicht länger vor der Kälte. Er nahm den Helm herunter und stieg ab.

»Wir gehen das letzte Stück zu Fuß, das Gelände ist beschwerlich«, sagte Kennet und schaltete den Motor aus. Trotz der Aktivität im Wald war es vollkommen still.

Eine Polizistin winkte sie herbei. »Macht euch auf einen unangenehmen Anblick gefasst«, sagte sie und verschwand wieder hinter dem Baum.

Per holte tief Atem, ging zusammen mit Kennet um den Baum herum und weiter in Richtung Fundstelle. Als sie sich den Personen in gelben Westen näherten, sah er, dass sie weinten und sich gegenseitig trösteten. Die Leute von Missing People waren als Erste an dem Ort gewesen, mussten jetzt aber hinter der Absperrung stehen. Per musste an seine beiden Jungs denken, Simon und Hannes. Die beiden waren fast in Fridas Alter. Er biss die Zähne so fest zusammen, dass der Kiefer wehtat. Er ging um einen weiteren Baum herum, eine Tanne, die den perfekten Weihnachtsbaum abgegeben hätte, und blickte geradeaus. Hörte Kennet keuchen, bevor er sie selbst sah.

Da war sie. Frida.

Umgeben von verschneiten Tannen.

Weiß vom Frost und Schnee.

Den leeren Blick geradeaus gerichtet.

48

Charlotte wachte von einem durchdringenden Geräusch auf. Ein metallisches Knirschen. Zuerst dachte sie, sie läge daheim in ihrem eigenen Bett, doch dann schlug die Realität mit voller Wucht zu. Sie öffnete die Augen und schloss sie genauso schnell wieder. Das Licht schmerzte. Woher kam es? Sie blinzelte. Durch ihre Wimpern erblickte sie ein rotes Seil, Steinwände, die Beine von jemandem, Turnschuhe. Alles drehte sich, aber sie wurde klarer im Kopf. Sie versuchte aufzustehen, doch ihr Körper leistete Widerstand.

Es gelang ihr, den Kopf ein wenig zu heben. Mehr ging nicht. Sie drehte den Oberkörper zur Seite, aber der eine Arm bewegte sich anfangs nicht mit.

Sie spürte keine Schmerzen, kein heftiges Herzklopfen. Ihr ganzer Körper war ruhig, fast apathisch. Schließlich schaffte sie es, den Arm auszustrecken. Sie betrachtete ihn. Er war nackt und wies Einstichstellen in der Armbeuge und blaue Flecken auf.

Das Summen der Neonröhre war ein vertrautes Geräusch, doch dann hörte sie erneut das metallische Knirschen. Die Erinnerung an die Pillen in Tonys Hand tauchte vor ihrem geistigen Auge auf. Hatte er sie ihr verabreicht? Sie konnte sich nicht erinnern. Nein, das konnte nicht sein, denn dann wäre sie jetzt tot.

Sie sah, wie jemand sich im Zimmer bewegte. Beine in Jeans, dünne Oberschenkel. Charlotte spürte, wie rau, trocken und aufgesprungen ihre Lippen waren. Sie versuchte, sie mit der Zunge zu befeuchten, doch die war genauso trocken.

»Wasser«, brachte sie heiser hervor.

Die fremde Person kam zu ihr. »Ruhig. Sie werden Wasser bekommen, aber erst müssen Sie von hier weg«, flüsterte er. Dann ergriff er ihre Beine unmittelbar über der Kniebeuge. Als er sich vorbeugte, um ihren Oberkörper zu fassen, sah sie es.

Das Armband am Handgelenk des Mannes. Pastellfarbene Meerjungfrauen. Genauso wie das Armband, das der Mann in Unnis Wohnung getragen hatte. Genauso wie die Armbänder, die Linn bastelte.

Als er sie vom Bett hochhob, fiel ihr Kopf nach hinten. Ein Halstuch verhüllte das Gesicht des Mannes bis fast zu den Augen. Auf dem Kopf trug er eine Kappe.

»Ich bringe Sie von hier weg, aber wir müssen uns beeilen«, sagte der Mann.

Charlotte bemühte sich, den Kopf aufrecht zu halten, und blickte in seine Augen.

Etwas an ihnen kam ihr bekannt vor.

49

Pers Blick blieb an Fridas Leiche haften. Er konnte sich nicht bewegen, geschweige denn Luft holen.

Sie hing am Baumstamm und wurde von einem Seil aufrecht gehalten, das um einen kräftigen Ast in ein paar Metern Höhe gebunden war. Ihre Beine waren unter dem hängenden Oberkörper leicht gekrümmt, und die Füße ruhten mit den Knöcheln nach unten im Schnee. Die Knie schwebten ein paar Zentimeter über dem Boden. Das blaue Seil schnitt in die Haut am Hals.

»Warum?«, flüsterte Kennet und kniete sich in den Schnee.

Per gelang es schließlich, den Blick abzuwenden.

»Die Obduktion wird zeigen, wie lange sie schon tot ist. Aber die Winterkälte hat …«, Kennet machte eine Pause, ehe er den Satz flüsternd beendete, »… sie eingefroren.«

Per betrachtete Frida erneut. Die Schultern und der Kopf waren mit Schnee bedeckt. Sie trug schwarze Stiefel, die nicht für den Winter gemacht schienen, und keine Jacke. Die langen, zu einem Zopf hochgebundenen Haare waren weiß vom Frost. Kein Leichengeruch, keine Hautverfärbungen. Die Augen waren sogar im Tod noch glasklar.

»Kann der Tod durch Erhängen eingetreten sein?«, fragte Per.

»Wir werden sehen, was die Obduktion ergibt.«

Es knisterte in Kennets Walkie-Talkie. Er hielt das Gerät vor den Mund, betätigte die Sprechtaste und holte tief Atem. »Ja, wir haben Frida Malk gefunden. Sie ist tot. Schicken Sie die Kriminaltechniker hierher. Und wir müssen so schnell wie möglich die Angehörigen benachrichtigen, bevor die Presse Wind von der Sache bekommt.«

Eine Frau sprach am anderen Ende. »Ich kümmere mich darum. Aber wir haben mehr Informationen über den ersten Fundort.«

Es knisterte erneut. Per hörte mit, doch sein Blick wanderte erneut zu der jungen Frau am Baum.

»Eine Person hat hier gestanden.« Es knackste im Funkgerät. »Wir haben Spuren gesichert, von denen wir glauben, dass es sich um gefrorenes Sperma auf einem Schal handelt.«

Per drehte den Kopf zu Kennet.

»Was?«, sagte Kennet. »Wir leben in einer kranken Welt, einer total kranken Welt.«

Trotz des Trubels um sie herum war es still im Wald. Frida war jetzt nicht mehr einsam. Sie musste nicht länger hier hängen, man würde sie von hier wegbringen.

»Das Schlimmste an diesem Beruf ist das Überbringen von Todesnachrichten, vor allem an die Eltern«, sagte Per und fragte sich, wie Fridas Eltern reagieren würden. Er war froh, dass sie ihre Tochter nicht in deren gegenwärtigem Zustand sehen mussten.

Die Sonnenstrahlen brachen durch die Bäume hinter ihnen, fielen auf Fridas Leiche und ließen die Frostschicht auf ihr wie Kristalle funkeln.

Sie sah aus wie ein Schnee-Engel.

50

Viggo und Estelle hielten sich in ihrem Hotelzimmer auf. Vor ein paar Stunden hatten sie erfahren, dass man ihre Tochter tot in einem Wald gefunden hatte. Seit Erhalt dieser Nachricht hatten sie sich nicht voneinander gelöst. Sie lagen auf dem Boden, ihr Rücken eng an seinen Brustkorb geschmiegt. Manchmal zitterte sie unkontrolliert, manchmal war es sein Körper, der von Kräften überwältigt wurde, die er noch nie zuvor erlebt hatte. Er fragte sich, ob sie es jemals schaffen würden, wieder aufzustehen. Die Polizei hatte ihnen einen Geistlichen geschickt, doch der hatte schnell begriffen, dass keiner der beiden auf seine Anwesenheit Wert legte, geschweige denn Lust auf Diskussionen über einen Gott hatte, der ihrer Meinung nach ein Monster war. Rotz und Tränen liefen aus Viggos Nase und Augen. Der Teppich sonderte einen synthetischen Geruch ab, der sich mit dem Duft von Estelles Shampoo vermischte. Viggo vergrub das Gesicht in den blonden Haaren seiner Frau.

Die Polizei hatte eine Mordermittlung begonnen. Fridas Leiche war auf dem Weg ins rechtsmedizinische Institut, wo man eine Obduktion vornehmen würde, und ein Staatsanwalt hatte die Festnahme eines Verdächtigen veranlasst. Um wen es sich dabei handelte, sagte man ihnen nicht.

Estelle zog ihn noch näher an sich heran und drückte ihn fest. »Das ist deine Schuld«, flüsterte sie.

»Ich weiß.«

»Bestimmt hat einer von Tonys Leuten sie umgebracht«, sagte sie mit leiser Stimme und zog die Nase hoch. »Niemand sonst hat ein Motiv.«

Jedes Mal, wenn Viggo die Augen schloss, sah er seine Tochter vor sich. Das Bild drohte, seinen Kopf zu sprengen, und bewog ihn schließlich dazu, die Augen offen zu lassen.

»Ich muss dir etwas gestehen«, sagte er zu seiner Frau.

Estelle ließ ihn los, richtete sich halb auf und stützte sich mit den Händen auf den Fußboden. Viggo setzte sich ihr gegenüber und nahm ihre Hände. Sie zitterten leicht und waren eiskalt.

»Ich habe in Fridas Zimmer Pillen gefunden. Sie hat in ihrem Schreibtisch Drogen versteckt.« Er erwartete einen Gefühlsausbruch, doch Estelle war ganz ruhig.

»Was?« Sie starrte ihn an. »Wie meinst du das?«

»Ich glaube, Frida hat Drogen genommen.«

»Wann hast du sie gefunden?«, fragte sie.

»Vor ein paar Wochen, bevor sie verschwand. Ich habe sie an mich genommen.«

»Was hast du damit gemacht? Weggeschmissen, hoffe ich?«

Viggo atmete tief durch und schüttelte den Kopf. »Ich habe sie einer Bekannten von mir gegeben, einer Apothekerin. Die Pillen sahen nämlich wie Medikamente aus, ein paar davon jedenfalls.«

Estelle nickte, schien das Gesagte jedoch nicht richtig zu verarbeiten. Als keine Rückfrage kam, drückte er wieder ihre Hände und sah ihr in die Augen. »Ich bin fremdgegangen«, sagte er und atmete erneut tief durch. »Mit ihr. Der Apothekerin.«

»Was?«, sagte sie vage.

Viggo suchte Blickkontakt. »Verzeihung, ich weiß nicht, was ich …«

Estelle sah ihm in die Augen. Leerer Blick. Schweigen.

»Sag etwas«, war alles, was er hervorbrachte.

»Was soll ich sagen?«, sagte sie leise. »Warum erzählst du mir das jetzt?«

Viggo schüttelte den Kopf, wusste nicht, was er darauf antworten sollte.

»Wie lange habt ihr euch getroffen?«

»Mit Unterbrechungen vielleicht … eineinhalb Jahre oder so.«

Sie wich seinem Blick aus, starrte geradeaus und zuckte mit den Schultern. »Das spielt eh keine Rolle mehr. Du warst untreu, ich bin eine Schnapsdrossel und unsere Tochter war offenbar ein Junkie. Jetzt ist sie tot, und nichts spielt mehr eine Rolle.«

Viggo hatte darauf keine Antwort. Er dachte genauso.

»Hast du sie geliebt?«, fragte Estelle.

Viggo schüttelte den Kopf, dachte jedoch über ihre Frage nach. Er hatte Unni nicht geliebt, aber wenn er mit ihr zusammen gewesen war, war es ihm besser gegangen. Sie hatte ihm Bestätigung gegeben, als Estelle im Alkohol versunken war. Vielleicht hatte er sie ein bisschen geliebt, aber längst nicht so, wie er seine Frau liebte.

»Nein, das habe ich nicht. Aber sie wurde ebenfalls ermordet.«

Estelle keuchte. »Was sagst du da?«

»Der Badewannenmord. Das ist sie.«

Estelle riss den Mund und die Augen auf.

Viggo ließ Estelles Hände los. »Was, wenn Unni … Ja, Verzeihung, sie heißt … hieß so. Was, wenn sie ebenfalls wegen mir sterben musste?« Er vergrub das Gesicht in seinen Händen.

»Wie meinst du das?«, fragte Estelle.

»Diese Pillen in Fridas Zimmer. Unni hatte mir versprochen nachzuprüfen, woher sie kamen. Es waren ...« Viggo erhob sich. Alles drehte sich um ihn.

Estelle blieb sitzen und sah ihn an.

»Es waren so viele ...«

»Wie viele?«

»Ein paar Hundert. In einem Schuhkarton in ihrem Schreibtisch.«

Die Augen seiner Frau sahen aus wie schwarze Löcher. »Warum zum Teufel hast du mir nichts gesagt? Oder wenigstens der Polizei?« Ihre Stimme wurde lauter. »Vielleicht ist das der Grund, warum Frida getötet wurde!«

»Ich wollte Frida vor der Polizei schützen! Vor Gerüchten! Vor Verdächtigungen!« Er spürte einen Kloß im Hals. »Ich wollte sie doch nur schützen«, flüsterte er. »Wollte herausfinden, wer das Zeug an sie verkauft hat, und dafür sorgen, dass das Arschloch geschnappt wird.«

Estelle stand auf und stellte sich so nahe an ihn heran, dass er erneut den Duft ihres Shampoos riechen konnte. Ihre Handflächen drückten gegen seine feuchten Wangen und ihre Lippen streiften seine. »Warum erzählst du mir das erst jetzt? Jetzt, wo man sie tot aufgefunden hat. Warum, Viggo? Ich verstehe das nicht.«

Die Geste war sanft, doch die Worte waren hart. Ihre Stirn berührte sein Kinn und verharrte dort.

»Ich habe den Mord an Unni nicht mit den Pillen oder mit Fridas Verschwinden in Verbindung gebracht. Bis vor Kurzem wusste ich nicht einmal, dass Unni tot ist. Und Abbe hat mir versichert, dass Tony Frida nicht entführt hat und ...«

»Moment«, fiel Estelle ihm ins Wort. »Hast du Abbe Ali getroffen?«

Viggo nickte. »Er hat mich kontaktiert. Das Syndikat hat nichts mit Frida zu tun, und ich glaube ihm. Wenn Tony gewusst hätte, dass wir in Umeå wohnen, wäre ich schon tot. Ich vertraue Abbe.«

Viggo sank auf die Knie, und seine Frau folgte seinem Beispiel. Er spürte ihren warmen Atem, und sie ließ ihren Tränen freien Lauf. »Ich werde der Polizei sagen, dass Unni bei sich zu Hause Drogen hatte, die von Frida kamen«, sagte er.

»Jetzt, wo sie tot ist, ändert das doch nichts mehr«, sagte Estelle leise. »Du hast es nicht geschafft, sie zu schützen, Viggo. Wir beide haben es nicht geschafft.«

Viggo war restlos erschöpft, als hätte er mehrere Tage und Nächte hintereinander Poker gespielt. Seine Augen brannten, seine Psyche war ausgelaugt. Würden sie diese Situation meistern? Er wusste es nicht.

»Ich will umziehen. Nach Norwegen«, sagte Estelle und legte sich wieder auf den Boden. Sie starrte zur Decke empor und weinte. Viggo tat dasselbe. Die Decke war weiß.

»Das hätten wir längst tun sollen. Hätten wir nur auf die Polizei gehört«, sagte sie und flocht ihre Finger mit seinen zusammen. »Und wir nehmen Fridas Asche mit. Ich lasse sie nicht hier zurück.«

Viggo drehte den Kopf zu ihr und sah zu, wie ihre Tränen auf den Boden fielen. Er dachte an den Auftrag, den er von Abbe erhalten hatte.

51

Charlotte schaute zum Fenster hinaus. Als der Motor abgestellt wurde, erkannte sie, dass sie sich vor der Universitätsklinik von Umeå befanden. Der Mann, der sie dorthin gefahren hatte, öffnete ihr die Wagentür. Sein Gesicht verbarg sich nach wie vor unter Mütze und Schal. Sie war mehrmals bewusstlos geworden und konnte sich nur verschwommen an die Fahrt erinnern. Einmal war sie aufgewacht und sich sicher gewesen, dass sie in einer Garage standen.

»Können Sie gehen?«, fragte er.

Charlotte nickte. Das Schwindelgefühl und das Zittern in den Beinen hatten nachgelassen. Sie nahm seine Hand und sah erneut das Armband an seinem Handgelenk. Sie standen vor der Notaufnahme, nur ein paar Schritte vom Eingang entfernt. Die kalte Luft fühlte sich auf ihrer Haut wie Nadelstiche an. Am Oberkörper trug sie nur eine dünne Bluse, und sie war barfuß.

Vor der Notaufnahme war es ruhig. Nur eine ältere Dame mit Rollator starrte sie an.

»Sie müssen jetzt allein zurechtkommen«, sagte der Mann und schlug hinter ihr die Wagentür zu.

Charlotte nickte und ließ seine Hand los. »Danke, wer auch immer Sie sind«, sagte sie und machte den ersten Schritt in Richtung Eingang. Den Boden unter ihren Füßen spürte sie nicht.

»Wir werden uns wohl bald wiedersehen«, sagte der Mann, ging um das Auto herum zur Fahrerseite und stieg ein. Als das Auto losfuhr, warf Charlotte einen Blick auf das Nummernschild. Sie blinzelte, um besser sehen zu können, aber das Auto verschwand zu schnell.

Hier gibt es bestimmt Überwachungskameras, dachte sie. Die Eingangstüren glitten auf, und sie trat ein ins Warme. Nach nur ein paar Schritten kam eine Krankenschwester auf sie zugerannt und legte ihren Arm als Stütze unter ihren. Ihrem Blick nach zu urteilen, musste Charlotte wie der leibhaftige Tod aussehen.

»Was ist mit Ihnen passiert?«

Charlotte fokussierte den Blick auf ihre nackten Füße und die lackierten Zehennägel. Sie spürte, wie ihr eine Träne die Wange hinunterlief. Es dauerte nicht lange, und sie lag auf dem Rücken, den Blick auf die Neonröhre an der Decke gerichtet.

Ein Arzt nahm ihren Arm und fuhr mit dem Zeigefinger über die Einstichstellen. »Was hat man Ihnen verabreicht, Charlotte? Wissen Sie das?«

»Sie wissen, wer ich bin?«, sagte sie und schüttelte den Kopf.

»Wir arbeiten mit der Polizei zusammen, und Sie sind ja fast so etwas wie eine lokale Berühmtheit hier in der Stadt«, sagte der Arzt und lächelte sie an.

»Ich weiß nicht, was ich im Körper habe«, sagte Charlotte. »Auch nicht, wie lange ich weg war. Ich weiß nur, dass ein Mann mich gerettet hat. Können Sie meine Kollegen anrufen? Wir müssen eure Überwachungskameras überprüfen.«

»Sie waren gut vierundzwanzig Stunden weg«, sagte der Arzt und teilte einer jungen Frau in grünen Kleidern mit, welche Tests vorgenommen werden sollten. Gleichzeitig wurde Charlotte ausgezogen und an diverse Geräte angeschlossen. Mehrere Nadeln wurden in ihr Handgelenk gestochen.

Flüssigkeit, dachte sie. Der Durst, den sie verspürt hatte, war verschwunden, aber sie konnte immer noch nicht die Lippen anfeuchten. Man hatte ihr ein eigenes Zimmer zugewiesen, in dem Ärzte und Schwestern hektisch hantierten. Der Arzt sah jung aus.

»Wir haben Ihre Familie und Ihre Kollegen benachrichtigt, wo Sie sich befinden. Sie sind unterwegs. Aber jetzt müssen wir Sie untersuchen«, sagte er und beugte sich mit einer kleinen Taschenlampe über sie. Er bat sie, nach links und dann nach rechts zu schauen. Das Licht blendete sie, und es klickte, als er die Lampe ausknipste.

»Tony hat mich entführt, ich muss mit meinen Kollegen reden. Sie müssen ihn finden, sonst holt er sich Anja«, sagte sie und sträubte sich gegen den Versuch des Arztes, weitere Tests an ihr vorzunehmen.

»Können Sie Ihre Personennummer sagen?«, fuhr er fort. »Wissen Sie, wo Sie sind?«

Charlotte beantwortete seine Fragen. Sie schloss die Augen und verdrängte die Erinnerungen an den Ort, an dem sie sich befunden hatte. Sie war jetzt außer Gefahr. Anja jedoch nicht.

Eine Frau stellte ein Tablett mit einem Glas Orangensaft und einem belegten Brötchen auf den Tisch neben ihrem Bett. Charlotte fuhr sich mit den Händen durch die strähnigen Haare. »Hat man Frida gefunden?«, fragte sie den männlichen Pfleger.

»Das müssen Sie Ihre Kollegen fragen«, sagte er und verließ das Zimmer.

Charlotte setzte sich halb im Bett auf und ließ den Kopf in das weiche Kissen sinken. Ihre Augenlider fühlten sich extrem schwer an. Laut Arzt durfte sie nicht schlafen, aber ihr fielen die Augen zu.

Der Pfleger kam zurück und öffnete die Tür einen Spalt. Charlotte schlug erneut die Augen auf.

»Ich habe vergessen, Ihnen zu sagen, dass Ihre Kollegen, die zu Ihnen unterwegs sind, eine Wache vor Ihrem Zimmer postieren werden. Auf dem gesamten Krankenhausgelände sind Polizisten. Die Person, die Ihnen das angetan hat, wird hier drinnen nicht an Sie herankommen.« Der Pfleger versuchte sie zu beruhigen, aber es gelang ihm nicht richtig.

»Anja, meine Tochter. Ich muss sie anrufen. Kann ich mir Ihr Handy ausleihen?«

»Natürlich, hier«, sagte er und gab ihr sein Telefon. Anja nahm nach dem ersten Läuten ab. »Hallo?«

»Hallo, hier ist Mama.«

Anja fing an zu weinen. »Mama, alles in Ordnung? Haben sie dich gefunden?«

»Ja, Süße. Ich bin im Krankenhaus in Umeå. Mir geht's so weit okay. Du musst mir versprechen, dass du tust, was die Polizei dir sagt, ja? Du wirst unter Schutz gestellt, du bist auch in Gefahr. Versprich mir, dass du nicht aus dem Haus gehst und auf die Kollegen hörst.«

»Warum bin ich in Gefahr?« Anja klang aufrichtig ängstlich.

»Ich kann dir jetzt nicht alles erklären, Liebling, aber ich melde mich bald wieder und …« Sie konnte den Satz nicht beenden, da Anja sie unterbrach.

»Ich will nach Umeå kommen. Wenn ich hierbleibe und mir den Kopf darüber zerbreche, was mit dir los ist, drehe ich durch.«

Charlotte wusste nicht, was sie darauf antworten sollte. Solange Tony sich auf freiem Fuß befand, war es egal, wo Anja sich aufhielt. Sie schwebte sowohl in Stockholm als auch hier in Gefahr. »Lass mich mit meinen Kollegen reden, dann sehen wir weiter. Ich hab dich lieb.« Sie beendeten das Gespräch.

Ihr Blick fiel auf das Plastikband um ihr Handgelenk. Dabei musste sie an das Armband des Mannes denken, der sie gerettet hatte. Sie schloss die Augen und sah abwechselnd seine

Augen und sein Armband vor sich. Sie hatte ihn zuvor schon einmal gesehen. Auch die Jacke mit dem Armani-Logo kam ihr bekannt vor. Wie ein Nachbar, der einem täglich über den Weg lief, ohne dass er einem groß auffiel.

Plötzlich fiel es ihr ein. Sie hatte auf das Design reagiert und sich gewundert, dass ein Gangster so einen dezenten und guten Geschmack hatte. Abbe Ali hatte die Jacke auf dem Foto angehabt, das Per ihnen im Besprechungszimmer gezeigt hatte. Das Foto, das außerhalb der Norrlandsoper aufgenommen worden war, als Abbe Hugo Larsson observiert hatte.

52

Per betätigte die Spülung der Toilette auf dem Polizeirevier und betrachtete sich im Spiegel. Die Falten in seinem Gesicht waren nicht zu übersehen, die Haut unter den Augen war geschwollen und die Mundwinkel hingen herab. Er blickte verärgert drein, obwohl Charlottes Anruf ihn enorm erleichtert hatte.

Mia musste sich einer weiteren Untersuchung unterziehen, doch die Ermittlung hinderte ihn daran, bei ihr zu sein. Per fuhr sich durchs Haar und wusch anschließend die Hände. Der Krebs hatte sich nicht zu den Lymphknoten ausgebreitet, aber die Ärzte konnten nicht mit Sicherheit sagen, wie es in der Brust aussah, bevor sie sie aufschnitten. Per hatte den Vater eines Mannschaftskameraden von Simon angerufen und ihn gefragt, ob dieser Simon abholen und zum Eishockeytraining mitnehmen könne. Bis auf Weiteres würden sie ihr Leben nach Mias Behandlungen und Befinden planen und ausrichten, und Pers Arbeit machte das Ganze nicht weniger kompliziert.

Per wollte nach einem Papiertuch greifen, doch der Behälter war leer. Er trocknete die Hände an der Hose ab. Das Klingeln des Handys riss ihn aus seinen Gedanken. Die Nummer kam ihm bekannt vor, aber er konnte sie nicht sofort einem bestimmten Anrufer zuordnen.

»Ja, hier ist Per Berg, Polizei Umeå.«

»Hallo, hier ist noch mal Tomas Ek, Antons Vater.«

»Hallo Tomas. Wie geht es Ihnen und Ihrer Frau?«

»Wir nehmen einen Tag nach dem anderen. Als ich das letzte Mal mit Ihnen sprach, konnten Sie mir aus ermittlungstechnischen Gründen nichts zum Mord an Unni Olofsson sagen. Können Sie das jetzt?«

Per blickte zur Decke empor. Er konnte es nicht. Vor allem nicht zu Tomas, der keine Verbindung zu dem Mordopfer hatte. »Leider kann ich zu einer laufenden Ermittlung nichts sagen. Wir haben noch nichts gefunden, das darauf hindeutet, dass ...«

Tomas fiel ihm ins Wort. »Wir haben die Anrufliste von unserem Sohn angefordert, um herauszufinden, mit wem er Kontakt hatte. Meine Frau und ich wissen nicht mal die Hälfte von dem, was er trieb. Aber jetzt haben wir es schwarz auf weiß. Anton und Unni hatten viel Kontakt miteinander.«

Per presste das Handy fester ans Ohr. »Was meinen Sie mit *viel* Kontakt?«

»Anton hat mehrmals die Woche mit Unni telefoniert. Er hat sie sogar nachts angerufen, vermutlich wenn ...« Tomas machte eine Pause. »... wenn seine Angst am schlimmsten war. Ich war in der Apotheke, wo Unni gearbeitet hat. Ein Mann hat mir erzählt, dass Anton oft dort war, wenn sie Dienst hatte. Ihre Kollegen glaubten, er wäre ihr Sohn oder ein Verwandter, weil sie den Eindruck machten, als stünden sie sich nahe. Können Sie verstehen, wie sich das für einen Vater anfühlt, wenn der Sohn bei jemand anders Hilfe sucht? Und dann hat er sich das Leben genommen.«

»Nein, das kann ich nicht, ich ...« Per schwieg. Er wusste nicht, was er dazu sagen sollte. »Wissen Sie, worüber die beiden geredet haben?«, fragte er stattdessen.

Tomas schluchzte am anderen Ende. »Nein, aber eine Frau in der Apotheke hat mir erzählt, dass Unni Anton oft umarmt hat, wenn er dort war. Das haben wir mit ihm zu Hause auch gemacht, aber zum Schluss hat er uns meistens weggeschubst. Seine Zwangsstörung wurde nur noch schlimmer, und zu Hause gab es immer häufiger Krach. Aber warum ließ er eine fremde Person an sich heran und nicht uns?«

Per senkte die Schultern und blickte ins Waschbecken. Er verspürte Mitgefühl mit seinem Gesprächspartner. Tomas versuchte zu begreifen, warum sein Sohn sich das Leben genommen hatte. Und er stellte eigene Nachforschungen an, weil er keine Informationen von der Polizei bekam.

»Manchmal ist es leichter, mit jemandem zu reden, der nicht zur Familie gehört«, sagte Per. »Jugendliche suchen nach anderen Sichtweisen und Einschätzungen als denen, die sie zu Hause vorgesetzt bekommen.«

»Möglich«, sagte Tomas, klang jedoch nicht überzeugt.

»Wir sind Unnis Anruflisten durchgegangen, konnten aber keine der Nummern Anton zuordnen. Unter welchem Namen läuft sein Mobilfunkvertrag?«

»Auf seine Patentante in Göteborg, eine alte Schulfreundin von meiner Frau. Sie hat ihm das Handy zu Weihnachten geschenkt und bezahlt seine Telefonrechnungen.«

Verdammt, dachte Per. Das hatten sie übersehen.

53

29. Januar, Freitag

Charlotte saß vollständig angezogen in ihrem Krankenhausbett. Sie hatte noch nicht ihre Entlassungspapiere erhalten, jedoch den Arzt zu sich gebeten. Obwohl Kennet ihr angeordnet hatte zu bleiben, wo sie war, und sich auszuruhen, hatte sie es eilig, ins Revier zurückzukehren.

Sie wusste nicht, wo Tony sie gefangen gehalten hatte, aber jedes Mal, wenn sie die Augen schloss, sah sie ihn vor sich, wie er sie angrinste, und spürte die Nadel in ihrer Haut. Sie hatte erfahren, dass er ihr Heroin gespritzt hatte. Ihr Körper würde eine Weile brauchen, es zu verarbeiten. Sie litt unter Übelkeit und Erbrechen. Das Schlimmste waren jedoch die Schweißausbrüche und der Druck auf ihrer Brust. Mit diesen Angstsymptomen würde sie leben müssen, bis sie Tony erwischt hatten. Er und Abbe waren abgetaucht.

Das Haus in Vännäs hatte zwar schon einige Zeit leer gestanden, wies jedoch deutliche Anzeichen auf, dass vor Kurzem mehrere Personen vorübergehend dort gewohnt hatten. Wie sich herausstellte, war dies der Ort, wo William ermordet worden war. Im Keller waren Spuren der Tat übrig geblieben. Warum man die Leiche auf dem Universitätsgelände abgelegt hatte, war immer noch unklar, aber die Polizei vermutete, dass dies als Warnung an alle dienen sollte, die etwas wussten. Tony mochte solche Symbolik.

Charlotte blickte auf ihr Handy und ihr kamen die Tränen, als sie auf dem Display das Foto von sich und Anja sah. Was wäre aus Anja geworden, wenn Tony sie getötet hätte? Ihre Tochter wäre für den Rest ihres Lebens gezeichnet gewesen. Gezwungen, mit Carl zusammenzuleben, ihrem Vater, der keinen blassen Schimmer hatte, wie man mit einem Mädchen im Teenageralter umging, geschweige denn mit einem, das mit einem solchen Trauma zu kämpfen hatte. Charlotte hegte den Verdacht, dass ihr Ex-Mann versuchen würde, Anja in eine Kopie von sich selbst zu verwandeln. Sie dagegen bemühte sich, Anja zu ermöglichen, dass sie sich so mochte, wie sie war. Versuchte ihr einzureden, sie solle sich nicht über die Familie definieren, in der sie aufgewachsen war. Ihr Wert als Mensch hing nicht davon ab.

Das Handy klingelte, und das Foto von ihr und Anja wurde durch ein Bild von Per ersetzt.

»Hallo«, sagte er. »Ich wollte nur hören, wie es dir geht.«

»Ich bin auf dem Weg ins Revier. Ich kann hier nicht herumliegen. Kann nicht schlafen, komme nicht zur Ruhe. Ich muss zurück zu euch.«

»Du weißt schon, dass seit deiner Rettung erst eineinhalb Tage vergangen sind? Das reicht nicht, um sich zu erholen. Kennet wird niemals zulassen, dass du schon wieder anfängst zu arbeiten. Vor allem nicht in diesem Fall.«

»Ich weiß, aber ich komme trotzdem rein. Wer kennt Tony so gut wie ich? Ich weiß, wie er tickt. Ihr braucht mich bei der Ermittlung.«

»Gestern erhielt ich einen Anruf von Tomas Ek«, sagte Per.

»Was wollte er?«

»Unni Olofsson hat Anton bei seiner Drogenabhängigkeit geholfen. Sie war für ihn da. Laut Tomas hatten die beiden engen Kontakt, und Anton hat sie oft in der Apotheke besucht.«

»Hat Tomas dir das erzählt? Wie konnten wir das übersehen?«

»Ich habe soeben mit dem Personal in der Apotheke gesprochen. Die haben Tomas' Angaben bestätigt.«

Charlotte presste das Handy fester ans Ohr.

»In Anbetracht dessen, was dir passiert ist, konnten wir Hugo nicht wie geplant festnehmen, aber das ist heute geschehen«, sagte Per. »Er wurde wegen Verdachts des Mordes an Unni Olofsson verhaftet.«

»Wurde er schon vernommen?«, fragte Charlotte.

»Nein, das werde ich jetzt gleich machen.«

»Ich komme ins Revier«, sagte Charlotte im selben Moment, als der Arzt das Zimmer betrat. »Von mir aus soll Kennet mich an den Schreibtisch ketten, aber ich muss bei euch sein. Schließlich ist es auch meine Ermittlung.«

»Okay, aber du kannst nicht bei der Vernehmung dabei sein. Ich werde Kennet vorwarnen, damit er nicht ausrastet, wenn er dich sieht.«

Charlotte lachte. »Ich muss nur noch meinen Arzt überreden, dass er mich entlässt.« Sie lächelte den Arzt an. Statt die Geste zu erwidern, stemmte er die Hände in die Hüften, um seine Missbilligung auszudrücken.

»Und wo wollen Sie hin?«, fragte er, als sie aufstand.

»Einen Mordfall lösen«, sagte Charlotte und ging zur Tür.

54

Per ging mit großen Schritten über die Gehaltslücke hinüber in die Chefetage. Kennet würde fuchsteufelswild werden, wenn er erfuhr, dass Charlotte auf dem Weg ins Revier war. Ein Blick auf die Uhr zeigte ihm, dass es kurz nach zwei war. Mia hatte gerade einen Arzttermin, wollte ihren Mann aber nicht dabeihaben. Sie sagte, sie käme allein zurecht. Es fühlte sich nicht gut an, gab ihm jedoch die Möglichkeit, sich auf die Ermittlung zu konzentrieren. Jetzt musste er sich auf Hugos Vernehmung vorbereiten. Er lehnte sich an Kennets Türrahmen und räusperte sich. Sein Chef war in irgendwelche Akten vertieft.

»Hallo Per, komm rein.«

Per machte einen Schritt ins Büro und nahm die Brille ab. »Du, Charlotte möchte gleich ins Revier kommen.«

Kennet blickte auf. »Kommt überhaupt nicht infrage. Muss sie nicht noch im Krankenhaus bleiben? Außerdem darf sie wegen ihrer Verbindung zu Tony nicht an dem Fall arbeiten, das weißt du doch.«

»Sie wird wohl gerade entlassen. Aber hör zu, ich glaube, sie braucht etwas, um sich abzulenken, und niemand kennt Tony besser als sie. Wir brauchen sie mehr denn je. Charlotte weiß, wie der Bursche tickt, und kennt seine Schwächen. Ich übernehme die volle Verantwortung für sie.«

»Per, sie hat immer noch Drogen im Körper.«

»Sie kann Innendienst machen und am Schreibtisch sitzen. Geht das in Ordnung?«

Kennet seufzte und lehnte sich auf seinem Stuhl zurück. »Du hast erzählt, als Charlotte aus dem Krankenhaus anrief, waren ihre ersten Worte, Abbe Ali habe sie gerettet. Warum, glaubst du, hat er das getan?«

»Das werden wir herausfinden, wenn wir ihn geschnappt haben. Ich werde auch gleich Hugo Larsson vernehmen.«

»Gut«, sagte Kennet. »Stell dir vor, seine Festnahme verlief vollkommen undramatisch. Offenbar hatte er überhaupt nicht damit gerechnet, dass wir ihm auf der Spur waren.«

»Wir werden sehen, was er bei der Vernehmung sagt. Ich glaube immer mehr, dass das Sperma auf dem Schal, den wir in der Nähe von Fridas Leiche gefunden haben, von ihm stammt«, sagte Per und folgte seinem Chef in Richtung Besprechungszimmer. »Wer sonst hinterlässt eine so deutliche Spur an einem Tatort? Das ist total bescheuert.«

Ola Boman war der Erste, den Per beim Betreten des Besprechungszimmers sah. Sämtliche Stühle waren besetzt, Kicki stand an der Wand. Per ging ein paar Schritte auf die Anwesenden zu.

»Wie ihr alle wisst, ist in den letzten vierundzwanzig Stunden viel passiert. Noch bevor wir den vorläufigen Bericht über die Ereignisse erhalten, leiten wir eine Voruntersuchung wegen Mordes ein. Ich komme noch darauf zurück. Aber ich habe mit Charlotte gesprochen, seitdem sie wieder zurück ist, und sie hat uns nützliche Informationen gegeben …« Per machte eine Pause, ehe er fortfuhr. »Charlotte bestätigt, was Viggo uns erzählt hat. Nämlich dass Tony offenbar keinen blassen Schimmer hatte, wer Frida Malk war. Das erfuhr er erst, nachdem die Zeitungen ihren Namen erwähnten. Tony hat jedoch gegenüber Charlotte damit geprahlt, dass er William getötet hat, und wir haben den Tatort gefunden, nämlich die Hütte in Vännäs, in der Tony sich versteckt hielt, nachdem wir begonnen hatten, nach ihm zu fahnden. In dieser Hinsicht lagen wir mit unserem Verdacht also richtig.« Per blickte in die Runde. »Jetzt, wo Tony weiß, dass Viggo Malk in Umeå wohnt, hat die Personenschutzabteilung ihn erneut an einen anderen Ort verlegt. Charlotte und ihre Tochter benötigen ebenfalls Schutz. Tony zu finden, hat also höchste Priorität für die Nationale Operative Abteilung.«

Kennet räusperte sich, um zu Wort zu kommen. »Das führt uns zu Hugo Larsson.«

»Ja«, stimmte Per ihm zu. »Wir vermuten, dass Hugo hinter dem Verkauf großer Mengen Drogen hier in Västerbotten steckt. Die Fahndungsgruppe hat ihn eine Zeit lang observiert und weiß mit Sicherheit, dass er Pakete mit Medikamenten und anderen Substanzen ausliefert, die als Narkotika klassifiziert sind. Die Kollegen haben im Darknet eine fingierte Bestellung aufgegeben und eine Lieferung von Hugo erhalten. Wir haben das Postverteilzentrum überwachen lassen, um herauszufinden, ob er interne Unterstützung hat. Ziemlich bequem, Zugang dazu zu haben, wenn man Sachen über das Internet verkauft. Er musste seine Pakete nie am Postschalter aufgeben, sondern hat sie während seiner Schicht im Verteilzentrum verschickt.«

»Aber wie lässt er sich mit dem Mord an Frida in Verbindung bringen?«, fragte Kicki.

Per trat näher an das Whiteboard mit dem Foto der lächelnden Frida heran. »Hugo Larssons Mutter besitzt einen Volvo älteren Modells. Aber sie ist fast blind und fährt nie damit. Hugo schon. Dieser Volvo stand in der Nacht, in der Frida verschwand, nicht weit vom I20-Wald entfernt. Das ist für euch nichts Neues, aber inzwischen haben wir im Kofferraum dieses Wagens auch ein paar Haare gefunden.«

Die Anwesenden nickten. Alles deutete darauf hin, dass Hugo der Täter war.

»Wissen wir, ob die Haare von Frida stammen?«, fragte einer der Ermittler des Teams.

»Gleich«, sagte Per und fuhr fort. »Wir haben von Viggo erfahren, dass er ein paar Wochen vor Fridas Verschwinden eine größere Menge Pillen in ihrem Zimmer gefunden hat. Und jetzt wird es richtig interessant.« Er wandte sich dem zweiten Whiteboard zu. »Viggo hatte eine Affäre mit unserem Mordopfer Unni.« Er deutete auf ihr Foto.

Kicki hörte auf, mit dem Löffel in ihrer Teetasse zu rühren. »Was sagst du da?«

»Er wollte es erst seiner Frau beichten, deshalb haben wir diese Information erst jetzt erhalten. Außerdem hat er uns erzählt, er habe Pillen aus Fridas Zimmer an sich genommen und Unni gegeben. Viggo bat sie herauszufinden, was das für Drogen waren. Und Unni konnte diese Pillen mit Anton in Verbindung bringen. Vielleicht hat sie ihn direkt darauf angesprochen. Anton und Unni standen sich nahe, also wird sie gewusst haben, dass er Drogen nahm. Unsere Theorie ist daher folgende: Anton hat Unni erzählt, dass er Drogen von William gekauft hat, der sie wiederum von Hugo Larsson bezog. Diese Theorie wird dadurch gestärkt, dass Unni der Polizei einen Hinweis zu Hugo gegeben hat.«

»Meine Fresse!«, sagte Ola.

Per fuhr fort. »Laut einer Studentin an der Universität hat Unni viele Fragen gestellt und herauszufinden versucht, wer die jungen Leute in der Stadt mit Drogen beliefert. In diesem Zusammenhang tauchte Williams Name auf, und wir vermuten also, dass Hugo sein Lieferant war. Eine Zeit lang haben wir mit der Theorie gearbeitet, dass Hugo und William den Mord an Unni gemeinsam begangen haben, weil sie ihnen auf die Spur gekommen war. Aber das Haar an dem Klebeband, mit dem Unnis Arme gefesselt waren, stammte nicht von William.«

»Von wem dann?«, fragte Anna, die heute ungewöhnlich still war.

»Das wissen wir noch nicht, aber im Augenblick gehen wir davon aus, dass Hugo sich durch Unnis Nachforschungen in die Enge getrieben fühlte und sie ganz einfach zum Schweigen gebracht hat. Er hat ein starkes Motiv, weil sie ihm auf die Schliche kam. Wir hoffen, dass die DNS aus ihrer Wohnung uns einen Treffer liefert.«

»Aber warum hat Hugo Frida umgebracht?«, fragte Anna.

»Die Spuren, die wir in der Nähe der Leiche fanden, deuten mehr auf ein sexuelles Motiv hin. Nach der Obduktion wissen wir mehr. Aber das Sperma auf dem Schal muss von Hugo sein. Es stimmt nicht mit Williams DNS überein.«

»Sollen wir die Möglichkeit ausschließen, dass ihr Tod etwas damit zu tun hatte, dass sie Viggos Tochter war?«, fragte Kicki. »Außerdem hatte sie eine größere Menge Drogen bei sich zu Hause. Gibt es da vielleicht einen Zusammenhang?«

»Wir schließen nichts aus«, sagte Per und ließ den Blick über die Mitglieder seines Teams schweifen. Sie arbeiteten seit einer Woche rund um die Uhr, und der Schlafmangel forderte allmählich seinen Tribut. Er hatte sie gebeten, nach Hause zu gehen und sich ein paar Stunden auszuruhen, doch ein totes Mädchen ließ niemanden zur Ruhe kommen.

»Wir werden Hugo dazu bringen, auszupacken«, sagte Per und krempelte die Ärmel seines Pullovers hoch. »Anschließend müssen wir auch mit Camilla Mattsson reden, der Mutter von Linn Mattsson, Fridas bester Freundin. Sie betreibt ein Inneneinrichtungsgeschäft, und Hugo arbeitet für sie als stundenweise Aushilfe. Soviel wir wissen, ist er für die Verpackung und den Versand von Artikeln zuständig, die Camilla online verkauft. Sie wird wohl einiges über ihn wissen, vielleicht viel mehr, als es den Anschein hat. Laut Camilla war Hugo an dem Abend, an dem Frida verschwand, bei ihr. Hat sie ihm womöglich ein falsches Alibi verschafft? Vielleicht deckt sie ihn aus irgendeinem Grund. Setzt euch mit der Staatsanwaltschaft in Verbindung und lasst Camilla zu einer Vernehmung vorladen.«

Pers Mobiltelefon klingelte. Die Rechtsmedizin. Man war mit Fridas Obduktion fertig und hatte einen vorläufigen Bericht. Er schaltete das Gespräch auf Lautsprecher, sodass alle mithören konnten.

»Wir haben Hugo eine Speichelprobe entnommen, und wie Sie alle wissen, gab es im 120-Wald zwei Fundorte. An einem befand sich Fridas Leiche, am anderen, nur ein Stück weiter weg, der Schal mit dem Sperma. Für Letzteren haben wir einen bestätigten DNS-Treffer.«

»Das ging schnell«, warf Anna dazwischen.

»Es ist ja auch ein wichtiger Fall«, sagte die Rechtsmedizinerin. »Das Sperma stammt von Hugo Larsson.«

»Und die Haare in dem Volvo?«, fragte Per.

»Dafür brauchen wir noch ein bisschen mehr Zeit, aber im Hinblick auf die anderen Beweise dürften sie von niemand anderem als Frida sein.«

»Dieser Mistkerl«, sagte Per.

»Es kommt noch mehr«, sagte die Frau. »Die Körperflüssigkeit auf Unnis Leiche stammt auch von ihm.«

Per biss die Zähne zusammen. »Wir haben ihn«, stellte er fest und verließ die Besprechung.

55

Linn befand sich in ihrem Zimmer. Sie war in der Schule krankgeschrieben. Die Krankmeldung hatte sie selbst vorgenommen, da sie ihre Mutter nicht erreichen konnte. Linn hatte sie zuletzt gesehen, als sie aus dem I20-Wald nach Hause gekommen war, nachdem der Suchtrupp Frida gefunden hatte. Camilla hatte ihre Tochter umarmt und zusammen mit ihr geweint. Ihr den Rücken gestreichelt und die Tränen weggewischt. Sie getröstet, nicht mit Worten, sondern allein durch ihre Anwesenheit. Anschließend hatte Linn eine Schlaftablette genommen und dreizehn Stunden geschlafen. Als sie aufwachte, war ihre Mutter weg. Auch Hugo war nirgends zu sehen.

Linns Handy drohte von all den Nachrichten und Anrufen zu überhitzen. Als beste Freundin der ermordeten und im ganzen Land bekannten Frida war sie offenbar interessant. Sogar die angesagteste Mädchenclique der Schule hatte sie zu einem Filmabend eingeladen.

Linn betrachtete sich im Spiegel. Dunkle Ringe unter den Augen, zwei Pickel am Kinn, die sie nicht überschminkt hatte, strähnige Haare. Die Lust, sich zurechtzumachen, und sogar das Verlangen danach, sich zu übergeben, waren wie weggeblasen. Auf dem Bett lag eine Tüte mit neuen Kleidern, die ihre Mutter für sie gekauft hatte. Vermutlich, um sie zu trösten.

Normalerweise hätte sie jetzt Frida angerufen. Sie hätten zusammen die Kleider anprobiert, gelacht und darüber gestritten, wer schlanker war. Frida hätte sie gefragt, ob sie sich von ihr Kleider ausleihen könne. Linn bückte sich nach der Tüte, entnahm ihr ein Kleidungsstück und riss das Preisschildchen ab. Eine Bluse von Ida Sjöstedt. Sie zog den Pullover aus und blickte in den Spiegel. Der BH war zu groß, jetzt, wo ihre Brüste ihn nicht mehr ausfüllten. Linn drückte das Körbchen hoch. Verdammt, sie wollte keine kleinen Brüste haben. Die Schlüsselbeine standen hervor, das war gut. Sie hielt den Atem an, zog den Bauch ein und fuhr mit den Händen darüber. Die Wölbung der Rippen spürte sie genauso deutlich, wie sie sie sah. Linn drehte sich zur Seite, um sich in Profilansicht betrachten zu können, und legte den Kopf in den Nacken, damit die Haare noch näher an das Kreuz reichten. Atmete aus.

Sie zog die neue Bluse an und strich sich die Haarsträhnen ins Gesicht. Machte einen Schmollmund und unterzog sich einem prüfenden Blick. Griff zu ihrem Schminkbeutel und verwandelte sich mit routinierten Bewegungen in eine Person, die sich draußen sehen lassen konnte. Mit ihrem Handy knipste sie ein ernstes Selfie und legte einen schimmernden Filter darüber. Dazu schrieb sie einen Text: *RIP Frida.*

Sie postete das Ganze auf Instagram, bekam jedoch sofort ein schlechtes Gefühl, das im Kopf begann und im Bauch endete. Als sie das Foto ansah, stellte sie fest, dass es bereits mehrere Likes erhalten hatte. Linn kaute auf ihrem Zeigefingernagel herum und riss ein Stück mit den Zähnen ab. Verdammt, sollte sie den Post entfernen? Das Foto von ihr war perfekt, aber trotzdem … Vielleicht war es komisch? Sie hielt den Daumen über das Display. Sollte sie den Beitrag löschen? Sie erhielt weitere Likes, merkte, wie populär sie war, und setzte sich aufs Bett. Der Beitrag musste bleiben.

Als sie schließlich zu dem Filmabend mit der Mädchenclique aufbrach, machte ihr Handy erneut *pling pling*. Eine Push-Nachricht. Seit Fridas Verschwinden folgte sie der Zeitung *Västerbottens-Kuriren*.

Dringend tatverdächtige Person im Mordfall Frida Malk festgenommen.

Das Foto zeigte einen Mann mit verschwommenem Gesicht, aber Linn erkannte ihn. Ihre Beine begannen zu zittern, und sie setzte sich auf einen Stuhl im Flur. Betrachtete das Foto. Rief Camilla an. Es meldete sich nur die Mailbox.

Das muss ein Irrtum sein, dachte sie. *Die haben bestimmt die falsche Person erwischt.* Sie las den Artikel.

Hat Hugo Frida getötet? Warum?

Linn rannte in die Küche, wo ihre Mutter sich meistens aufhielt. Alles war wie immer, klinisch sauber. Sie lehnte sich an die Spüle. Im Haus war es still.

Sie versuchte noch einmal, Camilla anzurufen. Immer noch die Mailbox. Wo war sie nur? Linn war daran gewöhnt, dass ihre Mutter manchmal lange weg war, aber man konnte sie immer erreichen. Sie starrte auf den Küchenboden und dachte an Hugo. Der schöne Hugo, der keiner Fliege etwas zuleide tat. Warum glaubte die Polizei, er hätte Frida getötet?

Was, wenn ihre Mutter dahintergekommen war und Hugo sie ebenfalls getötet hatte? Linn stürzte in den Flur hinaus, griff zu ihrer Handtasche und wühlte darin nach der Visitenkarte, die sie von der Polizistin bekommen hatte.

Anjas Mutter. Ich muss sie anrufen.

56

Per nahm gegenüber Hugo und dessen Anwalt Platz. Hugo kaute auf einem Käsebrötchen herum, und Per musterte ihn. Dunkle lockige Haare, die ihn ein wenig wie Jon Schnee in *Game of Thrones* aussehen ließen. Traurige Augen, perfekt geformte Augenbrauen. Volle, symmetrische Lippen, eingerahmt von einem Dreitagebart. Blasse Haut, als hätte er sein ganzes Leben im Dunkeln verbracht. *Winter is coming*, dachte Per und hoffte aus irgendeinem Grund, dass der Typ nicht schuldig war. Vielleicht, weil er einen netten Eindruck machte. Unsicher, sanft. Ein ungewöhnlicher Mörder. Sämtliche Beweise deuteten jedoch auf Hugo. Per und seine Kollegen hatten den vorläufigen Obduktionsbericht zur Kenntnis genommen, und die DNS-Ergebnisse brachten Hugo mit Unnis und Fridas Tatorten in Verbindung. Außerdem hatte man Fridas Mobiltelefon bei ihm zu Hause gefunden.

Per belehrte den Beschuldigten über dessen Rechte, aber Hugo schien kaum zuzuhören.

Bei der Durchsuchung seiner Wohnung hatten die Beamten Hunderte Pornofilme gefunden, die allesamt ziemlich ungewöhnliche sexuelle Handlungen zeigten. Die Darstellerinnen waren ältere Frauen in Unnis Alter. Hugos Zuhause erinnerte an eine Junggesellenbude aus den Achtzigerjahren. Schwarzes Ledersofa, Couchtisch mit Marmorplatte, Hunderte CDs, künstliche Pflanzen. Nichts in der Wohnung deutete hingegen auf Drogenhandel hin. Vermutlich betrieb er diesen von woanders aus.

Hugo Larsson hatte die Schule mit schlechten Noten verlassen und keine weiterführenden Schulen besucht. Er war siebenundzwanzig Jahre alt und arbeitete als Postbote und Zeitungsausträger. Seit einem Jahr war er auch als Aushilfe bei Camilla Mattssons Inneneinrichtungsgeschäft tätig, das hauptsächlich über das Internet verkaufte. Bisher ohne Vorstrafenregister, stand er nun unter Verdacht des zweifachen Mordes und schwerer Drogendelikte.

Jetzt, wo er im Vernehmungsraum saß, wirkte Hugo ungewöhnlich ruhig.

»Wissen Sie, warum Sie hier sind, Hugo? Abgesehen von dem Verdacht auf schwere Drogendelikte?«, fragte Per.

Hugo hörte auf zu kauen und legte den Rest des Käsebrötchens auf den Tisch. »Vielleicht.«

Wegen seiner Einfältigkeit war Hugo leicht zu lesen. Per legte ihm ein Foto vor, das eine lebende und lächelnde Unni zeigte. Er wollte sehen, wie Hugo darauf reagierte.

Hugo beugte sich vor. Als er das Foto in die Hand nahm, hinterließ sein fettiger Zeigefinger einen Butterfleck darauf.

»Kennen Sie diese Frau?«, fragte Per.

Hugo betrachtete das Foto. »Nein. Wie heißt sie?«

Er sagte es zu schnell, als dass Per ihm glaubte.

»Sie heißt Unni Olofsson. Sie haben sie also noch nie zuvor gesehen?«

Hugo stocherte mit dem anderen Zeigefinger im Mund herum und löste etwas, das zwischen den Zähnen stecken geblieben war. »Nein, warum sollte ich?«

»Wenn Sie die Frau noch nie getroffen haben, wie kommt es dann, dass Ihre DNS in Form von Urin und Sperma auf ihrer Leiche gelandet ist?«

Per gab Hugos Anwalt eine Kopie des forensischen Berichts zu Unnis Leiche. Dieser wechselte flüsternd ein paar Worte mit seinem Mandanten. Als sie fertig waren, sah Hugo Per an, beantwortete dessen Frage jedoch nur mit einem Schulterzucken und blickte mit geschürzten Lippen auf das Foto.

Per beugte sich vor. »Erzählen Sie mir von dem Tag, an dem Unni ermordet wurde. Waren Sie da über irgendetwas erfreut, traurig oder wütend?«

»Keine Ahnung, woher soll ich das wissen?«, sagte er in mildem Ton.

Per lehnte sich zurück.

Anhand Hugos Patientenakte hatte bei seiner Geburt ein Knoten in der Nabelschnur einen Sauerstoffmangel verursacht, was vermutlich seinen beschränkten Wortschatz erklärte. Während seiner Schulzeit hatte er besondere Unterstützung benötigt. Bei der Arbeit kam er zurecht, hatte jedoch Einfühlungs- und Reflexionsschwierigkeiten. Seinen Alltag konnte er ohne fremde Hilfe bewältigen und hatte dem äußeren Anschein nach nichts Böses an sich. Er machte einen netten Eindruck, was auch andere bestätigten.

»Haben Sie auf Unni uriniert?«

»Nein.«

»Wie kam Ihr Urin dann auf Unnis Leiche?«

»Ich weiß nicht.«

»Wie gelangte Unnis Leiche in die Badewanne?«

»Ich weiß nicht.«

»Wenn mein Mandant sagt, er weiß es nicht, dann weiß er es nicht«, warf der Anwalt dazwischen.

Per seufzte, beugte sich erneut vor und bemühte sich, Hugo freundlich anzusehen. »Wir haben genügend Beweise, um Sie für lange Zeit hinter Schloss und Riegel zu bringen. Noch einmal: Können Sie erklären, wie Ihre DNS auf Unnis Leiche gelandet ist?«

Hugo verschränkte die Arme vor dem Bauch und sprach mit seinem Anwalt. »Golden Shower«, sagte er schließlich selbstsicher. »Die Kleider waren anders als auf diesem Foto, man konnte die Brüste nicht sehen, als ich sie in der Badewanne gefunden habe.«

Die Antwort schockierte Per, doch er bemühte sich, unge-rührt dreinzublicken. Hugo gab zu, am Tatort gewesen zu sein. Er zögerte, bevor er die nächste Frage stellte. »War Unni noch am Leben, als Sie in die Wohnung kamen?«

»Nein.«

»Sie war also tot?«

»Ja.«

»Wer war noch bei Ihnen?«

»Oben in der Wohnung?«, fragte Hugo und blickte verwirrt drein.

»Ja, ihr wart zu zweit, das wissen wir anhand der Beweismaterialien«, sagte Per.

Hugo sah erst seinen Anwalt an und ließ dann den Blick umherschweifen. »Ich bin allein raufgegangen, sie war ja schon tot, als ich gekommen bin, das habe ich doch schon gesagt.«

»War die Tür zu Unnis Wohnung bei Ihrer Ankunft offen oder zu?«

»Äh … die war zu, also die Tür, aber nicht abgeschlossen.«

»Was wollten Sie bei Unni? Weshalb waren Sie dort?«

Hugo saß schweigend da.

Per fuhr in mildem Ton fort und vermied es, autoritär zu wirken. »Woher wussten Sie, dass Unni der Polizei einen Hinweis zu Ihren Drogengeschäften gegeben hatte?«

Hugo starrte Per mit offenem Mund an. »Was?«

»Unni hat Ihr ziemlich einträgliches Geschäft auffliegen lassen. Woher wussten Sie, dass sie Ihnen auf die Schliche gekommen war?«

»Ich habe sie nicht getötet. Sie war ja schon tot, als ich dort ankam, ich wollte nur …«

»Wer hat sie dann getötet?«

»Also, sie hat sich Pillen besorgt, eine ganze Menge, und sie hat herumgeschnüffelt und mit Leuten über mich geredet. Aber ich …« Er nahm eine andere Sitzhaltung ein. »… ich wollte die Drogen holen und …«

»Und was, Hugo?«

»Aber ich habe sie nicht getötet. Ihr müsst mir glauben.«

»Warum sollten wir Ihnen glauben? Wir haben bei ihr DNS-Spuren von Ihnen gefunden. Das lässt sich nicht schönreden. Aber Sie können uns den anderen Täter nennen. Falls diese Person es war, die Unni getötet hat, und Sie mit uns kooperieren und uns genau schildern, was passiert ist, können wir vielleicht dafür sorgen, dass Ihre Strafe milder ausfällt.«

Hugo sank zusammen. Er würde aus dieser Nummer nicht herauskommen, und das wusste er. »Ich war nur dort, um die Drogen zu holen.«

»Warum war das wichtig?«

Hugo bekam knallrote Wangen. »Sie waren ein Beweis, aber ich wollte sie nur holen und nicht …«

»Unni ist Ihnen also dahintergekommen, und Sie haben sie getötet?«, fragte Per.

»Nein. Sie hören mir nicht zu.«

»Es gefiel Ihnen nicht, dass sie herumgeschnüffelt hat?«

Hugo schwieg.

»Wenn Sie Unni nicht getötet haben, ist es jetzt höchste Zeit, uns zu sagen, wer der Täter war. Sämtliche Beweise deuten nämlich auf Sie hin.«

Der Anwalt flüsterte Hugo etwas ins Ohr.

»Ich bestreite die Anschuldigungen. Ich habe sie nicht getötet.« Hugo kniff sich in den Arm, auf dessen Haut sich bereits mehrere ähnliche Spuren befanden. Sein Blick sagte alles. Er hatte Angst.

Per legte Hugo das nächste Foto vor. Es zeigte eine lächelnde Frida voller Leben. »Sie scheinen ziemlich breit gefächerte Interessen zu haben, was Frauen betrifft.«

Hugo rümpfte wiederholt die Nase.

»Das hier ist Frida Malk. Sie wurde erhängt im Wald gefunden. Vielleicht haben Sie darüber in der Zeitung gelesen?« Als Hugo nicht antwortete, fuhr Per fort. »Wir haben das Auto Ihrer Mutter beschlagnahmt. Und wissen Sie, was wir gefunden haben?« Per holte das Protokoll über den Fund in dem Fahrzeug hervor. »Beweise.«

Hugo wich Pers Blick aus. »Na und? Ich habe Frida und Linn zu einer Party gefahren.«

»Im Kofferraum? Wie kamen Haare von Frida dorthin? Und wie gelangte ihr Handy in Ihre Wohnung?«

Hugo kniff sich erneut in den Arm und starrte auf das Foto des Mädchens, das in die Kamera lächelte. Dann öffnete er den Mund, um etwas zu sagen, machte ihn jedoch wieder zu.

»Was haben Sie gemacht, nachdem Sie die Mädchen am Nydalahaus abgesetzt hatten?«

»Das habt ihr mich bereits gefragt und eine Antwort erhalten«, sagte Hugo.

»Ja, aber jetzt wissen wir, dass Frida aus irgendeinem Grund in Ihrem Kofferraum gelegen hat, und ihr Mobiltelefon wurde bei Ihnen zu Hause gefunden. Wie erklären Sie sich das?«

Hugo wandte sich seinem Anwalt zu. Der sagte: »Ich muss mit meinem Mandanten unter vier Augen sprechen.«

»Das kann einen Augenblick warten«, sagte Per. »Das Auto Ihrer Mutter parkte in der Nacht, in der Frida verschwand, nicht weit vom Tatort. Sie können sich da nicht herauswinden,

Hugo. Erzählen Sie, was passiert ist. Was haben Sie gemacht, nachdem die Mädchen ins Haus gegangen sind?«

Hugo saß schweigend da und starrte auf seine Hände.

Per nahm die Brille ab und massierte die Nasenwurzel. »Ungefähr vierzig Meter von Fridas Fundort fanden wir einen Schal. Von dort aus konnte man Frida problemlos sehen.«

Hugo musterte Fridas Foto gründlich.

»Auf dem Schal hat man Ihr Sperma gefunden«, sagte Per. »Haben Sie dafür eine Erklärung?«

Hugos Blick blieb an dem Foto haften. Er strich mit dem Finger über Fridas Wange, als wolle er sie trösten.

»Wir haben ausreichend Beweise, um Sie des Mordes an Unni Olofsson und Frida Malk anzuklagen.«

Plötzlich kam eine Reaktion. Hugo sprang vom Stuhl auf. »Ich habe sie nicht getötet, verdammt noch mal!« Er schrie die Worte heraus, Speichel flog aus seinem Mund. Sein Blick war finster, die Lippen feucht.

»Setzen Sie sich«, sagte Per.

Hugo gehorchte. So schnell sein Wutausbruch erfolgt war, so schnell beruhigte er sich wieder. Er saß mit gekrümmtem Rücken da, und seine traurigen Augen huschten zwischen der Tischplatte und Per hin und her. »Ich habe sie nicht getötet. Keine von ihnen«, sagte er bestimmt.

»Aber Sie wissen, wer es getan hat?«

Hugo schüttelte den Kopf.

»Wie kommt es dann, dass man an beiden Tatorten Ihre DNS gefunden hat?«

»Ich weiß nicht.«

»Kommen Sie schon, Hugo. Erzählen Sie, was mit Frida passiert ist.«

Hugos Blick schweifte wieder umher. »Ich habe sie von William bekommen.«

»Wie bitte? Was sagen Sie da?«

Hugo kniff sich kräftig in den Arm. »Ja, er wollte sie nicht mehr, und dann hat er gesagt, ich könne sie haben. An dem Abend in dem Haus.«

Per spürte, wie ihm unter dem Pullover der Schweiß ausbrach. »Erzählen Sie mir von dem Abend, Hugo. Wie kam Frida in Ihr Auto?«

Hugo sah seinen Anwalt an und wechselte mit ihm flüsternd ein paar Worte. Nach kurzem Zögern öffnete er den Mund. »Ich habe draußen gewartet, ein Stück weiter weg. William sagte, ich könne sie haben. Sie ist freiwillig bei mir eingestiegen, weil sie dachte, ich würde sie zu William nach Hause fahren. Aber ich habe nichts mit ihr gemacht.« Hugos Stirn glänzte, und die blassen Wangen liefen rot an.

»Was meinen Sie damit, Sie hätten sie von William bekommen?«, fragte Per.

Hugo starrte auf seinen Arm. »Er wollte sie nicht mehr haben, das sagte ich doch schon. Ich wollte keinen Sex mit ihr, sie ist nicht mein Typ. Aber sie war irgendwie total weggetreten und seltsam, also fuhr ich sie zu …«

»Wohin haben Sie sie gefahren?«, fragte Per.

Hugo sah aus, als würde er am liebsten verschwinden.

»Wohin haben Sie sie gefahren, Hugo?«

Er zuckte mit den Schultern. »Ich habe sie nicht nach Hause gefahren, weil sie hackedicht war. Ich wollte nicht, dass ihre Eltern sie in diesem Zustand sehen. Also habe ich sie zu Linn gebracht.«

»Was sagen Sie da?«, sagte Per schockiert.

»Ich habe Frida in Linns Zimmer gelassen, da hat sie geschlafen wie ein Murmeltier. Ich dachte, dort kann sie ihren Rausch ausschlafen.« Hugo aß das Käsebrötchen zu Ende und sah seinen Anwalt an. Der nickte zustimmend.

Per versuchte, sich auf das Ganze einen Reim zu machen. »Sie haben sie also bei Linn gelassen. War Camilla oder Linn zu dem Zeitpunkt zu Hause?«

Hugo sprach mit vollem Mund. »Als ich sie auf Linns Bett gelegt habe, war niemand zu Hause.«

Per musste sich zusammenreißen, um Hugo nicht anzuschreien. »Haben Sie einen Schlüssel zu Camillas Haus?«

»Ja«, sagte Hugo.

»Was für eine Beziehung haben Sie und Camilla?«

Hugo sah ihn an und lächelte zum ersten Mal. »Eine schöne Beziehung.«

Per ließ das Thema bis auf Weiteres ruhen. »Sie haben Frida also auf Linns Bett gelegt. Was ist dann passiert?«

»Ich bin nach Hause gefahren.«

»Bei einer früheren Vernehmung gaben Sie an, Sie seien zu Camilla gefahren, nachdem Sie die beiden Mädchen abgesetzt hatten. Camilla hat das bestätigt. Hat sie damals gelogen oder lügen Sie jetzt?«

Hugo erwiderte Pers Blick. »Ich lüge nie. Ich war eine Weile bei Camilla, aber dann hat William angerufen, und ich bin zurückgefahren, aber nur, um Frida abzuholen.«

»Camilla hat Ihnen also ein falsches Alibi verschafft?«

»Mein Mandant kann nicht wissen, was Camilla gesagt oder nicht gesagt hat«, warf der Anwalt dazwischen. »Alles nur Spekulationen.«

Hugo zuckte mit den Schultern.

»Wussten Camilla oder Linn, dass Sie Frida dort gelassen haben?«

»Sie waren nicht zu Hause, aber ich habe Camilla angerufen und es ihr erzählt.«

»Camilla wusste also die ganze Zeit, dass Frida an dem Abend, an dem sie starb, bei ihr zu Hause war?«

»Ja.«

»Was ist mit Frida passiert, Hugo?«

»Sie …«

»Sie was?«, fragte Per.

»Sie ist gestorben.« Hugo ließ die Schultern hängen.

Im nächsten Augenblick klopfte es an der Tür. Per warf einen irritierten Blick dorthin, doch als er Charlottes verbissene Miene und ihren Zeigefinger sah, mit dem sie ihn aufforderte, zu ihr hinauszukommen, brach er die Vernehmung ab. Charlotte hätte nicht gestört, wenn es nicht wichtig wäre.

»Wir müssen Camilla finden, sie hat uns die ganze Zeit angelogen«, sagte er zu Charlotte, sobald er draußen im Flur war. »Was ist so wichtig, dass ich die Vernehmung nicht zu Ende bringen konnte?«

»Um die geht es gerade. Linn hat angerufen und gesagt, Camilla sei verschwunden. Anscheinend war sie die letzten vierundzwanzig Stunden nicht zu Hause und ist nicht erreichbar.«

»Scheiße! Dann hat sie womöglich geahnt, dass Hugo auspacken könnte, und ist abgehauen«, sagte Per und schlug mit der gesunden Hand gegen die Wand. »Wir müssen sie finden, und zwar sofort!«

57

Linn rannte zur Toilette. Die Übelkeit war so plötzlich gekommen, dass sie es gerade noch rechtzeitig schaffte. Da ihr Magen leer war, spuckte sie nur Galle in die Kloschüssel. Es war ein großer Unterschied, ob man sich freiwillig übergab, indem man sich den Finger in den Rachen steckte, oder ob einem übel wurde, so wie jetzt, wo die Magenkrämpfe von selbst einsetzten. Keine Kontrolle über den Vorgang zu haben, war furchtbar. Ungefähr so furchtbar wie ihre Realität. Hugo wurde des Mordes an ihrer besten Freundin verdächtigt, und Mama war verschwunden. Außerdem wusste Linn, dass jemand über sie wachte. Sie spürte es jedes Mal, wenn sie nach draußen ging. Bestimmt dieselbe Person, die in der Nacht, als Frida verschwand, in ihrem Haus gewesen war. Als sie die Toilettenspülung betätigte, stellte sie fest, dass ihre Hand zitterte.

Charlotte war unterwegs. Linn zog das Handy aus der Gesäßtasche. Das Display war voller Snapchat-Nachrichten von Mädchen, die sich wunderten, warum sie nicht auftauchte.

Linn ging in ihr Zimmer und öffnete den Garderobenschrank, wo ihre Kleider perfekt in gleich großem Abstand voneinander hingen. Mama war manisch. Linn zog den Schreibtischstuhl heran, stellte einen Fuß auf das Sitzpolster und hievte sich hoch, bis sie die Decke erreichte. Ganz oben an der Wand befand sich ein Abdeckgitter, hinter dem sie Sachen vor ihrer Mutter versteckt hatte, seit sie klein war. Anfangs waren das Süßigkeiten gewesen, später Diätpillen. Mit einer routinierten Bewegung nahm sie den kleinen Beutel heraus. Dachte an Frida. Sprang vom Stuhl herunter und setzte sich aufs Bett. Gerade wollte sie eine Pille nehmen, als sie Schritte im Flur hörte. Sie legte den Beutel weg und lief hinaus.

»Camilla?!«

Keine Antwort.

Linn blieb mitten im Flur stehen. Der Schnee auf der Fußmatte verriet, dass jemand hereingekommen war. Ihr stockte der Atem.

»Hugo?«

Das Geräusch kam aus der Küche. Linn starrte in die Richtung und machte einen Schritt nach vorn. Dann einen zweiten. Als eine Person in der Türöffnung erschien, schrie sie auf, blieb jedoch stehen.

»Ruhig, ruhig, ich tue dir nichts«, sagte der Mann und hob beschwichtigend die Hände.

Linn starrte ihn an. Sie wusste, wer er war, brachte jedoch kein Wort hervor.

»Ich bin dein Vater.«

Der Mann, von dem sie ein Foto auf ihrem Computer hatte.

Papa, dachte sie.

»Papa?«, sagte sie.

Er ging einen Schritt auf sie zu.

Sie reagierte, indem sie einen Schritt zurückwich. »Was machst du hier?«

»Ich muss mit dir reden. Aber erst muss ich wissen, wo deine Mutter ist.« Ihr Vater kam noch einen Schritt näher.

Linn stand still. »Ich weiß es nicht. Seit gestern ist sie nicht zu Hause. Was ist los? Was machst du hier?«

Ihr Vater streckte einen Arm nach ihr aus. Sie wich reflexartig zurück, und er ließ ihn wieder sinken. Seine Bewegungen waren sanft, sein Blick jedoch hart.

Als hinter ihr die Haustür aufging, sah Linn, dass sich die Augen ihres Vaters weiteten.

»Polizei!«

Linn blickte in die Richtung, aus der die Frauenstimme kam, und sah, wie Charlotte mit gezogener Waffe hereinstürmte.

»Hinlegen und Hände hinter den Kopf!«, rief Charlotte barsch.

Linn schrie sie an. »Hören Sie auf! Das ist mein Vater!«

Charlotte sah sie überrascht an. »Abbe Ali ist dein Vater?«

Linn nickte. Nun wusste sie, wie ihr Vater hieß. *Abbe Ali.*

Charlotte senkte die Waffe ein wenig. Abbe stand vollkommen still und ließ widerstandslos eine Leibesvisitation über sich ergehen. Anschließend legten die Polizisten, die mit Charlotte gekommen waren, ihm Handschellen an und befahlen ihm, sich auf den Boden zu setzen.

»Was machst du hier?«, fragte Linn ihren Vater und ließ ihren Gefühlen freien Lauf.

»Ich war die ganze Zeit hier, aber auf Abstand«, sagte Abbe und sah sie mit seinen dunklen Augen an.

Linn lachte auf. Jemand hatte über sie gewacht, genau wie sie vermutet hatte. Aber dass dieser Jemand ihr Vater war, hatte sie nicht geahnt.

Weitere Polizisten trafen zur Verstärkung ein, und Linn sah zu, wie sie ins Haus schwärmten. Abbe blieb ruhig auf dem Boden sitzen.

»Warum hast du nie Kontakt zu mir gesucht?«, fragte sie und kniete sich vor Abbe hin.

»Deine Mutter wollte das nicht. Außerdem führe ich ein ziemlich … ungewöhnliches Leben und wollte dich da nicht hineinziehen.«

Charlotte versuchte, sie auf sich aufmerksam zu machen. »Linn, wo ist deine Mutter? Wenn du es weißt, musst du es uns sagen.«

»Ich weiß nicht. Camilla hat eine Ewigkeit nichts von sich hören lassen.«

Linn wollte ihren Vater eine Menge Dinge fragen, brachte jedoch kein Wort hervor.

»Ich habe mich von dir ferngehalten, um dich zu schützen«, sagte Abbe. »Dein Vater ist kein guter Mensch. Ich tue anderen Böses an.«

Linn wusste nicht, was sie darauf erwidern sollte. Der Mann vor ihr machte keinen besonders gefährlichen Eindruck.

Charlotte beugte sich zu ihr herab. »Alles okay?«

»Ja, aber wo ist Camilla?«

»Das fragen wir uns auch«, sagte Charlotte und richtete sich auf. Abbe wurde zur Tür hinausgeführt, und eine Schar Polizisten machte sich daran, das Haus auf den Kopf zu stellen.

58

Per setzte sich zum zweiten Mal an diesem Tag Hugo gegenüber. Die Razzia bei Camilla war ergebnislos verlaufen. Per hatte sein Team angewiesen, das Haus gründlich zu durchsuchen, vor allem Linns Zimmer, wo Frida laut Hugo angeblich gestorben war. Aber nichts wies darauf hin, *wie* es sich abgespielt hatte oder ob es wirklich dort passiert war. Sie fanden eine kleine Menge an Drogen, sonst jedoch nichts Außergewöhnliches. In der Garage befanden sich Kisten mit Einrichtungsgegenständen, die Camilla online verkaufte, aber nichts, was Grund für Alarm gab. Abgesehen davon, dass sie nun wussten, dass Abbe Ali Linns Vater war, hatten sie keine neuen Erkenntnisse gewonnen. Der Computer, den sie im Haus gefunden hatten, gehörte Linn, und ihr zufolge trug Camilla ihren eigenen stets mit sich herum.

Dieses Mal war auch Charlotte bei der Vernehmung anwesend. Sie hatte sich erneut in die Arbeit gestürzt, und Kennet war darüber stinksauer. Obwohl sie noch mitgenommen war, gab es für sie nur zwei Möglichkeiten, solange Tony sich auf freiem Fuß befand – sich in die Obhut von Ola Boman und der Personenschutzabteilung zu begeben oder zu arbeiten. Letztendlich hatte Kennet nachgegeben, da er einsah, dass sie für die Ermittlung wertvoll war.

Pers Herz schlug schneller als gewöhnlich. *Stress*, dachte er und widerstand dem Impuls, sich an den Brustkorb zu fassen. Er machte mit der Vernehmung dort weiter, wo er vorhin aufgehört hatte. »Hugo, Sie sagten, Frida sei in Camillas Haus gestorben. Können Sie uns mehr darüber erzählen, wie das passiert ist?«

Hugo schüttelte leicht den Kopf.

Sein Anwalt hatte viel Zeit für ein Gespräch unter vier Augen mit seinem Mandanten bewilligt bekommen. Die Staatsanwaltschaft würde Hugo des Mordes anklagen und für eine lebenslange Haftstrafe plädieren. Auf Anraten seines Anwalts hatte Hugo mit Aussicht auf eine kürzere Gefängnisstrafe beschlossen, mit der Polizei zu kooperieren. Immerhin war die Beweislast erdrückend.

»Camilla rief mich an«, sagte Hugo. »Sie hat gesagt, Frida liegt leblos im Bett, also bin ich wieder hingefahren. Sie ist irgendwie tot, hat Camilla gesagt.«

»Irgendwie tot? War sie nun tot oder nicht?«

»Sie war tot, als ich ankam, aber ich weiß, dass sie noch gelebt hat, als ich sie zurückgelassen habe.«

»Woher wissen Sie das? Haben Sie ihr den Puls gefühlt?

Hugo saß reglos da und starrte durch Per hindurch, als wäre dieser nicht anwesend. »Nee, sie hat ja geatmet. Ich habe sie atmen hören.«

Per warf einen Blick auf Charlotte, die Hugo schweigend beobachtete. »Was ist passiert, als Sie bei Camilla ankamen?«

»Sie ist durchgedreht und hat herumgebrüllt. Hat gesagt, dass Frida tot ist, dass sie im Schlaf gestorben ist, an einer Überdosis oder so.«

Per und Charlotte wechselten einen Blick. Camilla hatte sie während der gesamten Ermittlung angelogen. Nicht nur die Polizei, sondern auch ihre eigene Tochter, die ihre beste Freundin verloren hatte. Frida hätte gerettet werden können.

»Camilla Mattsson hat also Frida Malk tot in ihrem Haus vorgefunden?«, sagte Charlotte und beugte sich vor, bis ihr Gesicht nur wenige Zentimeter von Hugos entfernt war. »Warum hat niemand von Ihnen einen Krankenwagen oder uns gerufen?«

»Es war ein Unfall, niemand hat sie getötet«, sagte Hugo. »Sie ist im Schlaf gestorben, das waren die Drogen.«

»Warum habt ihr keine Hilfe geholt?«, fragte Charlotte. »Stattdessen habt ihr ein Erhängen im Wald inszeniert. Was hattet ihr zu verbergen?«

»Also, als ich zurückkam, lag sie auf dem Rücken, mit den Armen seitlich ausgestreckt, ungefähr so wie Jesus am Kreuz. Aber so ist sie nicht gelegen, als ich sie verlassen habe. Ich glaube, Camilla hat versucht, sie zu retten. Oder vielmehr, ich weiß, dass sie es versucht hat. Sie muss es versucht haben.« Hugo kaute auf einem Fingernagel herum. Eines seiner Beine zitterte unter dem Tisch.

Per analysierte, was Hugo soeben geschildert hatte. Ein spontanes Bauchgefühl sagte ihm, dass es stimmen konnte. Weder Camilla noch Hugo hatten ein Motiv, Frida zu töten. Wie es schien, hatte das Mädchen keine größere Kenntnis von den Drogengeschäften gehabt.

»Laut Obduktionsbericht hatte Frida einen tödlichen Drogencocktail in ihrem Körper«, sagte Per und schlug mit seiner gesunden Hand auf den Tisch. »Wenn ihr Frida ins Krankenhaus gebracht hättet, wäre sie vielleicht noch am Leben.«

Plötzlich brauste der Anwalt auf. Er war während der Vernehmung ungewöhnlich still geblieben, aber hier wurde selbst für ihn eine rote Linie überschritten. »Sie drangsalieren meinen Mandanten! Das sind alles nur Spekulationen. Reißen Sie sich gefälligst zusammen!«

Hugo saß schweigend da und kaute weiterhin an seinem Fingernagel. Er blickte zu Per auf. »Entschuldigung«, sagte er leise. »Das war keine Absicht, es ging alles so schnell.«

Frida hatte keine Totenflecke, dachte Per. *Die Kälte hat ihren Körper konserviert, also muss jemand sie in dem kalten Wald unmittelbar nach ihrem Tod aufgehängt haben. Oder vielleicht ist sie dort gestorben.* »Warum habt ihr keinen Krankenwagen gerufen? Was hattet ihr zu verbergen?«, wiederholte er.

Hugo zuckte mit den Schultern.

»Warum habt ihr nicht die Polizei gerufen?«, fragte Per erneut.

Hugo sah seinen Anwalt Hilfe suchend an. »Ich habe sie nicht getötet«, sagte er schließlich.

Charlotte deutete auf das Foto mit dem Schal, der den DNS-Beweis für Hugos Anwesenheit im I20-Wald enthielt. Hugo verstand den Hinweis, ohne dass sie etwas sagen musste.

»Ich habe nichts mit Frida gemacht, sie war Linns Freundin und noch so jung. Ich stehe nicht auf junge Mädchen«, sagte er und wich Charlottes Blick keinen Millimeter aus.

»Wie ist Ihr Sperma dann dadrauf gekommen?«, fragte sie.

Er zuckte mit den Schultern. »Ich weiß nicht.«

Charlotte beugte sich erneut vor und fuhr ihn an: »Wenn es so ist, wie Sie behaupten, wird man Sie trotzdem wegen Verursachung des Todes eines anderen Menschen und Störung der Totenruhe anklagen. Warum haben Sie Fridas Handy an sich genommen?«

Hugo sah sie unter der Haartolle hervor an, die ihm in die Stirn gefallen war. »Ich musste losfahren und es holen, nachdem wir im Wald waren … es lag noch bei Camilla zu Hause.«

Charlotte überlegte. »Dann waren Sie also im Haus, als Linn nachts nach Hause kam? Sie dachte, es wäre ein Einbrecher, dabei waren Sie derjenige, der durch die Balkontür geflüchtet ist?«

Hugo starrte auf seine Finger und nickte.

»Wo war Camilla zu dem Zeitpunkt?«

»Im Auto, ein Stück weiter weg. Ich sollte schnell das Handy holen. Und dann ist Linn nach Hause gekommen. Ich wusste nicht, was ich tun sollte, also habe ich die Balkontür genommen.«

»Haben Sie Linn die Nachricht aus dem I20-Wald geschickt?«, fragte Per. »Von Fridas Handy?«

Hugo sah Per traurig an. »Also, sie war schon eine Weile im Wald, und ihr hättet sie niemals gefunden. Ich wollte nicht, dass sie noch länger dort hängt ...«

»Warum habt ihr sie überhaupt im Wald aufgehängt?«

»Das war Camilla ... sie ... Frida hat mir leidgetan. Ich wollte nicht, dass sie dort hängt. Ich dachte, ihr solltet erfahren, wo sie war. Damit sie nach Hause durfte.« Hugo wischte sich eine Träne aus dem Auge.

Per versuchte, Hugo zu verstehen. Der Mann hatte Fridas Leiche in den Kofferraum gelegt, sie in den Wald gefahren und an einen Baum gehängt. Das deutete auf eine Gefühllosigkeit hin, die man selten antraf. Wie passte es dazu, dass er später Mitleid mit Frida empfand und wollte, dass sie gefunden wurde? »Wo ist Camilla jetzt?«, fragte er schließlich.

Hugo riss die Augen auf. »Ist sie denn nicht zu Hause?«

»Nein, sie wurde länger nicht gesehen, und wir suchen sie.«

»Sie hat mit der Sache nichts zu tun! Ich ... es ist meine Schuld, dass Frida tot ist. Ich habe sie in Linns Zimmer zurückgelassen.«

»Aber dann wurde Frida im Wald gefunden, wo jemand sie an einem Baum aufgehängt hat«, sagte Per scharf. »Das habt ihr beide zusammen gemacht.«

Hugo zuckte mit den Schultern.

Per musterte den Mann schweigend. Anscheinend wollte Hugo Camilla aus irgendeinem Grund schützen. Schließlich sagte er: »Frida wurde tief im Wald entdeckt. Wie habt ihr es geschafft, sie dorthin zu bringen?« Er musste an den Motorschlitten denken, mit dem Kennet und er zum Fundort gelangt waren.

Hugo starrte auf den Tisch. »Wir haben sie auf einem Schlitten gezogen.«

»Kam euch nie der Gedanke, dass das, was ihr getan habt, falsch war? Verdammt falsch? Irgendetwas müssen Sie sich doch dabei gedacht haben, sonst hätten Sie uns nicht geholfen, Frida zu finden. Oder? Was haben Sie dort im Wald empfunden?«

Es schien, als müsste Hugo überlegen, was er darauf antworten sollte. »Es war kalt und es hat viel geschneit«, sagte er schließlich.

Das erklärte womöglich das Fehlen von Spuren im Schnee, dachte Per. Nachdem Frida verschwunden war, war über ein halber Meter Neuschnee gefallen.

»Ihr wolltet es wie ein Selbstmord aussehen lassen«, sagte Charlotte. »Helfen Sie mir zu verstehen, warum ihr das wolltet, wenn ihr Frida nicht getötet habt.«

Hugo saß schweigend da.

Per seufzte laut. Dass jeder im Raum seine Enttäuschung hörte, war ihm egal. Die Staatsanwaltschaft hatte genug gegen Hugo in der Hand, um ihn wegen des Mordes an Unni, Verursachen des Todes eines anderen Menschen, Störung der Totenruhe und schweren Verstoßes gegen das Betäubungsmittelgesetz anzuklagen. Aber irgendetwas war nicht in Ordnung. Hugo gab zu, Fridas Leiche in den Wald gebracht und an einen Baum gebunden zu haben, aber nicht, dass er ein Stück weiter weg eindeutige Spuren hinterlassen hatte. Warum? Dass man seine DNS bei Unni gefunden hatte, stritt er schließlich auch nicht ab.

»Und was war mit Unni?«, fragte Charlotte. »Wollen Sie es uns erzählen?«

Hugo starrte mit leerem Blick geradeaus und blinzelte langsam. »Die habe ich auch nicht getötet.« Er erwiderte Pers Blick und sah müde aus.

Per kam auf einmal der beunruhigende Gedanke, dass Hugo die Wahrheit sprach. Dass der Mann, der vor ihnen saß, doch nicht der Täter war.

»Sagen Sie uns, wer es war«, sagte Charlotte.

Hugo zuckte mit den Schultern und seufzte. »Ihr macht schlechte Polizeiarbeit.«

»Dann helfen Sie uns doch auf die Sprünge«, sagte Per. »Machen Sie uns schlauer.«

Hugo schnaubte. »Ich bin zu ihr reingegangen. Die Tür war ja nicht abgeschlossen, wie ich schon sagte. Also bin ich reingegangen, und da lag sie tot im Bad.«

»Bei einer früheren Vernehmung haben Sie ausgesagt, Sie seien zu Unni gefahren, um die Drogen zu holen. Warum?«

»Die waren ein Beweis und ... ja ... sie sollte eine Zurechtweisung erhalten und mit dem Herumschnüffeln aufhören oder so.«

»Was genau meinen Sie mit ›eine Zurechtweisung erhalten‹?«

»Sie sollte nur ein bisschen Schiss kriegen, also nicht sterben.«

»Wie ist Unni dann tot in der Badewanne gelandet?«

Hugo betrachtete Unnis Fotos mit hohläugigem Blick und zögerte einen Moment, bevor er antwortete. »Ich habe sie dorthin gelegt.«

»Erzählen Sie uns, was Sie gesehen haben, als Sie in die Wohnung gekommen sind.«

Hugo sagte eine Weile nichts. Er schien zu überlegen. »An einer Stelle war etwas Blut ... am Türstock oder wie man das nennt. Und als ich ins Bad ging, lag sie tot auf dem Boden. Bei der Badewanne.«

»Warum haben Sie sie in die Badewanne gelegt?«

317

»Sonst hätte ich nicht sauber machen können, da war ja Blut auf dem Boden.«

»Warum wollten Sie sauber machen?«

Hugo kniff sich in den Arm. »Ich musste es einfach machen. Es war chaotisch, überall Blut und so.«

»Hat jemand Ihnen gesagt, Sie sollen sauber machen?«

»Nein, niemand.«

Per musterte ihn. Es war sonnenklar, dass Hugo log. Jemand hatte ihn angewiesen, im Bad sauber zu machen. Aber sauber zu machen und Beweise zu beseitigen, machte für Hugo keinen Unterschied. Er nahm Anweisungen wohl wörtlich. Deshalb hatte er das Blut auf dem Boden weggewischt, keine Beweise beseitigt.

»Wer hat Ihnen gesagt, Sie sollen sauber machen?«

»Niemand.«

»Aber Sie haben auf Unni uriniert, als sie in der Badewanne lag. Warum haben Sie das getan?«

Hugo zog die Augenbrauen hoch und blickte verwundert drein. »Ich habe nicht neben die Badewanne gepinkelt, das weiß ich. Ich pinkle nie daneben.«

Per wusste nicht, was er dazu sagen sollte, und ging nicht darauf ein. »Hat Camilla Sie gebeten, sauber zu machen, Hugo? Wenn ja, müssen Sie uns das jetzt sagen.«

»Sie hat mit der Sache nichts zu tun!«, sagte er laut.

»Abgesehen davon, dass Sie Unnis Leiche in die Wanne gelegt haben, haben Sie sie auch auf eine andere Weise angefasst?«

»Nee, oder doch, aber nur den Pullover … sonst nichts.«

»Was haben Sie mit dem Pullover gemacht?«

»Nur ein bisschen hochgezogen, um ihre Möpse zu sehen. Aber ich habe nur geguckt, nicht hingelangt.«

»Warum haben Sie das getan?«

»Einfach so aus Neugier, ich wollte sie sehen. Wäre es Ihnen nicht genauso gegangen?«, fragte er Per, als wäre dies selbstverständlich.

Per ignorierte die Frage. »Haben Sie jemanden angerufen?«

»Nee.«

»Warum nicht?«

Hugo zuckte mit den Schultern.

»Wer hat Unni Olofsson getötet? Sie wissen, wer es war, und decken diese Person.«

»Das geht mich nichts an, da mische ich mich nicht ein.«

»Haben Sie zu dem Zeitpunkt jemand anderen in der Wohnung gesehen?«

»Nein.«

»Sie haben sich die Zeit genommen, auf die Leiche zu urinieren und zu onanieren, aber nicht, um die Polizei anzurufen. Das verstehe ich nicht.«

»Ich ...« Hugo sah kurz seinen Anwalt an, bevor er antwortete. »Also, ich habe sie nicht getötet. Aber ... das andere habe ich mit ihr gemacht. Mit Unni. Aber nicht mit ihr«, sagte er und zeigte auf Fridas Foto. Dann lehnte er sich auf dem Stuhl zurück.

Per musterte ihn. Warum gab er zu, Spuren bei Unni hinterlassen zu haben, während er bestritt, dass das bei Fridas Leiche gefundene Sperma von ihm stammte? Dahinter steckte keine Logik.

59

Der Polizeiwagen, in dem Abbe saß, bog ab und fuhr auf ein Gittertor zu, das sich automatisch öffnete. Er hatte lange in dem Fahrzeug gesessen und gewartet, während die Polizisten Camillas Haus durchsucht hatten. Anschließend hatten sie ihn zum Polizeirevier gefahren und ihm mitgeteilt, dass man ihn in die Arrestaufnahme bringen würde. Währenddessen hatte eine Polizistin Abbes Tochter in Gewahrsam genommen und weggebracht. Abbes und Linns Blicke hatten sich durch die Autofenster getroffen. Ihr Leben würde nie mehr so sein wie bisher.

Jetzt, wo der Wagen in die Garage des Polizeireviers rollte, quietschten die Reifen auf dem Betonboden. Ein uniformierter Polizist öffnete die Tür und forderte ihn auf, auszusteigen. Abbe gehorchte und wurde zu einer Metalltür geführt, die mit einem mechanischen Geräusch aufging. Dahinter befand sich eine Holzbank mit abgerundeten Ecken, die mit der Wand verwachsen zu sein schien. Abbe setzte sich auf die harte Oberfläche. Die Neonröhren an der Decke tauchten den Raum in grelles Licht, wie in einem Krankenhaus. Abbe wusste, dass es höchste Zeit war, dem Treiben ein Ende zu bereiten, und er musste es tun, bevor weitere Menschen starben.

Zwei Polizisten kamen auf ihn zu. Ihre Ausrüstung klapperte im Takt mit ihren Schritten. Sie forderten Abbe auf, sich zu erheben. Er hatte die Prozedur mehrmals zuvor über sich ergehen lassen. Zwar nicht hier in Umeå, aber er wusste, was ihn erwartete: Entnahme einer DNS-Probe, Leibesvisitation, Kleiderwechsel, Unterbringung in einer Zelle, bevor es zur Vernehmung ging.

Abbe machte den Polizisten auf sich aufmerksam, der ihm mit Gummihandschuhen das Mobiltelefon aus der Tasche gezogen hatte. »Unter dem Buchstaben G ist ein Name gelistet. Ich möchte, dass einer Ihrer Vorgesetzten dort anruft.«

Hinter einer Plexiglaswand saß ein Beamter an einem Schreibtisch. Er blickte von seiner Tastatur auf. »Welcher Name unter G?«

»Es ist ein Polizist in Stockholm, er heißt Sigge Gant. Das ist nicht sein richtiger Name, aber in meiner Kontaktliste heißt er so.«

»Wie lautet dann sein richtiger Name?«, fragte der Beamte.

»Ich weiß nur, dass er mit Vornamen Klas heißt. Den Nachnamen habe ich nie erfahren.« Abbe sah dem Mann zu, wie seine Finger über die Tastatur glitten. »Also, Sie müssen Sigge Gant anrufen.«

»Warum ist das so wichtig?«

»Das werden Sie verstehen. Mehr kann ich nicht sagen. Bitte tun Sie es einfach.«

»Ist notiert«, sagte der Beamte. Sein Kollege steckte das Handy in einen Asservatenbeutel.

Abbe ließ sich zum diensthabenden Rechtsmediziner bringen. Dort würde man ihm ein Wattestäbchen in den Mund stecken und es anschließend in einen weiteren Asservatenbeutel geben. Man würde ihm die Kleider abnehmen und sie einer Überprüfung und Analyse unterziehen. Abbe hatte ein Vorstrafenregister, allerdings nur wegen kleinerer Vergehen, nichts Schwerwiegendes wie Tony. Und er dachte nicht daran, die Schuld an Williams Ermordung auf sich zu nehmen. Tony hatte ihn erschossen, weil er keine losen Enden zurücklassen wollte. Dank der Informationen, die William ausgeplaudert hatte, war Hugo für das Syndikat interessant geworden.

Die Tatsache, dass seine Tochter Umgang mit Viggos Tochter hatte, hatte Abbe ein Gefühl der Sicherheit verliehen. Er hatte oft über Linn gewacht, unbemerkt und auf Distanz. Schulabschlüsse, Geburtstage – er hatte viel mit ihr geteilt, ohne dass sie es wusste. Viggos Tochter war jedes Mal auf die eine oder andere Weise dabei gewesen. Die Drogen hatte Abbe jedoch übersehen.

Dass Tony Williams Leben mit einem Schuss in die Stirn beendet hatte, war nicht geplant und total bescheuert gewesen. Eine reine Hinrichtung, die förmlich nach dem Syndikat roch. Tony hätte genauso gut eine Annonce in die Zeitung setzen können. Das Platzieren der Leiche auf dem Universitätsgelände war ein Versuch, die Polizei in die Irre zu führen. Ein schiefgelaufener Drogendeal. So etwas kam schließlich vor.

Nach der erkennungsdienstlichen Behandlung wurde Abbe von zwei Polizisten in einen Flur geführt. Er musste einem weißen Strich auf dem Fußboden folgen. An den Füßen trug er weiße Tennissocken und Pantoffeln. Es roch nach chlorhaltigen Reinigungsmitteln, als wäre der Boden eben erst geschrubbt worden. Unterwegs begegnete er mehreren Polizisten. Anscheinend herrschte bei der lokalen Polizei kein Personalmangel.

Man brachte ihn nicht in eine Zelle, sondern direkt in Vernehmungszimmer Nummer acht. Dort befanden sich zwei ihm bereits bekannte Polizeibeamte und jemand, der sich als der ihm zugewiesene Anwalt vorstellte. Den würde er bei der erstbesten Gelegenheit auswechseln. Abbe setzte sich und musterte Charlotte, die Frau, der er das Leben gerettet hatte. Hätte er sie nicht weggebracht, hätte Tony sie getötet. Dass die Polizei sie bei der Durchsuchung der Hütte in Vännäs nicht gefunden hatte, machte ihn sprachlos – immerhin hatte sie sich praktisch unter ihren Füßen befunden, im Schutzraum im Keller.

Jetzt war der Moment gekommen, wo Abbe es ihnen sagen würde. Dies und vieles mehr. Er würde auspacken und alles erzählen.

60

Charlotte musterte Abbe. Vielleicht würde sie jetzt erfahren, warum er sich Tony widersetzt und einer Polizistin das Leben gerettet hatte. Die Erlaubnis, der Vernehmung beizuwohnen, hatte man ihr allerdings nicht widerstandslos erteilt, da Abbe an ihrer Entführung beteiligt gewesen war. Per hatte mit ihr darüber gestritten, letztendlich jedoch nachgegeben, vorausgesetzt, dass sie sich nicht in die Vernehmung einmischte. Das hatte sie ihm versprochen.

Per war Abbes Bitte nachgekommen und hatte den Mann namens Sigge Gant angerufen. Wie sich herausstellte, war Abbe ein registrierter V-Mann, der im internen Register der Polizei für besondere Auskunftgeber, Spitzel und andere heimliche Informanten verzeichnet war. Auf dieser Liste zu stehen, war nicht ungefährlich, wenn man für Tony arbeitete. Charlotte hatte Abbe für einen empathielosen Kriminellen gehalten, aber was sie in letzter Zeit erlebt hatte, ließ sie an ihrer Einschätzung zweifeln.

Per wartete offenbar, bis Abbe mit seinem Anwalt fertig war, kam dann jedoch gleich zur Sache. »Warum haben Sie meine Kollegin vor Tony gerettet?«

Abbe lachte verhalten und wirkte erstaunt. »Er hätte sie sonst getötet.«

Charlotte warf einen Blick auf Abbes Handgelenk. Das Armband mit den Meerjungfrauen war nicht mehr da. Es befand sich natürlich in einem Asservatenbeutel.

»Sie haben sie zuerst in eine Garage gefahren. Warum nicht direkt ins Krankenhaus?«

»Ich musste mich vergewissern, dass mir niemand gefolgt ist. Das Risiko, direkt zum Krankenhaus zu fahren, konnte ich mir nicht leisten. Auf diese Weise konnte sie ... oder konnten Sie den Drogenrausch ausschlafen«, sagte er und sah Charlotte an. »Sie waren nicht in Lebensgefahr, solange Sie nicht mehr von dem Scheißzeug verabreicht bekamen.«

»Aber warum? Sie sind ein großes Risiko eingegangen.«

Abbe schien zu überlegen. Als wisse er selbst nicht, warum er Charlotte gerettet hatte. »Die Schlinge zieht sich zu, verstehen Sie? Tony entgleitet langsam die Kontrolle.«

»Wie meinen Sie das?«, erwiderte Per.

»Die ganze Scheiße, die passiert ist, als wir hierherkamen. Tony war hier, um seine Angelegenheiten zu klären, und dann stoßen wir plötzlich auf Charlotte. Er dreht durch und will Rache. Ich konnte verdammt noch mal nicht untätig zusehen, wie er eine Polizistin tötete. Gleichzeitig verschwindet das Mädchen. Wir dachten, dass ihr hinter uns her seid, weil ihr einen Toten in einer Schneewehe gefunden habt, und kapierten nicht, dass ihr uns im Verdacht hattet, wir hätten das Mädchen entführt. Verstehen Sie, das Ganze wurde verdammt verwirrend.«

»Warum waren Sie in Unni Olofssons Wohnung?«

Abbe sah Per an. Charlottes Wangen glühten, und ihre Achselhöhlen waren feucht. Sie dachte an die Drogen, die Tony in sie hineingepumpt hatte.

»Innerhalb des Syndikats wurde viel über diese Frau geredet. Dass sie ihre Nase in Angelegenheiten gesteckt hat, für die sich auch das Syndikat interessierte. Es gab Gerüchte, dass sie ermordet wurde. Unglaublich bescheuert, die Frau, hatte keine Ahnung, worauf sie sich eingelassen hatte. Ich fahre also zu ihr und stelle fest, dass in ihrer Wohnung tatsächlich ein Verbrechen stattgefunden hat. Aber das Syndikat wollte die Information, wegen der die Frau offenbar ermordet wurde. Wer Drogen vertickt und damit fette Kohle gemacht hat. Ihr seid mir jedoch zuvorgekommen und habt alles gründlich durchsucht. Wer war sie?«

Jemand, der zu viel über Hugo Larsson wusste und deshalb umgebracht wurde, dachte Charlotte, sagte aber nichts.

»Entschuldigen Sie, dass ich in der Wohnung grob zu Ihnen war, aber ich konnte es mir nicht leisten, dass der Mordverdacht auf mich fallen würde«, sagte Abbe und sah Charlotte an.

»Aber warum haben Sie sich entschieden, jetzt hier mit uns zusammenzusitzen?«, fragte Per. »Ich glaube nicht, dass wir dies purem Glück oder guter Polizeiarbeit verdanken. Sie sind schlau, Abbe, und lange mit Tony klargekommen, ohne aufzufliegen.«

»Ich will raus«, sagte Abbe bestimmt. »Weg von dieser Scheißwelt. Es ist nur eine Frage der Zeit, bis Tony meinem Doppelspiel auf die Schliche kommt. Dann bin ich erledigt.«

»Sie sind ein geschützter Informant, Abbe. Tony wird es nie erfahren.«

Charlotte wusste, dass dies nicht stimmte. Es klang gut auf dem Papier, funktionierte jedoch in der Praxis nicht immer so.

Abbe zuckte mit den Schultern. »Viele von Tonys Geschäften sind in letzter Zeit den Bach runtergegangen. Raten Sie mal, warum. Es dauert bestimmt nicht mehr lange, bis Tony mich mit den Bullen verknüpft.«

»Erzählen Sie mir von Camilla«, sagte Per.

Abbe holte tief Atem. Bestimmt dachte er, dass er bald der meistgejagte Mann in der schwedischen Unterwelt sein würde. Abgestempelt als Verräter. »Vor ihrem Umzug nach Umeå war sie Stripperin in Tonys Club. So haben wir uns kennengelernt. Als sie schwanger wurde, kam sie hierher und startete ihre Inneneinrichtungsfirma. Soviel ich weiß, laufen die Geschäfte gut. Ein bisschen zu gut. Tony will etwas von dem Kuchen abhaben, wie man so schön sagt.«

Charlotte hörte, wie Abbes Füße über den Boden scharrten. Seine Stirn war unmittelbar unter dem Haaransatz feucht.

»Auf welche Weise will Tony Ihrer Meinung nach etwas von dem Kuchen abhaben?«, fragte Per.

»Er will sich das ganze Geschäft unter den Nagel reißen.«

»Wieso das denn? Was will er mit einer Inneneinrichtungsfirma anfangen? Will er damit Geld waschen?«

»Tony hat das Ganze eine Weile beobachtet, und dann haben wir herausgefunden, wie groß das Geschäft wirklich ist, indem wir diesem dämlichen kleinen Wichser Hugo gefolgt sind.«

»Hugo Larsson?«, ergänzte Charlotte. Der Name kam ihr spontan über die Lippen, und sie fing sich einen irritierten Blick von Per ein. *Noch einmal, und du bist draußen*, schien er ihr wortlos mitteilen zu wollen.

Abbe merkte offenbar nichts davon und fuhr fort. »Wir haben es nicht geschafft, uns den Burschen zu schnappen, weil Tony prompt beschlossen hat, dass wir uns zuerst um Sie kümmern sollten. Aber er dachte daran, Hugo zu benutzen.«

»Auf welche Weise?«

»Wir wollten ihn mit ein bisschen kreativer Überredungskunst dazu bringen, dass er Camillas Tochter entführt und sie zu der Hütte in Vännäs bringt.«

»Ihre Tochter?«, sagte Per.

»Ja, meine Tochter. Das war natürlich Tonys Idee.«

»Erzählen Sie.«

»Anfangs hielten wir Hugo für den Boss, kamen allerdings ziemlich bald dahinter, dass Camilla den Laden geschmissen hat.

Daraufhin sah Tonys Plan vor, Linn als Druckmittel zu verwenden. Camilla sollte gezwungen werden, uns alles zu erzählen … Lieferungen, Zeiten, Kontakte. Sonst würde Linn sterben. Das Ganze stand kurz davor, aus dem Ruder zu laufen.«

»Camillas Inneneinrichtungsgeschäft«, sagte Per. »Erzählen Sie uns darüber.«

»Anscheinend verstehen Sie das Ausmaß von Camillas Geschäften nicht. Es ist ein Drogenkartell, das sich über ganz Europa erstreckt. Sie ist buchstäblich über Leichen gegangen, um dorthin zu kommen, wo sie heute ist. Die Inneneinrichtungsfirma benutzt sie, um Geld zu waschen.«

Charlotte versuchte zu verarbeiten, was Abbe soeben gesagt hatte. Camilla lag also hinter der massiven Verbreitung von Drogen in der Region. Aber die Sache war bedeutend größer. Wie hatte sie es geschafft, die ganze Zeit völlig unbemerkt unter dem Radar zu fliegen? Niemand verdächtigte sie oder hinterfragte den Mythos der erfolgreichen Geschäftsfrau, mit dem sie sich umgab. Charlotte dachte an Hugos Vernehmung, wie er versucht hatte, sie zu schützen. Camilla war diejenige gewesen, die Fridas Leiche aus dem Weg räumen wollte. Und sie hatte das stärkste Motiv, Unni zu töten.

»Beschützt meine Tochter, dann liefere ich euch Tony ans Messer«, sagte Abbe und riss Charlotte aus ihren Gedanken.

Gleichzeitig ging die Tür auf. Anna steckte den Kopf herein und bat Per und Charlotte, in den Flur zu kommen.

»Ja, was gibt's?«, fragte Charlotte.

»Eine Frau, auf die Camillas Beschreibung passt, wurde in Västerslätt entführt. Der Zeuge hat gesehen, wie ein maskierter Mann sie in einen Lieferwagen gezerrt hat.«

»Tony hat sie sich geschnappt«, stellte Charlotte fest.

61

Linn war zusammengebrochen, hatte sich an der Schulter einer Polizistin ausgeheult und darum gebeten, ihren Vater sehen zu dürfen. Das werde noch dauern, hatte man ihr gesagt. Doch dann kam es anders, und nun wartete sie in einem kahlen Besucherraum auf dem Polizeirevier, den sie nicht ohne Bewachung verlassen durfte.

Linn erhob sich von ihrem Stuhl, als Abbe hereingebracht wurde. Die grünen Joggingklamotten sahen gut an ihm aus. Sie wusste nicht, was sie mit ihren Händen machen sollte, verschränkte die Finger ineinander und wartete darauf, dass er etwas unternahm. Wollte er sie umarmen? An die Hand nehmen? Sollte sie ihn Papa oder Abbe nennen? Sie verspürte einen Adrenalinrausch, als hätte sie ein Aufputschmittel genommen, doch sobald ihre Blicke sich trafen, beruhigten sich ihre Nerven wieder. Ihr Vater lächelte breit und streckte die Arme nach ihr aus. Linn machte ein paar Schritte vorwärts, drückte ihre Wange gegen sein grünes Sweatshirt und schlang die Arme um seine Taille. Es fühlte sich vertraut an.

»Weißt du, wie lange ich mich nach diesem Augenblick gesehnt habe?«, sagte Abbe, während er sie hielt und mit einer Hand ihren Kopf streichelte. Seine Stimme klang dunkel und ruhig.

Sie ließ seine Taille los und blickte zu ihm auf, zu seinen Augen und der leicht gekrümmten Nase. Die Nase hatte sie von ihm geerbt.

»Setz dich«, sagte er.

Ohne den Blick von ihm abzuwenden, ließ Linn sich auf dem weichen Sessel nieder. Auf einem runden Tisch zwischen ihnen stand eine Karaffe mit Wasser.

Abbe setzte sich ebenfalls. Er lächelte, wurde jedoch schnell ernst. »Das mit deiner Freundin tut mir leid.« Er nahm ihre Hand und musterte sie, als wäre sie etwas Wertvolles. »Ich weiß nicht, wie es jetzt mit mir weitergeht. Ich bin kein guter Mensch und habe viel Scheiße gebaut. Aber ich habe auch viele Jahre mit der Polizei zusammengearbeitet und hoffe, dass mir das hilft.«

»Bist du Polizist oder was?«, fragte Linn. Ihr Herz machte einen Sprung.

»Nein, aber ich habe ihnen bei vielen Fällen geholfen, ihnen Informationen über Kriminelle gegeben und so.«

Linn sah ihn mit anerkennender Miene an. »So wie der Typ in der Serie *GSI – Spezialeinheit Göteborg*?«

Abbe lachte und nickte. »Ungefähr so, ja. Man nennt so jemanden einen V-Mann.«

Linn streckte den Rücken. Ihr Vater war tatsächlich wie Frank Wagner. Sie dachte an Frida und daran, wie gern sie ihrer Freundin erzählen würde, dass ihr Vater ein Held war, der für die Polizei arbeitete.

Seine dunklen Augen suchten ihren Blick. »Du wirst Sachen über deine Mutter hören. Keine erfreulichen Sachen.«

Linn zog die Augenbrauen hoch. »Was für Sachen?«

Er rutschte auf dem Sessel nach vorn, so weit es ging, und beugte sich zu Linn vor. »Deine Mutter betreibt ein illegales Geschäft. Darüber hinaus benutzt sie ihre Inneneinrichtungsfirma, um Geld zu waschen. Drogengeld.«

»Was sagst du da?« Linn schüttelte den Kopf. Ihre Mutter steckte all ihre Zeit in das Geschäft. »Geld waschen? Drogen? Wie meinst du das?«

»Vereinfacht kann man es so sagen: Camilla schafft große Mengen von als Narkotika klassifizierten Medikamenten ins Land, die sie dann über das Internet oder an Typen wie William weiterverkauft. Sie hat damit den großen Reibach gemacht und mit dem Geld ihre Firma gegründet. Mithilfe von fingierten Rechnungen sieht es so aus, als hätte sie das Geld durch legale Verkäufe verdient.«

»Weiß die Polizei das?«

Abbe nickte.

Mama ist eine Drogendealerin, dachte Linn. Die Information war schwer zu verdauen. Alle diese Fotos auf Instagram – dienten die nur dazu, damit niemand Verdacht schöpfte, wer sie wirklich war? »Was passiert jetzt mit ihr?«

»Sie wird wohl wegen Verdachts auf schwere Drogenkriminalität und schweren Betrug angeklagt werden.«

Linn ließ die Schultern hängen und schaffte es kaum, aufrecht zu sitzen. Wie hatte sie das übersehen? Die Drogen, die sie und Frida genommen hatten, kamen von ihrer eigenen Mutter. »Glaubst du, dass Hugo Frida getötet hat? Die Polizei sagt mir nichts.«

»Ich weiß nicht. Tut mir leid, Linn.«

Ihre Achselhöhlen waren feucht und das T-Shirt klebte an ihrer Haut. Sie zog die Nase hoch, doch die lief weiter. »Was wird jetzt aus mir?«, fragte sie leise.

»Du kannst hoffentlich bei deiner Tante wohnen, bis du volljährig bist. Vorausgesetzt, die Behörden stufen sie als geeignet ein.«

»Darf ich bei dir sein, wenn du freigelassen wirst?«

»Wir werden sehen. Das Syndikat wird mich den Rest meines Lebens jagen. Ich werde nie richtig frei sein und ich weiß nicht, wie es mit mir weitergeht.«

»Aber wenn die herausfinden, dass ich deine Tochter bin … dann werden die wohl nach mir suchen«, sagte Linn und bekam bei dem Gedanken eine Gänsehaut.

»Wir müssen unsere Beziehung weiterhin geheim halten. Auf diese Weise kannst du ohne ständige Bedrohung im Nacken leben.«

Linn rutschte das Herz in die Hose. »Dann können wir uns nicht mehr treffen?«

»Leider nicht.«

62

Per lief mit forschen Schritten auf das Auto zu, Charlotte dicht auf den Fersen. Sie hatten Abbes Vernehmung abbrechen müssen, um sämtliche Einheiten, deren Unterstützung bei einer mutmaßlichen Entführung benötigt wurde, über Camilla und Tony zu informieren – SOK-Gruppe, Fahndungsgruppe, Nationale Operative Abteilung. Für Abbe war jetzt der Personenschutz zuständig, und Ola Boman hatte die Aufgabe, Abbe am Leben zu erhalten, bis die Kollegen in Stockholm übernahmen.

Dank ihrer neu gekauften und bequemen Stiefel von Stiina.J waren Charlottes Schritte in der Garage lautlos. Nie wieder unbequeme Designerschuhe.

Charlotte streckte die Hand aus, in der sie den Autoschlüssel hielt, und drückte auf die Fernbedienung. Der vertraute Piepton erklang zur gleichen Zeit, als die Leuchten des Wagens aufblinkten.

»Ich fahre«, sagte Per und riss ihr den Schlüssel aus der Hand. »Du hast womöglich noch Drogen im Körper.«

»Hör auf, du kannst nicht mit einem Arm fahren«, sagte Charlotte und riss den Schlüssel wieder an sich.

Per schüttelte den Kopf, setzte sich jedoch auf den Beifahrersitz.

»Wissen wir genau, wo sie sind?«, fragte Charlotte.

»Das werden wir bald herausfinden«, sagte Per. Im gleichen Augenblick füllte sich die Garage mit Kollegen, die ebenfalls zu dem Einsatz unterwegs waren.

Per hielt sich am Handgriff über dem Seitenfenster fest. Das Martinshorn des Zivilfahrzeugs hallte in den Ohren, als sie die Garage verließen. Bei jeder Unebenheit auf dem Straßenbelag tat sein Arm weh, den er immer noch in der Schlinge trug. Die Stadtlandschaft huschte verschwommen vorbei. Verfolgungsjagden mit dem Auto waren hier oben in Umeå selten, aber Charlotte wusste, was sie tat, und sparte nicht mit der PS-Leistung des Motors. Laut Zeugenaussage war das Fahrzeug in Västerslätt in Richtung Rödäng gefahren, und Charlotte hielt ebenfalls auf dieses Stadtviertel zu.

»Ich muss schon sagen, was Tony da gemacht hat, war bescheuert … Camilla am helllichten Tag zu entführen, an einem Ort, wo andere Menschen waren … was hat er sich dabei gedacht?«, fragte Per, den Blick auf die schneebedeckte Fahrbahn gerichtet.

»Ich stimme dir zu, aber er ist wohl verzweifelt und wütend. Und er weiß ja nicht, dass wir herausgefunden haben, dass er Camilla ans Leder will. Ist der Hubschrauber schon in der Luft?«

»Er ist unterwegs«, sagte Per und holte die schusssichere Weste hervor.

»Wie sollen wir jetzt fahren?«, fragte Charlotte über den Polizeifunk. Das Funkgerät knisterte.

»Das Fahrzeug fährt den Sockenvägen auf der Höhe von Backen entlang«, kam es von der Leitstelle. »Kennzeichen JVK 455. Ein schwarzer Kleintransporter, seit gestern Abend als gestohlen gemeldet. Ein Streifenwagen hat die Verfolgung aufgenommen.«

»Wissen wir sicher, dass es Camilla und Tony sind?«, sagte Charlotte zu Per und nahm für eine Sekunde den Blick von der Fahrbahn. Sie betätigte den Blinker und setzte zu einem Überholmanöver an.

Per spannte sämtliche Muskeln an. *Die fährt wie eine gesengte Sau,* dachte er. Dass es hinter ihnen kein wildes Hupkonzert gab, verdankten sie nur dem Blaulicht. »Die Beschreibung der Frau passt auf Camilla«, sagte er. »Und ihr Auto steht noch an dem Ort, wo sie entführt wurde. Das ist sie. Die Frage ist nur, ob Tony sie sich persönlich geschnappt hat oder ob es einer seiner Handlanger war.«

»Das war Tony. Er will sich Camillas gesamtes Geschäft unter den Nagel reißen. So eine Aktion überlässt er keinem anderen«, sagte Charlotte und drückte aufs Gaspedal.

»Du weißt schon, dass wir winterliche Straßenverhältnisse haben, oder?«, sagte Per und atmete auf, als das Überholmanöver beendet und der Gegenverkehr ausgewichen war.

»Jaja, ich kann Auto fahren. Keine Angst.«

Per musterte seine Kollegin und versuchte zu erkennen, ob ihr Zustand stabil war. Die Entführung musste bei ihr Spuren hinterlassen haben, aber sie schien ihre Gefühle zu verdrängen wie ein Schneepflug den Schnee.

»Was glaubt Tony wohl, was jetzt passieren wird?«, fragte sie, während sie in Richtung Backen raste und hinter sich Schnee aufwirbelte.

»Was auch immer er tut, er wird einfahren. Die Entführung hat für zu viel Aufmerksamkeit gesorgt«, sagte Per. Gleichzeitig ließ das Brummen am Himmel ihn aufblicken. Der Polizeihubschrauber. »Vielleicht will er auf Teufel komm raus die Kontrolle über Camillas Netzwerk erlangen«, fuhr er fort. »Egal, ob er dabei eine Gefängnisstrafe riskiert.«

Da er freie Hände haben musste, entfernte er die Armschlinge, was höllisch wehtat. Diese Nachlässigkeit würde den Heilungsprozess verzögern. Er dachte an Mia. Er hätte sie anrufen sollen. Der Einsatz lockte die Journalisten an, und sie würde alles im Fernsehen mitbekommen.

Das Funkgerät knisterte. »Wir haben das Fahrzeug auf der Brücke gleich hinter Killingholmen gestoppt. Die Brücke ist in beide Richtungen gesperrt. Er sitzt also fest.«

»Okay, gut«, sagte Per ins Handmikrofon. »Rufen Sie einen Geiselverhandler.«

Charlotte saß schweigend hinter dem Steuer, während der Motor auf Hochtouren lief und die Hinterreifen in jeder Kurve ein wenig ins Schlingern gerieten. Als sie zu der Brücke gelangten, erblickten sie den gestohlenen Kleintransporter, der mit laufendem Motor dort draußen stand. Ins Fahrzeuginnere konnten sie nicht sehen, da die Hecktüren geschlossen waren und vier Polizeiwagen die Zufahrt zur Brücke versperrten. Der Bus der Spezialeinsatzkräfte behinderte die Sicht. Charlotte schaltete das Auto ab, Per stieg aus, bevor der Motor verstummte. Die Kälte ließ die Nasenlöcher zusammenkleben. Weit weg auf der anderen Seite der Brücke konnte man rotierende Blaulichter sehen. Tony saß wirklich in der Falle.

Charlotte stellte sich neben Per. Ihr Atem war ruhig. »Ich bin mir nicht sicher, ob Camilla noch lebt«, sagte sie und blickte über die schneebedeckte Brücke. »Aber wir brauchen sie, um herauszufinden, warum Frida und Unni sterben mussten. Sie muss uns darüber Rede und Antwort stehen.«

Die Sonne stand hoch am Himmel und die Sicht war klar, auch für die Polizisten im Hubschrauber, der über ihnen brummte. Per dachte an Camilla. Eine dem Anschein nach gewöhnliche Mutter, die eines der profitabelsten Drogenkartelle Schwedens betrieb. »Camilla muss doch wohl einsehen, dass es vorbei ist«, sagte er. »Wir haben sie dank Tony, was ironisch ist.«

Der Einsatzleiter wandte sich ihnen zu. »Wir konnten keine Kommunikation mit jemandem in dem Fahrzeug zustande bringen. Wir warten auf den Verhandler.« Er signalisierte ihnen, ihm zu folgen.

Charlotte hob das blau-weiße Absperrband, damit Per darunter hindurchgehen konnte. Sie blieb hinter einem dunkel gekleideten Mann des schwer bewaffneten Einsatzkommandos stehen.

»Könnt ihr den Entführer unschädlich machen?«, fragte Per.

»Nein«, sagte der Mann. »Aber Kollegen sind in das angrenzende Gebiet unterwegs.«

Per verstand, was dies bedeutete. Präzisionsschützen wurden in Position gebracht. Er blickte sich um. Tannen und Birken. Dichter Wald auf beiden Seiten der Brücke. Die Tannenzweige bogen sich unter der Schneelast. Das Wasser unter der Brücke war gefroren und schneebedeckt. Der Himmel war blau wie an einem Sommertag. Wäre die Situation eine andere, wüsste er den schönen Anblick zu schätzen. Er sah Charlotte an.

»Was passiert dadrinnen?«, fragte Charlotte. Sie war immer noch ruhig.

Man konnte nichts weiter als das Heck des Fahrzeugs sehen. Die Rücklichter verrieten, dass Tony mit dem Fuß auf der Bremse stand.

»Androhung von Gewalt, vermute ich«, sagte Per und wandte sich wieder seiner Kollegin zu. Die Ohrringe funkelten in der Sonne. Er dachte an Frida im Wald. Sein Blick wanderte zurück zu dem Fahrzeug, in dem Camilla sich befand.

Plötzlich entwich kein Rauch mehr aus dem Auspuff und die Bremslichter gingen aus. Niemand sagte etwas. Die Natur um die Brücke war still, der Schnee erstickte sämtliche Geräusche. Per blickte zu dem Geiselverhandler, der inzwischen eingetroffen und dabei war, eine Kommunikationszentrale einzurichten.

»Tony wird mit keinem Verhandler reden«, sagte Charlotte. »Er hält die Zügel in der Hand. Bald ist alles vorbei.« Sie kannte

Tony, war die einzige Polizistin, die wusste, wer er war und wie er tickte.

Es war eine seltsame Situation. Das Fahrzeug stand völlig ungeschützt da und war leicht zu stürmen. Aber das Leben der Geisel stand auf dem Spiel, und die Dinge konnten leicht aus dem Ruder laufen. Per dachte an Anton, der von genau dieser Brücke gesprungen war.

Plötzlich flog die eine Hecktür mit solcher Wucht auf, dass man es überall hören konnte. Die schwer bewaffnete Einsatzgruppe näherte sich dem Fahrzeug. Für Tony gab es keinen Ausweg.

»Geben Sie mir Deckung, ich kann auf die Brücke hinausgehen und versuchen, mit ihm zu reden«, sagte Charlotte zum Einsatzleiter und steckte ihre Dienstwaffe ins Holster.

Per fluchte. Zusammen mit dem Einsatzleiter folgte er notgedrungen seiner Kollegin. Sie näherten sich vorsichtig dem Fahrzeug. Durch die offene Hecktür war nach wie vor keine Bewegung zu sehen. Charlotte blieb ein paar Meter vor dem Kleintransporter stehen. Per musste den verletzten Arm gebrauchen, um seine Waffe zu ziehen. Der Einsatzleiter hielt ihn an der Jacke fest und zog ihn ein paar Meter zurück. »Gehen Sie mit der Waffe nicht zu nahe ran«, sagte er.

Per sah Charlottes Rücken. Nur ein paar Schritte trennten sie von der offenen Hecktür des Fahrzeugs. Sie trug eine schusssichere Weste, aber für Tony wäre es ein Leichtes, sie dort, wo sie stand, zu erschießen. Per lauschte nach verräterischen Geräuschen, die verrieten, dass gleich eine Waffe zum Einsatz kommen würde. Ein Klicken. Er starrte auf Charlotte, und seine Beine gaben beinahe nach. Sie war zu nahe. Das würde in die Binsen gehen. Der Einsatzleiter sah frustriert aus. Charlottes Platz war hinter und nicht vor ihm.

»Verdammt«, sagte Per leise, als die andere Hecktür aufging. Er erblickte ein Paar gefesselte Hände, die als Erstes herausragten, ehe Camilla nach vorn geschoben wurde und mit gebeugten Knien am Rand der Ladefläche stand. Tony trug immer noch eine Maske, hatte den einen Arm um ihre Taille geschlungen und drückte ihr mit der anderen Hand die Waffe an die Schläfe. Er benutzte sie wie einen lebenden Schild. Als Camilla die Füße auf den Boden setzte, knickte sie ein. Hätte Tony sie nicht festgehalten, wäre sie hingefallen.

»Tony, Sie kommen aus dieser Nummer nicht raus«, sagte Charlotte und hielt beide Arme in die Luft. »Lassen Sie Camilla frei. Sie können nirgendwohin.«

Per sah den Einsatzleiter an. Der deutete mit dem Finger auf sein Ohr und signalisierte damit, dass er über Funk mit seinen Kollegen sprach. Charlotte würde einen Riesenanschiss bekommen. Sie verstieß gegen sämtliche Regeln. Zwang alle, ihr zu folgen.

Camilla stand stockstill da und starrte Charlotte an. Man konnte ihre Atemwölkchen sehen. Ihre Haare und ihr roter Mantel flatterten leicht im Wind.

Tony zog sich die Sturmhaube vom Kopf. »Diese Hexe muss sterben!«

Per keuchte.

Charlotte trat zwei Schritte zurück. »Tomas?«

63

Linn blieb in dem Zimmer sitzen, nachdem ihr Vater gegangen war. Sie wusste nicht, ob oder wann sie ihn wiedersehen würde. Ein Beamter stand schon bereit, um ihn nach Stockholm zu bringen. Sie hatte immer noch seinen Geruch in der Nase, von dem Augenblick, als er sie umarmt hatte.

Linn würde eine Mitarbeiterin vom Sozialdienst treffen, die sich um sie kümmern würde. Warum, verstand sie nicht, aber ihre Tante würde kommen, genau wie ihr Vater gesagt hatte. Linn erhob sich von dem Sessel und ging zum Fenster. Ihre Konturen spiegelten sich im Glas. Es kam ihr vor, als wäre sie gealtert. Das Leben mit Frida schien wie aus einer anderen Zeit, obwohl ihre Freundin erst vor gut einer Woche verschwunden war. Jetzt würde Linn zu ihrer Tante ziehen, auf eine neue Schule gehen, versuchen, neue Freunde zu finden. Sich in die neue Umgebung einfügen. Eine andere Person werden.

Es vibrierte in der Gesäßtasche. Linn seufzte und holte das Handy hervor. Anja hatte ihr eine Snapchat-Nachricht geschickt. *Wie geht es dir? Das mit Frida tut mir furchtbar leid. Ich bin jetzt in Umeå, falls du reden willst. Aber das geht nur am Telefon, ich darf das Haus nicht verlassen.*

Linn blickte zur Tür. Sie wusste nicht, ob sie das Polizeirevier verlassen durfte. Ihr fiel ein Stein vom Herzen. Sie hatte in Stockholm, wo ihre Tante wohnte, bereits eine Freundin. Anja.

Danke. Bin im Polizeirevier. Melde mich bald.

Linn fragte sich, wo Camilla war, und versuchte aufs Neue, sie anzurufen. Wie immer sprang nur die Mailbox an. Was machte sie? Linn dachte an all die Fotos, die ihre Mutter im Laufe der Jahre auf Instagram gepostet hatte. Wie sie stets darauf bestanden hatte, dass alles perfekt war. Dabei war sie die ganze Zeit eine Kriminelle gewesen.

Linn blieb am Fenster stehen und blickte zum medizinischen Versorgungszentrum auf der anderen Straßenseite hinüber. Fahrzeuge kamen an und fuhren weg. Eine alte Frau stieg in ein Taxi. Linn hatte Tony Israelsson gegoogelt und sein Gesicht gesehen. Er sah völlig harmlos aus, wie ein Großvater. Er könnte der Ehemann der alten Frau sein, die sich soeben in das Taxi gesetzt hatte.

Was, wenn Tony erfuhr, dass Abbe mit Camilla eine Tochter hatte? Würde ihr Leben künftig so aussehen wie das von Frida? Sie würde gezwungen sein, sich versteckt zu halten.

Als das Handy erneut vibrierte, zuckte sie zusammen. Sie dachte an ihre Mutter. Linn wollte ihr mitteilen, dass sie nicht wütend auf sie war. Enttäuscht, aber nicht wütend. Sie blickte auf das Display. Eine Push-Nachricht der Zeitung *Västerbottens-Kuriren*.

Geiseldrama auf der Westumgehungsbrücke.

Linn hielt sich erschrocken eine Hand vor den Mund, als sie die undeutlichen, aus der Ferne aufgenommenen Fotos sah. Sie starrte auf den Mantel ihrer Mutter, ging zurück zum Sessel und setzte sich. Spürte, wie etwas gegen ihr Gesäß drückte. *Was zum Teufel?*, dachte sie und tastete die Sitzfläche ab. Auf dem Sessel lag nichts. Sie fasste an die Gesäßtasche. Etwas stand hervor. Sie zog es mit den Fingern heraus. Ein Zettel, der so fest zusammengefaltet war, dass er sich hart wie ein Stein anfühlte. Den musste ihr Vater ihr untergeschoben haben, als er sie umarmt hatte. Sie faltete ihn auseinander und las.

Wenn du 18 bist, kannst du dieses Konto verwenden. Das Geld gehört dir. Es wird dir helfen, ein neues Leben zu beginnen. Falls mir etwas zustößt, kontaktiere Viggo Malk. Du kannst ihm vertrauen. Ich melde mich, sobald es sicher ist. Hab dich lieb, Abbe.

Linn steckte den Zettel weg und griff zum Handy. Ihre Hände zitterten. Sie las die Meldung über den Vorfall auf der Brücke. Dann verließ sie hastig das Zimmer und suchte einen Polizisten, mit dem sie reden konnte.

64

Charlotte blickte auf die Brücke hinaus. Nachdem sie Camillas Entführer erkannt hatte, zwang sie sich, ruhig zu atmen.

»Tomas«, wiederholte sie, diesmal allerdings lauter.

Antons Vater.

Tomas' Haare standen in alle Richtungen ab. Sein Blick war starr. Er warf die Sturmhaube auf den Boden. »Sie verdient es nicht zu leben. Das gilt für jeden, der Drogen an unsere Kinder verkauft«, sagte er. »Wissen Sie, wie viele junge Menschen durch Drogen sterben?« Er drückte die Waffe noch fester gegen Camillas Schläfe.

»Tomas, wir sind hier, um Ihnen zu helfen. Ich verstehe, dass ...«

»Ihr haltet euch wohl für besonders schlau«, unterbrach er Charlotte. »Ihr seid so verdammt schlecht in eurem Job. Wisst ihr, dass sie Unni ebenfalls getötet hat?« Er schob Camilla zum Rand der Brücke.

»Wenn Sie Camilla freilassen, können Sie es uns erzählen«, sagte Charlotte. »Lassen Sie sie gehen, wir werden sie vor Gericht stellen. Sie haben Ihren Sohn verloren. Jeder Staatsanwalt wird dies als mildernde Umstände bewerten. Aber nur, wenn Sie Camilla nicht töten.«

»Checken Sie Ihre Mails, was ich sage, stimmt. Anton hat gesehen, wie sie Unni erwürgt hat. Die einzige Person, die unserem Sohn helfen wollte.«

Die Hand, in der Tomas die Waffe hielt, zitterte. Charlotte beunruhigte das.

»Anton war dort, als es passiert ist. Er hat alles gehört. Camilla ist eine verdammte Mörderin, die unseren Kindern Drogen verkauft!«

Er ist verzweifelt, dachte Charlotte. *Und er ist so angespannt, dass sich aus Versehen ein Schuss lösen kann.* Sie musterte sein Gesicht, sah jede Muskelanspannung darin. Sie wollte seinen nächsten Zug voraussehen, bevor er selbst wusste, was er tun würde.

»Tomas! Nehmen Sie die Waffe von ihrem Kopf!«, sagte Charlotte.

»Sie darf nicht davonkommen!« Tomas zerrte Camilla die restlichen Schritte bis zum Brückengeländer. Ihre Augen waren weit aufgerissen. »Es spielt keine Rolle, dass ihr die Brücke abgeriegelt habt. Ich habe sie mit Absicht hierhergebracht. Sie soll auf die gleiche Weise sterben wie Anton.«

Charlotte versuchte, mit ihm Augenkontakt aufzunehmen. Sein Blick huschte zwischen ihr und dem Geländer hin und her. »Tomas! Legen Sie die Waffe weg!«

Statt der Aufforderung nachzukommen, richtete er die Waffe mit einer hastigen Bewegung auf Charlotte. Sie wich instinktiv zurück.

»Was zum Teufel?«, schrie Per hinter ihr. Im selben Augenblick ertönte ein Schuss. Der Knall scheuchte einen Schwarm Vögel auf. Sie flogen in sämtliche Richtungen auseinander. Der Einsatzleiter hatte den Befehl gegeben, Tomas unschädlich zu machen.

Tomas' Körper krümmte sich. Beim Fallen ließ er Camilla los. Sie landete auf ihm und richtete sich auf alle viere auf.

»Verdammt!«, sagte Per.

Charlotte rannte zusammen mit den Mitgliedern der Spezialeinsatzgruppe auf Tomas zu, änderte jedoch ihren Kurs und lief zu Camilla, die Waffe auf sie gerichtet. Tomas lag bäuchlings im Schnee und starrte geradeaus.

Die Sirenen eines Rettungswagens heulten in den Ohren. Der Hubschrauber flog tief. Charlotte und Per standen mit gezückten Waffen nebeneinander. Charlotte ließ die Arme sinken, als die Kollegen übernahmen. Die Dämmerung setzte ein und die Straßenlaternen gingen an.

»Woher wusste er das mit Camilla?«, sagte Charlotte zu Per. »Wir haben doch selbst erst kapiert, wie alles zusammenhängt.«

»Er hat irgendwas von einer Mail erwähnt«, sagte Per und holte sein Handy hervor.

Charlotte stellte sich dicht neben ihn, während er seinen Posteingang checkte. Dort sahen sie eine Mail, die Tomas vor ein paar Minuten geschickt hatte. Er musste es getan haben, als er noch im Auto gesessen hatte. Sie war an die Polizei und sämtliche schwedischen Nachrichtenmedien gegangen.

»Verdammt, das ist ein Abschiedsbrief von Anton!«, sagte Per.

Charlotte rief die Mail auf ihrem eigenen Handy ab, ging in die Hocke und las. »Oh Gott!«, sagte sie laut zu sich selbst, während ihr Finger sich über das Display bewegte.

»Es stimmt also«, sagte Per. »Anton war in Unnis Wohnung, als sie ermordet wurde. Er hat alles gesehen, genau wie Tomas gesagt hat.«

Charlotte sah zu, wie Camilla von den Kollegen zum Krankenwagen gebracht wurde. »Dann war es also Camilla«, sagte sie und richtete sich auf. »Camilla hat Unni erwürgt, nicht Hugo. Das Haar auf dem Klebeband stammt von ihr.«

65

Charlotte blickte auf ihre Stiefel herab, als sie durch die automatischen Türen das Krankenhaus betrat. Eine wohltuende Wärme umhüllte sie, als würde jemand sie umarmen. Sie dachte an Tony. Wo er sich wohl befand? Die Fahndung nach ihm war bisher ergebnislos verlaufen. Abbe hatte der Polizei einen Tipp zu einem Gutshof außerhalb von Mariefred gegeben, der in diesem Moment durchsucht wurde. Die Kollegen in Stockholm vermuteten, dass er sich ins Ausland abgesetzt hatte. Die Nationale Operative Abteilung drehte bei ihrer Suche jeden Stein um.

»Hallo, hörst du mich?«, sagte Per.

Charlotte nickte. »Entschuldigung, ich war in Gedanken woanders.«

Sie durchquerten den Flur, der vom Haupteingang abging. Das Krankenhaus fühlte sich allmählich wie ein zweites Zuhause an.

»Anna hat mit Antons Mutter gesprochen. Offenbar hatte Tomas den Abschiedsbrief des Jungen unter einem Haufen Post und Zeitschriften gefunden. Sie glaubt, Anton habe ihn dort hinterlassen, damit sie ihn finden, aber in all dem Chaos hatten sie ihn ganz einfach übersehen. Stell dir vor, wir hätten den Brief schon vor einer Woche gehabt. Wir hätten uns viel Zeit gespart.«

»Der Abschiedsbrief war voller grausamer Details«, sagte Charlotte. »Man fragt sich, was der Junge empfunden haben muss, als er sich im Schrank versteckt und zugesehen hat, wie Unni erwürgt wurde.«

»Der Mord an Unni war nicht der Grund für den Selbstmord«, sagte Per und checkte den Blutzuckerwert auf seinem Handy. »Er hat sein Leben einfach nicht länger verkraftet. Aber er wollte, dass alle erfuhren, was er gesehen hatte.«

Charlotte biss die Zähne zusammen. »Es ist ungewöhnlich, dass Menschen ohne Vorstrafen wie Tomas solche Risiken eingehen wie er heute.«

»Laut seiner Frau ist in ihm etwas kaputtgegangen, als er den Brief gelesen hatte. Danach hat er sich anders verhalten. Dass er den Polizeieinsatz nicht vorhergesehen hat, ist bei einem Normalbürger wie ihm nicht verwunderlich. Einem Berufskriminellen wäre das nicht passiert. Tomas war einfach nur ein trauernder Vater, der Gerechtigkeit wollte.«

»Der es allerdings geschafft hat, ein Auto zu klauen«, sagte Charlotte. Sie zog die Jacke aus und vergewisserte sich, dass niemand vom Krankenhauspersonal ihre Waffe sah. »Die Kollegen untersuchen jetzt wohl Camillas Fingerabdrücke und DNS? Ein DNS-Abgleich mit dem Haar müsste einen Treffer ergeben. Wir werden es sehen, wenn wir den forensischen Bericht erhalten.«

Sie gingen an der Cafeteria und dem Kiosk vorbei. Es war ein ruhiger Tag im Krankenhaus.

»Ja, was für ein verdammtes Glück, dass das Haarfollikel dabei war«, sagte Per. »Sonst wäre das Ganze bedeutend komplizierter.«

Charlotte nickte. »Kennet erhält ständig Anrufe von Journalisten. Sie wollen, dass er die Echtheit des Abschiedsbriefs bestätigt. Warum hat Tomas das ganze Material an die Medien geschickt?«

»Er wollte wohl nicht, dass Antons Selbstmord nur als einer von vielen in der Menge untergehen würde. Und er schrieb ja in seiner Mail, er habe Angst, Camilla könne davonkommen. Er hat kein Vertrauen in die Justiz.«

Ein *Pling* kündigte die Ankunft des Fahrstuhls an. Per und Charlotte machten zwei Ärzten Platz, die ihnen zunickten. Charlotte drückte auf den Aufzugsknopf.

»Tomas liegt jetzt auf dem OP-Tisch«, sagte Per. »Wir können ihn fragen, wenn er aufwacht. Der Schuss war übrigens gut gezielt, hat nur das Knie getroffen.«

»Ja, ich bin froh, dass Tomas überlebt hat. Ich kann verstehen, warum er so gehandelt hat. Was er und seine Frau durchmachen mussten, ist furchtbar. Für einen Trauernden ist die Grenze zum Wahnsinn hauchdünn.«

Sie betraten die Station, in der Camilla behandelt wurde.

»Man sagt ja, dass wir alle potenzielle Mörder sind, wenn die Situation es verlangt«, sagte Per.

Sobald Camilla aus dem Krankenhaus entlassen wurde, würde man sie zum Polizeirevier bringen. Charlotte und Per wollten sie jedoch sofort vernehmen.

Sie grüßten den Polizisten, der vor der offenen Tür zu Camillas Zimmer Wache hielt.

Camilla trug einen Verband um die Stirn. Laut Zeugenaussagen hatte Tomas sie geschlagen, bevor er sie in den Kleintransporter zerrte. Jetzt saß sie mit Handschellen im Bett. Größere Verletzungen hatte sie dem Anschein nach jedoch nicht davongetragen.

Charlotte setzte sich auf einen Stuhl in der Ecke, während Per stehen blieb. Er legte sein Mobiltelefon auf ihren Nachttisch und gab ihr damit zu verstehen, dass er das Gespräch aufzeichnen würde. Camilla sah die beiden an, verriet jedoch mit keiner Miene, was sie dachte.

Charlotte beugte sich vor und kam direkt zur Sache. »Warum haben Sie Unni getötet?«

Camilla wischte etwas von ihrem Bein weg und bemühte sich, ungerührt zu wirken. »Ohne Anwalt sage ich nichts.« Sie starrte Charlotte an. »Das sollten Sie wissen.«

Charlotte lehnte sich zurück, nahm die Mütze ab und knöpfte die Jacke auf. Sie hatte Kopfschmerzen. »Ist Ihnen klar, was Sie Ihrer Tochter antun?«, fragte sie.

Camilla lachte. »Ich habe das alles nur für sie getan. Damit es ihr einmal besser geht. Damit sie nicht wie ich in Armut und Elend aufwachsen und Dinge tun muss, die nicht gesund sind.«

»Es gibt viele Menschen, denen es finanziell schlecht geht, ohne dass sie andere töten.«

»Sie reiche Schlampe, was wissen Sie schon darüber, wie es ist, in Armut zu leben und sich jeden Tag erniedrigen zu müssen, um Essen auf den Tisch zu bekommen? Ich habe ganz allein ein erfolgreiches Geschäft auf die Beine gestellt, ohne fremde Hilfe. Dank dieser Tatsache hat meine Tochter ein gutes Leben. Ihre Schuldzuweisungen können Sie sich sparen.«

»Sie haben also nur deshalb mit Drogen gedealt, um Ihrer Tochter zu helfen?« Der Hohn in Charlottes Stimme sorgte dafür, dass Camilla finster dreinblickte.

Per trat einen Schritt näher an das Bett heran. »Ihre eigene Tochter hat die Drogen genommen, die Sie verkauft haben. Wussten Sie das?«

»Linn nimmt keine Drogen.«

»Sie hat es uns gegenüber selbst zugegeben, also stimmt es. Ihre Drogen.«

Camilla wandte den Blick ab.

»Wir haben eine DNS-Probe von Ihnen entnommen. In Unnis Wohnung haben wir ein Haar gefunden, das wir bisher niemandem zuordnen konnten. Bestimmt wird sich herausstellen, dass es von Ihnen stammt. Oder?«

Camilla lachte. »Einen Scheiß können Sie beweisen! In ein paar Stunden bin ich draußen. Mir ist nie eine Frau begegnet, die Unni heißt. Ich weiß nicht, wer sie ist.«

»Wir werden beweisen, dass Sie Unni erwürgt haben, weil sie gedroht hat, Sie und Ihre Geschäfte auffliegen zu lassen. Aber Sie haben einen Fehler begangen, indem Sie Hugo losgeschickt haben, um die Drogen zu holen und aufzuräumen. Sie hatten damit die Beseitigung von Beweisen gemeint, aber Hugo hat es wörtlich genommen und das entfernt, was er für eine Verunreinigung hielt, nämlich das Blut auf dem Boden. Dumm nur, dass Hugo nicht so tickt wie alle anderen. Er wurde von Ihrer kleinen Inszenierung abgelenkt und hat Spuren hinterlassen. Und er war so ehrlich, es uns zu erzählen. Haben wir etwas übersehen?«

Camilla schien kaum zuzuhören.

»Hugo Larsson hat Sie den Wölfen zum Fraß vorgeworfen«, sagte Per.

Camilla lachte. »Hugo, der gute Junge. Seine Aussage zählt wohl kaum. Er ist nicht gerade der Hellste, und das wissen Sie.«

»Das würde ich nicht sagen«, sagte Per. »Er ist ehrlich in seinen Antworten, hat aber Angst vor Ihnen. Oder er ist in Sie verliebt, das werden wir herausfinden. Wir haben also Hugos Aussage, den DNS-Beweis, der die Aussage vermutlich bestätigt, und einen Zeugen, der den Mord beobachtet hat. Vielleicht wird es langsam Zeit, dass Sie kooperieren.«

Camilla fummelte an ihrer Nagelhaut herum.

»Sie haben für die Tatnacht kein Alibi, abgesehen von Ihrem Mithelfer, und Sie sind in der ganzen Stadt die Einzige, die ein Motiv hat, Unni zu töten«, sagte Per.

Camilla sog die Luft ein, schüttelte den Kopf und wandte den Blick ab, als ob sie sich genierte.

»Wir wissen, dass Sie eine schwere Kindheit und Jugend hatten. Ihnen blieb nichts anderes übrig als das zu tun, was Sie getan haben, um Essen auf den Tisch zu bekommen. Ihre Zeit in Tonys Spielclub war bestimmt nicht leicht für eine junge Frau«, sagte Charlotte und meinte jedes Wort.

Camilla presste die Lippen zusammen und bekam rote Flecken am Hals.

»Aber ich glaube wirklich, dass Sie nicht wollten, dass Ihre eigene Tochter die Drogen nimmt, die Sie verkaufen«, fuhr Charlotte fort. »Das wollte Unni auch nicht. Sie wollte Ihnen keinen Schaden zufügen, sondern junge Leute retten.«

Camilla wandte ihr wieder den Blick zu. Charlotte sah darin kein Anzeichen von Reue. »Irgendwo in Ihrem Inneren steckt eine Mutter, die ihre Tochter beschützen möchte. Tut es Ihnen nicht leid, dass Sie eine Frau getötet haben, die Linn eigentlich nur helfen wollte?«

Camillas Miene verfinsterte sich. »Unni kam einfach so zu mir und hat mir alles erzählt, was sie weiß. Sie hat gesagt, sie wolle zur Polizei gehen.«

»Erzählen Sie uns, was passiert ist«, sagte Charlotte.

»Ich bin zu ihr nach Hause gekommen, um sie zur Vernunft zu bringen. Aber sie war total verbohrt. Hat mich angeschrien, ich sei widerlich. Da wurde mir schwarz vor Augen. Ich erinnere mich kaum noch, was dann passiert ist. Sie ist rückwärts gefallen und mit dem Kopf gegen die Badewanne geknallt. Das war ein Unfall. Hören Sie? Ein Unfall!« Camilla betonte das letzte Wort.

»Dass Sie ihr ein Messer reingerammt und sie gewürgt haben, soll ein Unfall gewesen sein? Verkaufen Sie uns nicht für dumm, Camilla.«

Camilla streckte den Rücken. »Mit dem Messer wollte ich ihr nur Angst einjagen, damit sie spurt. Ich wollte sie nicht töten. Als sie hinfiel und mit dem Kopf gegen die Wanne schlug, bin ich in Panik geraten. Sie war so verdammt wütend.« Camilla lachte über ihren eigenen Kommentar. »Unni sagte zu mir, ich solle mit dem Dealen aufhören, sonst würde sie zur Polizei gehen.«

»Eine klügere Alternative als Mord«, sagte Per.

»Einfach so? Sie sind Polizist, Sie wissen, dass das nicht so läuft. Ist man erst mal drin in dem Geschäft, kommt man nie mehr raus. Man kann nur weitermachen oder sterben. Die Lieferungen kommen weiterhin, und ich bin eine gute Geschäftsfrau. Eine verdammt gute. Es gibt viele Leute, die an mir richtig fette Kohle verdienen. Würden die es einfach so akzeptieren, wenn ich in Rente gehe? In dieser Branche gibt es nun mal keine Gewerkschaft, an die man sich wenden kann.«

Eine Frau kam atemlos ins Zimmer gestürzt. Sie blickte wütend drein und stellte sich als Camillas Anwältin vor. »Sie haben kein Recht, meine Mandantin in meiner Abwesenheit zu vernehmen.«

»Doch, sie ist schließlich erwachsen«, sagte Per.

»Schon gut. Es war ein Unfall«, sagte Camilla und lehnte sich in dem hochgekippten Bett zurück.

»Erzählen Sie uns, was mit Frida Malk passiert ist, der besten Freundin Ihrer Tochter.«

»Sie wirken beide kompetent in Ihrem Job. Stellen Sie Ihre eigene Theorie auf. Unterhalten Sie mich. Sie haben ja mit Hugo gesprochen, also wissen Sie wohl schon, was er getan hat. Dafür kann man mich nicht anklagen.«

Charlotte deutete auf sie. »Wir vermuten, dass Frida in der Nacht von Samstag auf Sonntag in Linns Bett an einer Überdosis gestorben ist. Sie haben sie entdeckt und sind in Panik geraten. Sie wollten nicht Gegenstand einer polizeilichen Ermittlung werden oder dass wir bei Ihnen zu Hause herumschnüffeln. Anstatt Hilfe herbeizurufen, haben Sie und Hugo die Leiche in den Wald geschafft, mit der Absicht, es wie Selbstmord aussehen zu lassen.«

»Das war Hugos Schuld, nicht meine. Er hat sie in Linns Zimmer zurückgelassen. Als ich sie gefunden habe, war sie tot.«

»Sie war die beste Freundin Ihrer Tochter«, sagte Charlotte. »Wie wollen Sie Ihrer Tochter erklären, dass Sie keinen Krankenwagen gerufen haben?«

»Das war Hugo«, wiederholte Camilla beharrlich. »Sein Sperma befindet sich in der Nähe der Stelle im Wald, wo Frida gefunden wurde.« Sie verstummte.

»Woher wissen Sie das?«, fragte Per ruhig. »Wir haben das nie öffentlich bekannt gemacht.«

Charlotte war froh, dass sie die Vernehmung aufgezeichnet hatten, bevor die Anwältin ihrer Mandantin geraten hatte, nichts mehr zu sagen.

»Sie und Hugo haben Fridas Leiche in den Wald gebracht, um es wie einen Selbstmord aussehen zu lassen«, sagte Per. »Aus mehreren Gründen wollten Sie vermeiden, dass die Polizei auf Sie aufmerksam wird. Wegen Ihrer illegalen Geschäftstätigkeit, aber auch, weil Sie bereits eine unschuldige Frau ermordet hatten. Deshalb ließen Sie ein siebzehnjähriges Mädchen an einer Überdosis sterben.« Per musterte Camilla, um zu sehen, ob eine Reaktion kam.

Als Camilla nicht reagierte, übernahm Charlotte. »Anschließend haben Sie Hugos Sperma an der Fundstelle platziert, um den Verdacht auf ihn zu lenken. Sie wussten, dass er bei Unni Spuren hinterlassen hatte und dass wir auf diese Weise eine Verbindung zwischen den beiden Todesfällen herstellen konnten.«

»Das sind wilde Theorien ohne Substanz oder Beweise«, sagte Camillas Anwältin.

Bevor sie weiter protestieren konnte, klingelte Charlottes Handy. Auf dem Display erschien Kickis Nummer. Sie entschuldigte sich, ging hinaus in den Flur und hielt das Handy ans Ohr. »Hallo Kicki.«

»Hallo. Also, wir haben doch Camilla Mattssons Computer in dem Fahrzeug auf der Brücke beschlagnahmt.«

»Richtig. Habt ihr was gefunden?«

»Er war verschlüsselt und deshalb nicht leicht zu knacken, aber es ist alles drauf.«

»Alles?«, fragte Charlotte und vergewisserte sich mit einem Blick auf Camillas Zimmer, dass niemand mithörte.

»Hier ist alles drauf, und ich meine ALLES. Es ist der Computer, den Tony sich unter den Nagel reißen wollte. Hat man den, hat man das ganze Geschäft.«

»Wie meinst du das?«

An Kickis Ende ertönte ein Klickgeräusch. »Hier sind Informationen über Lieferanten, Hersteller in Frankreich, Daten und Uhrzeiten für zukünftige und vergangene Lieferungen, sogar Kontonummern und Informationen darüber, wo sie ihr ganzes Geld deponiert hat … ja, ganz einfach alles, was man braucht, um das Geschäft vollständig zu übernehmen oder zu sabotieren.«

Charlotte legte den Kopf in den Nacken und blickte zu den Neonröhren an der Decke empor. »Wie hat Camilla die Pillen durch den Zoll geschmuggelt? Könnt ihr das sehen?«

»Noch nicht, aber wir wissen, dass die Lastwagen die klassische Route über die Öresundbrücke genommen haben. Ich vermute, sie hat jemand für die Information bezahlt, wann die Zollkontrolle auf der schwedischen Seite nicht besetzt ist.«

»Camillas Geschäft ist also international aktiv, wie Abbe berichtet hat?«, sagte Charlotte.

»Ja, was sie getan hat, erfordert eine Menge Planung und Kontakte zu kriminellen Netzwerken im Ausland, denen sie vertrauen kann.«

Charlotte blickte zu Camillas Zimmer. »Das muss teuer gewesen sein«, sagte sie, ehe Kicki fortfuhr.

»Die Lieferungen wurden zusammen mit den legalen Einkäufen für ihr Inneneinrichtungsgeschäft verschickt. Die Lastwagen mussten unterwegs nur einen Extrastopp einlegen, wo die Ware umverpackt wurde.«

Charlotte lachte. Sie konnte nicht umhin, die Logistik zu bewundern. Eine alleinerziehende Mutter, die für ihre Geschäftstüchtigkeit anerkannt war, hatte alle hinters Licht geführt. Sie beendete das Gespräch mit Kicki und ging zurück zu Camilla, die gerade mit ihrer Anwältin sprach. Per beobachtete die beiden. »Wir wissen, wie Ihre Drogentransporte ins Land gelangt sind. Wir wissen alles«, sagte sie und stellte sich mitten vor das Bett, in dem Camilla saß.

»Ihr glaubt, ihr wisst so verdammt viel, aber ihr habt keine Ahnung«, sagte Camilla und rutschte zur Bettkante, näher an Charlotte heran. Streckte den Rücken und fuhr sich mit den Händen durchs Haar. Ihr Gesicht war bleich, aber die Augen sahen aus wie zwei schwarze Löcher. Als sie den Bettrahmen mit beiden Händen packte und sich auf Knien aufrichtete, wich Charlotte instinktiv zurück. Camilla wirkte aggressiv und wütend wie ein angriffslustiger Stier. »Haben Sie die leiseste Ahnung, wo Tony Israelsson sich aufhält?«, zischte sie. »Ich weiß, dass er Sie töten wollte, und wenn Sie glauben, dass Sie davongekommen sind, sollten Sie umdenken, Süße.«

Charlottes Herz schlug doppelt so schnell. Es fühlte sich an, als hätte jemand kaltes Wasser über ihr ausgeschüttet.

Camilla grinste und beugte sich über die Bettkante vor. »Sie werden einen hohen Preis bezahlen, einen viel höheren als ich«, sagte sie und setzte sich wieder hin. »Ich weiß, wie Tony tickt.«

66

26. Februar, Freitag

Charlotte hob den Umzugskarton mit der Aufschrift *KÜCHE* und klappte die Laschen nach oben. Anja war im Obergeschoss ihres neuen Hauses, und Charlotte hörte, wie sie ihr Zimmer möblierte. Ihr Alltag hatte sich verändert. Tony befand sich immer noch auf freiem Fuß und schwebte wie ein Damoklesschwert über ihnen. Draußen in einem Wagen saßen Personenschützer und waren rund um die Uhr in ihrer Nähe – genauso wie ihre Dienstwaffe. Mitten in alldem bemühten sie und Anja sich, ein normales Leben zu führen. Da Per auf dem Weg zu ihnen war, um beim Umzug zu helfen, dachte Charlotte daran, die Weingläser hervorzuholen. Schließlich war Freitagabend. Sogar Kicki hatte Hilfe angeboten, aber hier verlief für Charlotte die Grenze. Die Kollegin in ihr Haus zu lassen, kam ihr wie das Einschleusen eines Spions vor.

Die Deckenbeleuchtung tauchte den Raum in grelles Licht. Charlotte ging zur Steckdose und dimmte die Helligkeit herunter. Im selben Moment klingelte es an der Tür. Sie warf einen Blick auf den Umzugskarton auf der Kochinsel. Ihre private Schusswaffe lag ganz offen daneben. Vor dem Umzug hatte sie die Haustür gegen eine sicherere austauschen und eine Alarmanlage installieren lassen.

»Hallo«, sagte sie zu Per. »Komm rein ins Chaos.«

Simon und Hannes begrüßten Charlotte mit einer schnellen Umarmung und stürmten ins Haus. Sie hatten beide ihre Eishockeyschläger dabei.

»Du musst entschuldigen, aber sie haben sich geweigert, ohne ihre Schläger aus dem Haus zu gehen. Sie haben ein paar neue und schweineteure bekommen, von denen sie seit einer Ewigkeit geträumt haben, und jetzt müssen die überall mit. Wir haben Eishockeymonster aus ihnen gemacht, das wird uns noch ruinieren«, sagte Mia und umarmte Charlotte.

»Wie geht's dir?«, fragte Charlotte.

Mia zog die Jacke aus. »Ganz okay. Ich bin mitten in der Behandlung.« Sie strich ihre Bluse zurecht.

Ob ihre langen Haare nun ausfallen? Sie fragte nicht.

»Schön hast du's hier«, sagte Per. »Hier werden wir uns wohlfühlen. Oder was meinst du, Mia?« Er legte den Arm um seine Frau.

Charlotte stellte fest, dass die beiden Hausschuhe mitgebracht hatten – Per ein Paar Sommerschlappen, Mia ein Paar Ballerinas. Charlotte lächelte sie an. Das war nett von ihnen, aber sie mussten sich nicht nach ihren Gewohnheiten richten. Schließlich waren es genau diese Zwänge, die ihr an Stockholm missfielen.

»Fühlt euch wie zu Hause«, sagte sie und ging zu dem Umzugskarton, der immer noch auf der Kochinsel stand. Ihre Waffe versteckte sie in einer leeren Schublade und nahm die Weingläser aus dem Karton. Sie schaute suchend umher. Wo hatte die Umzugsfirma ihre Weinflaschen hingetan?

Die Jungs rannten die Treppe hoch. Charlotte sah ihnen nach, wie sie im Obergeschoss verschwanden.

Per kam aus dem Flur zurück und hielt zwei Flaschen Rotwein hoch. »Wir dachten, dass du es vielleicht nicht geschafft hast, das Notwendigste zu besorgen.« Er lachte.

Charlotte dankte ihm und seufzte. »Jetzt brauchen wir nur noch einen Korkenzieher.« Ihr Blick wanderte über die Umzugskartons.

Per zog einen aus der Gesäßtasche. »Ich komme vorbereitet.«

»Allerdings«, stimmte Charlotte zu.

Während Mia sich im Haus umsah und in ein anderes Zimmer verschwand, trat Per näher an Charlotte heran. »Gibt's was Neues zu Tony?«, fragte er und hielt ihr sein Glas hin.

»Nein. Er scheint untergetaucht zu sein.«

»Wie lange wirst du es aushalten, mit dieser ständigen Bedrohung zu leben?«

»Keine Ahnung. Aber was bleibt mir anderes übrig?«

»Ich habe heute mit Kennet gesprochen. In unserer Region sind jetzt bedeutend weniger Drogen im Umlauf. Mit unserem Schlag gegen Camilla und Hugo haben wir auf jeden Fall etwas Positives bewirkt.«

»Vielleicht«, sagte Charlotte und führte das Glas zum Mund. »Wobei die Nachfrage wohl kaum sinken wird, nur weil die beiden aus dem Spiel sind. Vermutlich wird das Syndikat die Lücke füllen.«

Per seufzte und nickte.

»Darüber werden sich die Kollegen in Stockholm den Kopf zerbrechen müssen«, sagte Charlotte.

»Sollte Linn nicht bei ihrer Tante dort unten wohnen?«, fragte Per. »Wer ist sie?«

»Ich glaube, sie ist Krankenschwester und im Leben besser zurechtgekommen als Camilla. Aber man fragt sich, wie Linn das Ganze bewältigt. Du hast ja gesehen, wie viel Aufmerksamkeit Antons Abschiedsbrief in den Medien erregt hat.«

»Das ist wirklich schlimm für Linn«, sagte Per. »Alles, was über ihre Mutter geschrieben wird.«

»Ja, das ist schrecklich. Ich bin gespannt, was die psychiatrische Untersuchung ergeben wird. Ob Camilla ins Gefängnis oder in die Psychiatrie kommt.«

»Sie ist ja eine eiskalte Mörderin«, sagte Per.

»Das Positive an all diesen tragischen Ereignissen ist, dass Antons Brief eine Debatte darüber angestoßen hat, dass junge Menschen mit psychischen Problemen keine Hilfe bekommen.«

»Ja, dieser gewaltige Medienzirkus war auf jeden Fall ein Weckruf an die Politiker. Die müssen jetzt darüber diskutieren und Veränderungen herbeiführen. Das ist es wohl, was Tomas erreichen wollte.«

Charlotte nickte und stellte sich vor die Schublade mit der Waffe. Sie würde sie am liebsten am Körper tragen, aber das ging nicht mit Kindern im Haus. Es verstieß gegen sämtliche Gesetze. »Was passiert jetzt mit Abbe Ali?«, fragte sie.

»Ich weiß nicht genau. Ich hoffe, wir können ihn schützen, aber das wird wohl schwierig werden.«

Charlottes Handy klingelte. Sie seufzte. Im selben Augenblick kam Anja die Treppe herunter. »Ja, hier ist Charlotte von Klint.«

»Hier ist Carl. Störe ich?«

Du störst immer, dachte sie, sagte jedoch Nein zu ihrem Ex-Mann.

»Ich möchte dir zu dem neuen Haus in Umeå gratulieren. Die wievielte Immobilie ist das, seit du bei mir ausgezogen bist? Die vierte?«

Anja trat neben ihre Mutter und schnupperte an dem Wein im Glas. Charlotte stellte es demonstrativ weg. »Was verschafft mir die Ehre?«, fragte sie mit vor Sarkasmus triefender Stimme.

»Anja hat mir erzählt, dass sie überlegt, an der Universität in Umeå zu studieren«, sagte Carl, und Charlotte wusste genau, worauf das Gespräch hinauslief. »Nur über meine Leiche!«

»Jetzt hör mir mal gut zu …«

»Nein, jetzt hör du mir mal zu! Sie wird in Lundsberg studieren, wie es die Tradition verlangt. Charlotte, ich bin erstaunt. Willst du nicht das Beste für deine Tochter?«

Charlotte ging ein paar Schritte hinaus in den Flur. Sie hatte keine Lust auf Streit mit dem Mann, von dem sie sich vor vier Jahren hatte scheiden lassen. Seine Treulosigkeit machte ihr immer noch zu schaffen. »Das tue ich doch«, sagte sie.

»Du wirst …«

»Ich kann jetzt nicht darüber reden. Wir können morgen telefonieren.«

»Ich habe nur angerufen, um dir zu sagen, dass Anja niemals nach Umeå ziehen wird«, sagte er und legte auf.

Charlotte atmete genervt aus. Würde sie es jemals schaffen, sich von Carl zu befreien?

Es klingelte an der Tür. Charlotte zog die Augenbrauen hoch. Tony kam ihr in den Sinn, doch sie verdrängte den Gedanken sofort wieder. Sie stand schließlich unter Schutz.

»Erwartest du zusätzliche Hilfe?«, fragte Per verwundert.

»Nein«, sagte Charlotte. Das Klappern ihrer Absätze hallte durch den Flur, während sie schnell zur Tür ging. Sie blickte in die Kamera, die zeigte, wer draußen stand.

Ola Boman.

Charlotte strich die Haare zurecht, ehe sie die Klinke herunterdrückte. Die kalte Luft, die ihr entgegenschlug, sorgte dafür, dass sich die Härchen an ihren Armen aufstellten.

»Entschuldige, dass ich störe, aber es ist etwas passiert«, sagte er und beugte sich zu ihr vor. Er hatte eine Tüte vom Systembolaget, dem staatlichen Spirituosengeschäft, bei sich.

Nett, dachte Charlotte, ließ sich von ihm umarmen und sog seinen Duft in die Nase ein. »Per und Mia sind hier, aber du bist natürlich willkommen. Komm rein.« Sie wartete einen Augenblick, bis er seine Jacke ausgezogen hatte, und ging dann mit ihm in die Küche.

Pers Miene hellte sich auf, als er Ola sah. »Hallo, du bist auch hier ... wie schön.« Er wollte seinem Kollegen ein Glas Wein einschenken, doch Ola hob abwehrend die Hand und hielt mit der anderen die Tüte vom Systembolaget hoch.

»Ich habe ein stinknormales Bier dabei«, sagte Ola und lachte.

Bier, dachte Charlotte. Du musst noch viel über mich lernen.

»Ja ... da ist etwas passiert, was ich gern mit Charlotte besprechen möchte, aber es ist gut, dass du auch da bist.«

»Sieh an«, sagte Per. »Was ist los?«

Charlotte trat näher an Ola heran. Sie hatte Angst vor Tony und davor, was er ihr antun konnte. Ständig für einen Kampf gewappnet zu sein, zehrte an ihren Kräften.

»Wir konnten Tony Israelsson noch nicht lokalisieren«, sagte Ola. »Aber wir haben auf einen Tipp von Abbe den Gutshof bei Mariefred durchsucht, der Tony als Versteck gedient hat. Die Medien werden es bestimmt ›Horrorhaus‹ oder etwas Ähnliches nennen, weil wir dort drei Leichen gefunden haben, die gerade identifiziert werden. Wie es aussieht, hat er im Moment größere Probleme, als sich an dir zu rächen.«

Charlotte ließ sich davon nicht beruhigen. Camillas Worte hallten immer noch in ihr nach. Sie lachte kurz auf, um ungerührt zu wirken, und wollte gerade das Weinglas heben, als Pers Handy klingelte. Er ging aus dem Zimmer. Charlotte sah ihm nach, dann warf sie einen Blick auf Ola, der etwas in der immer noch leeren Besteckschublade zu suchen schien.

»Hast du einen Flaschenöffner?«, fragte er und deutete auf die Tüte mit der Bierflasche. Noch ehe sie antworten konnte, öffnete er die Schublade, in der sich ihre Waffe befand. Er drehte sich zu ihr um und sah sie mit hochgezogenen Augenbrauen an.

Charlotte wusste sehr wohl, dass das nicht okay war, sagte aber nichts. Ola bedeckte die Waffe mit einem Handtuch und schloss die Schublade. Charlottes Wangen wurden heiß, und sie genehmigte sich einen Schluck Wein. Sie war erleichtert, als Per nach seinem Telefongespräch zurückkam.

»Das war die IT-Forensik. Es ging um Camillas Computer, den wir bei dem Einsatz auf der Brücke beschlagnahmt haben. Darauf befanden sich sämtliche Informationen über ihr Geschäft. Die, an die Tony herankommen wollte.«

Charlotte nickte.

»Die IT-Forensik hat mir mitgeteilt, dass jemand sämtliche Konten, die zu Camillas Geschäft gehörten, leer geräumt hat. Da ist nichts mehr drauf.«

»Wann ist das passiert?«, fragte Charlotte.

»Das wird gerade untersucht. Ich hoffe nur, dass Tony nicht derjenige ist, der sich Zugang zu den Konten verschafft hat.«

Charlotte sah Per an.

»Kann Linn an die Konten rangekommen sein?«, fragte Per.

Charlotte schüttelte den Kopf. »Nein, auf jeden Fall nicht ohne fremde Hilfe. Außerdem schien sie keine Ahnung davon gehabt zu haben, was ihre Mutter machte. Wie viel Geld hatte Camilla auf ihren Konten?«

Per lehnte sich an die Kochinsel. »Das wissen wir noch nicht. Jedenfalls genug für ein gutes Leben. Aber das ist kriminelles Geld und muss erst irgendwie gewaschen werden.«

Charlotte hob das Weinglas. »Vielleicht mithilfe von Poker.« Sicher wusste sie es natürlich nicht, aber sie hatte so ein Gefühl. Es war nicht unwahrscheinlich, dass Abbe es irgendwie geschafft hatte, an die Konten heranzukommen. Und Abbe und Viggo waren enge Freunde.

»Ich möchte, dass wir auf Unni Olofsson anstoßen, die ihr Leben geopfert hat, um das kriminelle Netzwerk aufzudecken, das unseren Kindern geschadet hat. Auf Unni Olofsson!«, sagte Per.

»Ja, der Mord an ihr und Fridas Tod haben dazu geführt, dass wir Camilla und Hugo dingfest machen konnten«, fügte Charlotte hinzu und blickte in die Runde. Ola lächelte sie an. Sie trank einen Schluck Wein. Ola trank direkt aus der Flasche, und zum ersten Mal empfand sie Biertrinken als ansprechend.

Sie wollte gerade das Weinglas abstellen, als eines der großen Fenster im Obergeschoss zersplitterte. Das Geräusch hallte durch das ganze Haus, und Mia schrie auf. Bevor Charlotte reagieren konnte, drückte Ola sie hinter der Kochinsel zu Boden. Sie riss sich von seinem Griff los, hechtete zur Schublade und griff nach der Waffe. *Tony ist hier*, schoss es ihr durch den Kopf. Mia saß geduckt da, starrte sie an und schrie nach ihren Kindern.

»Anja!« Charlotte hörte die Panik in ihrer eigenen Stimme.

»Hier!«, rief Anja aus dem Flur.

»Verdammt!«, sagte Per, nahm ihr die Waffe aus der Hand und rannte in geduckter Haltung auf die Treppe zu. Charlotte machte sich auf den zweiten Schuss gefasst und lauschte konzentriert auf jedes Geräusch. Im Obergeschoss, wo die Jungs sich befanden, war es still.

Charlotte folgte Per dicht auf den Fersen, als er zwei Stufen auf einmal nahm. Würde der nächste Schuss sie in den Kopf oder den Rücken treffen? Ihre Gedanken überschlugen sich. Die Jungs waren nirgends zu sehen. Kein Blut. Per rief nach ihnen. Keine Antwort. Die Eishockeyschläger lagen auf dem Boden. Sie stieg darüber, ehe sie zu Anjas Zimmer abbogen.

Da saßen sie, die Jungs. Auf dem Bett, gegen die Wand gekauert. Angst in ihren Augen.

»Entschuldigung, wir wollten nur einen Probeschuss machen. Es war keine Absicht, dass der Puck so weit geflogen ist ...«

»Ich war's, Papa«, sagte Hannes.

»Nein, ich war's«, sagte Simon. »Nicht Hannes.«

Charlottes Beine gaben unter ihr nach. Sie lehnte sich mit dem Rücken an die Wand und ließ sich auf den Fußboden hinabgleiten. Vor Erleichterung und auch, weil das Ganze irgendwie lustig war. Sie sah Per zu, wie er zu den beiden ging und sie umarmte.

»Das macht nichts, Jungs«, sagte Charlotte und atmete tief durch, um ihren Herzschlag zu beruhigen. Dann lachte sie. Es fühlte sich an, als wäre ein Stromstoß durch ihren Körper gegangen.

»Und was haben wir daraus gelernt?«, sagte Per und verwuschelte Simons blonde Haare.

»Dass man drinnen keinen Schlagschuss machen soll.«

»Genau«, sagte Per und lachte. Dann sah er Charlotte an und schüttelte den Kopf. »Herrgott, ich war mir völlig sicher, dass eine Kugel das Fenster zerschmettert hat.«

»Das waren wir wohl alle«, sagte Charlotte und erhob sich vom Boden. Im selben Augenblick kamen die Kollegen, die draußen im Auto gesessen hatten, ebenfalls in Anjas Zimmer.

»Schick mir die Rechnung für die kaputte Fensterscheibe«, sagte Per.

»Kommt gar nicht infrage«, sagte Charlotte, während sie sich von Per die Waffe zurückgeben ließ. »Simon kann es mir zurückzahlen, wenn er Eishockeyprofi ist. Einen Puck schießen kann er offenbar.«

Danksagung

Ein Dankeschön an euch, die ihr mir während des Schreibens dieses Buches mit eurem Wissen und eurer Expertise geholfen habt:

    Mats Antonsson
    Birgitta Dellenhed
    Louise Kadre
    Janis Krabu

An euch, die ihr mich unterstützt und mit guten Ratschlägen versehen habt:

    Meine Agentinnen und Agenten bei Grand Agency
    Meine Freundin Annette Lindberg
    Mein Mann Peter Hedström und meine liebe Familie

Und natürlich an das Team vom Norstedts Verlag:

    Meine Verlegerin Erika Degard
    Mein Redakteur Fredrik Andersson
    Meine PR-Beauftragte Sara Dobareh

Zeitfracht Medien GmbH
Ferdinand-Jühlke-Straße 7
99095 Erfurt, Deutschland
produktsicherheit@kolibri360.de

Druck:
CPI Druckdienstleistungen GmbH
im Auftrag der
Zeitfracht Medien GmbH
Ein Unternehmen der Zeitfracht - Gruppe
Ferdinand-Jühlke-Str. 7
99095 Erfurt